U0896638

地域文化与明代散曲

刘英波 著

山东省一流学科中国语言文学建设经费资助
山东省社会科学规划研究项目（14CWXJ10）

山东人民出版社·济南
国家一级出版社 全国百佳图书出版单位

图书在版编目（CIP）数据

地域文化与明代散曲/刘英波著. -- 济南：山东人民出版社，2017.5（2018.9 重印）
ISBN 978-7-209-10674-0

Ⅰ. ①地… Ⅱ. ①刘… Ⅲ. ①散曲—文学研究—中国—明代 Ⅳ. ①I207.24

中国版本图书馆 CIP 数据核字(2017)第 109448 号

地域文化与明代散曲
DIYU WENHUA YU MINGDAI SANQU
刘英波 著

主管部门 山东出版传媒股份有限公司
出版发行 山东人民出版社
出 版 人 胡长青
社　　址 济南市英雄山路 165 号
邮　　编 250002
电　　话 总编室（0531）82098914
　　　　 市场部（0531）82098027
网　　址 http://www.sd-book.com.cn
印　　装 山东新华印务有限责任公司
经　　销 新华书店

规　　格 16 开（169mm×239mm）
印　　张 18
字　　数 260 千字
版　　次 2017 年 5 月第 1 版
印　　次 2018 年 9 月第 2 次
ISBN 978-7-209-10674-0
定　　价 42.00 元

目　录

第一章
明代散曲家的地域分布特点

一、地域文化与文学创作关系概说

一般来讲，地域文化概指某一特定地域在长期的历史发展过程中形成的具有鲜明地域特征的文化，包括自然与人文两个层面。它与文学创作之间存有一种互动、辩证关系，而在这种关系的发生过程中离不开中介——人（作者）。地域文化对文学创作的影响是由人（作者）吸收、消化后外化为文字符号的形式来完成的，而文学作品对地域文化的承载、加工及其对他人的影响，最终也需要人的接受与认可才具有实际意义。

（一）地域文化对文学创作影响的直接性、间接性与复杂性

关于自然地理环境对习俗、人性方面的影响，在中国古代史料中有着丰富的记载，如《礼记·王制》云："凡居民材，必因天地寒暖燥湿。广谷大川异制，民生其间者异俗，刚柔、轻重、迟速异齐。五味异和，器械异制，衣服异宜。"[①]《史记·货殖列传》中有更翔实的论述："楚越之地，地广人稀，饭稻羹鱼，或火耕而水耨，果隋蠃蛤，不待贾而足，地势饶食，无饥馑之患，以故呰窳偷生，无积聚而多贫。是故江、淮以南，无冻饿之人，亦无千金之家。沂、泗水以北，宜五谷桑麻六畜，地小人众，数被水旱之害，民好畜藏，故秦、夏、梁、鲁好农而重民。三河、宛、陈亦然，

① ［汉］郑玄注，［唐］孔颖达疏，龚杭云整理：《十三经注疏·礼记正义·王制》，北京大学出版社1999年版，第398页。

加以商贾。齐、赵设智巧，仰机利。燕、代田畜而事蚕。”① 《汉书·地理志》中也提到自然地理环境对“风俗”的影响：“凡民函五常之性，而其刚柔缓急，音声不同，系水土之风气，故谓之风；好恶取舍，动静亡常，随君上之情欲，故谓之俗。”② 又有论及自然地理环境对人性影响者，如“大抵人性类其土风。西北多山，故其人重厚朴鲁；荆扬多水，其人亦明慧文巧，而患在轻浅。肝鬲可见于眉睫间，不为风俗所移者，唯贤哲为能耳”③ “东南多文士，西北饶武夫，风声气俗从古则然”④ 等。

具体到自然地理环境和在一定地域形成、存在的人文环境影响文学创作活动的表现，大致不外乎对文学系统中作家、作品、读者的影响，譬如可以影响作家的气质、心理、人生价值、审美情趣，影响作品的主题、题材、形式、风格，影响读者的接受认可程度等，而这一影响关系的特点可大致概括为三点：直接性、间接性、复杂性。

1. 地域文化对文学创作影响的直接性。自然、人文地理环境对文学创作活动的直接影响表现在不同的层面，其中对作品题材内容方面的影响尤为突出，譬如写景类、节序类、传记类、纪事类作品中对自然景观、人文景观、地方风俗、历史人物、纪实事件等内容的直接描绘与记述，虽说其中不可避免地会融入作者的主观情感，有时也会与客观事实存有一定程度的出入，但相对于其他层面而言，这一影响还是较为直接、客观的。

2. 地域文化对文学创作影响的间接性。不同地域间自然物貌的差异会潜移默化地影响到作家的气质、心理、性情等（当然对每个作家的影响程度有别），使其与其他地域的作家存有一定的差别，而这一差异又通过影响作家的文艺创作思想影响文学创作，表现出微妙的间接性特点。日本学者青木正儿在论及“文学之地方色彩”时，就中国南、北方不同的自然环境对人们生活习性、文艺思想、创作风格的影响，讲得十分清晰：“此南、北地方色彩之差异，肇因于其风土、民族之不同。盖南方气候温暖，土地低

---

① ［汉］司马迁撰：《史记》卷一百二十九《货殖列传》，中华书局 1959 年版，第 3270 页。
② ［汉］班固撰，［唐］颜师古注：《汉书》卷二十八下《地理志下》，中华书局 1962 年版，第 1640 页。
③ ［宋］庄绰撰：《鸡肋编》卷上，文渊阁四库全书本。
④ ［宋］黄公度撰：《知稼翁集》卷下《送郑少齐赴官严州序》，文渊阁四库全书本。

湿，草木繁茂，山川明媚而得天独厚。北方则气候寒冷，土地干燥，草木稀少。既无明媚之风光，天然产物亦复不多。故南人生活逸乐，得沉湎于空想或冥想之中，是以民性浮华，热情而富有诗意。其文艺思想则流于浪漫主义，而有逸乐的、华美的、放荡的倾向。反之，北人则必须为生活而努力，故其民性质朴而现实，富于理智。其文艺思想则流于功利的现实主义，具有力行的、质实的、拘谨的倾向。”[①] 还有，《隋书·文学传序》中的一段话“江左宫商发越，贵于清绮；河朔词义贞刚，重乎气质。气质则理胜其词，清绮则文过其意，理深者便于时用，文华者宜于咏歌，此其南、北词人得失之大较也”[②] 也说明了南、北两地不同风土对文风的影响。瞻四候之物，荡心中之情，在“非陈诗何以展其义！非长歌何以骋其情”[③] 的情况下，不同地域间的作家往往把由外物激发的感兴融合、创造、加工，外化为寄寓情感的语言文字符号，在这一创作过程中，自然地理环境对作家气质、心理、性情、文艺思想的影响也会参与其中，表现出自然物貌对文学创作的间接性影响。

就人文地理环境来讲，一些地区的人文景观、历史人物、历史故事、方言风俗、传统文化等对文学创作的影响也具有间接性特点。譬如，长安、南京的颓垣宫阙、楼阁亭台等历史人文景观，往往能勾起大批文人怀古感旧之情，常成为他们笔下吟咏的意象；古燕国刺客荆轲重义轻生的豪勇之风，范蠡急流勇退、弃功名归隐的举动，以及由此产生的一系列动人的历史故事，也时常成为后世文人敬仰、传承与咏唱的对象；再有，长期受家乡民风、习俗的熏染，使许多作家有着浓厚的乡土情怀，他们会不时地书写出故乡的风土人情；还有，不同地域间儒、道、释等传统文化长期有意的教化与无意的熏染，以及具有时代性、地域性特征的文化思潮的影响，都会通过影响作家的知识结构、认知能力、价值观念、审美倾向等，进而影响到文学创作的题材、语言、意象、风格等内容，以上情形均表现出人

① ［日］青木正儿著，郑梁生、张仁青译：《中国文学思想史》，（台湾）开明书店1977年版，第1—2页。

② ［唐］魏徵、令狐德棻撰：《隋书》七十六《文学传序》，中华书局1973年版，第1730页。

③ ［梁］钟嵘撰：《诗品》卷一，文渊阁四库全书本。

文地理环境对文学创作影响的间接性特点。

3. 地域文化对文学创作影响的复杂性。地域文化影响文学创作的复杂性特点，我们可以从三个层面解读：首先，影响作家的对象——自然、人文地理环境，具有复杂性。这里不仅是说自然、人文环境存在的多元，而且二者之间还存有交互影响的关系，如上文所述自然环境对人文层面人情、风俗的影响，也有以人名命名山、水的现象，也有把历史人物故事或传说虚构的人物故事与自然景观相结合的行为等。其次，因作家的个性、气质、喜好、生活经验等方面存有差异，故而也影响到他们对地域文化（自然、人文）的接受程度：同一自然地理环境或人文地理环境的影响如此，不同地域文化环境的影响更是如此，而且这种接受程度也很难量化。最后，在了解作家接受地域文化影响的程度存有差异的基础上，我们便不难理解作家把这种各不相同的影响付诸文学创作、外化为文字时，会不可避免地呈现出复杂的特点。又因作家的表达能力有别、所擅长的文体各有不同等，也会程度不同地影响到他们把先前受地域文化影响的信息转化为外在文字的效果，从而进一步增添了地域文化与文学创作间的复杂性特点。故此，我们在了解地域文化对文学创作影响直接性、间接性的同时，更应该思考其复杂性。

（二）文学创作对地域文化的记载、传播与干预

文学作品是作家通过语言文字符号写人、纪事、立论、抒情的一种物化形式。对于地域文化而言，文学创作活动的成果——作品，有对其记载、传播的功能。譬如，直接记述、描绘某地山川景物或自然物象的写景、游记类作品，虽不可避免地蕴有作者的主观情感，但其中直观的描述在客观上起到了记载、传播地域名胜古迹的作用，像元好问《济南行记》[①] 中对泉城济南的山、水、湖、亭等名胜分门别类的记述，着实让我们领略到了济南的风物之美，也为后人了解当时济南的胜景提供了参照性史料。还有一些文学作品对当地风俗、礼节、方言的直接记载，像小说《醒世姻缘传》

---

① ［元］元好问：《遗山集》卷三十四，文渊阁四库全书本。

中，就有许多反映“十七世纪山东的风土人情”，“提供了大量的方言资料”① 的文字，这些内容的存在为我们了解明代山东的风俗、方言提供了帮助，具有一定的文献史料价值。当然，受作者主观意识、文体特点、社会文化氛围等因素的影响，文学作品对地域文化记载的属实度与传播的范围会有所不同。

文学作品除了直接性记载、传播外，我们认为它还有创造性传播的一面。因为文学创作是一种富有创造性的精神生产活动，当它叙描一些地域性自然景观、历史人物、历史事件时，并不是完全客观地记录，而是会受到作者的价值观、接受群体的期待心理、社会舆论的干预等因素影响，作者会程度不同地对写作对象或写作内容给予创造性加工，以达到作者预设的创作目的，赢得读者的接受与欢迎，同时也起到文学作品对地域文化记载、传播的作用。譬如，明人袁宏道对西湖之景的描绘：“山色如娥，花光如颊，温风如酒，波纹如绫。”② 其中运用比喻、拟人的手法写西湖之山、花、风、波，新奇秾丽，构思巧妙，加工的痕迹十分明显；又如上文提到的范蠡功成名就后急流勇退之事，出于对范蠡深明大义、不恋功名之举的赞许，历代文人往往将他的故事作为笔下咏唱的对象，像梁辰鱼的《浣纱记》在坚持塑造范蠡正面历史形象的同时，注入了自己的审美情趣，其中“功名失意的愤懑感情、兴亡代谢的历史哲理和情服从理的人性观念”，明显“赋予《浣纱记》传奇以浓郁的时代色彩”。③

基于文学创作活动的个体性、创造性特点，作家在从事文学创作时会程度不同地融入个人的价值观、审美观，并对写作对象和写作内容进行创造性加工。作家是时代的作家，也是地域的作家，故他们思想中会或多或少地带有时代、地域的因子，从而也会使他们创作的文学作品中蕴有时代、地域信息。而且，作品中的时代、地域信息已不是所写对象的“原始形态”，而是作家加工后的信息，故此，我们说作家通过这一层面完成了文学

① 徐北文：《〈醒世姻缘传〉简论》第5页，见西周生辑著：《醒世姻缘传》前所附，齐鲁书社1980年版。

② ［明］袁宏道著，钱伯城笺校：《袁宏道集笺校》，上海古籍出版社1981年版，第422页。

③ 郭英德：《明清传奇史》，江苏古籍出版社1999年版，第123页。

创作对地域文化的干预。众所周知，文学创作的目的除了抒发创作主体的情感外，期待别人的阅读、实现作品的最终价值当更为重要，也就是说，文学创作对地域文化的反作用，除了作家的直接干预外，接受群体的间接干预也不容忽视。因接受者的文化素质有别、文化自觉意识不同，他们的审美判断、接受程度也会存有较大差别，而接受群体的这些差别会程度不同地、从不同层面影响到作家的创作思想，从而完成对文学创作的间接干预。

总之，我们在认识到地域文化对文学创作的直接性、间接性、复杂性影响的同时，还要认识到文学创作对地域文化的记载、传播与干预性特点。

二、明代散曲家的地域分布特点

中国文学家的“籍贯和生长地往往是二而一，所以从人物的籍贯分布又可以窥见环境对于人物的影响”①，从而可以考察自然、人文环境对作家们文学创作的影响状况。由于明代散曲家多是罢官、致仕的官宦文人和未出仕的文人，所以他们的散曲作品多数创作于自己的籍地及其周边地区，所以统计分析明代散曲家籍地分布的特点，可以帮助我们了解环境影响与曲家创作之间的关系。

据《全明散曲》（增补版）统计②，明代有姓氏（包括名、字、号）可考的散曲家共有473人，其中有姓名和籍贯可考者共有307位。现统计列表如下：

序号	曲家	籍贯	序号	曲家	籍贯
江苏籍101人					
1	陆世明	长洲人	3	顾　璘	长洲人
2	文徵明	长洲人	4	王　宠	长洲人

① 周振鹤:《中国历史文化区域研究·序论》,周振鹤等著:《中国历史文化区域研究》,复旦大学出版社1997年版,《序论》第8页。

② 谢伯阳:《全明散曲》(增补版),齐鲁书社2016年版。按:下文中,凡引自该书中的内容,均不再标注版本。

续表

序号	曲家	籍贯	序号	曲家	籍贯
5	文　彭	长洲人	35	顾大典	吴江人
6	祝允明	长洲人	36	俞安期	吴江人
7	沈　贞	长洲人	37	沈　璟	吴江人
8	张凤翼	长洲人	38	沈　瓒	吴江人
9	徐　媛	长洲人	39	沈　珂	吴江人
10	俞琬纶	长洲人	40	沈静专	吴江人
11	申时行	长洲人	41	叶小鸾	吴江人
12	宛瑜子	长洲人	42	沈君谟	吴江人
13	汪　膺	长洲人	43	沈自征	吴江人
14	冯梦龙	长洲人	44	陆之裘	太仓人
15	燕仲义	吴县人	45	王锡爵	太仓人
16	王　鏊	吴县人	46	周天球	太仓人
17	陆　治	吴县人	47	王世贞	太仓人
18	唐　寅	吴县人	48	宗　臣	兴化人
19	杨循吉	吴县人	49	陆　洙	兴化人
20	熊秉鉴	吴县人	50	施子安	兴化人
21	汤传楹	吴县人	51	李　清	兴化人
22	马诘人	吴县人	52	李春芳	兴化人
23	虞　臣	昆山人	53	王思轩	武进人
24	顾鼎臣	昆山人	54	唐顺之	武进人
25	张　寰	昆山人	55	王稺登	武进人
26	周　瑞	昆山人	56	郑　鄤	武进人
27	张恒纯	昆山人	57	邵　宝	无锡人
28	郑若庸	昆山人	58	王　问	无锡人
29	顾梦圭	昆山人	59	杜子华	无锡人
30	梁辰鱼	昆山人	60	顾宪成	无锡人
31	方　凤	昆山人	61	辛　升	无锡人
32	杜文焕	昆山人	62	朱应登	宝应人
33	张　禄	吴江人	63	朱应辰	宝应人
34	赵　宽	吴江人	64	朱曰藩	宝应人

续表

序号	曲家	籍贯	序号	曲家	籍贯
65	孙　艾	常熟人	84	陈　全	南京人
66	杨　仪	常熟人	85	杜大成	南京人
67	孙　楼	常熟人	86	李　登	南京人
68	陈　儒	常熟人	87	顾起元	南京人
69	孙胤伽	常熟人	88	高志学	南京人
70	唐　复	镇江人，居南京	89	马一龙	溧阳人
71	谷子敬	南京人	90	姜　宝	丹阳人
72	邢一凤	南京人	91	茅　溱	镇江人
73	陈　沂	南京人	92	王　磐	高邮人
74	陈　铎	邳县人，居南京	93	张守中	高邮人
75	史　忠	南京人	94	李唐宾	扬州人
76	黄方胤	南京人	95	曹大章	金坛人
77	黄戍儒	南京人	96	顾养谦	南通人
78	黄祖儒	南京人	97	吴　嵚	常州人
79	马守真	南京人	98	殷　都	嘉定人
80	张四维	南京人	99	吴承恩	淮安人
81	盛敏耕	南京人	100	俞　彦	南京人
82	陈所闻	南京人	101	吴拱辰	丹徒人
83	胡汝嘉	南京人			
浙江籍 50 人					
1	杨　讷	蒙古人，居杭州	11	沈　嵊	杭州人
2	瞿　佑	杭州人	12	梁孟昭	杭州人
3	沈　仕	杭州人	13	陆人龙	杭州人
4	许应亨	杭州人	14	杨尔曾	杭州人
5	沈袾宏	杭州人	15	周　楫	杭州人
6	胡文焕	杭州人	16	徐士俊	杭州人
7	许次纾	杭州人	17	黄洪宪	嘉兴人
8	高　濂	杭州人	18	周履靖	嘉兴人
9	张　琦	杭州人	19	冯梦祯	嘉兴人
10	张旭初	杭州人	20	卜世臣	嘉兴人

续表

序号	曲家	籍贯	序号	曲家	籍贯
21	冯延年	嘉兴人	36	王　交	慈溪人
22	王　屋	嘉善人	37	刘　兑	绍兴人
23	屠　隆	宁波人	38	陈　鹤	绍兴人
24	沈一贯	宁波人	39	徐　渭	绍兴人
25	黄润玉	宁波人	40	史　槃	绍兴人
26	汤　式	象山人（一作宁波）	41	王骥德	绍兴人
27	郑心材	海盐人	42	王端淑	绍兴人
28	关　思	吴兴人	43	张文介	衢县人
29	董斯张	吴兴人	44	黄　淮	永嘉人
30	凌濛初	吴兴人	45	章　懋	兰溪人
31	顾应祥	长兴人	46	谢　说	上虞人
32	李　丙	长兴人	47	冯敏効	平湖人
33	谢　迁	余姚人	48	陈与郊	海宁人
34	王守仁	余姚人	49	王　藻	金华人
35	史立模	余姚人	50	沈　演	乌程人
山东籍 25 人					
1	李开先	章丘人	14	杨应奎	益都人
2	张舜臣	章丘人	15	薛　冈	益都人
3	马　惠	章丘人	16	王克笃	安丘人
4	弥来夫	章丘人	17	孙峡峰	安丘人
5	张诚庵	章丘人	18	丁　彩	诸城人
6	高应玘	章丘人	19	丁惟恕	诸城人
7	袁崇冕	章丘人	20	刘　守	济宁人
8	王　田	历城人	21	叶　华	曲阜人
9	刘天民	历城人	22	于慎思	东阿人
10	殷士儋	历城人	23	张自慎	商河人
11	贾仲明	淄川人	24	刘龙田	山东人
12	毕　木	淄川人	25	刘效祖	滨州籍，寓宛平
13	冯惟敏	临朐人			

续表

序号	曲家	籍贯	序号	曲家	籍贯
上海籍 21 人					
1	王一鹏	松江人	12	顾正谊	松江人
2	张　弼	松江人	13	陈继儒	松江人
3	钱　福	松江人	14	陆　深	松江人
4	徐　霖	松江人	15	施绍莘	松江人
5	徐　阶	松江人	16	张积润	松江人
6	宋懋澄	松江人	17	陈子龙	松江人
7	董其昌	松江人	18	夏完淳	松江人
8	张以诚	松江人	19	顾乃大	松江人
9	莫是龙	松江人	20	范允临	松江人，赘苏州
10	孙承恩	松江人	21	许乐善	松江人
11	陆应旸	松江人			
安徽籍 20 人					
1	朱　权	凤阳人	11	程可中	休宁人
2	朱有燉	凤阳人	12	汪廷讷	休宁人
3	朱瞻基	凤阳人	13	吴廷翰	无为人
4	朱让栩	凤阳人	14	吴国宝	无为人
5	朱厚照	凤阳人	15	刘汝佳	无为人
6	朱载堉	凤阳人	16	畲　翘	铜陵人
7	朱宪爀	凤阳人	17	梅鼎祚	宣城人
8	汪道昆	歙县人	18	杨　贲	合肥人
9	王　寅	歙县人	19	秦时雍	亳州人
10	沐　崧	定远人	20	胡　松	滁州人
江西籍 17 人					
1	陈克明	临川人	7	罗钦顺	泰和人
2	汤显祖	临川人	8	左　赞	南城人
3	解　缙	吉水人	9	欧阳阴惟	吉安人
4	罗洪先	吉水人	10	李昌祺	吉安人
5	夏　旸	贵溪人	11	徐文昭	广昌人
6	夏　言	贵溪人	12	夏文范	南昌人

续表

序号	曲家	籍贯	序号	曲家	籍贯
13	简绍芳	新余人	16	景翩翩	南城人
14	江一桂	婺源人	17	蔡国珍	奉新人
15	潘士藻	婺源人			
陕西籍 16 人					
1	康　海	武功人	9	王　麒	凤翔人
2	康　河	武功人	10	范　垣	郃阳人
3	张　炼	武功人	11	王　异	郃阳人
4	马　理	三原人	12	李应策	蒲城人
5	王九思	鄠县人	13	王　征	泾阳人
6	韩邦奇	大荔人	14	张炳浚	泾阳人
7	韩邦靖	大荔人	15	李翠微	米脂人
8	李　朴	大荔人	16	吕　柟	高陵人
四川籍 12 人					
1	杨廷和	新都人	7	姜　恩	广安人
2	杨　慎	新都人	8	晏　铎	富顺人
3	黄　娥	遂宁人	9	张佳胤	铜梁人
4	杨　惇	新都人	10	王化隆	广汉人
5	杨　慥	新都人	11	杨文岳	南充人
6	刘泰之	成都人	12	徐敷诏	阆中人
河南籍 8 人					
1	胡用和	修武人	5	王　越	浚县人
2	王廷相	兰考人	6	何　瑭	武陟人
3	吕　坤	宁陵人	7	毛　良	祥符籍，居北京
4	王　教	祥符人，徙仪封	8	方汝浩	洛阳人，寓杭州
湖北籍 7 人					
1	张南溟	均县人	5	李维桢	京山人
2	吴国伦	阳新人	6	呼文如	武汉人
3	袁宗道	公安人	7	张瘦郎	黄陂人
4	丘齐云	麻城人			

续表

序号	曲家	籍贯	序号	曲家	籍贯
福建籍 6 人					
1	陈　完	长乐人	4	林廷玉	福州人
2	蔡廷宠	福清人	5	郑　琰	闽县人
3	李　贽	晋江人	6	翁吉火鼎	永春人
山西籍 4 人					
1	刘良臣	芮城人	3	张伯纯	泽州人
2	常　伦	沁水人	4	杨　傑	平定人
云南籍 4 人					
1	杨一清	广南人	3	张　含	保山人
2	李元阳	大理人	4	吴　懋	大理人
甘肃籍 4 人					
1	彭　泽	兰州人	3	金　銮	陇西人，移居南京
2	郗　经	陇西人	4	赵时春	平凉人
湖南籍 4 人					
1	李东阳	茶陵人	3	龙　膺	常德人
2	孙斯亿	华容人	4	张　治	茶陵人
河北籍 3 人					
1	薛论道	定兴人	3	宋登春	新河人
2	赵南星	高邑人			
广东籍 2 人					
1	湛若水	增城人	2	陈子升	广州人
辽宁籍 2 人					
1	张全一	阜新人	2	万　勋	辽阳人
西域籍 1 人					
1	兰楚芳	西域人			

根据上表统计，我们大致可以了解明代散曲家的地理分布情况。按照明代的区域划分，我们发现绝大多数散曲家主要集中在应天府（上元、江宁）、苏州府（吴县、长洲、吴江、昆山、常熟、太仓州）、扬州府（宝应、兴化、仪征、泰兴）、常州府（无锡、武进）、松江府（华亭）、杭州府（钱

塘、仁和)、嘉兴府(嘉兴、嘉善、平湖)、湖州府(吴兴、长兴)、绍兴府(山阴、余姚)、宁波府(鄞县、象山)、凤阳府(凤阳)、徽州府(歙县、休宁)、成都府(新都、成都)、济南府(历城、章丘、淄川)、青州府(益都、临朐、安丘、诸城)、西安府(鄠县、武功、泾阳、朝邑、郃阳、蒲城)等地。

综观明代散曲家的主要分布地区,整体呈现出地域分布相对集中的特点:南方主要集中在江苏南部、浙江北部、上海市、安徽南部、四川成都等地。其中,仅江苏南部、浙江北部与上海三地环太湖流域的曲家就有172人,占307位曲家的56%,加上安徽(南部)、江西、四川、湖北、湖南、福建、云南、广东等地的72位曲家,南方散曲家有244位,约占307位曲家的79%。北方曲家则主要集中在山东中东部、陕西关中一带,山东、陕西两地共计曲家41人,加上河南、山西、河北、甘肃、辽宁等地的21位曲家,北方共计62位曲家(西域曲家兰楚芳未计)。[①] 由此来看,有姓名籍贯可考的明代散曲家主要集中在南方,杨海明先生曾提出唐宋词是"南方文学"的观点[②],仅就明代散曲家的籍地分布来看,当时的散曲文学也具有这一特点。具体到明代南、北方散曲家在各地的分布情况,我们发现绝大多数散曲家分布在经济相对发达的地区或大都市(南京),而且这些曲家聚集的地区交通便利,文化氛围浓厚,如太湖流域的江苏南部、浙江北部、上海地区,以及山东中东部、陕西关中一带等,明显具有上面提到的

① 对南方、北方的区分,先秦即已存在,至魏晋南北朝时期,南、北的概念已经十分明晰,南人和北人的称呼也一直沿用至今。(参见张仁福:《中国南北文化的反差——韩欧文风的文化透视》,云南教育出版社1992年版,第53页。)至于中国南方、北方地域的划分,通常以我国气候的南北分界线秦岭—淮河一线为界。结合《明史·地理志》所列直隶两京(京师、南京)和十三布政使司(山东、山西、河南、陕西、四川、湖广、浙江、江西、福建、广东、广西、云南、贵州)(参见张廷玉等撰:《明史·地理志》,中华书局1974年版,第882页),以及明代地图(参见谭其骧主编:《中国历史地图集·元明时期》,中国地图出版社1982年版,第40—43页),文中的南方包括南京、四川、湖广、浙江、江西、福建、广东、广西、云南、贵州等十地,北方包括京师、山东、山西、河南、陕西等五地。考虑到现今的行政区划和有姓名籍贯可考散曲家的地域分布情况,南方则主要包括今天的安徽、江苏(安徽、江苏两省地跨南、北方两大区域,考虑到这两省可知的散曲家均居于安徽、江苏南部一带,这里把它们归入南方来统计)、上海、浙江、江西、福建、湖南、湖北、四川、贵州、云南、广西、广东等地,北方则主要包括今天的北京、山东、山西、河南、河北、陕西、甘肃、辽宁等地。

② 杨海明:《唐宋词史》,天津古籍出版社1998年版,第12页。

这些特点，这与明代文学家的地理分布规律特点大体一致。① 曾大兴先生在论述历代文学家的地理分布与分布规律时，把其中的原因归纳为四点：京畿之地，即首都所在地；富庶之区；文明之邦；开放之域。② 我们把这四点运用到明代散曲家身上也是可行的：京畿之地，如南京；富庶地区，如太湖流域的苏、浙、沪一带；文明之邦，如关中文化、齐鲁文化、吴越文化兴盛之地；开放之域。上面提到的散曲家集中地区都具有这个特点。

另外，我们还应注意到北方有些散曲大家并不属于上面提到的山东、陕西两地，而是散居于其他地区，如山西沁水的常伦、河北定兴的薛论道、河北高邑的赵南星等；再有，局部地区散曲家的地理分布相对分散，如江西的 17 位曲家就分布于贵溪、临川、吉水、吉安、泰和、广昌、南昌、新余、南城、婺源（明代属徽州府）、奉新等 11 县区，这表明有些散曲家的出现与所居地域的经济、文化、交通等条件关系并不十分密切，或者说没有直接的关系，而是具有一定的个性特点，即属于受个人喜好影响下的个人行为，当然我们也不否定这些曲家的创作可能受到朋友的影响，或者是受明代整体散曲创作氛围的影响等，具体问题尚需有针对性地探讨。

为了更好地把握明代散曲在各地的流变性特点，我们又把有姓氏（包括名、字、号）、籍贯与在世时间可考的散曲家按照明代各历史阶段做了统计，如下表③：

时段 / 人数 / 省份	前期	成化弘治	正德嘉靖	隆庆万历	天启崇祯	合计
江苏籍	5	11	31	40	14	101
浙江籍	7	1	10	22	10	50
山东籍	1	0	13	9	2	25
上海籍	0	4	3	8	6	21
安徽籍	1	3	6	10	0	20

① 曾大兴:《中国历代文学家之地理分布》,商务印书馆 2013 年版,第 384—386 页。

② 曾大兴:《文学地理学研究》,商务印书馆 2012 年版,第 74—80 页。

③ 其中,江西籍曲家欧阳阴惟在世的时间不明,未做统计,共计 306 人。

续表

省份\时段\人数	前期	成化弘治	正德嘉靖	隆庆万历	天启崇祯	合计
陕西籍	0	0	9	4	3	16
江西籍	1	3	8	4	0	16
四川籍	0	1	8	2	1	12
河南籍	1	1	4	1	1	8
湖北籍	0	0	1	5	1	7
福建籍	1	0	2	2	1	6
山西籍	0	1	3	0	0	4
云南籍	0	0	4	0	0	4
甘肃籍	1	0	3	0	0	4
湖南籍	0	1	1	2	0	4
河北籍	0	0	0	3	0	3
广东籍	0	0	1	0	1	2
辽宁籍	1	1	0	0	0	2
西域籍	1	0	0	0	0	1
合计	20	27	107	112	40	306

通过上表统计，我们可以清晰地看出明代前期的散曲家有20位，成化弘治年间有27位，正德嘉靖年间有107位，隆庆万历年间有112位，天启崇祯年间有40位。由此，我们可以认识到正德至万历年间是明代散曲的繁荣期。明代前期散曲文学的发展较为沉寂，这与明代其他文体的发展特点大体一致，对个中原因的探讨已有很多著述，此处不赘。除去跨时段长短的原因，天启崇祯年间的散曲文学表现出了相对衰落的特点，这与当时的政治文化背景、文人价值取向及散曲文体的特点等关系密切。

论及各地散曲文学发展的流变性特点，我们以曲家数量在10位以上（含10位）的地区为考察对象。从表中的数据，我们发现明代这五个时段各地散曲文学的发展情况各有不同：如前期与成弘两时段有些地方已经有少量曲家出现，但有的地区曲家数量为0位，以陕西的表现最为典型；正德嘉靖年间各地散曲文学整体表现出相对繁荣的局面，但也有相对衰落的地区，如上海等地；隆庆万历年间，各地散曲文学的发展特点与正嘉间的表现多有相同之处，相较于正德嘉靖年间的曲家数量有升有降；如上所述，天启崇祯年间各地散曲文学表现出了相对衰落的情形，但各地表现也有明显的差异。论及各地曲家数量多少的变化以及散曲文学兴衰表现的成因，有相同之处，如正德至万历年间各地散曲文学均呈现出繁荣的局面，我们可以笼统地说，这与当时经济相对繁荣、政治环境相对宽松、文化思潮的涌动、区间文化氛围的影响等因素有着程度不同的关系。但是，要探讨某一地区散曲文学发展兴衰的原因，除了上面提到的原因之外，各地之间也存有一些明显的不同：如江苏地区，南京、苏州的都会文化及文人好游赏的影响；陕西地区，康海、王九思领袖地位的影响；四川地区，杨廷和、杨慎、黄娥家族成员之间的影响等。以上这些都是值得我们关注的因素。故此，我们在了解明代各时段、各地区散曲文学流变特点时，既要观其共性，也要注意其个性。

当然，我们在关注散曲家相对集中区域的同时，也不应忽视人数较少的地区，尤其是出现了个别散曲大家的地区，如河北的薛论道存曲 999 首，而且他的边塞曲别具特点，又如山西的常伦存曲 178 首（套），其中崇仙慕道曲为明代散曲家中所独有等。因此，地域文化与这些散曲大家出现的成因，以及地域文化与其散曲创作之间的关系，均是值得我们深入探讨的问题。

第二章
明代散曲家的迁移活动与散曲创作

“一个文学家迁徙流动到一个新的地方，自然会在一定程度上受到新的地理环境的影响，自然会对新的所见、所闻、所感，做出自己的理解、判断或者反应，并把这一切表现在自己的作品当中。”① 基于时代环境、家庭条件等因素的影响不同，文学家们的命运也不尽相同，因此他们的行迹游踪也多有差异。在存有差异的迁移活动中，他们受到各地环境的影响也不尽相同，加之个人气质、生活经历、审美旨趣等有别，故迁移活动对其文学创作的影响程度也就不会相同。综观明代散曲家发生迁移活动的原因，大致可分为四种情形：移居他地、宦游迁移、谪戍他乡、漫游外地。这里我们将针对四种不同情形，分别选取有代表性的曲家，分析迁移活动与散曲创作之间的关系，以帮助大家更好地了解曲家的迁移活动对散曲创作影响的不同表现。

一、移居南京与金銮的散曲创作

金銮（1494—1583）②，字在衡，号白屿，陇西（今属甘肃定西市）

① 曾大兴:《文学地理学研究》,商务印书馆 2012 年版,第 62 页。

② 关于金銮的生卒年,罗锦堂《中国散曲史》记为约 1487—约 1582;吴书荫《曲品校注》认为是 1492—1582;李昌集《中国古代散曲史》记为约 1486—约 1575;骆玉明《萧爽斋乐府·前言》推为 1495 前后—1584 前后;赵义山《明清散曲史》记为 1494—1583;张慧剑《明清江苏文人年表》记为 1494—1583;周军考证为 1494—1587。综合众家之说,在没有确切史料证实前,我们这里采用了张慧剑先生的说法。

人。在陇西时，金銮曾从胡世甫学习举业[1]，然而一直未能中举。47 岁时，他跟随父亲移居南京。[2] 此时金銮年岁已长，加之家道衰落，便放弃举业转习歌诗。受江左风习的影响，又融入自己的性情，他的诗歌风流宛转，多有自得之言，不同于以李攀龙为代表的后七子派的复古诗风。同时，他喜好乐府，“洞解音律”，常“酒酣据几，高吟长咏，中节可听”[3]。由他现存的散曲看，或清雅，或俗朴，或谐趣，或放浪，颇富特点。同时，他的散曲也呈现出了明显的地域色彩。

（一）与江南士人的交往、赠答之作

金銮移居明代南方的政治经济文化中心——南京，客观上开拓了他的视野，同时也为他提供了与更多文人雅士交流的机会，加之他性俊爽、好任侠、喜欢文士的特点，使他很快就融入当时的上层社会，成了一位经常出入于各类宴集、文社的风流文人。移居南京增多了金銮与士人交往的机会，也影响了其文学创作的题材内容，较突出的是在他的诗曲中出现了不少酬唱、赠答之类的笔墨。以散曲为例，在金銮现存的 163 首（套）曲作中，约有 47 首（套）属于宴集、酬应、赠答之作。这些曲作大致可分为五类：一是宴集赏玩类，如令曲《四时宴为侯家作》《夏日辕门燕集》《灯下许尚宝召赏牡丹》，套曲《早春西园宴集赠徐王孙》《姚秋涧市隐园》；二是寄怀类，如令曲《寄酬杞县张兑园昆季》，套曲《寄怀沧州李舜卿》《酬梁保定》；三是祝寿、哀挽类，如令曲《寿张沙南隐君》《寿许石城尚宝》，套曲《寿徐太傅》《挽徐髯仙》；四是嘲谑、游戏类，如令曲《嘲王都阃送米不足》《答王十岳病中见嘲》《戏呈钟怡山》《戏谢张右泉神剂》《邢雉山疥卧山庄戏投药方》《淮上追吴厚丘至扬州戏作》《嘲高北桥送年节》等；五是颂赞类，如套曲《汤沂东海上凯歌》等。通过查考这些曲作涉及的相关人员，我们可知金銮的交际对象多是在南京居住或曾在南京为官的

---

① 胡缵宗（1480—1560），字世甫，号可泉，又号鸟鼠山人，秦安（今甘肃天水市）人。明正德三年（1508）进士，官至河南巡抚右副都御史。嘉靖己亥（1539），因火灾他引咎乞归。胡缵宗“隽爽豪逸，上追古人，凡海内贤达及艺文之士，望形影从，听声响赴，欣欣纳交”。（《国朝献征录》卷六十一）至于金銮从学于胡世甫的具体时间有待考查。

② 金銮来南京的时间，据张慧剑《明清江苏文人年表》记为嘉靖二十年（1541）。

③ ［清］陈栻等：《上元县志》，卷二十，清道光四年（1824）刊本。

官宦文人，如上文提到的许尚宝、徐王孙、徐太傅、姚秋涧、徐髯仙、邢雉山、汤沂东等[①]；还包括南京周边地区的一些文士，如上文提到的张沙南、王十岳、蒋南冷等[②]；再有，一些很可能曾在南京逗留过的文士，如《送王小村归广陵》《送吴怀梅还歙》中的王小村、吴怀梅等。金銮之所以能与那么多江南士人交往，除上文提到的移居南京、喜交文士等原因之外，通过广交朋友解决生活上的拮据困境恐怕也是不可忽视的因素。金銮"家道中落"，又无一官半职，过着"家贫常为稻粱谋"[③] 的生活，他在散曲中曾提及受人赠贻的篇章，如《友人尝食以果馅汤饼甚美，久而不能忘，作此识笑》《友人有以绢衣一袭见贻者，偶尔戏答》《嘲高北桥送年节》《嘲王都阃送米不足》等，便说明一定的问题。

（二）对江南景致的描绘与对历史史实的咏思

移居南京改变了金銮的生活环境，因此进入他曲作中的自然景观也迥然不同于其过去生活过的西北高原，而且作为六朝古都——南京身上的历史印迹也常使他在写景时忘不了曾经发生过的历史故事。如［北中吕·满庭芳］《长干春兴》：

> 凤凰台下，见两行杨柳，千树桃花。当年燕子添声价，又来到百姓人家。看白昼香尘走马，听黄昏老树啼鸦。便做到春如画，渐风飘雨洒，芳草遍天涯。[④]

长干，古南京的里巷名。凤凰台，位于今南京市秦淮区长干里西北侧凤台山上。此曲是咏写当时南京凤凰台旁长干里巷春天景色的作品。其中，杨

① 许尚宝，即许穀，字仲诒，一字石城，南京上元人，官至南京尚宝司卿；徐王孙、徐太傅，应指中山王徐达之后徐天锡，官至锦衣卫佥事，曾在凤凰台地区筑"西园"；姚秋涧，即姚淛，字元白，号秋涧，绍兴人，客居南京，官至鸿胪寺丞；徐髯仙，即徐霖，字子仁，号髯仙，长洲人，移居南京；邢雉山，即邢一凤，字羽伯，一字雉山，南京龙江左卫籍，官至太常寺少卿；汤沂东，即汤庆，字公祺，号沂东，祖籍凤阳府人，曾任南京右军都督同知。

② 张沙南，即张恒纯，字隐君，号文台，昆山人；王十岳，即王寅，字仲房，号十岳山人，安徽歙县人；蒋南冷，即蒋山卿，字子云，号南冷，江苏仪征人，官至广西布政司参政。

③ 金銮的诗作《除夕》，［明］俞宪：《盛明百家诗·金白屿集》，四库全书存目丛书本。

④ 《全明散曲》（增补版），第1819页。

柳、桃花、燕子、如画、风飘、雨洒、芳草等词语的运用，显然摹写出了南京城春天到来时的一片生机。但是，“白昼香尘走马”与“黄昏老树啼鸦”的对比，使我们体悟到作者的心情与周围的春景并不是那么协调，让人感到一丝伤感。再有，“当年燕子添声价，又来到百姓人家”化用刘禹锡的诗句“旧时王谢堂前燕，飞入寻常百姓家”，可睹见作者对朝代兴亡历史更替的感叹之情。如果说前面描写春景语句的地域性特点并不突出的话，那么化用刘禹锡诗句中的“王谢”之事确实发生于南京城，加之“长干”“凤凰台”等具有地标性特点词语的使用，的确使其曲作具有了一些地域性特点。

又如，套曲《姚秋涧市隐园》。此曲是金銮对姚淛建筑于南京秦淮之东一座城市园林的赞颂之词。其中，咏今系古，俯瞰远观，近描具叙，比喻用典，描绘出了一处“灵源隐帝畿，胜迹通仙苑”四时景色宜人的醉人胜景。其中，写到了园中的容与台、春雨畦、观生处、思玄室、洗砚矶、鹅群阁、海月楼、煮茶泉、浮玉桥、秋影亭、幽居萃、柳浪堤、芙蓉馆等美景佳处，颇具江南胜景之特色。同时，作者还拿市隐园与息园、快园作比①，“比着那息园、快园，几十年文物人争羡”②。另外，刻画出了“钟陵山千重翠霭，石头城万点苍烟，更和那清溪一带明如练”③的南京胜景，而且还追溯了“六朝风流”余波犹存的渊源。

再有，套曲《吴门春泛》④是对春光二月姑苏美景的描绘，像柳烟花雾、宝马香车、绿水青山、山明叠翠、水绕平芜、泥香飞燕，天连震泽湖，水绕枫桥渡等雅词丽句，恰如丹青画图里的“仙都”。此曲也写到了“怀古笑杀强吴，叹当年谁覆一抔黄土”，有多少宫阙都做了禾黍；陶朱（范

---

① 市隐园，在南京武定桥下油坊巷，为姚元白所创，曾与名辈赏吟其中；息园，位于南京白下区淮清桥东侧，为明中期南京籍著名文学家兼学者顾璘所筑；快园，位于南京城南箍桶巷西侧一带，为明代南京名臣徐霖所筑。（参阅《秦淮志》《南京名人旧居》）

② 《全明散曲》（增补版），第1857页。

③ 《全明散曲》（增补版），第1856页。钟陵山，在城东北十五里，古金陵山也，又名紫金山等；清（青）溪，清（青）溪发源于钟山，入秦淮，连绵十余里，逶迤九曲，淮水与清（青）溪相接于淮青桥处。（参阅《上元县志》）

④ 吴门，指苏州或苏州一带，为春秋吴国故地，故称。

蠡）、西施、伍子胥等历史人物的故事已烟消云散，所见到的只有野店荒垆、废沼平湖，做到了写景与咏史的巧妙结合。

另外，套曲《嘲吴山人雪中招客游天界寺》提及南京的天界寺，令曲《广陵夜泊》写到了夜泊广陵（扬州）的景色等。由此，他的曲作清晰地显现出了地域性特点，也使我们认识到金銮移居南京的迁移活动对其散曲创作内容的影响。

（三）寄居南京对金銮萧爽清雅曲风的影响

明代散曲大家冯惟敏曾用“清歌丽曲写胸怀，识谱明腔称体裁”[①]赞颂金銮的散曲，现人卢前也称金銮的曲作“俊语如珠”“丽绝亦清绝”[②]，给我们道出了金銮散曲曲风的一面——萧爽清雅。如［南商调·黄莺儿］《新霁》：

> 细雨卷轻雷，趁西风过小溪，夕阳芳草浑无际。浮云片时，长空万里。江城独立生愁思。拂虹霓，模糊老眼，还当作上天梯。[③]

又［北双调·水仙子］《广陵夜泊》：

> 城边灯火几家楼，江上风波一叶舟。月中箫鼓三更后，听谁家犹唤酒，正烟花二月扬州。人已去锦窗鸳甃，物犹存青蒲细柳，怨难平舞态歌喉。[④]

前曲的细雨、轻雷、西风、小溪、夕阳、芳草、浮云、长空，后曲的灯火、楼阁、江风、小舟、月、箫鼓、烟火、青蒲、细柳等物象分别为我们勾勒出了两个清丽、萧爽的境界，为下文隐约地抒发“江城独立生愁思”“人已去锦窗鸳甃”的愁绪起到了较好的铺陈。像这种善于造景寄意的表现，

① ［明］冯惟敏：《赠金白屿》，见《全明散曲》（增补版），第2463页。
② 卢前：《论曲绝句》，见卢前：《卢前曲学四种》，中华书局2006年版，第250页。
③ 《全明散曲》（增补版），第1804页。
④ 《全明散曲》（增补版），第1815页。

在金銮散曲中较为普遍，如套曲《春晚》："莺停柳外声，燕绕梁闲语。万紫千红，水面飘香絮。"先写春景，后面却是"一寸柔肠，万缕还千绪，那堪几阵无情雨"[①] 孤闷情怀的流露。

对于移居南京对金銮萧爽清雅曲风的影响，我们借用钱谦益论其诗"风流宛转，得江左清华之致"[②] 来说明这一问题，也就是说金銮移居南京后主动接受江左清雅绮丽之风的熏染，并在诗曲创作中予以实践。当然，也可能金銮在移居南京之前就对江左文风有所喜好。至于金銮身上出现这一现象的原因，除了本人的审美旨趣影响他对某一文学风格的喜好与接受外，客观上移居南京的事实应是重要的促进因素，即为他提供了直接学习、亲自感受的机会，而且周围的自然人文环境也潜移默化地影响了他创作题材的选取与艺术风格的变化。虽然这些影响不好具体量化，但论及影响的存在却是合乎情理的。

二、冯惟敏的游宦经历与其散曲创作

冯惟敏（1511—1578），字汝行，号海浮，山东临朐人。他自幼聪颖，颇具才学。然而，自嘉靖十六年（1537）中举后，二十多年间，他"屡上南宫不第"[③]。直到嘉靖四十一年（1562）第九次会试落第后，他参加了吏部的谒选，被授涞水县令，才开始走上仕途。

（一）初任涞水令与被解任间的散曲创作

据冯惟讷的《发涞水后寄别家兄六首》小序中云"壬戌仲夏，家兄解褐补涞水令"[④]，可知冯惟敏壬戌年夏天到任涞水县。冯惟敏到任涞水县后，适逢"杪秋初度，壶浆奠献之余，举觞致语，自祝心切，感慕不释，命笔填词"[⑤]，便写出了套曲《邑斋初度自述》。综观此曲，主要有三个方面的内容：一是表明自己"不图名，非干禄，无心也待价而沽"的思想，

---

① 《全明散曲》（增补版），第 1857 页。

② ［清］钱谦益：《列朝诗集小传》丁集上，上海古籍出版社 1983 年新 1 版，第 450 页。

③ ［明］李维祯：《冯氏家传》，［明］李维祯：《大泌山房集》卷六十五，明万历三十九年（1611）刻本。

④ ［明］冯惟讷：《光禄集》，明万历丙申（1596）临朐冯氏家刻本。

⑤ 《邑斋初度自述序》，《全明散曲》（增补版），第 2451 页。

还说自己“逞粗豪风流人物，欠磨砻狂简迂儒”“难攀彼丈夫”的现状。受儒家思想与家风的影响，冯惟敏常抱“修政安民”“为民为国”之志，此时初入官场，为何会有这样的想法呢？这需要看第二个方面的内容。二是对官场的不适。受用世思想的驱动，强权恶吏的迫害，加之世俗的影响，冯惟敏谒选得授官职，可他却是“耳听着受职为官胆儿便虚，俺子当似有如无”，这表明他虽然参加了九次会试，一直为功名而奋斗，但还没有做好为官的心理准备。事实上，冯惟敏骨子里虽然受儒家思想的影响深刻，但就其秉直、清廉、崇实的性情而言，面对尔虞我诈、阳奉阴违的官场并不适宜。他说“俺本是汉高阳旧酒徒”“想黄花三径香铺”“酩酊彭泽酒一壶”，应是其内心真实一面的反映。再有，套曲中“眼见的争名夺利眉儿先皱”“上琴堂端坐如泥塑，下厅阶尺步绳趋”“酸甜辣苦，中心难诉”“升早堂夜未阑，放午衙日已晡”等曲句，也在一定程度上交代了他对官场的厌烦之情。三是思亲、念家之情与孤独之感。五十余岁的冯惟敏首次没与家人一起庆祝生日，使他倍感孤独与忧伤，加之官场不令人满意的现状与自己真实的精神追求，更是增加了他感伤的情怀。于是，也就有了“愧不及跪乳羔，恨不如返哺乌，双亲永感悲风木”“念平生手足亲，耐寻常骨肉疏。天南地北多歧路，长空万里衡阳雁，尺素千金湘水鱼……每逢佳节，遍插茱萸”“俺子索独对秋灯赋索居，展转踌躇”“形也孤，影也孤，谁行看觑”[①] 等充满忧伤之情的诉说，以及后文对家乡水连天、草含烟、画舫移、红裙染等美景的思恋。

冯惟敏在涞水任上居官清廉，颇有惠政。然终因不解官场之道，难容官场之风，在第二年（1563）的秋天，便被忌之者以“媒蘖必无之事”[②] 解官。解官后，冯惟敏曾写有套曲《县官卖酒》《县官卖柳》，其中虽有作者幽默嬉笑的游戏之笔，但也有“爱的是民意和洽”“假若系良民且索休，是穷鬼饶他罢”爱民思想的表达，还有“非咱自夸，一不欠起存粮，二不

① 《全明散曲》(增补版)，第 2452—2454 页。

② 《全明散曲》(增补版)，第 2519 页。

欠京镇草，三不欠丁夫价"[①] 办差得力的自诩，背后却是他对官场的不满，对受人忌恨、惨遭迫害的控诉。同时，冯惟敏还撰有小令《解官至舍》二十首、《解任后闻变有感》二首。曲中有解官后一身轻，可以过"苫两间草堂，盖几个竹房""远尘缨遗世网，挂丝桐一张，酿村醪一缸""填几个拙词""懒待起东山卧"隐闲忘忧生活的惬意，可较多的还是表达自己对世态官场的不满，如"世路崎峣，宦海波涛""大牙爪虎威，小魑魍鬼皮。赌什么才和智，世间到处有危机""老妖精爱钱，小猢狲弄权，不认的生人面……扭曲为直，胡褒乱贬""抽身要早，悔当初知见少""看炎凉满眸，听风声点头。人海内多虚谬，些儿蜗角也称牛，真共假谁穷究"[②] 等。由此可见，对于解官之事，虽说冯惟敏表面上表现得相对坦然，但还是对此事的不公充满一种愤懑情怀，而散曲给他提供了一个抒泄的载体。

（二）镇江府学教授任上的散曲创作

解官后，冯惟敏居家一年多的时间，至嘉靖四十四年（1565）春改官镇江府学教授。不管他先前发了多少牢骚，当得知改授镇江府学教授后，虽然官职级别低于先前的县令，但他还是欣然入京谢恩，并撰写了套曲《改官谢恩》。可能是任职府学教授适合他"文雅犹足训士"[③] 的特点与内心真正的诉求，在《改官谢恩》中他除了对自己"曾宰制专城压势豪""平地里闪了一交"的追忆外，更多的是对"前程万里""乐得些英才教育""方显俺书生书生荣耀"兴奋情怀的书写，再者就是对"圣天子重英豪""立德行王道"的颂扬，还有对谨守"世世清名""家声"的承诺，由此看出他的内心深处还是想通过仕途来实现自我价值的。

在任镇江府学教授期间，冯惟敏创作了不少曲作，除套曲《改官谢恩》《寿马南江》外，他"有感昔游，情不能默。青门艺苑博雅，兼善北谱"[④]，故又去拜访沈仕乞画，为此撰有套曲《访沈青门乞画》。嘉靖四十五年

---

① 《全明散曲》（增补版），第 2521 页。
② 《全明散曲》（增补版），第 2367—2372 页。
③ 《全明散曲》（增补版），第 2455—2456 页。
④ 《全明散曲》（增补版），第 2454 页。

（1566）春，冯惟敏赴南京参谒留台时，拜访了许石城、邢雉山等旧友[①]，也认识了曲家金銮、居士姚溯等，一时间他们"倾盖言志，击节赏音。华灯与雪月交辉，笑语共笙歌杂沸"[②]，欢聚一堂，"宾主罄欢，溪山改色"[③]，恨相知甚晚，别路匆匆。为此，冯惟敏撰写套曲《赠许石城》《留别邢雉山》《酬金白屿》《题市隐园十八景》等，以描绘当时之情景，赞颂朋友之才华，抒泄欢畅之情，记录朋友之情谊。

镇江府学教授位卑言轻，本身是个闲职，这使冯惟敏有更多的时间游览江南胜景，结识同趣朋友，而此时也是他仕途上最为顺心的时段。由于时间充裕，又酷爱山水，冯惟敏到任镇江的第二年（1566）便构建仰高亭作为自己的休闲之地，并写有两首套曲《仰高亭中自寿》《又仰高亭自寿》。其中，有对闲情雅致的抒泄，有"颓然独酌"时思乡情怀的表达，还详尽地为我们描述了仰高亭周围的胜景。如曲句"细雨轻风淡烟袅，又一带山围水绕。搬日月滚江涛，地阔天高，越显得幽亭小。超北固跨金焦，便做道阆苑蓬莱也只是山水好"[④]，直书仰高亭周围的北固山、金山、焦山等自然景观。在曲作的"序""跋"中，他对仰高亭周边景致的描述更为集中，如《仰高亭中自寿序》云："平生酷爱山水间……涞水抱西山之秀，京口擅金、焦之美，出处之间，不可谓不遇也。草亭初成，欣然命酌，日精、月华，金、焦、北固，诸峰罗列几席，自谓贤于食前方丈远矣。遂歌黄钟之宫，邀名山以自寿。"[⑤]《又仰高亭自寿跋》云："余以乙丑（1565）冬客润州[⑥]，丙寅（1566）作仰高亭于尊经阁之北，旧膳堂遗址也。双柏苍老，对植左右，不知几何年矣。亭少东为日精山，峙于周垣之内；其后

① 据相关史料可知，自正德十年（1515）至嘉靖六年（1527），冯惟敏的父亲冯裕曾任南京户部员外郎，当时冯惟敏随父居南京。其间，冯惟敏参与了冯惟健、许仲诒、邢雉山、杨全卿等人组织的文人社，得以认识许、邢二人，故言其访旧友。

② 《全明散曲》（增补版），第2460—2461页。

③ 《全明散曲》（增补版），第2462页。

④ 《全明散曲》（增补版），第2464页。

⑤ 《全明散曲》（增补版），第2464页。

⑥ 润州，镇江府古称。据《乾隆镇江府志》卷首"世表"中记："隋开皇十五年……置润州于镇城。""明初为江淮府，洪武四年改镇江府。"见［清］高得贵修，张九征等纂，朱霖等增纂：《乾隆镇江府志》，乾隆十五年（1750）增刻本。

为北固山，郡堞倚以为雄；近西为月华山，亦峙城中，而日精特为秀异，长松干云，佳气葱蒨。时一登眺，则金、焦、大江之胜，在目中矣。……若夫左扶桑，右泰岱，嵩沂角其前，渤海带其后，藐然中处，则有此景亭在焉。”[①] 这里，他交代了仰高亭周围的山川布局。诸峰罗列：日精山在府学内，北固山在郡城一里郡治后，月华山在府治西南，金山在郡城西七里，焦山在郡城东九里；北有长江天堑，西有运河及金山湖、中冷泉等；有山、有水、有松，可谓江南一秀美之地。司马迁曾曰：“立国必依山川，镇江山川甲东南。”[②] 相较于他对家乡山水的描绘，冯惟敏内心的情感是有差别的：对镇江山水的简略记述，是他喜爱山水的一种直接外现，而对他家乡冶源景致的描摹除了对山水的喜爱外，还赋予对山水强烈的爱恋之情。不过，这对于我们了解当时镇江山水的景致大有帮助。

再有，冯惟敏通过撰写套曲《题市隐园十八景》[③]，更直接地为我们描写了南京园林之美的一面。《题市隐园十八景序》中云：“余以谪至南徐（即镇江），乘兴诣白门，辄驰入园中，历抚十八景，从而赋咏。”[④] 他妙笔生花地写道：“玉林抽凤尾摇，茶泉煮龙团闹。春雨畦岁岁收，海月楼年年照。”“串鹤径午烟销，剪鸥波晚风飘。闲挥洒鹅群阁，慢行吟浮玉桥。归云洞新凿，开顶上通天窍。洗砚矶清标，见池中有凤毛。”[⑤] 冯惟敏对市隐园中兰皋幽香、芸阁廊庙、凤尾茗茶、柳浪亭桥、洞天蓬岛之景的着力刻画，颇现赞誉之语，从而托出了当时一些江南士人追尚“仕隐”生活的特点，也在一定程度上使我们了解到了南方园林佳景的部分特色。

---

① 《全明散曲》（增补版），第 2471 页。

② ［清］高得贵修，张九征等纂，朱霖等增纂：《乾隆镇江府志》卷二“山川”前“小序”，乾隆十五年（1750）增刻本。

③ 市隐园，据《皇明词林人物考 · 姚元白》云：“居在秦淮上辟地为园，名曰‘市隐’。有燠馆、凉台，绕以回塘曲栏，水竹之盛甲于都下，日与名胜赏会其中，而四方文士闻风来者，皆为下榻。觞咏之盛，一时相传盛事，实公之地主焉。”（［明］王兆云：《皇明词林人物考》卷十一，明万历刻本。）又有：“有别墅在秦淮之东，曰‘市隐园’。颇有林麓之胜，标为十有八景，招邀一时知名之士为之记序题咏。”（［清］永瑢：《四库全书总目提要》卷一百九十二《市隐园诗文 · 提要》，中华书局 1965 年版，第 1754 页。）

④ 《全明散曲》（增补版），第 2459 页。

⑤ 《全明散曲》（增补版），第 2459—2460 页。

（三）保定通判任上的散曲创作

隆庆三年（1569）春，冯惟敏自镇江府学教授调迁保定府通判。同年秋天，患婴脑疾。在他身患疾病力不从心的状况下，完成日常事务后，还参与编撰《保定府志》，结集杨继盛的遗文行世，并上奏《陈郡利害十六事》。其间，他还署满城县事，不久辞去。

在保定任上，冯惟敏也创作了不少散曲篇章。综观所作，大体可分为四类：一是酬应、赠答类，如《送李阁老南归》，是"状元宰相"李春芳乞罢南归，冯惟敏深感其德高望重，撰写的颂扬之作，"试贤科第一，论相业谁及。厌纷更尚执持，端的是太平宰相匡时器。老成人物清朝瑞，为甚么圣明天子难轻弃"[①]。《送贾封君约翁南还》是对深居简出、淡泊尘世之人贾约庵的一篇颂词，其间也写了自己"笑向烟霞寻故友，竹林下宴游"的生活追尚。《贺凤渚公镇易州》，查考相关史料，可知此套曲很可能是冯惟敏贺高文荐坐镇易州的作品[②]，曲中记述了高文荐离任时民众塞满长沙道予以挽留的景况，赞颂他"到处仁声，一味清操""看卓异声名振，把循良姓字标，不负了抚字心劳"，并表达了"只愿你官高，任飞腾万里遥""大丈夫志四方，保吾民都是好"的美好祝愿。二是对日食、月食的记录，如《月食救护》小序云："己巳（1569）秋，七月之望，月食不见。"[③]《日食救护》小序云："庚午（1570）正朔，日有食之。"[④] 曲作中没有记载日食、月食的具体情况，主要描述了日食、月食到来时人们救护过程中的不同表现：有召书生问礼者，有置复圆牌于案者，有跪地者，有倚立者，有窃笑者，有私语者，有不以为然者，"全不守礼仪，问着他修省之心无半米"，其中既表达了冯惟敏对一些官宦、书生在救护日食、月食仪式上表现的不满，也表达了自己"忠诚存敬慎"的崇礼敬畏之心。[⑤] 三是自寿、自

① 《全明散曲》（增补版），第 2490—2491 页。

② 高文荐，四川成都人。嘉靖三十八年进士，曾任清苑知县、长沙知府、易州兵备道按察使、山西巡抚等职。

③ 《全明散曲》（增补版），第 2482 页。

④ 《全明散曲》（增补版），第 2483 页。

⑤ 关于日食、月食的救护仪式，《周礼》《左传》《白虎通义》等史料中均有记载，历代对日食、月食救护的仪式也多有变化。《明史・礼十一》之《救日伐鼓》条有简略的记载。（《明史》卷五十七）

述类，如套曲《郡厅自寿》记写（己巳年）冯惟敏五十九岁在保定过寿时的心情，既写自己与家人分隔千里、无人过访唱酬的孤凄情景，又表达了消民愁、分帝忧、修德政的治世心愿。令曲《庚午郡厅自寿》八首写于庚午年，曲作内容相对繁复，先述“一千里故人，六十度生辰，天涯聚会慰情亲，叹光阴滚滚”离乡思亲的情怀，又写“南来北往急奔趋，满身间是土，两头恐犯尊官怒”官宦生活的辛苦，又写自己三厅行香虔诚默祝，保佑文词壮、家门旺、一身康，再写“忽然夜半报边声，自披衣点灯。飞星迅速传军令，严城仓卒修军政，通宵谁敢误军情”[①] 时，停寿筵忙军务的情形，最后自诩自己有文武全才，告休不能的现状。套曲《六秩写真》是冯惟敏对自己画像的评说（行唐人石臻所画），借此表达“野鹤姿，孤云相”“一生潇洒偏豪放”“纶巾羽扇任清狂”“清奇落魄”[②] 的山人形象。套曲《辞署县印》写自己执掌涞水县时得罪权贵被解职，所以“曾被蛇缠，见了条烂井绳吓得我心惊肉颤”“到如今乔木含冤”，更多的是怨气，但其中也表明了“纵有那行移粘卷，无经手的半文钱”的清廉，以及不怕革职一心为民的决心与安守自然的生活态度。四是乞休、东归类，因身体患有疾病、年纪已大、厌倦官场、与弟弟冯惟讷有约等原因，冯惟敏已早生退意，如套曲《舍弟乞休》在高颂八方宁靖、四海升平、九有雍熙的同时，以欣喜的心情描写了与弟弟惟讷相约归乡后的打算。令曲《乞休》二首主要表述自己归休后隐闲东山的愿望。套曲《量移东归述喜》与令曲《辛未量移东归》四首，写辛未年（1571）欣闻弟弟惟讷得旨归乡，自己也允准量移东归（迁官鲁王府，未赴），心情大好，于是感皇恩旷荡，也为返乡后“做一个盛世闲人”，做一个“卧明月满床，驾清风一航”的闲居山人，做好了心理准备，对于家人团圆、邻里相见，以及结束坎坷世路、开拓自己的水云居充满了无尽的遐想。

另外，冯惟敏隆庆六年壬申（1572）春回归故里，当时创作的令曲《将归得舍弟书》二首、《阅报除名》四首等也应视为归田后宦情的延续，

---

① 《全明散曲》(增补版)，第 2401—2402 页。

② 《全明散曲》(增补版)，第 2485—2487 页。

其中表达了对归家闲居的期盼，以及归家后听到吏部除名时的欣喜与将官场看破后的坦然。通过对冯惟敏“七载三迁历郡曹”① 及其期间所创曲作的分析，我们了解到坎坷的宦途对他生活道路、人生境况、思想情感都有不小的触动与影响，而这些影响表现在散曲创作上便是开拓了题材范围，丰富了散曲创作的成就，为明代散曲园地增色不少。

三、长期谪居云南与杨慎的散曲创作

因“大礼议”事件，杨慎（1488—1559）谪戍云南三十多年，至死未得释还家乡，这是明代历史上的一场悲剧，更是一场刻骨铭心的人生悲剧。杨慎“红颜而出，华颠未归，几三十稔，得古今奇谪”② 的命运对他的身心影响巨大，对其文学创作的影响也十分明显。

以散曲为例，这种影响主要表现在对散曲创作题材范围与思想情怀的表达上。概为以下几个方面：一是表达离思情怀的曲作占他现存散曲的绝大多数。据计，杨慎现存曲作 242 首（套），其中有 116 首（套）表达离思、幽怨、孤寂情怀的作品，约占其曲作总量的 48%，而且多数是或显或隐地表达对家人离思情怀的作品，像曲句“离井背乡”“天涯极目空肠断，寄书难，无情征雁，飞不到滇南”“形骸放浪，到处是家乡”“万里客衣单”“思乡泪，远戍人”“故乡明月三千里，问归来犹未有期，放开怀且拼沉醉”“猿吟鹤唶，留客坐孤亭”“一辞故国三千里，独戍遐荒二十春”“有信书难寄，无言泪暗流”等等，俯拾皆是，其中饱含血泪的离思哀痛之苦，读来让人为之动容。再有，表达与朋友离别寄思情怀的作品，如《二首寄同时谪戍二公（王舜卿、刘汝楫）》《别程以道》《别张愈光》《寒夜与万道济话别》等，其中“骅骝不到，鸿雁难通。说相思频劳远梦，问平安仰仗苍穹”等曲句也颇为感人。二是对云南地方景观与习俗的描绘。长期远戍云南，改变了杨慎的生活环境，也为他描绘当地的景观与习俗提供了方便，如《再游宝珠寺》《与沐太华游莲池》《高峣夕眺》《泛大理海

① 《全明散曲》（增补版），第 2476 页。

② ［明］简绍芳：《陶情乐府序》，《全明散曲》（增补版），第 1755 页。

子》《大理九日》《高峣水泛夜归》《观竞渡》等，便为我们了解当地的景致与习俗提供了帮助，这在一定程度上表明杨慎已做到了“寄情于艳曲，忘怀于谪居，吟馀赏末，时一为之”① 的生活状态。结合实情，我们认为这仅是反映了杨慎生活的一面，其实在其内心深处仍是存有一种复杂而又无解的痛苦，包括上文提到的离思曲，我们不妨把它们理解为一种寄托情怀、逃避现实的载体。三是与云南当地文人及云南官宦文人的交往。谪居云南期间，杨慎与当地文人或官宦文人的交往频繁，其中对吴懋（1517—1564）、张含（1479—1565）、李元阳（1496—1580）三人散曲创作活动的影响十分明显，据三人现存的散曲作品看，全与杨慎有一定的关系。关于其他文人，作品中曾出现董西羽（董难）、马海粟、刘南坦、顾箬溪（顾应祥）、张石川、李半豀、周木泾、简西峃（简绍芳）、万道济、张月坞、李菊亭、沐太华、张愈光（张含）、程以道（程启充）、刘汝楫、王舜卿（元正）、康良卿、李翰林、刘建之、李文瑞、张子言、董宗究、刘用晦、施应民、段必民、李华仙、少岷翁（曾屿）等人。其中有云南人，如吴懋、董西羽、张含、李元阳等；也有外籍文人，如顾应祥、简绍芳、曾屿、王元正、程以道等，有师友、门人，也有名流、官宦等。这些交游对象曾给予杨慎很多支持与帮助，既为杨慎的文学创作与著述提供了保障，成就了文化史、文学史上的才子杨慎，也促进了当地文化的发展。关于杨慎谪戍云南后散曲创作特点及对当地文学的影响，后文还有所论及，这里不再展开。

四、漫游活动与布衣曲家王寅、茅溱的散曲创作

或出于生存的需要，或出于娱乐的需要，或出于求取功名实现自我价值的需要，或出于炫耀自己身份的需要，古代文士多有漫游的经历，因此也就为我们的研究提供了一个话题。在明代散曲家中，王寅曾南历海隅，北走沙漠，茅溱曾携吴姬走塞上二十年，梁辰鱼为谋求生计也曾游历塞北、吴楚间，宋登春弃家远游，屠隆游历于九峰、三泖、西湖之间，孙斯亿也

---

① ［明］王畿：《陶情续集跋》，《全明散曲》（增补版），第1756页。

好游天下名胜等，这些经历丰富了他们的人生，也程度不同地影响到了他们的散曲创作。

（一）漫游活动与王寅的散曲创作

王寅，字仲房，一字亮卿，号十岳，别号十岳山人，南直隶歙县（今属安徽）人，嘉靖至万历年间在世。他少年倜傥自负，早年弃明经业，好任侠，性气孤高，喜好远游，“南历海隅，北走沙漠，周游吴楚山川”①，一来览景访友，二来寻求异人求仙究禅。他曾入胡宗宪幕府与戚继光大营，然终不得尽用。② 嘉靖二十一年（1542），王寅倡导诗社于天都峰下，被推为约长，计有十六人参加。从王寅现存的散曲看，漫游活动对他散曲创作的影响还是较为明显的，主要表现在两个方面：一是与所游之地文人的酬应之作，以见其游踪。譬如，令曲《金陵寿张治卿六十》、套曲《寿金白屿八十》，多是对张治卿、金白屿的赞誉之词，说明王寅到过金陵并参与过一些庆寿活动；又有《余游金陵维扬侄衡仲辈饯送》说明重阳时节他游览过南京，且到过扬州。其实，还远不止于此，据王寅曲作中所言“几番策马走南畿”“金陵名妓识王郎”“三十年三上南都”等，表明他曾是金陵的常客；再有，令曲《燕京答刘念庵副使送别》，记录王寅曾去过燕京，曲句“出关游，过帝京”是说王寅还游览了其他地方，路过燕京时顺便拜访了曲家刘效祖，从曲句“喜逢君一笑忘形，狂吸瑶觞，醉倚银筝”，可以看出王寅与刘效祖的相会十分融洽惬意。二是通过记写所游之地表达羁旅哀伤情怀的作品，如套曲《中秋舟宿睦州》。睦州即杭州淳安，与王寅的家乡歙县相邻，其中描绘了中秋舟宿睦州时寒波、白沙、灯火、西风等凄冷之景，借此表达了自己的游子离情，接着叙说了近两年的行程与打算，“去年呵蹶骅骝弹宝剑悲歌都市，今年呵访仙真浴龙湫又还雁岭，明年呵知何处走风尘，未卜阴晴”，曲中也流露出了“浮生瞬息年华迅尽，大半客底身”③ 的悲情。套曲《燕京除夕》没有写燕京除夕热闹的场景与习俗，而是感叹一

① ［清］闵麟嗣：《黄山志定本》卷二，续修四库全书影印本。

② ［清］张佩芳修：《歙县志》卷十四云：“始受知于刘、黄二侍御，既而胡少保、徐方伯，晚而沈翰林、戚大将军，然皆未究其用。”（乾隆三十六年〈1771〉刻本）

③ 《全明散曲》（增补版），第 2205 页。

岁将除，光阴如过驹，长游羁旅，趁早写归赋的悲寂情怀；令曲《燕京九日》也是借重阳时节，抒写“故乡遥隔，音信常绝”“雁阵横斜”“茱萸遍插，偏俺怨离别”① 的伤情。

再有，王寅还写有十首年谱式的令曲，简略地记述了自己十五年至百年的行略。曲后注曰：“前七首每首若记年谱，后三首乃放言自适，戏问造物者若相与谋焉。观者使笑王生不达，而有此期必者则误矣。”② 其中第三首的曲句“三十年三上南都”“还览名山万里图，消孤愤寻幽吊古”，第六首的曲句“六十年蓟北驱驰，赴将军旧日相期”“望黄云白草风吹，万里长城压塞齐”③，部分记写了他三十岁、六十岁时的漫游活动，以及所见之景与所感之情。

王寅豪迈不羁、爽直任侠的个性，使他敢于突破常人的生活方式，或弃举业不顾功名，或走少林等名山宝刹习武寻仙，或入幕府杀敌于阵前，或漫游南北各地访友览景等。胡宗宪在王寅诗集序中云：“孰谓世之产才有不关山川气化者?”④ 说明胡氏认可“江山之助”对个性形成有着一定的促化作用。王寅游走各地的经历在一定程度上丰富了他的性情，也潜移默化地影响了他散曲创作的内容与风格，上文所述便是一种印证。

（二）漫游活动与茅溱的散曲创作

茅溱，字平仲，江苏丹徒人。“少负奇任侠，不拘绳检。性嗜学，肆意古文，诗歌与邬佐卿唱和，酒人剑客屡相错也。挟吴姬走塞上二十年，击筑酣歌，为出塞入塞曲。戚少保继光虚左咨硕画，百不一失。归来尽敛其少壮时英气，营别墅，自称日损居士。所居傍清溪，焚香著书晏如也。”⑤ 有《韵谱本义》⑥ 行于世。据县志知茅溱年七十六岁卒，又有《韵谱本义》中他本人所写序言的落款为万历甲辰（万历三十二年〈1604〉），可推知茅

---

① 《全明散曲》(增补版),第 2181 页。

② 《全明散曲》(增补版),第 2186 页。

③ 《全明散曲》(增补版),第 2185—2186 页。

④ ［明］胡宗宪:《十岳山人诗集序》,见［明］王寅:《十岳山人诗集》四卷,明万历程开泰等刻本。

⑤ ［清］何绍章等修,杨履泰等纂:《丹徒县志》卷三十三,清光绪五年(1879)刊本。

⑥ ［明］茅溱:《韵谱本义》,明万历甲辰(1604)刻本。

溱约嘉靖后期至万历中期在世。

据谢伯阳先生《全明散曲》(增补版),知茅溱现存散曲小令1首,套曲6套。据曲作内容判断,其中有4套套曲应是茅溱游走塞上时所作。又据《丹徒县志》中"戚少保继光虚左咨硕画,百不一失",以及《明史·戚继光传》获知戚继光隆庆二年至万历十一年间曾以都督同知总理蓟州、昌平、保定三镇练兵事,曾援兵辽东击退土蛮的进攻,再有《宴苏镇宛在亭四景》《辽左思归》曲作的内容,我们大致判知茅溱这类曲作很可能创作于戚继光总理三镇练兵事期间。

细读这四套曲作,大致包括四个方面的内容:一是怀古曲,如《金台怀古》。金台,即"黄金台",相传燕昭王筑此台并置千金于台上,延请天下名士。其中,借此遗址,述及燕昭王、郭隗台、碣石宫、乐毅、齐闵王、田单、荆轲、樊哙、高渐离、田光、燕子丹、秦王、王佐、五国结盟等历史人物、历史遗迹与历史故事,在感叹历史、表达伤感情怀的同时,也赞颂了兴江左、一统山河的明主,然后又回到自己壮心不死却两鬓先皤的感伤,最终也只有用"穷达命自合""江湖廊庙随时过""省得祸到头来无处躲"[①] 来安慰自己了。二是思归曲,如《辽左思归》。曲作主体书写"寒云侵旅搨""倦游人展转思家"的情怀,也表达出了一种"只落得面似靴皮,身如傀儡,都做了一场闲话""一任旁人嘲笑咱""悔当初一着争差"失落消极的情思,最后安排了自己回乡后"披襟散发,任着我笔床茶灶自潇洒"[②] 的生活。值得关注的是,在这套曲作中作者写到了辽左的生活习俗,如[十二月]:

叹绝塞珍羞最寡,比中原风俗真差。火热炕冬冬夏夏,冰凉水户户家家。苦蕒菜全凭豆酱,糙薥米尽伴泥沙。[③]

① 《全明散曲》(增补版),第4235页。
② 《全明散曲》(增补版),第4235—4236页。
③ 《全明散曲》(增补版),第4235页。

又［尧民歌］：

呀。没皮猪总是他熬煮共煎炉，酸浆酒那见他甘美与香滑。掺杀人水陆灿交加，吓杀人罗绮斗繁华。堪夸，堪夸。琴与戍笳，好杀了心耽怕。[①]

这里，记述了辽东人的饮食特点、居住条件和与中原不同的风俗，以及喜好穿戴绮丽的服饰，使用琴与笳等乐器，具有典型的地域文化特点。据清人王一元的《辽左见闻录》所记："辽左屠者，皆生剥豕皮以制乌喇，故豕肉绝少带皮者。""窗内即火炕，夜为卧榻，起则叠卧具于几上，掺作饮食惟炕是赖，虽盛夏亦然。有绕室皆火炕者，谓之卍字炕。"[②] 可以部分印证曲中所述辽左人们的生活习俗。三是写景曲，如《宴苏镇宛在亭四景》。苏镇宛在亭的具体位置有待查考，但据曲末所言"论渔阳真乐土，四季繁华恁布，堪付良工作画图"，可知曲作描绘的是渔阳（今蓟县）四季的景色，苏镇宛在亭应是当时渔阳的一个景点。春天，日丽风柔，红紫万般，黄鹂鸣春；夏日，绿遍郊原，蝉吟高树，芙蕖斜倚，菱歌惊鹭，兰桨竞飞；秋季，"白雁来，黄花吐。霜满蒹葭，露零芳杜，风前杨柳半萧疏"；冬景，"风渐寒同云密布，雪乱舞满地琼琚""梅花孤影"。[③] 颇见作者当时的闲情雅趣。四是宴乐曲，如《春日宴顾参军园亭》。曲作主要写水绕庭，花飘香，狂蜂舞，柳参差，醉人时节。虽写作者与顾参军宴吟之事，但其中没涉及顾参军的任何信息，全是抒写自己所谓参透荣枯后，尽享眼前美景的洒脱情怀。不过，由斜阳欲坠，野花零落，乞哀昏夜，利名心年来凉似铁等语句，仍可睹见作者流露出来的一种感伤情绪。

---

① 《全明散曲》（增补版），第 4236 页。

② ［清］王一元：《辽左见闻录》，康熙六十一年（1722）抄本（不分卷）。乌喇：即乌拉，东北地区冬天穿的鞋，用皮革制成，里面垫乌拉草。

③ 《全明散曲》（增补版），第 4237—4238 页。

第三章 成化、弘治年间北方散曲沉寂的表现与原因

经过明前期的调整、恢复、发展后，成化、弘治年间的明王朝呈现出了“号为太平无事”“朝序清宁，民物康阜”[①] 的景象。此时的政治环境相对清明，局部地区的经济发展出现了繁荣的境况，奢侈、僭越之风开始出现，社会风尚开始出现局部新变，思想界也开始寻求新的空间，以改变程朱理学一统的僵化局面，此时的文坛走上了自己的求变之旅，雅俗兼具、活泼自由的散曲文学也呈现出了新的阶段性特点。

相较于前期，此期散曲文学最为突出的表现是，出现了一些颇有影响的散曲家，如陈铎、王磐、祝允明、唐寅、杨循吉等，这些曲家散曲作品的内容与风格各有特点，为当时的散曲园地增添了新的质素。譬如，出现了不少行业、人物、嘲谑曲，突破了传统的藩篱；曲风方面，清雅、艳丽、柔婉的曲风开始上扬。就地域而言，此时段有名姓籍贯可考的曲家 27 位中，南方曲家就占了 24 席，北方曲家少得可怜，只有 3 位[②]，而且存曲数量远不可与南方曲家相比。南方代表性曲家陈铎、王磐散曲创作的内容与

① ［清］张廷玉等撰：《明史》卷十五，中华书局 1974 年版，第 196 页。

② 事实上，成化、弘治年间北方从事散曲创作的曲家要多于三人，如在关中曲家韩邦奇的现存曲作中，便有《闽中秋邀杨乔夫饮弘治乙卯》《饯尧甫举人时在关中弘治乙丑》，这里的“弘治乙卯”“弘治乙丑”，分别指“弘治八年”和“弘治十八年”，这说明韩邦奇在弘治间已开始染指散曲，我们认为这很可能不是个案（因据韩邦奇的散曲创作主要集中在正德、嘉靖间，故把他归入正嘉年间）。这里所言成化、弘治年间北方仅有三位散曲家，是在现有材料的基础上统计所得，如果考虑到资料遗失和一些无名氏等原因，当时北地从事散曲创作的曲家应多于三人，但不会多于南方散曲家，也改变不了此时北方散曲的冷落局面。

风格特点，后文有专述，曲家祝允明、唐寅的曲风特点及其成因，拙著《明代“吴中”“关中”散曲史论》[1]中已有详述，这里均不赘述。值得关注的是，此期散曲文学在南方渐兴的同时，北方的散曲文学为何表现得如此沉寂？下面，我们对王越、万勋、杨杰三位曲家散曲创作的基本表现试做分析，并探讨一下沉寂局面出现的原因。

一、沉寂中的色彩——成、弘年间北方散曲的基本表现

受不同因素的影响，成、弘年间北方三位曲家的散曲分别呈现出了各自的特点，虽然在当时没成气候，但为冷落的北方散曲也增添了些许色彩。

（一）王越曲作的豪放、粗俗之风及其成因

王越（1426—1498）[2]现存8首曲作，题材内容涉及隐闲、叹世，较于元散曲并无创新之处，而且还有做作之嫌。值得称道的是，他曲作中的豪放、俗朴之风还留有一些元散曲的味道，值得一读。如［北双调·沉醉东风］《乐闲》二首之一：

> 穿一领粗粗布袍，系一条缦缦麻绦。钓竿上风月多，酒瓮里功名小。对溪山盖一座团标，我将这矮矮柴门闭的牢，又恐怕云来占了。[3]

又［南商调·黄莺儿］四首之三：

> 唱一会哈哈哄，想人生当和哄，争名夺利成何用？三岁的小童，八十的老翁，老和小都是一场梦。哈哈哄，趁花浓酒浓，直吃得醉朦胧。[4]

---

① 刘英波：《明代“吴中”“关中”散曲史论》，山东人民出版社2014年版，第16—33页。

② 关于王越的生卒年，《全明散曲》（增补版，第450页）中标注“永乐二十一年（1423）生，弘治十二年（1499）卒，年七十七”，可能有误。据［明］李东阳撰《王越墓志》（李东阳：《怀麓堂文后稿》卷二十三）、［明］崔铣撰《王越墓神道碑》（崔铣：《洹词》卷七）等，我们获知王越的生卒年应为“1426—1498”，年七十三岁。参见赵长海校注：《王越集》附录三，中州古籍出版社2009年版，第573—581页。

③ 《全明散曲》（增补版），第451页。

④ 《全明散曲》（增补版），第451页。

根据相关史料[①]和存曲内容看，我们认为王越现存的曲作应作于他被削爵与致仕间，即成化十九年（1483）至弘治十年（1497）间。当时，因王越与宦臣汪直有交结，汪直事发，王越受言官弹劾，被削爵后徙居安陆（今湖北钟祥市）。弘治元年（1488）赦他还乡。弘治七年，王越屡疏讼冤，朝廷下诏恢复他的左都御史，允其致仕。结合王越存曲的内容和其中表达出的闲适、洒脱的情感，我们推测这些曲作极可能作于弘治元年至弘治十年间，具体时间待考。不过，据王越"急功名"[②]，家居间"喜奢华，自奉若诸侯王"[③]，又喜结权贵（曾结交汪直、李广），善于揣测达官的旨意等情形，以及他复出后竭力想恢复伯爵地位的举动[④]，我们认为他的曲作中表达出的"酒瓮里功名小""争名夺利成何用"等闲乐、洒脱的情怀并不是他内心的真意，有造作之嫌，只是其仕途不如意时一种慰藉、疗救自己的有效方式而已，即使在一定程度上有真情所在，那也是暂时的、次要的。

由王越的整体曲风看，以豪放、俗朴为主，如上面所举的二曲。又如［南商调·黄莺儿］四首之一：

唱一会啰哩啰，论清闲谁似我，清风明月咱三个。清风是大哥，

① ［清］张廷玉等撰《明史》卷一百七十一《王越传》："明年（成化十九年），（汪）直得罪，言官并劾越。诏夺爵除名，谪居安陆，三子以功荫得官者，皆削籍……越既为礼法士所疾，自负豪杰，骜然自如。饮食供奉拟王者，射猎声乐自恣，虽谪徙不少衰。故其得罪，时议颇谓太过，而竟无白之者。孝宗立，赦还。弘治七年，越屡疏讼冤。诏复左都御史，致仕。越年七十，耄矣，复结中官李广，以中旨召掌都察院事。给事中季源、御史王一言等交章论，乃寝。……（弘治十一年）会李广得罪死，言官连章劾广党，皆及越。越闻忧恨，其冬卒于甘州。"［清］武穆淳修，熊象阶纂：《浚县志》（清嘉庆六年〈1801〉刊本）卷十五《王越传》中云：（弘治十八年）王越受言官弹劾，"公为诗怨望，上怒，夺公封，编管安陆。弘治元年，陈冤，许还乡。七年，又陈冤，下廷议公功过，复左都御史，致仕……（弘治）十一年卒军中"。［明］王世贞《威宁伯王公越传》（［明］焦竑：《国朝献征录》卷十）云：因奸事大露，给事中御史在纠汪直的罪状时，并及王越，于是"诏削越官爵，追诰券，徙至安陆州，而尽夺其诸子锦衣都指挥使……越之在安陆与还浚田池，射猎帐饮声乐如故，而其于功名志不小衰。会家近京，得通于中贵人李广为上言之，中旨召掌都察院事，为台谏所论阻……中贵人广败自杀，言者皆首攻越，上虽雅重之不为报，而越坐忧悴，病剧遂卒，年七十四"。

② ［清］张廷玉等撰：《明史》卷一百七十一，中华书局1974年版，第4574页。

③ ［明］王世贞：《威宁伯王公越传》，见［明］焦竑：《国朝献征录》卷十，明万历四十四年（1616）刻本。

④ ［明］王世贞撰写的《威宁伯王公越传》中有"越之再起，欲还伯爵竟不得"之句。

明月是二哥，论三哥咱也做得过。啰哩啰，清闲处快活，沉醉了待如何。①

此曲与上面所举二首一起表现出粗豪洒脱、口语化色彩浓厚的特点。虽用南调，但表现出的却是北曲的豪俗之风。之所以王越笔下的南曲能出现这样的曲风，除作者对南、北曲调的风格不予严格把握区分外，我们认为这与他的诗文观有着直接的关系。在诗歌创作方面，王越倡导“语不求奇意自新”“不求工而未尝不工”的创作观，故而形成了“粗豪奔放，不事雕饰”② 的特点。作文上，他崇尚“浩然之气”③，故其文不受检束，有河朔激壮之音，却伤于粗率。王越这种粗放、激壮的审美思想当然也会影响到他散曲创作的风向，其散曲中豪放、粗俗的风格乃是他这一创作思想的外现。王越这一诗文观念的形成，与他注重恢复古诗风雅、“发乎性情止乎义”、崇尚自然的主张有关。④ 同时，还有两点值得注意：一是，王越豪纵不羁、自负豪杰、慷慨自许、傲然自如、论议英发、见事风生的性格特点，对他的文艺思想影响较大，进而影响到他对散曲风格的接受和表现；二是，王越“久膺帅寄”“身经数十战”，多年的边塞、戎马生活，想必也会在一定程度上影响到他内在的审美思想。因而，在他诗歌、散曲中表现出一种

① 《全明散曲》(增补版)，第450页。

② [清]钱谦益：《列朝诗集小传》丙集，上海古籍出版社1983年新1版，第250页。

③ 王越的绝句：“雕肝断肺漫劳神，语不求奇意自新。尔雅本无难识字，离骚还有独醒人。”([清]朱彝尊：《静志居诗话》，人民文学出版社1990年版，第188—189页。)这反映出他作诗崇尚“自然”的思想。如《东鲁许先生文集序》：“盖浩然之气至大至刚，塞乎天地之间。人得之斯有形，形斯有声，声斯有言，言极其精而文，文极其精而古，气充之也！……且文所以古者，非取其词不同于今，意不同于人，特以其道有合于古人尔。古人之道顺理而已，气充则辞达，辞达则理顺，理顺则道与古人不背……文不同而同归于古，是皆天地浩然之气贯古今而流通也。”(王越：《黎阳王太傅诗文集》卷下，四库全书存目丛书本。)此表现出其作文尚“浩然之气”的观点。

④ 他在诗作《诗送友人周宗大》中云：“古诗起于列国前，孔子删为三百篇。发乎性情止乎义，所以音律皆自然。后来风雅不复作，独尔《离骚》味堪嚼。秦汉以下虽颇淳，已食古人之糟粕。盛唐取诸杜少陵，西晋取诸陶渊明。少陵忠义所愤激，渊明浑然而天成。五代之诗毋足齿，宋人之诗理而已。抑扬辞气欠春客，遂失温柔敦厚旨……方今诗声追太古，可以歌兮可以舞。时有观风使者来，采得民谣迹周鲁。”(王越：《黎阳王襄敏公疏议诗文辑录》卷二“续辑五七言古诗”，四库全书存目丛书本。)

粗放的风格特点[1]，也就不难理解了。

（二）万勋散曲的俊巧、流丽

关于万勋的生平史料我们所知甚少，仅能从他本人的套曲《自咏》和散曲家陈铎的套曲《哭万柳溪》中窥知一二。由陈铎套曲中的曲句“破屋萧条”“逼豪吟杜甫狂，类种菊陶潜傲”“身未老囊金消尽，家已破山妻丧了，子无成恶限逢着”“吐珠玉词葩俊巧，抱松筠志节坚牢”“您若是雄心未消，把一段不平怀向俺梦儿托”等[2]，万勋《自咏》中的曲句“烟蓑雨笠溪边叟，怕听攻国战守，数十年袖手藏头……看惊鸿影乱，那去橹声柔”“这溪红尘半点无”“闲时节对青山浩歌，慢把舡舷扣，那浪里功名何须挂口”[3]，以及套曲《秋雨》中“这雨呵酝酿出我二十年忧家为国奔驰态，埋杀我三千丈咏月嘲风放浪才”[4] 等，我们可以大致判断：散曲家万勋是一位志不获展、穷困潦倒、长期闲居乡里的底层文人。

万勋现存7首（套）曲作的题材内容、牌调选用（北曲）并没有新的突破，其曲作整体表现出俊巧、流丽的特点倒是值得关注。如令曲［北正宫脱布衫带小梁州］《四时闺情·咏琴棋书画》之《琴》：

舞东风杨柳翻跹，战春酣红杏鲜妍。高枝上流莺缓转，梦惊回小庭深院。［小梁州］粉褪残妆宝髻偏，无语无言。王孙去马又经年。谁行缠，鱼雁杳无传。［幺］丝桐挂壁尘生面，强移来妆镜台前。玉轸圆，金徽见。旧愁新怨，都付与七条弦。[5]

又有套曲《自咏》中的［耍孩儿］：

烟蓑雨笠溪边叟，怕听攻国战守。数十年袖手藏头，极乐处已认

① 关于王越的“粗放”诗风，请参阅《黎阳王太傅诗文集》《黎阳王襄敏公疏议诗文辑录》中的诗篇。
② 《全明散曲》（增补版），第648页。
③ 《全明散曲》（增补版），第813—815页。
④ 《全明散曲》（增补版），第812页。
⑤ 《全明散曲》（增补版），第810页。

深仇。看这千条细柳遮天绿，一曲沧浪绕舍流。好风景能消受。看惊鸿影乱，那去橹声柔。①

因无其他史料获知万勋的文学创作思想，至于万勋散曲中所表现出的俊巧、流丽特点，我们认为这与万勋长期隐闲乡里有关。他长期过着短蓑垂钓、浩歌扣舷的生活，便会影响到他崇尚“清雅”文学审美思想的形成，当然文人整体“崇雅”的内里情结也会起到一定的催化作用。再有，他与散曲家陈铎的交往（由陈铎的套曲《哭万柳溪》推知）也会在一定层面上受陈铎“流丽”曲风的影响，如令曲《四时闺情》便存有陈铎同类曲作的影子。

（三）杨杰创作南散曲的文化意义

散曲家杨杰（1444—1499），字廷俊，号立斋，山西平定州人。成化戊戌年（1478）礼部、廷试俱高等，授庶吉士，官至司经局洗马。为诗歌喜追古人。他严谨自守，士人多从之游。②

从杨杰仅存的3首重头小令来看，为题情类曲作，内容香艳，风格雅丽，文人曲的特点十分明显。值得提出的一点是，杨杰存曲虽少，但是他作为北地（山西平定人）曲家，以南曲牌调［南仙吕·一封书］创作言情曲的行为，给我们揭示出在明代前期少数曲家开始关注南散曲，并为进一步开拓南散曲创作局面做出的努力，这在王越（河南浚县人）的存曲中也有所体现。成、弘年间，以南曲牌调创作散曲（包括言情曲）的情形在南方散曲家身上表现得相对普遍，如曲家陈铎、祝允明、唐寅、虞臣、杨循吉、赵宽、邵宝等均有涉及，在有曲作存世的三位北地曲家中有两位染指南散曲，这表明此时南散曲已不只为南方散曲家所喜好，一些北方文人也开始接受这一有别于北曲音乐特点的文学体式。此时南、北方散曲家程度不同地染指南散曲的情形，为“正德以来，南词盛行，遍及边塞，北曲几

① 《全明散曲》（增补版），第813—814页。

② ［明］陆深：《奉直大夫司经局洗马杨公墓志铭》，见［明］陆深：《俨山集》卷六十二，文渊阁四库全书本。另，［清］赖昌期《平定州志》（光绪八年〈1882〉刻本）卷九“儒林”有小传。

泥”[①] 局面的到来做好了铺垫。另外，成、弘年间南曲戏文在南、北两地的传播与流行[②]，极有可能促进了北地曲家对南散曲的接受，这有待深论。

二、成、弘年间北方散曲文学冷落的主要原因

相较于南方散曲，成、弘年间北地散曲文学的确冷落了很多，成就也逊色很多，其中的因由值得关注。在同样的政治环境中，北方散曲却没有像南方散曲文学那样出现渐兴的情形，这说明政治相对宽松的局面并不是散曲得以复兴的最直接原因。也就是说，相较于前期严酷的统治局面，政治统治的相对宽松只是提供了散曲复兴的可能，散曲复兴应有其他因素的影响与制约。据我们分析，影响此期散曲复兴的关键因素，或者说最直接原因，应是人们对待散曲的态度，即人们的散曲创作观，而影响人们对待散曲创作态度的因素较多，我们试从以下几个方面分析：

一是南、北方存有不同的文化场域，尤其是存有一些不同的文化质素。北方文化中事功、崇儒的特点整体强于南方，而南方文化中崇尚个体、追求娱乐的文化气息强于北方。事功、崇儒的特点使北方文人在政治相对清明的成、弘年间更倾向于追求仕途，一旦仕途受挫，他们当中的多数人也会安于躬耕本土、设馆授徒的生活方式；相对而言，南方崇尚个体、具有“诗性文化”[③] 特点的文人对待功名的态度没有北方文人强烈，仕途受挫后，他们除了安居乡里外，还喜好游历谋生、弃儒从贾、玩世高蹈的生活方式。在南、北不同场域中形成的思想观念和价值取向影响了他们的生活方式，也影响了他们的审美情趣和创作观念，进而波及他们对散曲的接受和创作。整体言之，此时散曲文学的精神已失去元代散曲中愤世、避世的精神（由成、弘年间主要曲家的存曲总结而得），多体现出一种玩世、娱乐的文化精神，而成、弘年间相对清明的政治文化环境也不具备表现愤世、避世精神的散曲作品存在的土壤，多数文人也无意创作此类散曲，反而具

① ［明］刘良臣：《西郊野唱引》，见《全明散曲》（增补版），第1606页。

② 赵义山：《明代成化、弘治年间南曲之盛行与曲文学创作之复兴》，《文艺研究》2005年第12期，第92—98页。

③ 刘士林：《江南文化与江南生活方式》，《绍兴文理学院学报》2008年第1期，第25页。

有玩世、娱乐精神的散曲作品有其在一定范围内存在的基础。这种娱乐性文化精神与以吴中为代表的江南一带文人的审美情趣有其吻合之处，可对于北方多数文人来说一时还较难接受，故而影响了南、北方散曲差距较大的局面形成。

二是南、北方文人不同的思想观念和审美趣味影响到了散曲创作，而他们不同思想观念和审美趣味的形成除受传统文化影响外，经济基础、社会风习的影响不可忽视。相较于成、弘间南方主要散曲家的积聚地——南京、苏州，此时北方广大地区的商业经济较为落后，民风也相对俭朴、敦厚，如曲家杨杰的家乡山西平定州的风俗："少争讼，重礼义，士尚文学，民业耕耘。"[①] 王越的家乡河南浚县则是："……学风寖寖乎日上矣；农家多勤苦，女红昼夜不辍；工贾之役于浚者，不矜藻缋，作为器皿，鲜有奇衺，斯亦俭素之可尚者欤!"[②] 再有，山东东阿县的风俗：

> 地近邹鲁，士知自重。俭不中礼，弛或逾绳。性澶漫少虑，不工生殖，虚浮鲜盖藏。……土壤瘠薄，山水峻急，鲜有千金之室。其俗俭朴、深沉，崇尚文雅，以风节相高，耻为奔竞，冠服、居室不慕鲜华，而礼文有不足焉。守礼畏法，租税无逋。[③]

北方经济的整体落后，加之尚礼、重文风习的影响，在多数地方形成了勤于耕耘、俭朴耻奢、好文守礼的士风、民风。在这种尚俭、崇文社会风尚的长期熏染下，很难孕育出与南京、苏州一样崇尚娱乐的审美情趣，故而也就不会有太多的文人去从事具有玩世、娱乐精神的散曲创作。同时，北方文人整体上缺少南方（都会）文人相对富足的经济基础，他们缺少游刃于文学殿堂的经济保障，也是我们需要明白的。

---

① 《嘉庆重修一统志》(第52册)卷一百四十九，[清]冯芝纂修：《平定直隶州·风俗》，四部丛刊本。

② [清]武穆淳修，熊象阶纂：《浚县志》卷五《方域志·礼仪》，清嘉庆六年(1801)刊本。

③ [清]吴怡纂：《东阿县志》卷之二《风俗》，清道光九年(1829)刊本，民国二十三年(1934)铅印本。

三是明代前期，“一批重视笃实践履的儒者渐渐开始突显‘心’的意义”，“这种心、理的结构关系发生了变化，这种变化慢慢被加深扩大”。[①]成、弘年间，陈献章“自得之学”思想的提出，“上承陆象山，下开王阳明，是程朱理学向心学过渡的转折点”[②]，这一思想学说的提出表明以陈献章为代表的南方士人在思想界求变、求新的一种突破。我们不知道当时陈献章等人的思想主张对南方散曲家的影响程度具体有多大，至少从祝允明、唐寅狂放不羁的行为和重视自我的意识上看，他们的思想与陈献章之学有着一定层面的暗合，所以我们认为陈献章思想学说的提出为南方散曲的局部复兴提供了思想支持。相比较而言，由于受传统文化思想（重事功、尚礼、保守等）的影响较重，此时的北方思想界仍是理学一统天下（其实，整个明代思想界南方比北方活跃得多）。我们可以想象在思想界相对一统的北方各地文人们所喜好的文学创作形式应是诗文，作为在较大程度上失去避世、叹世精神走向玩世、娱乐精神的散曲而言，在一个政治清明、士风高涨、缺少评判对象的时期，在北方较难获得一些文人的接纳，致使冷落局面出现也是情理之中的事情。

四是周围的创作氛围与个人的喜好。南方散曲局部复兴与一些散曲家之间有着密切的交往有关，如曲家陈铎与徐霖之间的相互唱和，曲家祝允明与唐寅为密友等，势必在一定程度上影响到了他们的散曲创作。而且，南京、苏州作为南方两大文化中心，曲艺、娱乐、交游活动十分发达，所以南方散曲在这两地及周边地区的局部复兴并不是空穴来风。相比而言，北方散曲家王越、杨杰、万勋则显得十分“孤单”，除曲家陈铎曾作有一套怀思万勋的曲作外，很难再见到他们在散曲创作方面与他人的交流。因此，他们的散曲创作也很难谈到与周围创作氛围有多大关系，这在很大程度上讲应是个人的喜好所致。

其实，谈到个人喜好，在南、北方散曲家身上都有这个特点，这是他们从事散曲创作的原动力，也是影响他们在散曲创作方面取得成功与否的

① 葛兆光：《中国思想史》（第二卷），复旦大学出版社 2005 年版，第 297—298 页。

② 张学智：《明代哲学史》，北京大学出版社 2000 年版，第 39 页。

重要因素。在南方散曲家中，高邮曲家王盘比较典型，生活于南京、苏州两地的陈铎、祝允明、唐寅等人散曲创作的成功也在很大程度上受到这一因素的影响。北方散曲家王越（浚县）、杨杰（平定）、万勋（辽阳）分居三地，更是体现出他们散曲创作行为的个体性特点。事实上，这也是在明代不少散曲家身上存在的一种现象，只是表现的程度不同而已。联系当今，虽然在不少地方成立了散曲学会、散曲社[①]，有了相对固定的民间组织，也有了自己的宣传阵地，但对于单个成员来讲，在创作内容、数量、时间上仍有较大的自由度，个体性特点也比较突出，尤其是没有参加散曲组织的散曲爱好者更是如此，这就凸显出个人喜好的重要作用。

另外，元代后期散曲创作中心开始南移和散曲诗词化的发展趋势，也应是影响成、弘年间散曲在南方局部率先复兴的因素，而这是北方散曲文学所不具备的。概言之，成、弘年间北方散曲整体冷落的原因应是缺少散曲文学复兴的文化土壤所致。

---

① 余昌文、折电川主编:《中国当代散曲 · 简明曲讯》创刊号(2011 年)第 203—207 页,《中国当代散曲》(2012 年)第 1 期第 184 页(内部资料)。

第四章
南京都市文化与散曲创作

南京以其优越的地理位置、丰厚的文化底蕴、繁荣的商业活动、特殊的政治地位成为明代东南一带的政治、经济、文化中心，堪称明代南方的大都市。南京拥有的特殊位置、优越条件，使它成了许多明代士人的追尚之地，他们在此或为官，或应举，或游玩，或宴集，或寓居等，因此也促进了当地文学创作的发展。其间，当地（籍地为南京或寓居南京）文人为明代南京文学的发展做出了重要的贡献，是一个值得关注的话题。在他们的文学创作中，我们发现南京都市文化与他们的文学创作之间有着密切的关系。这里，我们以明代散曲为例，选取了时称“乐王”——陈铎的散曲创作以及隆、万年间南京散曲家的散曲创作为考察对象，分别探讨个体创作和群体创作与南京都市文化发生的关系，以期有所创获。

一、南京都市文化与陈铎散曲

“有意味的形式”本是英国艺术评论家克莱夫·贝尔论及艺术的基本性质时提出的一个概念。“所谓形式，是指艺术品内的各个部分和质素构成的一种纯粹的关系，这种纯粹的关系仅向有审美力的人展示，普通人看不到它。所谓意味，则是指一种极为特殊的，不可名状的审美感情。这种感情只有在有审美力的人审视上述纯粹形式时，才能出现。”① 不过，贝尔在论述他的观点时，曾犯有“恶性循环论”的错误，“（主要）是贝尔脱离开人类具体社会历史实践，脱离开人类本身的文化心理结构，抽象地谈论‘形

① ［英］克莱夫·贝尔著，周金环、马钟元译：《艺术·前言》，中国文联出版社1984年版，第6页。

式'和审美感情"[①]。这些我们暂且不论，就散曲文学文本而言，从表面看它是一种按照一定创作范式排列组合的文字"游戏"，在这一种带有符号性特点的"纯粹关系"背后必定蕴含着一定的内容，从中也可以睹见一定的社会文化信息。成化、弘治年间南京曲家陈铎的散曲作品是与当时的社会文化、地域文化联系较为紧密的一家，而且基于散曲的游戏性特点，"作散曲这一'形式'就是陈大声散曲真正的'内容'所在"[②]。

"都市文化"是现代工业文明发展后的一个产物。查阅相关资料，我们没发现对它有一个明确的界定。综各家之说，作为现代观念下的"都市"应具有一定的封闭空间，有大量的人口，为政治、经济、文化中心，有相对发达的经济实力和经济发展水平等条件。所谓"都市文化"，是指在此基础上所形成的一种有别于乡村的特殊的文化形态，或者说，是一种特殊的文化场域。如果拿这些条件来观照明代中期的南京城，似乎在一定程度上符合了现代观念下的"都市"条件。如《明史》所记："皇城之外曰京城，周九十六里……其外郭，洪武二十三年四月建，周一百八十里。"人口"洪武二十六年编户一十六万三千九百一十五，口一百十九万三千六百二十。弘治四年，户一十四万四千三百六十八，口七十一万一千三"[③]。事实上，在明初五十三年内，南京是当之无愧的政治、文化、经济中心，即便后来迁都北京，在一定程度上削弱了它的政治地位，但其作为南方政治、文化、经济中心的地位还是不可撼动的。当然，与今天的大都市比，其在物质文化、制度文化、精神文化三个层面仍有较大的差距。如果就当时的南京而言，说它是明代的大都市，应该没有什么错误。基于此，我们权且借用当下时髦的词语，把当时南京城的文化称为"都市文化"，以此作为观照陈铎散曲的一个视角。

作为明代中期首屈一指的散曲大家，作为极富才学却仕途不显的将门

① [英]克莱夫·贝尔著，周金环、马钟元译：《艺术·前言》，中国文联出版社1984年版，第10页。

② 李昌集：《中国古代散曲史》，华东师范大学出版社1991年版，第656页。

③ [清]张廷玉等撰：《明史》卷四十，中华书局1974年版，第910—911页。当然，这里统计的京城大小与人口数量包括当时应天府下辖的八县（上元、江宁、句容、溧阳、溧水、高淳、江浦、六合）。《金陵文化概观》（南京师范大学出版社1997年版，第44页）提到洪武二十四年（1391）统计南京总人口为47.32万人，应是符合实际的。

之后，作为一个生活于南京都市场域中的倜傥才子，陈铎[1]现存散曲小令470首，套数99套，复出小令4首，套数8套。他曲作的题材有23类之多，涉及闺情、艳情、人物、行业、咏物、咏怀、嘲谑、隐逸等；其风格，或雅，或俗，或豪，或丽，或诙谐，或嘲讽等。对于他的散曲，明人王世贞的《曲藻》[2]、王骥德的《曲律》[3]、周晖的《金陵琐事》[4] 中皆有品评，最为中肯的是曹学佺、汪廷讷二人在他曲集序言中的评语。曹学佺在《汪昌朝精订陈大声全集序》中云："……直闯金元作者之阃奥，其所著……则又妙极俳谐，令人绝倒。大都流丽清圆，丰藻绵密。事尽而思不乏趣，言浅而情弥刺骨。以彼作手，岂独为昭代白眉哉，前无古人矣!"[5] 汪廷讷在《刻陈大声全集自序》中言："其韵严，其响和，其节舒，词秀而易晰，音谐而易按。言言蒜酪，更复擅场。借使骚雅属耳，击节赏音，里人闻之，亦且心醉。其真词坛之鼓吹，而俳谐之杰霸乎?"[6] "在艺术上，其奠定了南北曲分格的基本骨架，同时是南散曲的第一行家里手，故陈铎在散曲史上是个'坐标性'的作家"。[7] 其实，不仅是艺术上，他曲作的题材内容与其才子风情也具有"坐标性"特点。对于这样一位散曲家，在一些文学史、散曲史、散曲选中已有所关注，也有一些论文出现，如李昌集先生的《中国古代散曲史》、赵义山先生的《明清散曲史》、李铁晓的硕士论文《陈铎散曲作品研究》、王黎芳的硕士论文《陈铎散曲研究》，以及夏咸淳先生的

① 陈铎(1454? —1507)，明代中期的散曲大家。有关他的生平史料相对较少，对其生卒年的说法也多有不一：羊春秋(1488? —1521)，李昌集(1460? —1521?)，谢伯阳(约1454—1507)等，就现有的材料看，我们姑且遵从谢先生的说法。陈铎的生平史料，请参考《道光上元县志》卷十六、《列朝诗集小传》丙集、《邳州志》卷十五、《金陵通传》卷十四、《明画录》卷四、《静志居诗话》卷十一、《蕙风词话》卷五、《客座赘语》卷六，以及一些散曲集的"序言"等。

② [明]王世贞：《曲藻》，见《中国古典戏曲论著集成》(四)，中国戏剧出版社1959年版，第36页。

③ [明]王骥德：《曲律》，见《中国古典戏曲论著集成》(四)，中国戏剧出版社1959年版，第162页。

④ [明]周晖：《金陵琐事》卷二，明万历三十八年(1610)刊本。

⑤ [明]曹学佺：《汪昌朝精订陈大声全集序》，见《全明散曲》(增补版)第742页。

⑥ [明]汪廷讷：《刻陈大声全集自序》，见《全明散曲》(增补版)，第743页。

⑦ 李昌集：《中国古代散曲史》，华东师范大学出版社1991年版，第657页。

《明中叶市井百象——论陈大声散曲集〈滑稽余韵〉》等。[①] 然而从都市文化的角度观照陈铎散曲的著述，我们较少见到，这也是与他散曲创作最为密切的一极，我们愿意补缺。

（一）都市商业文化对散曲题材的直接影响——绘世曲

作为“江南佳丽地，金陵帝王州”[②] 的六朝古都——南京，自东吴定都此地时，商业已较为发达。据《金陵记》载：“梁都之时，城中二十八万余户。西至石头城，东至倪塘，南至石子岗，北过蒋山。东西南北各四十里。”[③] 可知当时的南京已是一个物阜人熙的繁华城市。后来，虽历经数百年的风风雨雨，或兴或衰，但其“北跨中原，瓜连数省”的地理优势，政治、经济、文化中心的地位并没有改变，“五方辐辏，万国灌输。……天下南北商贾争赴”[④] 的繁荣景象时常出现。时值明代，朱元璋定都南京，提升了南京的政治地位，商业也获得了突出发展。如明初，朱元璋设置大市、大中街市、三山街市、新桥市、来宾街市、龙江市、江东市、北门桥市、长安市、内桥市、六畜场、上中下塌场、草鞋夹等十三个市场，时果、柴薪、布帛、茶、盐、鸡、鹅、鱼、菜、麦、马、牛、驴、骡等众多的生活物品交易于此，另设织锦坊、杂役坊、鞍辔坊、铁作坊、弓匠坊、皮作坊等各类店铺，它们共同带动了南京商业经济的发展。[⑤] 与此同时，朱元璋曾从浙江等九布政司、应天十八府州等地迁大量富户入住南京，以实京师，这种移民政策也促使了南京的商业繁荣。[⑥] 永乐帝——朱棣迁都北京，带走了大批官僚、军队、工匠等，政治重心也移向北方，这虽在一定程度上影响到了南京的经济发展，但其“留都”的地位，与北京基本一样的政府机

---

① 赵义山：《明清散曲史》，人民出版社 2007 年版；李铁晓：《陈铎散曲作品研究》，2007 年兰州大学硕士学位论文；王黎芳：《陈铎散曲研究》，2011 年湖南师范大学硕士学位论文；夏咸淳：《明中叶市井百象——论陈大声散曲集〈滑稽余韵〉》，见赵义山主编：《新世纪曲学研究文存两种》，上海古籍出版社 2003 年版，287—297 页。

② ［南朝齐］谢朓：《入朝曲》，见［宋］郭茂倩：《乐府诗集》卷二十，中华书局 1979 年版，第 294 页。

③ ［宋］乐史撰，王文楚等点校：《太平寰宇记》卷九十《引》，中华书局 2000 年版，第 95 页。

④ ［明］张瀚撰：《松窗梦语》卷四“商贾纪”，上海古籍出版社 1986 年版，第 74 页。

⑤ ［明］王俊华纂修：《洪武京城图志》（共一卷），见《北京图书馆古籍珍本丛刊》第 24 册（史部·地理类），书目文献出版社 1990 年版，第 25—27 页。

⑥ ［清］张廷玉等撰：《明史》卷七十七，中华书局 1974 年版，第 1880 页。

构设置，大量闲置官吏和士绅的存在，使南京仍然拥有大量的消费群体，商业经济仍保持着一定的繁荣。随着明代中期整个社会经济的发展步伐，南京城也走向了自己的繁荣之路。成化、弘治年间，独特的地位，贩运商业的活跃，外来人口的流入，大量官吏、士绅、商人等消费群体的拉动，使南京城的商业文化与江南的苏州、松江等地一起步入了相对繁荣的时期。《正德江宁县志》中对南京城铺户经营商品种类的记载（计 104 行），如缎子、裱绫、布绢、绒线、纱、头巾、纸扇、扇面、裱褙、笔、墨、纸、卖铁、卖铜、卖锁、茶食、米豆、冥衣、纸马、颜料、草席等，便能说明一定的问题。[①] 无生活之忧的世袭官宦散曲家陈铎便生活在这个富有商业化气息的繁华都市之中，他散曲作品中大量具有商业特点的行业曲、人物曲的出现，与这种文化环境的侵染有着直接关系，这也是陈铎散曲在题材内容方面最具突破性的地方。

1. 商业繁荣与行业曲。陈铎散曲中的行业曲计有 55 首，其中涉及茶铺、酒铺、米铺、颜料铺、绒线铺、冠帽铺、针铺、香铺、纸铺、裱褙铺、古董铺、书铺、笔铺、纸马铺、冥衣铺、油坊、裁缝、代保、赶脚等，可谓民生之需应有尽有，与上面《正德江宁县志》中的记载多有一致。在这里，作者以旁观者的身份，对各类店铺经营的内容、方式、特点等给予了简笔勾勒式的描绘。既可见他的笔法之精妙，又能睹见其曲作中蕴含的文化价值。如《颜料铺》：

好供给绘手施呈，颜料当行，彩色驰名。自造银朱，真铅韶粉，道地石青。小涂抹厅堂修整，大庄严殿宇经营。近日人情，奢侈公行。不尚清白，俱是妆成。[②]

① ［明］王诰、刘雨纂修：《正德江宁县志》卷三，见《北京图书馆古籍珍本丛刊》第 24 册（史部·地理类），书目文献出版社 1990 年版，第 723 页。

② 《全明散曲》（增补版），第 585 页。

又如《米铺》：

丰年仓廪漫堆积，出纳关时例，倒斛翻升小营计。使心机，增钱长价休评议。随行粜籴，无多本利，难济万人饥。①

前首曲作入手便像写广告词，先概讲自己的店铺以“颜料当行，彩色驰名”，接着具体写店铺产品有“自造银朱”、真正的铅粉和地道的石青等颜料，这些商品既可用于厅堂的小涂修缮，也可用于庙堂殿宇的营造。最后四句，作者出人意料地由写颜色转向感慨当时的世态人情：奢侈之风盛行，人们不辨清白，一个个像是用颜料涂装而成。后曲，写丰收之年，店铺的仓廪充实，出纳的标准则随行就市，斛斗翻换营利是寻常的把戏，用尽心机增长价格，更是无须评说。他们这种“随行粜籴”的行为，无须多大的本钱，也获利不多，真到灾祸之年，难解万民之饥。这里交代了这类店铺的经营方式，写出了商业行业中的欺诈特点，以及在经济相对繁荣境况下人心趋利的世情。又如《代保》与《箍桶》：

替贫人代笔，靠富汉求食。十分借了便抽一，满家儿欢喜。钱儿得了都花费，人儿走了遭连累，状儿告了要监追，那时节后悔。②

新板片刮削成器，旧规模絣辏相宜。胜桔槔抱瓮灌春畦，盛水浆无渗漏，担斤两不疏失，亏俺篾圈儿箍定你。③

第一首，刻画了专门靠替人借贷担保抽息过活的人，好时节“满家儿欢喜”，坏时节则遭连累，吃官司；第二首，写靠箍桶手艺赚取辛苦钱的职业特点。这类行业人员的求生方式，或靠手艺，或靠信贷，或靠出苦力等，为我们揭示出了低层职业的商业特点。陈铎这类散曲的大量出现从侧面描

① 《全明散曲》(增补版),第597—598页。
② 《全明散曲》(增补版),第605页。
③ 《全明散曲》(增补版),第604页。

绘出当时南京商业经济繁荣的一角，也直接揭示出了世情多元的特点。无独有偶，陈铎的杂剧《太平乐事》是一部以小商贩商业经营为题材的社会短剧，生动有趣地描绘出了他们各自竞争的商业行为特点，与此类散曲有着异曲同工之妙。

2. 商业繁荣与人物曲。在陈铎散曲中，描写各色人等的曲子有96首。其中，作者运用白描的手法像描绘画谱一样，从不同视角刻画出了社会中形形色色的人物：有靠技艺、手工养家糊口者，有为官府服务的杂役人员，有行走于集镇市场的经纪人、骗子，有行走江湖的闲杂人员，有生活于社会底层的一般民众，还有一些身患残疾、存有缺陷的人物等。如《机匠》：

> 双臀坐不安，两脚登不办。半身入地牢，间口啉荤饭。逢节暂松闲，折耗要陪还。络纬常通夜，抛梭直到晚。将一样花板，出一阵馊酸汗。熬一盏油干，闭一回磕睡眠。[①]

这是一首反映明中期南京手工业者生活的曲子，纪实地写出了作坊中织布工人辛苦劳作的情形。由此，我们可以睹见当时作坊中织工们生活的一斑，从侧面交代出当时南京织造业相对发达的事实，也揭示出当时南京丝绸、缎匹产量居全国前列的背后[②]是以机匠为代表的底层手工业者日夜艰辛劳作的结果。又如《调把》：

> 好的儿看了，不好的藏着。惺惺伶俐不成交，等愚民乡老。粗毡帽抵了绒毡帽，假材料顶了真材料，烂丝绦换了好丝绦。人里一跑。[③]

这里刻画出一些活动于公共场所或集市上靠骗诈为活的一类人：他们以假充好，欺骗“愚民乡老”，得逞后即溜之大吉，这类作品的存在反映出商业

① 《全明散曲》(增补版)，第588页。

② 范金民：《明代南京经济探析》，见南京市人民政府经济研究中心：《南京经济史论文选》，南京出版社1990年版，第31页。

③ 《全明散曲》(增补版)，第606页。

经济发展后出现的一些新的谋生手段。此时，明代前期所形成的简化、质朴的社会风尚，在都市商业经济的冲击下，在这里已失去本色。又如《媒人》：

> 这壁厢取吉，那壁厢道喜，砂糖口甜如蜜。沿街绕巷走如飞，两脚不沾地。俏的矜夸，丑的瞒昧。损他人安自己。东家里怨气，西家里后悔，常带着不应罪。①

此曲生动形象地描绘出媒婆走街串巷、口甜如蜜、互相瞒昧的职业特点，结果却因其"俏的矜夸，丑的瞒昧"的行为，致使东家埋怨、西家后悔。

3. 商业繁荣与散曲中的世风。除行业类、人物类曲中涉及对世态人情的描摹、刻画外，一些直述世情的曲作也是陈铎散曲题材中具有突破性的一类。其中，表现最明显的是对世风的记述、嘲讽与感叹。如套曲《乐闲》［黄钟煞］："烂醉频教婢妾扶，世上炎凉久憎恶。敬于贤，慢于富。罢朝参，俭家务。叱阿谀，荐忠恕。视肥甘若鸩蛊，惧功名似豺虎。"② 此处作者直言"世上炎凉久憎恶"，并表达出了他敬贤、慢富、叱谀、荐忠的传统思想。又如套曲《乞儿乍富》［北南吕·一枝花］：

> 年程忒浅促，礼法多颠倒。世情全改变，风俗太虚嚣。有一等轻薄，攒几贯村钱钞，大厮入逞富豪。又不是旧功臣阀阅人家，止不过暴发户军民匠作。③

其中，世风全变，礼法颠倒，风俗虚嚣，人情淡薄，唯钱至上等，客观上描述出了当时的世风特点，反映出作者对待这种现象的厌恶之情，最后三句也暴露出了陈铎的阶级局限性。又有套曲《欢桂》［梁州第七］中的曲

---

① 《全明散曲》(增补版),第591—592页。
② 《全明散曲》(增补版),第655页。
③ 《全明散曲》(增补版),第668页。

句："近新来可笑人情异，全不解行吟坐赏，单图着杖打盆擂。讨债似登门索取，催租般发简临逼。"[①] 还有《嘲赵良佐非法弄帐》《嘲人送假火腿》《嘲人送物》《嘲云窗买房不成》《索物》《嘲人贺节》《嘲铺排》《瞽者放债》等，均从不同角度写出了当时在商业经济发展后人与人之间的生活方式与世情、世风的改变。

陈铎的这类曲作在关注普通民众的同时，还把笔端指向了道人、僧侣等身份特殊的群体，那些看似正派的僧侣却是："道人非是道，僧众不为僧。"[②] "山门杂往来，殿宇不洁净。终朝缠酒肉，每日弄荤腥，无暇看经。官长到忙接应，女娘来连叫请。"[③] "合着掌哄愚人赞了些佛慈悲，昧着心诱妓女说了些众生苦恼，白着眼要钱财叫了些施主难消。"[④] 在这些描述中，我们已看不见仙气道风、佛门净土，有的却是被世俗感染、污秽的贪图酒色的媚俗之徒。陈铎怀着憎厌之情，对他们的这些行为给予了直接诉叱。这表明在都市商业经济发展的同时，周围的世态人情、人们的价值观念与生活方式随之发生了改变，这些变化不仅表现在一般民众中，就连寺院、道观里的"主人"们也成了经济相对繁荣后的"俘虏"！

因文体特点和作者文体观所限，在陈铎的词作中很难见到这种直白、强烈地描述世情的词句，多是一些绵丽、清雅之语。虽然，也有少量"谁解我、宦居春寂"[⑤] "红尘奔逐无心，历乾坤、许多俯仰曾禁"[⑥] 的感世之语，但多是烦闷心境和消极情怀的表露，已不是对凡尘俗事的直接描绘与嘲讽。

"文学的产生通常与某些特殊的社会实践有密切的联系"[⑦]，陈铎笔下的行业、人物曲、世情曲像一幅幅"有声之画"[⑧]，是当时社会现实的一种

① 《全明散曲》(增补版)，第 660 页。
② 《全明散曲》(增补版)，第 666 页。
③ 《全明散曲》(增补版)，第 662 页。
④ 《全明散曲》(增补版)，第 664 页。
⑤ 饶宗颐初纂，张璋总纂：《全明词》，中华书局 2004 年版，第 458 页。
⑥ 饶宗颐初纂，张璋总纂：《全明词》，中华书局 2004 年版，第 465 页。
⑦ [美]韦勒克，沃伦著，刘象愚等译：《文学理论》，江苏教育出版社 2005 年版，第 100 页。
⑧ [明]汪廷讷：《刻陈大声全集自序》，见《全明散曲》(增补版)，第 743 页。

反映。这些题材曲子的出现，显然与“天下财赋，出于东南，而金陵为其会”[①] 的独特经济地位与浓厚的商业文化氛围有着直接关系。当然，外部的客观存在还有待于作家的垂青。作为生活此间的曲家陈铎，世袭指挥使之职，物质富裕，生活无忧；明代初年平定四方边土之后，文人的地位逐渐提升，武职位置渐趋边缘，像陈铎这样的人物难有作为。公务之余，游乐之暇，面对市井阶层的生活及各色人等，面对日变的浇漓世态，陈铎出于对散曲文体的喜好，也出于表情自娱的需要，创作出大量的绘世散曲有其一定的必然性，也为我们了解当时的商业特点、世态人情提供了有价值的参考。

（二）都市娱乐文化与陈铎的咏妓、谈艺、节序曲

商业发展与都市繁荣促进了各类消费方式的诞生与发展，青楼狎妓、梨园听曲、节序宴集、游冶山水等富有消费性特点的生活方式随风而起。作为明中期江南一带的政治、经济、文化中心——南京，一些闲置官宦、富足商人、风流才子等经常出没于青楼、戏院之间，沉醉于酬应、娱乐活动之中，这一庞大消费群体的大量存在与参与，使当时一些消费性文化形式的兴盛成为可能。

1. 娱乐文化与咏妓曲。在娱乐性文化中，最受古代官宦、商人、文人青睐的对象应是“望郎上青楼”[②] 的妓女。因为，青楼妓院——这个既受人棒喝又受人喜好的场所，他们不仅能满足感官的欲望需求，还可以荡涤利禄、排解忧愤，同时也是一个重要的社交场所，从而能达到一般场合下所不能达到的目的。南京的秦淮之地，六朝金粉之气，青楼管弦之风，绵延数百年至明代而不辍。明初，在南京所建的十六楼[③]乃是官方设立的妓院，虽说有一定的管制与约束，但在一定程度上延续、助长了秦淮河畔狎妓冶游、选色征歌之风。据说，后来身为台阁大臣的“三杨”曾有狎妓的经历[④]，《明史·刘

---

① ［明］顾起元：《客座赘语》卷二“两都”条，中华书局 1987 年版，第 36 页。

② ［南朝］江淹：《西洲曲》，见［陈］徐陵编，［清］吴兆宜注，程琰删补，穆克宏点校：《玉台新咏笺注》卷五，中华书局 1985 年版，第 223 页。

③ ［明］顾起元：《客座赘语》（中华书局 1987 年版，第 202 页）卷六“十四楼”条记载有：南市、北市、鸣鹤、醉仙、轻烟、澹粉、翠柳、梅妍、讴歌、鼓腹、来宾、重译、集贤、乐民、清江、石城。

④ ［明］李诩：《戒庵老人漫笔》卷一“妓巧慧”条，中华书局 1982 年版，第 11 页。

观传》中也有类似的记载："时未有官妓之禁。宣德初，臣僚宴乐，以奢相尚，歌妓满前。"[①] 稍晚些时候，明代成化、弘治年间的画家吴伟在南都时，"诸豪客日招伟酣饮，顾又好妓饮，无妓则罔欢，而豪客竞集妓饵之"[②]，这说明狎妓之风虽屡有整饬，然文人的这一"雅趣"从未停歇。

秦淮两岸，楼亭栉比，殊丽才士，游冶其中，成为南京城的一道风景。优越的生活地位，丰富的物质资源，风流倜傥之性，多才多艺之才，都会使陈铎成为青楼中最受欢迎的佳客。琴声飘绕，佳人绕膝，酒香醉人，陈铎免不了会高歌一曲，或咏美妓，或嘲乔妓，或咏其体态之美，或嘲其容貌、行为之丑，或艳腻，或俗朴，或戏谑，以一种游戏的笔墨、赏玩的情怀，以旁观者、参与者的角度谱写出这群底层女性的旖旎、艳丽与臭秽、粗俗的风貌。如［北正宫·脱布衫带过小梁州］《赠妓》：

印春泥三寸金莲，诉春情十四冰弦。蹙春恨双娥翠浅，舞春风一围红颤。端的是占断梨园第一仙，堪羡堪怜。杏花篱落晚风前，初相见，马上坠吟鞭。多情果遂于飞愿，俏刘郎又到桃源。看了你杨柳腰，芙蓉面，我则待真心儿留恋，你是必休走上贩茶船。[③]

又［北双调·沉醉东风］《咏桃花比妓》：

照粉面常依绿水，笑春风半出疏篱。助尊前酒晕红，散扇底歌声细。露芳心蜂蝶先知，燕子楼边望眼迷，啜赚了刘郎是你。[④]

又［北双调·水仙子］《咏妓泥人儿》：

模儿里何日印将来，粉作皮肤土作胎。长街头担儿上担着卖，换

① ［清］张廷玉等撰：《明史》卷一百五十一，中华书局1974年版，第4185页。
② ［明］焦竑：《国朝献征录》卷一百十五《吴次翁伟传》，明万历四十四年（1616）刻本。
③ 《全明散曲》（增补版），第513—514页。
④ 《全明散曲》（增补版），第518页。

了些乱头发折股钗。专与些小儿曹每日胡歪，那里也揑土焚香拜，那里也肩舆上扛抬，弄的你不成人弃在尘埃。[①]

前二曲，极言妓女之美，语句富丽、鲜艳，与曲作的内容较好地融为一体。后一曲，从嘲谑的角度，写妓女“泥人儿”的外貌与行为。另外，还有小令《青楼十咏》《寄妓》《美人十咏》，套数《怀妓》《嘲乔妓》《为妓陈云卿赋》等。从思想内容上讲，此类曲作的存在并没有什么积极的意义。但是，它们从侧面反映出以陈铎为代表的闲散官宦生活中狎妓的一面，利于我们了解他们的生活情趣，也可看出他们对待这群社会底层女性的态度，获悉妓女生活的部分特点，具有一定的社会文化意义。

2. 娱乐文化与谈艺曲。“卖艺式的艺术生产方式之所以能够产生，首先是以社会生产力的发展和城市商业经济的繁荣为基础的。有了这样的基础，才会有一个比较富有的城市市民阶层的出现。而正是这个城市市民阶层对艺术消费的需要，也就是平民式消费的需要，才刺激了卖艺式的艺术生产方式的产生。”[②] 在众多的文艺活动中，“卖艺式”的戏剧、歌舞演出等曲艺活动是最受大众欢迎的一种娱乐形式。成化、弘治年间，南京相对繁荣的都市经济激化了人们消费观念的改变，也促进了民众娱乐活动的开展与繁盛。作为享有“歌舞诸部甲天下”[③] 的南京城，除了明初兴起的宫廷剧演出还在一定层面存在外，南北文化交流中心的地位吸引了各地曲艺演出团体经常光顾，以卖艺为生的民间职业戏班也是南京剧坛上一道别具色彩的风景。因民间戏班演出的内容和风格相对粗俗，其受众面向的主要是市井大众，但有些相对脱俗或不脱俗的作品也会引起士夫文人的喜爱。譬如，以粗俗见长的东北二人转演出的场地中，不也常有一些当代的“士人”出没其间吗？作为五百多年前的陈铎，出于个人的喜好，除欣赏雅曲、雅调外，也经常出入市井勾栏间，去感受一下南腔北调的韵味。受一些曲

---

① 《全明散曲》(增补版)，第528页。
② 赵敏俐：《汉代乐府制度与歌诗研究》，商务印书馆2009年版，第100页。
③ ［清］韩菼：《冒潜孝先生墓志铭》，见［清］冒襄辑：《同人集》前所附，四库全书存目丛书本。

艺演出活动的直接影响，出于自己通晓音律的才识和官宦士夫的身份，陈铎带着一定的偏见写出了《嘲川戏》《嘲南戏》《川戏》《打谈》等4首（套）描写地方剧种和说唱艺术的篇目。如套数《嘲川戏》，陈铎从旁观者的角度，以嘲谑的口吻和士夫的标准，述描了当时南京川戏戏班的化妆、唱腔、剧目、乐器、生活习性等特点：他们是“身长力壮无生意”“不着家四散求食”“花桑树腔调攻习”“桩桩脚色都标致”“黄昏头唱到明，早辰间叫到黑”“一声蛮了一声畲，一句高来一句低”“是个不南不北乔杂剧”“士夫人见了羞，村浊人看了喜”“这等人专供市井歪衣饭，罕见官员大酒席”“筝纂乱弹乱砑，笙笛儿胡捏胡吹”“破窑古庙是安身地”“无钞无钱时忍一会饥”“这厮每则顾嘴不顾身”“不养爷娘不赡妻”。[①] 又有《嘲南戏》，首句“教坊一色为南戏，几辈儿流传到你，新腔旧谱欠攻习”，说明南戏在教坊中的流传情况，一些戏班演唱南戏还较为粗俗；接着“听的文人墨客麿来谩，富室豪民跑的来疾”“半霎儿街坊聚会的齐”，交代了戏班演出的受众群体；其中，“把定银钱半先递”“那想东道主番嫌贵”“银两儿都花费，还魂钱再难科敛”[②] 等则道出了演出、看戏的商业性特点，这些均为我们了解当时的川戏、南戏提供了一定的帮助。另外，还写到角色、生计等。再如，小令［北中吕·朝天子］《打谈》：

> 向街头场傍，喜人稠物攘。敲扇鼓高声唱，几回秦汉又隋唐。信口诌一荡，情理难容，官司明降。拿将来没的赏，先问他一桩。睁着眼说谎，号令在枷板上。[③]

打谈，“元明民间讲唱艺术的一种形式。据近人考证，即唱歌词、唱曲词。以唱为主，或兼有讲说，又称唱书。据无名氏《陶渊明东篱赏菊》杂剧、刘元卿《贤奕编》和《金瓶梅词话》所载，知所唱有武王、杨文广、杨恭

① 《全明散曲》（增补版），第671—672页。
② 《全明散曲》（增补版），第673—674页。
③ 《全明散曲》（增补版），第595页。

及三藏取经故事"[①]。"明初的南京，曲种甚多。除打春、莲花落外，还有评话、盲词、打谈（唱歌词）、滑稽（谑语、笑话）等。"[②] 由所引小令，我们可知这种曲艺形式在陈铎生活的成、弘年间仍流行于南京，同时据曲句"向街头场傍，喜人稠物攘。敲扇鼓高声唱，几回秦汉又隋唐。信口诌一荡"，也使我们了解到打谈的唱说地点、道具、内容以及编凑的特点。

3. 娱乐文化与节序曲。商业的繁荣带来了消费群体的壮大，消费群体的娱乐需求也相应促进娱乐文化的发展与兴盛。就过节而言，都市比乡村来得更热闹，也更繁华些，何况南京曾作为明初的都城，后又作为"留都"。特殊的地位、商业的繁荣给南京的节日增添了许多亮色，作为世袭官宦的陈铎，更有条件来享受节日的"馈赠"，才华横溢的他也更有才力来渲染节日盛大的场景。在他 8 首（套）节序曲中，《中秋》《赏中秋》《赏重九》计 6 首，为赏月、登高、赏菊抒怀之作，最能体现南都节日盛况的还是咏写元宵节的两套曲作。如套曲《元夜》[③] 中对当时南都元宵节灯火的描绘，整体上"明皎皎千门万户，闹烘烘六市三街。有星桥铁锁高横，正金莲火树齐开""花灯儿四围交斗彩"；其中，有太极灯、日月灯、雪花灯、浮屠灯、书屏灯、绣球灯等，灯灯丽彩；有人物灯竹林七贤、唐代十宰、孔门七十二贤、剑客、八仙、潘安、老莱子、孟宗、蔡顺、王祥、郭巨、那吒、李天王、如来、观音、安禄山、东方朔、沈休文、货郎儿等，个个异彩；那场面是"人丛里喊声翻动海""挤挤挨挨，闹闹垓垓，引幼扶衰，撒褪妆呆"，还有那货郎担儿、妙龄女郎、绮罗艳女、富家公子，添趣增彩；这里作者极言节日灯火之盛、之艳，渲染出了一个国富民安的场景，而这一宏大节日"盛宴"的背后是以经济繁荣为基础的。

对于南都的元宵灯节，明人郎瑛云："闻太祖初建南都，盛为彩楼，招徕天下富商，以实国本，元宵放灯，多至十余日。后约中，定今五日耳。"[④]《正德江宁县志》亦载："上元作灯市，灯有楮练、纱帛、鱼魫、羊皮、料丝

---

① 姜彬：《中国民间文学大辞典》，上海文艺出版社 1992 年版，第 110 页。

② 徐耀新：《南京文化志》（上册），中国书籍出版社 2003 年版，第 330 页。

③ 《全明散曲》（增补版），第 687—689 页。

④ ［明］郎瑛：《七修类稿》卷二十七"元宵灯"，续修四库全书本。

诸品。又有街途串游者，曰滚灯，曰槊灯；商谜者，曰弹壁灯。架松棚于通衢，棚中奏乐，上下四旁，缀以华灯，灿若白昼，箫鼓声闻，灯火迷望。士女以类夜行，谚云：走百病。自十三日至十八日为止。”① 这里交代了统治者对元宵灯节的重视，也记写了灯节争奇斗艳、令人目不暇接的场面。另外，据绘制于明代中期的《上元灯彩图》对南都元宵灯节繁盛景况的描绘，也能帮助我们了解当时这一东方“狂欢节”的特点。② 陈铎用其妙笔给我们描绘出“皇都锦绣城，江左繁华地”元宵灯节喧闹、斗艳的场面，与上述史料中的记载相互印证，利于我们对当时南京节庆文化的了解。

（三）南京文化中心地位与陈铎的文士交往曲

远在六朝之时，建康（南京）便是一个政治、经济、军事、文化中心。明初的南京除了具有政治、经济、军事功能之外，也是一个综合性的文化都会。永乐迁都之后，“陪京并设，地以闲而益盛，治以久而弥文。风华比齐梁，而雅正等乎唐宋”③。这里虽不免夸饰之语，但南京文化中心的地位不可小觑。

历史文化的“风韵”、独特的政治地位、繁荣的经济环境、开放兼容的地域文化特点等，为当时那些闲职官宦、致仕官僚、才子骚客提供了一个冶游、交流、唱和、宴集的活动空间。他们宴饮作乐，携妓冶游，赋诗作词，征歌选胜，结社唱和，宾朋过从，登高览景，标榜酬应，在仕途不能大展的情况下，他们选取了这些具有闲乐性特点的生活方式，展现自我的存在，获取精神的充实。由钱谦益《列朝诗集小传》丁集“金陵社集诸诗人”④ 条述列出的弘治、正德间至万历中期叱咤于金陵文坛的才俊之士，我们可知当时南京文人聚集的盛况。陈铎是南京文坛上较早出现的一位仕宦曲家，也是这些文人雅士中名声远扬的一员。

南京文化中心的地位为当时的文人雅士提供了一个交流平台，也为陈

① ［明］王诰、刘雨纂修：《正德江宁县志》卷二“风俗”，见《北京图书馆古籍珍本丛刊》第 24 册（史部·地理类），书目文献出版社 1990 年版，第 718 页。

② 张宏、周安庆：《明代金陵“上元灯彩图”风俗画卷的文化解读》，《江苏地方志》2010 年第 1 期，第 46—49 页。

③ ［清］路鸿休：《帝里明代人文略自序》，清道光三十年（1850）甘煦津逮楼木活字排印本。

④ ［清］钱谦益：《列朝诗集小传》丁集上，上海古籍出版社 1983 年新 1 版，第 462—463 页。

铎与其他文士的交往提供了方便，而这些交游活动也成为陈铎散曲的题材之一。据统计，陈铎共有9首（套）直接咏写与其他文人、士夫交游的曲作，其中有宴集曲，有祝寿曲，也有悼亡曲等，涉及的人物主要有徐霖、黄琳、徐魏公、史忠、万勋等。① 其中，他与徐霖、黄琳的交往较多，现存两套与徐、黄等人宴集富文堂的曲作：《富文堂初夏燕集同徐子仁联句》《富文堂燕赏》。② 出于题材内容所限，此类曲作的内容并无可取之处，全是些繁丽、闲乐之句，端谨、富丽之风充斥其间，可读性不强。另外，《寿徐魏公》《集曲名寿史痴》与宴集曲作类似，多不足取。但是，这从侧面反映出陈铎等闲散官宦庸聊的生活状况，以及与他人交际的一面。令人欣慰的是，套曲《哭万柳溪》中颇有真情实感，其中对万勋“破屋萧条”“清高，守陋巷箪瓢乐”“贫则贫长落魄”等生活境况的交代，对其“吐珠玉词葩俊巧”的褒奖，以及“您若是雄心未消，把一段不平怀向俺梦儿托”对亡友的悼念等，对于我们了解曲家万勋的生平有补史之功。

关于陈铎与其他文士的交往情况，远不止上面提到的几人。如《无题》套曲“谈笑有鸿儒，尽是文章俦侣”，套曲《自述》“常则是与儒衣散冠，步前�武后疃”，套曲《春日即事》“制踏青可脚乌靴，与知音三五词林社”，套曲《夏日秦淮游赏》“人生佳会，与词林三五相知。忘机，尽都是儒冠布衣”，套曲《夏日秋碧轩即景写怀》“见坊，都是些布衣词客儒林相”等等，虽说这些曲句带有自我标榜之意，也没有提名道姓，但已表明陈铎交往的文士远多于上述几人。从陈铎现存的曲作看，除一些文士、官宦之外，他所交往的人员中还有商人、妓女、市民、隐士等。由此，我们可以看出陈铎的交际面较为宽广，而这一特点的形成，除其个人的因素外，与南京

① 徐霖，字子仁，号髯仙，别署九峰道人，直隶华亭人（今上海松江）。诸生。博览群书，工书画，以词曲擅名。著有《丽藻堂文集》《快园诗文集》等。现存散曲小令3首，套数1套（与陈铎重收）。黄琳，字美之，一字蕴真，南京锦衣卫人。官本卫指挥。性豪迈，工诗，喜藏书画。家有富文堂，每当宴饮，徐霖与陈铎为上客。徐魏公，徐达之孙，持重，善容止。曾任南京守备（《金陵琐事》卷三“牙板随身”条曾载陈铎在徐府唱曲之事）。史忠，字廷直，号敦翁，又称痴仙，上元人（今南京）。性豪不羁，不谒权贵，善山水画，解音律，现存散曲小令19首（《金陵琐事·书品》有陈铎送史忠的题画绝句）。万勋，号柳溪，辽宁辽阳人，生平不详。陈铎有套数《哭万柳溪》。现存小令4，套数3。

② 富文堂：为黄琳家的室名。参见[清]陈作霖纂：《金陵通传》卷十四，清光绪三十年(1904)刊本。

文化中心的地位关系密切。

（四）都市文化与陈铎散曲中的娱乐精神

都市文化培育娱乐精神，陈铎散曲中也最具娱乐精神。陈铎以散曲创作为载体，书写“万花筒”式的世情物貌：描摹妓女的娇艳美态，刻画闺楼女性的怨恨心态，描绘节日的繁华，品评曲艺的优劣，抒发友朋宴集的畅怀等，处处表现出一种“逢时取乐，对景追欢，恣情放浪”的娱乐精神。在他这里，元人散曲中的豪放激越已所剩无几，洒脱不羁的精神也逊色不少。他是继曲家朱有燉之后，对这一富有游戏性特点的娱乐精神进一步张扬者。其实，这也是整个明代散曲文学精神的主流，在明代后期曲家身上表现得尤为突出。这一精神之所以能在陈铎身上表现得如此典型，恐怕不得不考虑到作者生活的社会文化环境，以及他本人的生活境遇。从政治思想层面看，明朝的建立已使元代特有的文化历史语境发生了根本改变，最为重要的是士人的地位已不同于元代，民族之间的矛盾已淡化许多，加之明统治者的圈养，已经使他们在内心深处失去用散曲文体直面社会人生的想法（这一局面直到正德、嘉靖间北曲的复兴才有所改变，但随着康海、王九思、李开先等北曲大家的去世，南曲兴盛又使散曲的精神回到了娱乐的轨道上来，反而有变本加厉之嫌）。从陈铎自身的实际看，他拥有丰厚的物质基础，足够他娱乐、闲玩的；他拥有繁华都市的生活环境，可经常出没于众多的娱乐场所；他有一定的职位，使他不能过于放肆，起码对当时的专制王朝不能肆意地谩骂；他富有才情，总得有所寄寓等。于是，他选择了散曲，选择了一种让自己得以情感抒发的“游戏”方式，一种使自己短时间内忘记烦恼和时间流逝的艺术形式。

游戏笔墨，咏世相百态于笔管，但也需要“资本”，那就是对咏写对象的熟悉。之所以，陈铎能对市井商业、市井民众等刻画得那么细致入微、栩栩如生，能对美妓、曲艺、节庆描绘得那么动人、如实等，与他深入社会、用心体察是分不开的。故此，陈铎创作散曲的出发点是娱乐，但娱乐的背后却有其认真的态度，我们不妨说他创作散曲是认真基础上的一种娱乐。当然，人是一个复杂矛盾的综合体，人的行为与感情之间往往存有矛盾，也就说人的外在表现与其真实想法之间有时并非一致，甚至相反。当一个人高呼自己看破尘世，无欲无求时，也许这才是他的纠结之处，正是他看不开的外现。这在陈铎身上也有所体现，与别人的差别仅是程度不同而已。譬如，他曲作中一些反映用世、不平情怀的曲作便能说明一定的问题。

总之，政治影响、商业繁荣、娱乐消费、文人聚集等共同支撑起南京都市文化的繁华，其中的各类信息对贯通经史、富有才情、风流倜傥的陈铎有着直接的熏染。陈铎接受着环境的熏陶，体悟着生活的多元，用散曲绘商业画卷，书世态人情，咏青楼美妓，绘元宵花灯，写宴集之乐，吊友朋之情等，处处表现出一种洒脱的生活态度和自娱的玩世精神，彰显出一种独特的生命形态。

二、隆、万年间南京散曲家的生活情趣与散曲创作

南京以其优越的地理位置、特殊的政治地位、丰厚的文化底蕴、繁荣的商业活动成为明代东南一带的政治、经济、文化中心。受其中心地位、江左遗风、世风熏染等因素影响，明代隆、万间的南京文人常喜好结社唱和、宴集游赏、狎妓听曲、构筑园林、悦禅说道、茗茶清议等活动，在他们身上表现出了物质上追求适世、享乐，精神上追求自适、超然的生活情趣。具有清唱、雅俗特点的散曲成为当地文人结社唱和、狎妓取乐、酬应赠答等活动中助兴的一种艺术形式，也成了他们寄寓情怀、慰藉自我的载体。①

（一）表面“冷落”与实际兴盛——正德、嘉靖间的南京散曲概说

自弘治、正德年间始，南京已经成为散曲的复兴之地，散曲家陈铎、徐霖（松江人，寓居南京）、史忠等，以词曲擅场，响彻于时。至正德、嘉靖间，据《全明散曲》（增补版）统计，除弘、正间的曲家史忠、徐霖仍于嘉靖间在世外，南京籍的散曲家仅有 3 位（陈沂、邢一凤、马一龙）。由此，我们似乎可以得出正、嘉间南京散曲文学较冷落的结论。事实上，被

① 隆、万年间，有曲作存世的南京散曲家包括金陵名妓马守真，因其曲作存量较小，特点并不突出，故我们这里主要就文人曲家的生活情趣与散曲之间的关系展开论述。

“仕宦者夸为仙都，游谭者指为乐土”[①] 的南京文坛在嘉靖间表现出了初盛的特点，如钱谦益述及“金陵社集诸诗人”时云：

弘、正之间，顾华玉（顾璘）、王钦佩（王韦），以文章立坛；陈大声（陈铎）、徐子仁（徐霖），以词曲擅场。江山妍淑，士女清华，才俊翕集，风流弘长。嘉靖中年，朱子价（朱曰藩）、何元朗（何良俊）为寓公；金在衡（金銮）、盛仲交（盛时泰）为地主；皇甫子循（皇甫汸）、黄淳父（黄姬水）之流为旅人；相与授简分题，征歌选胜。秦淮一曲，烟水竞其风华；桃叶诸姬，梅柳滋其妍翠。此金陵之初盛也。[②]

又有，钱氏在介绍嘉靖间任职南京的朱曰藩时，又云：

嘉靖戊午、己未（1558—1559）间，子价（朱曰藩）在南京主客，何元朗在翰林，金在衡、陈九皋（陈鹤）、黄淳甫（黄姬水）、张幼于（张献翼）皆寓金陵，留都人士金子坤（金大舆）、盛仲交之徒，相与选胜征歌，命觞染翰，词藻流传，蔚然盛事……[③]

在上面的记述中，有两点值得我们注意：一是，正、嘉间有不少文士聚集于南京，文坛上呈现出“笔墨横飞、唱和频频、词藻流传”的初盛局面；二是，南京特殊的政治、文化地位招致不少外来文士汇集于此，共同推动了南京文坛的兴盛。那么，正、嘉间的南京文坛已经显盛，此时的散曲文学却是如此冷落，似乎不太现实。事实上，由钱氏所言，我们发现正、嘉间的南京散曲文学也的确不像我们上面统计的那么冷落，而是在很大程度上延承、发展了成、弘间散曲复兴的局面。譬如，在参与“选胜征歌”的

---

① ［清］钱谦益：《列朝诗集小传》丁集上，上海古籍出版社1983年新1版，第462页。

② ［清］钱谦益：《列朝诗集小传》丁集上，上海古籍出版社1983年新1版，第462页。

③ ［清］钱谦益：《列朝诗集小传》丁集上“朱九江曰藩”条，上海古籍出版社1983年新1版，第449页。按：以上两段引文中提到的明代文人，在《列朝诗集小传》中均有他们的小传，可供参阅。

活动中，除了成、弘间提及的陈大声（陈铎）、徐子仁（徐霖）两位曲家（两人分别活到正德、嘉靖年间）外，还提到了有曲作存世的曲家顾玉华（顾璘）、朱子价（朱曰藩）、金在衡（金銮）等。如按照籍贯计，这些曲家中没有一位属于南京籍者（包括上元、江宁、句容、溧阳、溧水、高淳、江浦、六合），如陈铎籍地为邳县（属淮安府），随祖父辈居南京，世袭指挥使；顾璘籍地为江苏长洲（属苏州府），后官至南京刑部尚书，寓居南京；朱曰藩籍地江苏宝应（属扬州府），曾在南京先后任职于刑部、兵部、礼部；金銮籍地属陕西（今甘肃）陇西（属巩昌府），年至47岁时才随父迁居南京。[①] 这一现象表明外来文人（含寓居、侨居、游宦等）成了推动正、嘉间南京散曲兴盛的主要力量。由此我们得到的启示是：一个地区本籍作家数量的多少并不是判定该地区文坛热冷的唯一标准，尤其是对于南京——各地文人云集的大都市而言，还应考虑到其他因素的介入。如果我们仅以今日所见曲家与存曲数量的多少判断当时创作局面的兴衰与否，便会导致得出偏颇的结论。故此，我们只有从不同视角来观照某一文学现象或问题，才有可能得出接近客观事实的结论。至于正、嘉间南京籍曲家较少的原因，我们认为可以考虑三点因素：一是，居于南京的本籍士人对散曲文学重视不够；二是，记载曲家、曲作的史料大量流失；三是，昆腔改革前，唱腔杂乱难以把握等。

从正、嘉间活动于南京曲坛的曲家看，前文已论的陈铎堪称弘、正间曲坛的翘楚，而正、嘉间真正称得上大家者也只有金銮一人。当然，我们不否认存曲较少曲家的贡献，因为离开对一般曲家和平庸作品的梳理、分析，也会影响我们对整个问题的客观判断，会使一些问题得不到合理的解释。需要说明的是，我们这里认为金銮是正、嘉间南京散曲坛上唯一的一位大家，是在梳理、统计、分析了已知全部曲家的情况后得出的结论。[②] 就金銮的散曲而论，他现存小令137首、套曲26套，涉及闺情、艳情、咏

---

① 金銮来南京的时间，据张慧剑《明清江苏文人年表》记为嘉靖二十年（1541）侨寓南京。

② 金銮的存曲数量文中有述，正、嘉间南京籍其他曲家的存曲情况：陈沂存北曲1套，邢一凤存南曲2套，马一龙存南曲1套，朱曰藩存南曲3套，顾璘存南曲1套。

物、嘲谑、闲适、隐逸、交游等18类题材，可谓丰富。他清丽的曲风与王盘堪称一派，兼得元人乔吉、张可久之趣①，但明显缺少乔、张散曲中彻底放下的纯洁清雅，也不备王盘此类曲作的工雅与浑化，表现出的是在描摹、构设清雅景致背后所蕴有的难以割舍的郁气与俗趣；他曲作中的爽快之气、谑讽之趣，与其任侠、俊爽、诙谐的性格和熟悉底层生活密切相关，也是学习元人散曲中谐谑之风的结果；典型的俗朴之风，反映出他对散曲文体尚俗特点的正确把握，也是他模拟“时曲”创作成功后的一种展现。②

（二）“仙都”乐曲的“印象”——隆、万年间南京散曲的基本表征

整体而言，正德、嘉靖年间的南京散曲在成化、弘治年间的基础上有所发展，但相对于隆庆、万历年间而言，其兴盛的程度则逊色不少。可以说，隆庆、万历年间是明代南京散曲坛最为兴盛的时期。概言之，此期南京散曲坛有以下几个特点值得注意：一是，曲家、曲作的数量多于正德、嘉靖年间的南京散曲坛。除了正、嘉间的曲家金銮继续在世外，此时涌现出了13位南京籍曲家，而且这还不包括已知他们有散曲创作但未有曲作留存的南京籍曲家段炳、王逢元、赵今燕、赵燕如等③，如果再考虑到外地文人曲家的参与，此期的南京散曲坛则更为繁荣；同时，隆、万间南京散曲坛的曲作存量也远多于正、嘉间。④ 二是，散曲家的身份整体较低。除顾起元（吏部左侍郎）、胡汝嘉（山西参议）、李登（县令、教谕）3位曾是朝廷命官外，其余7位曲家为诸生（含秀才），2位曲家未有明录（应该是未

---

① 任讷：《散曲概论》卷二，中华书局1931年版（散曲丛刊本），第41页。

② 关于金銮的散曲曲风，请参阅刘英波：《清爽·谑讽·俗朴——明人金銮散曲曲风论析》，《重庆文理学院学报》2013年第1期，第115—118页。

③ ［明］周晖：《金陵琐事》（明万历三十八年刊本影印）卷二《曲品》有录：“段炳，字虎臣，秀才，和元人马东篱《百岁光阴》一套。金在衡见之，极口赞赏，曰：‘押如此险韵，乃得如此妥帖乎！足以压倒东篱。’”“吉山王逢元，最是词曲当家。”又如金陵妓女：赵今燕，“赵彩姬，字今燕。南曲中与马湘君齐名”；赵燕如“名丽华，小字宝英……能缀小词，即被入弦索中”。（分别见《列朝诗集小传》第766、763页。）

④ 据统计，隆、万间南京籍曲家的存曲数量为319首（套），而正、嘉间南京散曲家（含寓居、侨居、游宦于南京曲家）共计存曲170首（套）。需要说明的是，陈铎正德二年去世，这里未计其曲作；金銮万历十一年（1583）才去世，因不好确定其曲作创作的年代，我们把他的曲作全计入正、嘉间，如果考虑到他在隆、万间的创作情况，这两个时段曲作数量的差距会更大。

仕文人)[1]，1 位为妓女曲家；这一底层文人曲家占多数的现象，在吴中、浙北、山左曲家身上也有不同程度的体现，与整个隆、万间散曲家底层文人增多的情况相一致。不同的是，南京散曲家底层文人的比例大于吴中、浙北曲家，其中才子型曲家的特点没有吴中表现得突出。三是，曲家的地域分布十分集中。据计，此期南京的 13 位散曲家全部居于南京城区的上元、江宁两县，其他六县均未见散曲家出现，这与吴中、浙北、山左等地曲家分布相对广泛的特点不同，反映出都市文化强烈的吸引力与影响力。四是，外来文人对此期南京曲坛的推动作用不容忽视，如钱谦益在“金陵社集诸诗人”条中所云：“万历初年，陈宁乡芹，解组石城，卜居笛步，置驿邀宾，复修青溪之社。于是在衡、仲交，以旧老而莅盟；幼于、百穀，以胜流而至止。厥后轩车纷还，唱和频频。虽词章未娴大雅，而盘游无已太康，此金陵之再盛也……”[2] 这里除了提到南京人陈芹、盛时泰以及侨居者金銮，又提到了幼于（张献翼，长洲人）、百穀（王穉登，武进人）等；又有明人潘之恒（歙县人）所言：“隆庆庚午（1570），结客秦淮，有莲台之会，同游者毗陵吴伯高嵚（武进人），玉峰梁伯龙辰鱼（昆山人）辈，俱擅才调，品藻诸姬，一时之盛，嗣后绝响。”[3] 也记述了外地文人到南京参加社集活动的情况，其中包括曲家王穉登、吴嵚、梁辰鱼等，这些外地文人在南京参加一些社集活动显然推动了南京诗文、曲坛的繁盛。他们在唱和、冶游的同时，也少不了散曲创作，梁辰鱼曲作中存有不少代人赠送金陵姬女的曲作[4]，似能说明一定的问题。五是，隆、万年间南京散曲家染指北曲的人数多于染指南曲者，与吴中、浙北曲家创作南曲的曲家远

---

① 其中，曲家陈全、高志学、陈所闻、盛敏耕、张四维在一些史料中明确记为诸生或秀才；曲家黄祖儒、黄戌儒兄弟的身份，据顾起元《蛰庵日录》（四库全书存目丛书本）癸亥下《金陵名贤续咏十首》之一“序”曰：“太学黄君祖儒，弟戌儒、复儒，三君皆蛰南先生子，才美多读书，有集行于世，而名位不著。”知他们应为诸生。曲家杜大成在方志等史料中少有记录，据“杜大成，字允修，《晞真集》”（《续金陵琐事》卷下“诗集”条），“工诗，妙解音律，扫室焚香，以待四方佳士。所画花木禽虫，嫣秀生动”（《明画录》卷六）。我们推测他可能是连诸生都没有获取的底层失意文人。黄方胤，字醒狂，生卒年与身份不详，出身世家，擅词曲，有《陌花轩小集》。

② ［清］钱谦益：《列朝诗集小传》丁集上，上海古籍出版社 1983 年新 1 版，第 462—463 页。

③ ［明］潘之恒：《亘史钞 · 亘史外纪》卷之三“莲台仙会”，四库全书存目丛书本。

④ 如《丙寅初夏，为庐陵尹教甫赠金陵蒋兰玉小字绮霞》《癸酉季秋代绿萝居士怀马湘兰作》《壬戌季春代朱长孺赠金陵吕小乔》《辛酉季秋代沈太玄赠金陵杨季真》等。

多于染指北曲者明显不同，这说明隆、万年间北曲在南京文人中仍有一定的市场。明人沈德符在《顾曲杂言》中云：“自吴人重南曲，皆祖昆山魏良辅，而北词几废，今惟金陵尚存此调。”① 由上观之，事实的确如此。至于杨慎所说：“近日多尚海盐南曲，士大夫禀心房之精，从婉娈之习者，风靡如一，甚者北土亦移而耽之，更数十百年，北曲亦失传矣。”② 描述了当时海盐腔风靡一时的现状，但对数十年后北曲失传的预言（杨慎嘉靖三十八年去世）未免绝对。隆、万年间南京散曲家对北曲一定程度上的青睐，说明北曲仍在一定层面上继续存在。陈书录先生说：“中华文化以长江为界，分为南北两大文化，南京正处在南北文化的交汇点上，因而形成了金陵文化的主要特征：交融性、互补性和开放性。”③ 为我们回答了隆、万间南京文人曲坛南北曲共存局面形成的主要原因。

至于此期南京散曲繁盛的原因，正、嘉间的初盛为此时的繁盛打下了基础；南京拥有的经济、政治、文化资源，如文学群体、文学传统、文学机遇、文化活动等，也是影响、推动此期散曲繁盛的原因；再有，嘉、隆间昆山腔改革成功后，隆庆间由吴中传入南京④，“清柔而婉折”的音效使士夫、文人“靡然从好”，也促使了散曲的繁盛。众多原因当中，我们认为南京散曲家的生活情趣（主观原因）当是散曲得以繁盛的关键。所谓“生活情趣”，这里是指散曲家的生活情调、趣味、兴趣等。下文，我们将探讨隆、万间南京文人的生活情趣与散曲创作之间的关系。

（三）南京散曲家的结社、宴集之趣与散曲创作

“文人结社作为一种文化现象和文学现象，不过是历代文人墨客的一种交游之道或生存方式而已。”⑤ 这种现象“自中唐以后日益多见。晚唐、五

① ［明］沈德符：《顾曲杂言》中“北词传授”条，见《中国古典戏曲论著集成》（四），中国戏剧出版社1959年版，第212页。

② ［明］杨慎：《丹铅总录》卷十四“北曲”条，文渊阁四库全书本。

③ 陈书录：《坚持与发展金陵特色文化》，《南京社会科学》2002年第4期，第47页。

④ 关于昆腔传入南京的时间，参见苏子裕：《明代南京地区戏曲声腔述考》，《中华戏曲》2007年第2期，第142—143页。

⑤ 何宗美：《明代文人结社现象评判之辨析》，《文艺研究》2010年第5期，第71页。

代，承接风气；宋元时期，诗社林立；到了明代，出现了极盛之势”[①]。尤其明代晚期，“大江南北，结社的风气犹如春潮怒上，应运勃兴”[②]。据计，明代文人社团的“总数远超过三百家”[③]，可见明代文人结社、交游活动之盛。关于明代文人结社活动的类型、性质、渊源与背景，何宗美先生在《明末清初文人结社研究》中有详述，这里不赘。南京因其特殊的政治、经济、文化环境使它成了明代文人结社的中心。据钱谦益《列朝诗集小传》“金陵社集诸诗人”条所述，万历年间是南京文人结社的兴盛期，并列举出了陈芹、金在衡、盛时泰、张献翼、王穉登、曹学佺、臧懋循等众多文人参与社集活动的情形，为我们说明了万历年间南京文人结社的盛况。他们以选胜赋诗、觞咏自娱为组织参与诗社活动的目的，以“遇景命题，即席分韵，同心投分，乐志忘形”[④] 为主要宗旨。具体到隆、万间南京散曲家而言，除上面提到的曲家金銮积极参与社集活动外，以上元曲家李登、陈所闻等人较为活跃。如果说陈芹为领袖的“青溪社”与王元贞等人组织的诗社[⑤]主要是赋诗作乐、觞咏自娱的话，那么以李登等人组织、参与的社团便不仅仅是赋诗觞咏了，还兼有赋曲、唱曲、宴饮、讲学等方面的活动，《金陵通传》中介绍李登时的一段话颇能说明一定的问题：

> （李登）遂归居林下三十年，自号利仁老生……又与姚汝循起白社、经社、游社、长干社，同社耆旧四十人，可知者王元坤、陈所闻、王文耀、丛文蔚、王元贞等辈（其余若陈宏世、尹凤、武尚耕、许恒吉、薛应和、孙谋、朱衣、盛敏耕、金銮，皆自有传；若吴新麓、柴养素、黄叔初、常鸿江、陈翼善、程精堂、徐澹明、孔鲁川、薛文居、王肖淮、王筠池、罗惟一、张五山、郑象老、张鲸川、胡枫桥、王小石、张怀南、侯菊斋、黄安值、李盱山，则未详其生平也），又有僧听

---

① 何宗美：《明末清初文人结社研究》，南开大学出版社 2003 年版，第 5 页。

② ［明］谢国桢：《明清之际党社运动考》，上海书店出版社 2006 年版，第 8 页。

③ 何宗美：《明末清初文人结社研究》，南开大学出版社 2003 年版，第 17 页。

④ ［清］朱彝尊：《静志居诗话》卷十四“陈芹”条，人民文学出版社 1990 年版，第 404 页。

⑤ ［清］陈作霖纂：《金陵通传》（卷十八）中介绍王元贞时云：“尝与姚汝循、陈宏世、柳应芳、程汉及顾体庵、张白门、王元昆等结诗社。”

文讲楞严，李朱山善歌，潘虚舟鼓瑟，王潜夫、张邻虚弹琴，登每与酣饮自适。家有“逸我阁”。尝为诗云：“委形虽在心先化，玄发俱丝骨近仙。”其旷达如此。①

由上文所述，我们可知李登与姚汝循等人倡导、组织了不止一二个文人社团。至于李登等人结社的具体时间、活动地点与活动宗旨已不可查考，但其参与人士的数量之多、成分之多，着实令人可窥知万历间南京文坛兴盛之一斑。其中，参与这一社集唱酬活动的散曲家有金銮、陈所闻、盛敏耕、黄叔初（黄祖儒）、张五山（张四维）五人，其中还述及“李朱山善歌，潘虚舟鼓瑟，王潜夫、张邻虚弹琴”的情况。由此，我们认为李登等人组织的社集活动中有赋诗、讲经、讲学②的内容，还有赋曲、唱曲的活动，这种文人聚会唱和的娱乐活动对当时散曲创作定会起到一定的推动作用。陈所闻曲作中就有对社集活动的记录与追忆，如套曲《庚子（1600）仲秋后一日，齐王孙国华集东南词客二伯辈，结社回光寺，选名妓四十佐酒》，其中“拼酩酊阳春唱和”“狂歌浩歌破闲愁”便说明当时有唱曲活动；又有套曲《万历乙酉（1594）九日同社集予莫愁湖阁，到今甲辰（1604）二十年所又逢此节，因登雨花台忆旧游作》，也交代了万历乙酉（1594）社集于其居地莫愁湖阁之事。陈所闻的曲作虽不是直言参与了李登等人的社集活动，但说明社集活动对作曲、唱曲的影响还是较为明显的。

与结社活动具有相似特点的交流活动——文人间的宴集也是促进散曲发展与兴盛的主要原因。需要说明的是，文人结社活动中多会伴有宴集活动，但宴集活动不一定与结社有关。一定的物质基础、浓厚的交游氛围、追求闲乐的共同旨趣，使一些有闲文人呼朋引伴、宴集畅饮、唱酬赠答，他们借助美酒的醉意逞才使能、赋诗作文、倾吐心曲、话说友谊，而南京

① ［清］陈作霖纂：《金陵通传》卷十八，清光绪三十年（1904）刊本。

② 由《金陵通传·李登小传》所录：“（李登）改崇仁教谕，乃立社与诸生讲明邹鲁之学。”“修雍睦会以聚族人，开建讲堂，四方向学之士归焉。”又陈所闻套曲《寿李如真明府八十》云：“（您）领袖儒绅，千秋木铎今重振，一个个把先生山斗推尊。”（《全明散曲》〈增补版〉第3890页）我们认为李登组织、领导的社会活动中含有讲学的内容，又有引文“又有僧听文讲楞严”，知他们活动中有讲经的内容。

城的湖光山色、古迹名胜、楼台亭阁、秦淮风月吸引着文人雅士的汇集，身处其中的南京曲家们更会享受这得天独厚的乐土。莫愁湖、玄武湖、秦淮河畔有他们畅饮的身影，石头城、雨花台、栖霞山有他们携姬宴饮的场景。从现存一些记述宴集活动的曲作中，便可得到明确的验证，如陈所闻的《初夏溪上燕集三阕》对“波摇画舫”“莺翻柳叶”“燕掠波纹”初夏之景的描绘，“同君唱酬”活动的记录；又《九日同友人集雨花台》，在“清尊新酿，黄花初放”的场景下，友人们避俗寻幽，“长歌入醉乡”；还有《黄叔初植松石于溪亭招赋二首》中记写了与散曲家黄祖儒“扶松漫醉陶潜酒”“长歌破愁”的情景；又如曲家高志学与李登宴饮的记录《李如真招同诸生夜饮》等，曲作中对宴集活动的记录说明了这类活动对散曲创作的促进与影响。

（四）南京散曲家的狎妓之趣与散曲创作

受屡加整饬、经济落后、世风简约、心态拘谨等因素影响，明代前期的娼妓业相对凋敝。明中期以后，政府对娼妓的禁约已形同空文、工商业的发展与城镇经济的繁荣、市民阶层的壮大与部分士人心态的放浪等，促使娼妓业迅速发展。作为留都——南京因其特殊地位与优越的环境，娼妓业于嘉靖间已较为发达，散曲家王穉登（1535—1612）曾言：

> 嘉靖间，海宇清谧。金陵最称饶富，而平康亦极盛。诸姬著名者，前则刘、董、罗、葛、段、赵，后则何、蒋、王、杨、马、褚，青楼所称“十二钗”也。①

时至万历间，南京的娼妓业更是猖獗。生活于万历年间的明人谢肇淛（1567—1624）说出的一番话，颇见当时的实情：

> 今时娼妓布满天下，其大都会之地动以千百计，其它穷州僻邑，在在有之，终日倚门献笑，卖淫为活，生计至此，亦可怜矣。两京教

① ［明］冯梦龙：《情史》卷七“情痴类·老妓”引王百谷语，凤凰出版社2011年版，第156页。

坊，官收其税，谓之脂粉钱；隶郡县者，则为乐户，听使令而已。……又有不隶于官，家居而卖奸者，谓之土妓，俗谓之私窠子，盖不胜数矣。①

由此可见万历间娼妓业的猖獗与普遍：大都会“动以千百计”，僻邑也“在在有之”；同时，也交代了娼妓业昌盛的一个重要原因：官府收税管理的方式达到了为其正名的效果。一些仕宦视当时的南京为“仙都”，为“乐土”，除了南京经济繁荣、物质丰富、山川秀丽、名胜繁多的因由外，“金陵都会之地，南曲靡丽之乡；纨茵浪子，潇洒词人，往来游戏，马如游龙车相接也，其间风月楼台，尊罍丝管，以及娈童狎客，杂伎名优，献媚争妍，络绎奔赴”②。以及秦淮一带夹岸楼阁，中流箫鼓，日夜不绝的繁华佳丽之景应是主要原因。

有如此靡丽佳美的诱人之乡，感情丰富、风流倜傥、喜好冶游的浪子、词客当然会心向往之，有条件的文士也便成了此地的常客。他们在游赏佳景的同时，免不了会有狎妓活动的发生，当然，他们赏悦的不是“乐户”“土妓”，而是一些貌美、多艺的艺妓。他们一起赋诗、宴饮、唱曲、听曲、打趣、对弈，在满足表层色欲的同时，也获取了精神上的愉悦与安慰。隆万间的“好事”文人曾以品评妓女并排出花榜取乐，如前文提到的潘之恒等人在南京组织的“莲台仙会”，便在南京名妓中评出了女学士、女太史、女状元、女榜眼、女探花等十四人，以致出现了“盛集一时，价增百倍。簪缨满座，文抒丽日之才；歌舞当筵，响遏行云之调”③的盛况。当然，我们不否认这种男女关系中带有铜臭之气、玩弄之弊，但在一些文士与妓女之间，有时已超越了这种世俗的关系，上升到“神交”的层次。如上文提到的长洲曲家王穉登，风流倜傥，与名妓交往颇多。他与妓女马守真之间的故事在当时已成佳话：“万历甲辰（1604）秋，伯穀七十初度，湘兰

① ［明］谢肇淛：《五杂组》卷八“人部四”，（上海）中华书局1959年版，第225—226页。

② ［清］余怀：《板桥杂记》，江苏文艺出版社1987年版，第20页。

③ ［明］潘之恒：《亘史钞·亘史外纪》卷之三“莲台仙会”，四库全书存目丛书本。

自金陵往，置酒为寿，燕饮累月，歌舞达旦，为金阊数十年盛世。”[①] 又如金陵妓赵燕如与“名士朱射陂、陈海樵、王仲房、金白屿、沈勾章游。年既长，尽捐粉黛，杜门谢客，而诸君与之游，爱好若兄妹”[②]。再如妓女杨玉香与林景清之间的真情故事等。[③]

隆、万年间的南京散曲家身在此境，有其便利之处；才俊多艺的条件与风流倜傥之性，也免不了一些风流趣事。虽然没像王穉登、潘之恒辈与金陵名妓间做出了一些轰动一时的“壮举”，但出入于秦淮歌馆，携姬宴饮、游赏的事情还是会时有发生的。因史料欠缺，我们无法得知他们与妓女之间的交往情况，由他们现存的曲作，我们倒能略窥一二。其中，在陈所闻（1553—1604 以后）[④] 的曲作中表现得最为典型，如令曲《席上赠王四美人》中“含笑故故露春纤”；《谢美人赠锦囊》中“我怎忍轻抛掉，贴身儿常佩在练裙腰”；套曲《月下续欢》中“泪从心出，杯随笑传”；以及《冬夜赵雉岩、鹿岩出歌舞佐酒》《庚子仲秋后一日，齐王孙国华集东南词客二伯辈，结社回光寺，选名妓四十佐酒》[⑤] 等，由此我们可知陈所闻与妓女间有过频繁的直接接触，当然其中少不了妓女唱曲助兴的活动。同时，他代人作的多首赠妓曲，多应是场上之曲。又如，致仕曲家顾起元存有一套《赠文娟美人》，有题目和曲中对文娟美貌的描写，我们猜测文娟很可能也是一位妓女，其中“按新声雁泣冰弦”，表明作者有听曲的活动。再有，曲家陈全现存三首嘲妓曲，黄戍儒存一首嘲妓曲，说明他们也有过狎妓的经历。尤其是，陈全性好烟花，与妓女交往甚密，这里引一则材料，以见其风采：

---

① ［清］钱谦益：《列朝诗集小传》闰集，上海古籍出版社 1983 年新 1 版，第 765 页。

② ［清］钱谦益：《列朝诗集小传》闰集，上海古籍出版社 1983 年新 1 版，第 763—764 页。

③ ［清］钱谦益：《列朝诗集小传》闰集，上海古籍出版社 1983 年新 1 版，第 769—770 页。

④ 曲家陈所闻的生年，参见侯荣川《陈所闻生年考补》，《文艺评论》2012 年第 6 期，第 104 页；他的卒年，据他本人的曲作《万历乙酉九日同社集予莫愁湖阁，到今甲辰二十年所又逢此节，因登雨花台追忆旧游作》中，“甲辰二十年”（即万历三十二年〈1604〉）所得。

⑤ 《列朝诗集小传》丁集上“齐王孙承彩”条和《金陵通传》卷十五“齐王孙承彩”小传中都有在此结社、邀妓佐酒之事的记录，不过，《列朝诗集小传》中记为万历甲辰（三十二年），《金陵通传》记为“万历三十一年”，而陈所闻这里记为万历庚子（二十八年），徐朔方先生言：“谦益、作霖以后人得之传闻，此等大社似不致连年皆有，规模悉同，疑是同一事之讹传。”（《晚明曲家年谱》第三卷，浙江古籍出版社 1993 年版，第 517 页）我们赞同徐先生之说。

国朝有陈全者，金陵人，负俊才，性好烟花，持数千金，皆费于平康市……又见妓洗浴，因全至，披纱裙避花阴下，全执之，妓曰：“陈先生善为词，可就此境作一词。”全遂口占曰：“兰汤浴罢香肌湿，恰被萧郎巧觑。偏嗔月色明，偷向花阴立。有情的悄东风，把罗裙儿轻揭起。”他词类此者尚多。及全病革将死，鸨子皆慰全曰：“我家受公厚恩，待百岁后，尽力茔葬，仍为立碑。”全答曰：“好好，这碑就交在身上。”盖世名鸨子为龟，龟载碑者也。①

这则材料虽属谐谑之语，可能有加工的成分，但它为同时代人江盈科（1553—1605）所言，结合陈全曲作的“色”彩，说他与妓女交往密切绝不是空穴来风。

“食、色，性也。”② 陈所闻等文人热衷狎妓活动的根本原因乃是人之本性所致，明代后期商业的繁荣、士风的放荡、娼妓业的兴盛、文人出路受阻等则是促使人的好色之性得以放大的外部因素。如上所言，狎妓活动既可满足感官的欲求，还能填补、疗治精神上的空虚与忧闷，他们何乐而不为？当然，从事这一活动需要有一定的物质保障。仅就现有曲作存世的曲家而言，顾起元官至吏部左侍郎似不用为物质生活担忧，黄祖儒的父亲黄甲官至吏部郎中似也不愁没有青蚨，陈全（秀才）“持数千金，皆费于平康市”的举动，当不是贫困之家。作为诸生身份的陈所闻，存有大量与狎妓活动相关的曲作，他“萧条一室如悬罄”③ 的境况是如何满足这种活动需要的呢？这里有两个答案：一是，朋友、缙绅的资助，主要是安徽歙县书商汪廷讷的资助，还有亲王、中山王的后代与一些官宦与他交往密切，他大量酬应、代笔之作的存在似能说明一定的问题；二是，自己积极经营，

① ［明］江盈科著，黄仁生校注：《雪涛小说》（外四种），上海古籍出版社2000年版，第229页。
② 杨伯峻译注：《孟子译注》之《告子章句上》，中华书局2005年第2版，第255页。
③ 《全明散曲》（增补版），第3945页。

谋取钱财，这由他“铸钱炉”被停一事[①]，可见一斑。在他的这类曲作中，有惬意、愉悦，也有说不出的酸楚。总之，南京独特的文化场域强化了他们追求享乐的价值取向，激发了曲家们的创作激情，也促进了散曲的创作与发展。其实，明代后期的小说、戏曲等体裁中无不有妓女的影子。她们的存在是社会发展中的一大顽疾，一定程度上讲却成了古代文学发展的催化剂，是众多文人释放个体欲望、寄寓个体精神的窠巢所在。

（五）南京散曲家的好游之趣与散曲中的地域色彩——以陈所闻的曲作为例

晚明文人多好游赏之乐，尤其是以江南为盛。江南富庶的经济促进了具有消费特点的旅游文化的发展，名山、古刹、湖泊、园林等实体的存在也为旅游活动提供了地利之便，文人们有闲、领风、标榜、好雅、尚趣的特点使他们成了这一活动的主力军。故此，“对他们来说，游览大自然中如诗如画的山水风光，不仅仅是一种美的享受，更是为了显示他们生活情趣的雅致”[②]。陈继儒曾自称：“闭门阅佛书，开门接佳客，出门寻山水，此人生三乐。”[③] 这一闲适、超脱的生活方式常在一些文人身上得到实践。苏州的虎丘山、杭州的俏西湖常令人流连忘返，南京秦淮一带“画船箫鼓，去去来来，周折其间”，“宴歌弦管，腾腾如沸”[④]，也使人们心醉、魂消。生活于南京城的曲家陈所闻也有旅游之好，常登山临水、观览胜迹，赋曲抒怀。而且，他还卜筑于有“江南第一名湖”之称的莫愁湖上[⑤]，直接接受着莫愁湖烟雨的沐浴，欣赏着“湖柳如烟，湖云似梦，湖浪浓于酒。山

---

① 陈所闻的曲作《大司空募民入镪铸钱，未期年而止，因自嘲二首》，另他的好友黄祖儒也写有《为荩卿解嘲二首》《荩卿因钱炉停止，嗟见乎词，赋此答慰》对其安慰。此事发生的具体时间，查《明史》卷八十一《食货五》、《明会要》卷五十五《食货三》，其中记载万历四年命户、工部铸钱，不久又命工部铸钱补给宫费，在大臣的疏辩下暂停铸钱之事，不知这与陈所闻所言是否为同一回事？

② 陈宝良：《从旅游观念看明代文人士大夫的闲暇生活》，《西南师范大学学报》（人社版）2006年第2期，第50页。

③ ［明］陈继儒辑，清风注译：《小窗幽记》卷四“灵”，中州古籍出版社2008年版，第130页。

④ ［明］张岱：《陶庵梦忆》卷四“秦淮河房”，上海古籍出版社1982年版，第30—31页。

⑤ 关于莫愁湖与孙楚楼，陈所闻有套曲：《予卜筑莫愁湖上，即孙楚酒楼旧址，王仲房携妓见访》，另《重刊江宁县志》（清光绪六年（1886）刊本）卷七“山水”：“莫愁湖，在江宁水西门外。”卷九“古迹”：“孙楚酒楼，在石头城侧后，人因李白诗亦名李白酒楼。”

下藤萝飘翠带，隔水残霞舞袖”[①] 的醉人佳景。登临山水，涤涴俗肠；观景睹物，感怀动情；寓意于言，时日消永。因此，陈所闻为我们描绘出了许多带有浓厚地域色彩的佳作。据统计，陈所闻咏写地域景观的曲作共计 99 首（套），占其现存的 250 首（套）曲作的 39.6%，可谓大观。

1. 综观陈所闻的这类曲作，共涉及 62 处自然、人文景观（不含友人的园林、亭阁）。这些景观主要分布于南京（38）、杭州（11）、苏州（3）三地，其他地方 3 处（如无锡、镇江、盐城），不详者 7 处。陈所闻得南京的天地之利，游览南京的景胜也最多，杭州则主要集中于西湖一带，苏州主要集中在虎丘一带。陈所闻游览的地域整体表现出相对狭窄的特点，即主要集中于离南京较近的地区，这与吴中曲家梁辰鱼、茅溱足迹遍及塞北、吴、楚的“壮游”多有不同。由于距离远、旅费高、风险大等原因，能够“壮游”的文人相对较少，距离较近的景点因交通便利常常成为文人们的首选。[②] 陈所闻身处“杏花春雨”的江南之地，做出如此的举动符合“近景便利，文人常选”的特点，代表了当时江南文人旅游的主导风向。

在这 62 处景观中，自然景观主要涉及一些山（山、峰、岩、矶、丘、台、墩）、水（湖、河、溪）等，计有 25 处；人文景观涉及最多的是寺、庵、观、庙、祠、亭、阁等，共计 31 处。其中，一些描写山水的曲作清丽、超然，颇为可观。如［南南吕・懒画眉］《燕子矶即事》二首之一：

闲随罗绮坐崔嵬，拍岸寒潮燕欲飞。江城日暮酒船回，揭天箫鼓中流沸。我笑傲烟霞醉不归。[③]

又［南中吕・驻马听］《泛西湖》：

兴托东坡，喜的是楼阁参差浸碧波。指点着六桥柳浪，三竺云峦，

① ［清］郑板桥：［念奴娇］《金陵怀古・莫愁湖》，见卞孝萱编：《郑板桥全集》，齐鲁书社 1985 年版，第 154 页。

② 巫仁恕：《品味奢华：晚明的消费社会与士大夫》，中华书局 2008 年版，第 175—176 页。

③ 《全明散曲》（增补版），第 3847 页。

石屋烟萝。玉箫金管触花过，吴讴越唱行云遏。泛泛渔篷。一声欸乃把醉魂惊破。[①]

这里绘景有静有动，有冷有热，有画面，有场景，收到了清而不冷，丽而不艳，雅中蕴俗的效果，表达出了作者自适、潇然的情怀。

记写人文景观的曲作，寺院最多（13）亭阁次之（7），祠、墓、庙等也占有一定的篇幅。这里主要表达出了作者的三种情怀：一是闲适、乐闲之怀；二是向佛之心；三是儒家用世之怀。闲乐之怀，陈所闻本来就带着一种寻求闲适的情怀去游寺、登阁、赏景、观风的，如《灵谷寺赏梅》《本末亭听莺》《秋酌啸风亭》等，自不必多言。向佛之心，由陈所闻那么多记写禅寺的曲作，以及"情闲共结无生会，茗椀炉烟听鸟啼"[②]"翠微深处借僧房，烟霞胜地抛尘鞅"[③]"欲谢尘牵，愿分一掬广开方便"[④]等曲句中表达出弃尘向净的"宣言"，我们似能看出他有避尘向佛的一面。陈所闻身上的这种表现与晚明文人中禅悦之风的盛行有关，当时"礼佛饭僧，谈禅说佛，与僧人交际结纳，已成为当时士大夫清雅生活的基本内容"[⑤]。明人陈宏绪云："今之仕宦罢归者，或陶情于声伎，或肆意于山水，或学仙谭禅，或求田问舍。总之，为排遣不平。"[⑥]陈所闻虽不是什么士大夫，但结合其大量酬应、献媚曲作的存在，以及"铸钱炉被停"一事，我们认为他的向佛行为很大程度上是受社会风气影响所致，并不是真的信佛。当然，他曲作中愿脱俗求静的表态不能说没有真情所在，除了风气的渲染、影响外，也可以理解为是人内心需求层面的一种外现。值得一提的是，南京曲家顾起元的佛缘似更为突出，有两点可以证明：一是，他做有一些谈禅诗，如《参禅》《礼佛》《饭僧》等；二是，他与高僧有直接的交往。有他的诗作《答柴师二偈》《题柴师像》《有送柴师归塔者话其事诗以纪之四首》，

---

① 《全明散曲》(增补版)，第 3853 页。

② 《全明散曲》(增补版)，第 3858 页。

③ 《全明散曲》(增补版)，第 3857 页。

④ 《全明散曲》(增补版)，第 3855 页。

⑤ 陈宝良：《明代社会生活》，中国社会科学出版社 2003 年版，第 87 页。

⑥ ［明］陈宏绪：《寒夜录》卷上，中华书局 1985 年版，第 7 页。

以及《哭普惠海德柴师四首序》中云："……师与予方外之契殊笃，因为诗以哭之。"[①] 可证。但是，结合顾起元致仕后家居期间"至于南都利病，如兵部快船改马船，绝卫官之苛索，两县坊厢准里甲为条编，皆更定良法，或妄言复旧以便其私，起元力争乃止……"[②] 的行为，表明他的佛缘也不是那么纯正，也应是禅悦之风影响的结果。至于陈所闻人文景观曲中用世情怀的表露，以拜祭前人的庙、墓、祠为代表，如《吴山拜伍相庙》"一寸丹心，把狂澜砥柱千秋重"。《拜岳墓》"试问奸雄，流芳遗臭，孰轻孰重?"《吊方正学（方孝孺）祠》"正气犹在白日寒"等，可见他对"忠贞"之士的钦佩、感叹之情，透露出了他思想中的儒家情怀。

2. 记写友人园林、亭阁的曲作。在陈所闻的散曲中，有 29 首（套）记写友人园林、亭阁的曲作（以套曲为主）。其中，涉及 14 处景观，它们主要分布在南京、安徽休宁两地。其中，以对安徽休宁曲家汪廷讷（1569？—1628 后）的园林着笔最多[③]，计 7 首（套）。如套曲《汪去泰开园范罗山下题赠》中的支曲［前腔］：

萝墙迤逦，药栏窈窕，灌木深藏啼鸟。露台云窦，攀登小接虹桥。只见红含宿雨，绿染轻烟，花事知多少。柳阴浓蔽日夹松涛，空翠霏微惹客袍。[④]

又有［南中吕 · 驻马听］《题新安汪无如环翠园》四首之一：

窈窕林亭，似逐桃花入武陵。我则见垂杨拂地，苍栝参天，绮石为屏。无如此地学长生，说什么蒋卿当日开三径。弄罢瑶笙，一声鹤唳娱清听。[⑤]

① ［明］顾起元：《蛰庵日录》癸亥下，四库全书存目丛书本。

② ［清］陈作霖纂：《金陵通传》卷十九，清光绪三十年（1904）刊本。

③ 关于汪廷讷的行实，见徐朔方：《晚明曲家年谱》（第三卷），浙江古籍出版社 1993 年版，第 505—545 页。

④ 《全明散曲》（增补版），第 3932 页。

⑤ 《全明散曲》（增补版），第 3866 页。

还有曲句“把钓湖头，倒影松萝翠欲流。况复云洞洒润，岩瀑飞声，林木生秋”[①] 等。在这些曲作中，作者给我们描绘出了一幅鸟语花香、松萝翠流、林藏亭台、飞瀑细流的“天开图画”。这里似蓬莱仙境，任人谈棋把钓，啸歌聚首，逍遥遙逗。汪廷讷构筑园林的行为是明代后期江南文人追求闲适悠然、逍遥散诞生活情趣的一种外现，是当时追慕市隐——“城市山林”[②] 现象的一个缩影，一定程度上反映出了当时文人的隐逸观。另有，此期的南京曲家顾起元在杏花邨中建有“遁园”，“虽奥旷异规，大小殊趣，皆可游也”[③]，也是明代后期江南文人构筑园林风潮中的一个参与者。

要之，陈所闻写有那么多游览山水、名胜的曲作，反映出了他的好游之性，表达出了他向往悠然自适生活的闲情，以及俗念未泯的向佛之心。其中蕴有自己的真情雅趣，也有时代风尚影响的影子。题赠、赞誉别人园林、亭阁的曲作难免世俗之味，除了他为生计所迫之外，这种出入于雅俗之间的生活方式在晚明文人中颇具代表性，是晚明江南文人人生价值与生活情趣的一种外现。

（六）南京散曲家的谐谑之趣与嘲谑之曲

“‘谐’之言‘皆’也；辞浅会俗，皆悦笑也。”[④] 这种使人悦笑的方式或行为，极粗鄙的人喜欢，极文雅的人也喜欢，只不过各自所喜欢的“谐”不尽相同罢了。对于文学创作中的“谐趣”而言，是指作者以游戏的态度，把人物和物态的丑拙鄙陋和乖讹当作一种有趣的意象运用语言文字表达出来后而取得的一种效果。[⑤] 之所以，这种方式或风格能够出现，并得以长时间的存在与流传，根本原因是人具有一种喜谐乐趣的原始天性，创作者如此，接受者也是如此。这一风格在中国古代民俗、歌谣中大量存在，在一些文人创作的诗词中也时常出现。

就文人创作的散曲而论，它来自民间，身上蕴有大量“俗”的因子，

---

① 《全明散曲》(增补版)，第3866页。

② ［清］归庄：《跋姜给谏匾额后》，见《归庄集》卷四，上海古籍出版社1984年版，第284页。

③ ［清］吕燕昭修，姚鼎纂：《重刊江宁县志》卷九，清嘉庆十六年(1811)修，清光绪六年(1880)刊本。

④ ［梁］刘勰著，陆侃如、牟世金译注：《文心雕龙译注・谐隐》，齐鲁书社1995年版，第230页。

⑤ 朱光潜：《诗论》，上海古籍出版社2001年版，第20页。

虽然到文人手中雅化了不少，但以“俗”为美的审美风格正是它的生命力之所在。由于旧的统治秩序与思想束缚被彻底打破，文人的地位整体低下，少了束缚和顾虑的元代文人在一定层面上彻底放开，使得具有原始美感的“谐谑”之风在散曲中得到了少有的张扬。曲家关汉卿、杜仁杰、王和卿、王伯成、赵明道等善谐谑、滑稽的性格在他们的曲作中得到十分生动幽默的展现。他们曲作中谐谑、机趣的表现，虽然表面上显得那么随意、轻松，其内里却蕴有元代文人失落、无奈的悲苦心境，是一种带泪的谐谑（当然，也不尽然）。相较于元代，明代文人的天日已大有不同，他们在仕途上似乎可以“扬眉吐气”，但前期政治的高压、理学的束缚、自我的承担使他们言说的自由度大打折扣，散曲中的谐谑之风少有出现，偶有涉及者也多是模仿元人打趣而为，毫无深意而言，如陈铎的这类曲作。明代中后期经济的相对富庶、心学思潮的涌动、仕途的失意使追求自适、超脱、享乐的风气在文人中大盛，谐谑之风也相伴而行，在此时段曲家的笔下多有显现。隆、万间南京曲家此类曲作的出现，便是这一世俗化风尚下的产物。不过，与元代散曲家比，同有谐谑之味，但其中无累的真趣成分却少于元人，滑稽玩世的特点表现突出，多了些世俗、低劣的趣味。譬如，曲家陈全的《嘲妓者杨虼蚤》《嘲遗尿》《村妇道傍便溺》等，难怪明人周晖评其曲作“无词家大学问，但工于嘲骂而已”[①]，由此观之，诚然。当然，也有些可观之作。如黄戍儒的［南商调·黄莺儿］《嘲蚊虫》二首之一：

狠杀咬人精，嘴儿尖身子轻。生来害的是撩人病，我恰才睡醒，他百般做声，口儿到处胭脂赠。假山盟，血浸牙后，不管我心疼。[②]

又［北仙吕·寄生草］《嘲悭吝》：

咬着姜嗑着醋，口里减肚里那。不怕死三顿儿经的饿，不愁寒只

① ［明］周晖撰:《金陵琐事》卷二“曲品”，明万历三十八年(1610)刊本。

② 《全明散曲》(增补版)，第4167页。

身儿精得过，不贪妻两口儿多一个。饶君算到九梁星，鹊巢还被鸠来坐。[①]

此两首曲作写的幽默风趣、生动形象，且带有嘲讽的味道，颇富机趣。隆、万年间存有谐谑曲的南京曲家共有陈全、黄祖儒、黄戍儒三人，他们皆为才俊之士，然久困场屋，一生未能出仕，以生员身份终身。如果说陈全创作此类曲作，与其性浪游、善取笑的性格特点有关的话，那么，黄氏兄弟作为“埙篪奏风雅”[②] 之人，能作出此类曲作，大概是“失意中求乐趣”，具有豁达超世的特点，但也蕴有“对于命运开玩笑”的悲剧色彩。[③] 概之，他们的这种创作行为个体性特点比较突出，与时代环境的关系并不紧密。

总之，明代隆、万间的南京散曲家受社会风尚、都市文化、审美情趣等外在与内在因素的影响，形成了喜好结社、宴集、交游、游赏、尚谐的生活情趣，他们有意无意，或深或浅地把这些生活情趣与散曲创作融合在一起（陈所闻的曲作最典型），既体现出了明代中后期江南文人的共性特点，也具有都市文人的群体性与个体性特征，是一个值得继续关注的创作群体。

① 《全明散曲》(增补版),第4165页。

② ［明］顾起元:《蛰庵日录》癸亥下,四库全书存目丛书本。

③ 朱光潜:《诗论》,上海古籍出版社2001年版,第23页。

第五章 “江山之助”与王盘散曲的“清丽”之风

王盘（1454？—1524）[①]，字鸿渐，号西楼，扬州高邮人。现存散曲小令66首，套数9套，复出套数1套，内容涉及咏物、闲适、写景、咏怀、嘲谑、艳情、节序、隐逸、题写等15类，其中以咏物、写景、闲适三类为多；风格以清丽、俗朴、诙谐为主，其中以清丽之风最著，堪称明中期富有特点的一位散曲大家。言及王盘散曲的“清丽”之风，明人王骥德早有品评：“于北词得一人，曰高邮王西楼——俊艳工炼，字字精琢。”“西楼工短调，翩翩都雅。”[②] 今人任讷先生对王盘散曲风格的定位更为精准：“（王盘）于元人之中，兼得乔、张之趣。其丽也，不仅工雅，兼能出奇；其清也，潇疏放逸，且好为游戏俳谐之作。而不用康、冯两派之粗豪，一以精细出之。明人之中，惟金銮一人是其一派。”“最为整饬，可云无弊。”[③] 这里试从地域文化的角度探讨一下王磐“清丽”曲风形成的原因，以补研究之不足。

---

① 关于王盘的生卒年，至今没有一个确切的说法，其中最多的说法是1470？—1530，不知何据。其实，丰家骅先生在《王盘的生卒年、家世和交游》（《文献》1990年第2期，第57—60页）一文中早有考辨，认为王盘的生卒年为1454？—1524，颇有道理，这里从之。有关记述王盘的史料，请参见王磐女婿张綖的《王西楼先生诗集序》（［清］左辉春纂：《续增高邮州志·艺文》，道光二十三年刊本）、外孙张守中的《刊王西楼先生乐府序》（《全明散曲》〈增补版〉第805页）、《扬州府志》卷三十一（［清］尹会一等纂，雍正十一年刊本）、《嘉庆高邮州志》卷十上（［清］杨宜仑修，夏之蓉、沈之本纂，道光二十五年刻本）、《尧山堂外纪》卷四十九（续修四库全书本）、《列朝诗集小传》丙集（上海古籍出版社1983年新1版，第347页）等。

② ［明］王骥德：《曲律》，见《中国古典戏曲论著集成》（四），中国戏剧出版社1959年版，第170、162页。

③ 任讷：《散曲概论·派别》卷二，中华书局1931年版（散曲丛刊本），第41页。

一、“工雅出奇”“萧疏放逸”的清丽曲风

依据任讷先生的观点，我们理解：言王磐曲风之“丽”，一则“工雅”应指曲作语词和造景的俊雅、流丽；二则“出奇”应指“以俗为雅”的“奇丽”；言其曲风之“清”，则主要是指王磐的曲作在语词工雅、出奇基础之上形成的具有“潇疏放逸”特点的一种精神风貌。如［北双调·沉醉东风］《扫雪烹茶》：

熬天上玲珑玉髓，沁人间锦绣诗脾。结卢仝冷淡交，玩陶谷风流味。涤空肠神爽飞飞，驾两腋天风万里归，倒吸尽金盘露水。①

短短几句，作者用“熬”“沁”“结”“玩”“涤”“驾”“倒”等动词，把具有修饰色彩的“玲珑”“锦绣”“冷淡”“风流”“飞飞”与“玉髓”“诗脾”“交”“味”“空肠”“两腋”“风”“金盘”“露水”等意象巧妙地连缀在一起，构设出了一个豪阔、清雅之境。其中，用词雕琢，造景新奇，颇见作者对语言的驾驭之功。其中的高远之气、放逸之风彰显出了作者一种清透无隔、纯素无欲的情怀，颇为宜人。与这种清雅之风稍有差异的是，在王磐曲作中还表现出一种颇具气势和色彩美的“丽雅”之风，如［北正宫·醉太平］《秋雨晚霁》：

泼空来雨声，滚地也雷鸣。须臾云散晚天晴，看秋光倒影。断虹斜插珊瑚柄，斜阳倒挂轩辕镜，残霞乱摆锦帏屏。助西楼画景。②

像水泼空一样的雨声，像石滚地似的雷鸣，开篇立势，比喻形象、生动；接着，作者笔锋一转，顷刻间云散天开，秋日傍晚的阳光洒落在周围的景物上像是蒙上了一层薄薄的金纱；平静的湖面上，柳、山、楼等物象的倒

① 《全明散曲》(增补版)，第780页。
② 《全明散曲》(增补版)，第793页。

影清晰可见；远处天空中的彩虹像一把珊瑚柄悬挂空中，太阳像是一个倒挂的用于辟邪的轩辕镜，四射的晚霞像一幅幅锦绣屏障，这里连用三个具有排比之势的比喻，泼墨颇浓，景致亮丽；这些景象与作者所居的西楼融为一体，勾勒出了一幅巧妙的天籁之境。较上首曲作，此曲虽然用到了“断”“斜”“残”等词，但构景并不让人感到灰暗，倒是多了些气势和亮色，呈现出一种宏大、丽雅的效果。其词之工巧，景之奇丽，也颇为突出。再有［北双调·雁儿落带得胜令］《泛舟值雨》：

江湖许浪游，风雨强拖逗。翠凋杨柳疏，红湿芙蓉皱。佳兴付东流，好事到西楼。月满梧桐夜，风生桂子秋。轻裘，准备携诗袖；扁舟，安排钓月钩。①

秋雨拖逗，柳叶凋疏，芙蓉湿皱，天气转晴后一轮皓月的银光洒满梧桐，桂花的淡淡香气沁人心脾；逢此佳境，作者拥裘、驾舟徜徉于碧波如镜的高邮湖上，他钓月赋诗，兴趣盎然。与上两曲比，这里少了首曲的精雅味，多了点清冷之气，少了点第二首曲作的宏阔与亮丽，多了些孤清之趣。在这种“清淡”之味、“清凉”之风的背后，流露出了作者的一种超然、恬适、疏放的无累之怀。以上所举均为写景之曲，下面三首其他题材的曲作也能体现出王磐散曲的“清丽”之风。如咏物的，［北双调·沉醉东风］《蛙鼓》：

梅雨后千声乱发，草塘中两部频挝。擂池边鸥鹭惊，震水底鱼龙怕。报丰年底是催花，一派村田乐可夸，春社里农夫醉杀。②

又咏怀的，［北双调·沉醉东风］《书怀》：

---

① 《全明散曲》（增补版），第 792 页。

② 《全明散曲》（增补版），第 778 页。

高枕听芭蕉奏雨，倚蓬看杨柳穿鱼。乐唐虞快活年，占巢许清高处。嵌湖山一座楼居，与几个活水源头钩月徒，演一画先天太古。①

又隐闲的，如套曲《梅村》[北南吕·一枝花]：

云遮庾岭遥，水绕孤山峻。骑驴空踏雪，拄杖谩寻春。笑指前村，一步步花成阵，一重重雪映门。不羡他东阁繁开，不让他西湖旧隐。②

这里所举的三首例曲虽没有前面所举三曲显得那么精雅，但其所用词语、所选物象、所造之境表现出的仍是一种清雅之气。而且，他无拘无束，隔断红尘，自守静处，超脱自适的疏放情怀表露无遗。

如果说以上曲作中是直接呈现“清丽”特点的话，那么一些“以俗为雅”的曲作，倒是显示出别有风味的“奇丽”特点。如套曲《村居》[梁州]：

我是个不登科逃名进士，我是个不耕田识字农夫，我是个上天漏籍神仙户。清风不管，明月无拘，孤云懒出，野鸟难呼。只俺这牛背上稳似他千里龙驹，只俺这花篷下近似他方丈蓬壶。兴来时画一幅烟雨耕图，静来时著一部冰霜菊谱，闲来时撰一卷水旱农书。茶炉，酒炉，杏花深处桃花坞。水绕著门，云遮著屋。端的是隔断红尘一点无，那里有官吏催租。③

此支曲作，有洒脱、豪放之味，表达了作者一种恬静、自适的情怀，但其所勾之景仍是一个清雅、纯洁的画面。口语化的色彩表现出其“以俗为雅”的奇丽之风，其中放逸、散诞的精神也尽显纸上。

① 《全明散曲》(增补版)，第780页。

② 《全明散曲》(增补版)，第801页。

③ 《全明散曲》(增补版)，第798页。

要之，王磐以雅丽、俗朴之词，以绘画的笔法，工于雕琢，善于勾景，创作出了篇篇清雅、奇丽的曲作，独有机趣，独领风骚。探其因由，可谓多多。可王磐生于高邮，长于高邮，老于高邮的生活经历，使我们不得不考虑到高邮的地域文化对其“清丽”曲风形成的影响。

二、“江山之助”与“清丽”曲风的形成

作家创作风格的形成除了与其本人的才识、社会文化氛围、文体特点等因素有关外，地域文化是一个不容忽视的重要因素。就王磐的散曲而言，地域色彩颇为明显：题材内容上，有对元宵节、灯谜等高邮节日习俗的描述，有高邮湖中与朋友泛舟的记述，有嘲讽“阉宦”横行高邮运河之上的篇章，有写自己村居特点的曲作，还有对其居所“西楼”的反复吟唱（“西楼”意象在他作品中出现了16次，或借指自己，或指其住所）等；艺术风格上，则表现为“清丽”曲风的形成与其居地高邮的地域文化有着密切的关系。

“江山之助”一词，出自刘勰的《文心雕龙·物色》：“若乃山林皋壤，实文思之奥府，略语则阙，详说则繁。然屈平所以能洞监风骚之情者，抑亦江山之助乎！”[①] 关于“江山之助”中“江山”的指称范围，现人有着不同的看法[②]，我们无意纠缠其间，这里借指高邮的地域文化：包括自然地理环境和人文地理环境。

（一）自然环境与“清丽”曲风

谈及山川景物对文风形成的影响，清人孔尚任言：“盖山川风土者，诗人性情之根底也。得其云霞则灵，得其泉脉则秀，得其冈陵则厚，得其林莽烟火则健。凡人不为诗则已，若为之，必有一得焉。”[③] 沈德潜也云：

---

① ［梁］刘勰著，范文澜注：《文心雕龙注》，人民文学出版社1958年版，第694—695页。

② 参看汪春泓：《关于〈文心雕龙〉“江山之助”的本义》，《文学评论》2003年第3期，第133—139页；丛瑞华：《刘勰“江山之助”说的理论价值》，《社会科学战线》2007年第5期，第103—105页；姚大怀：《“江山之助”新论——兼与汪、丛二先生商榷》，《安徽科技学院学报》2011年第3期，第125—128页。

③ ［清］孔尚任：《古铁斋诗序》，见《湖海集》卷十，四库存目丛书本。

“余尝观古人诗，得江山之助者，诗之品格每肖其所处之地。”[①] 均述及山川风土等自然环境对作家创作风格的影响。曲家王磐生活的高邮地处维扬之间，是一个水丰山秀、景致优美的南国之乡，也是一个“土厚水深，彬彬文学之邦”[②]。论其水，高邮居江淮之中，旧传有三十六湖汇集于此，汪洋浩荡，其中有新开湖、甓社湖、平阿湖、三湖、五湖、珠湖等。[③] 至明代隆庆年间，由于淮河入海河道频年淤积，大量泥沙积淀，于是千流会于高邮，高邮湖形成。高邮湖位于高邮城西，春来时，碧波荡漾，柳烟袅袅；夏来时，荷花田田，稻香来袭；秋来时，秋波微微，水天一体；冬来时，西风乍作，雪衣四披。处此佳境，泛舟湖上，荡涤胸襟，灵性大开，雅句来袭，诗意盎然！还有，大运河穿高邮而过，两岸垂柳，河上帆船，南北流客，也会使作者因水而性灵。言其山，州治西六十里有神居山，州治东三里有箕山，东北有东山，城内州治有胭脂山等。[④] 这些“山不在高，有仙则灵”的小山头，缺少华山、泰山的高大、险峻与粗犷，有的是低缓与秀美。尤其是神居山居于湖西，除了其动听的神仙故事外，人们登高而望，晚风徐徐，湖水泱泱，晚霞灿烂，金波绮丽，天人合一，忘忧弃尘。想必王磐也会多有登临，多有体悟吧！还有，康济河、闸河、白塔河等流经此处，湖、山、河交错分布，共同装点着这一古老而有秀美的南方小城。

“知者乐水，仁者乐山。”[⑤] 王磐既是乐水之人，也是喜山之人。高邮的山秀，高邮的水清，秀山、清水孕育出高邮别有韵味的灵秀文化。富有个性的王磐生于其间，沐浴着这种富有灵性的文化，陶冶着自己怡然自适、冲融旷达的性情。为此，他筑楼三楹于高邮城西，位于高邮湖畔，自号“西楼”。面对水面豪阔、碧波粼粼的湖水，他“日与名流，谭咏其间。风

---

① ［清］沈德潜：《归愚文钞余集》卷一“芳庄诗序”，转引自吴承学：《江上之助——中国古代文学地域风格论初探》，《文学评论》1990 年第 2 期，第 52 页。

② ［清］张德盛：《高邮志·原序》（雍正二年），见［清］夏之蓉，沈之本纂：《嘉庆高邮州志》，清道光二十五年（1845）刊本。

③ ［清］夏之蓉，沈之本纂：《嘉庆高邮州志》卷二“序”，清道光二十五年（1845）刊本。

④ ［清］夏之蓉，沈之本纂：《嘉庆高邮州志》卷一“山川”，清道光二十五年（1845）刊本。

⑤ 杨伯峻译注：《论语译注·雍也》，中华书局 1980 年版，第 62 页。

生泉涌，听着心醉，脱略尘俗之故，以从所好”。[1] 这山、这水的灵性在潜移默化、日积月累中影响着他的审美情趣，在主体的有意、无意地感悟、吸纳中形成了清、雅、闲、趣、真的情操。表现在作品中，则是运用一些富有雅丽色彩的语象勾勒出一幅幅清雅、奇丽的画面，并借此真实、率性地表达出一种潇然疏放的情感。

（二）人文环境的熏染与“清丽”之风

相较于自然地理景观对作者创作风格的影响，人文地理环境的影响似更为直接（当然，地域人文环境的形成也与该地域的自然景观有着一定的关系）。谈及影响作家创作风格的人文地理因素，主要包括政治、经济、文化、风俗、民情等。依据相关史料和王盘的创作实际，我们认为影响他散曲创作风格的人文地理因素主要有：历史文化、民风民俗、家庭与朋友等。

1. 历史传统文化的熏陶。高邮是一个拥有悠久历史的文化名城，代表江淮地区东部史前文化的龙虬庄遗址的开掘，表明迄今7000年前高邮境内已有人类文明的存在。后因秦王嬴政筑高台，设邮亭而得名。西汉武帝元狩五年（前118）设高邮县。后历经各代沿革，至明设州，下辖兴化、宝应二县。在历史呈递的过程中，为高邮留下了一些丰厚的文化遗产，如兴建于唐僖宗年间的镇国寺塔，兴建于北宋太平兴国年间的文游台等。据《高邮州志》载：“宋苏轼过高邮，与寓贤王巩、郡人孙觉、秦观载酒论文于此。时守以群贤毕集，颜曰文游台。”[2] 文游台西侧有明代建造的为纪念苏轼、孙觉、秦观、王巩的“古四贤祠”。想必，与“西楼”为邻的镇国寺塔应是王盘经常光顾的地方，文游台也应是他时常瞻仰的去处，他向往苏轼、秦观的才情，更折服于他们洒脱、婉丽的文风。我们不能说那些历史的存在承载着多少文化，我们也很难说那些存在对王盘的“曲风”有多大影响，但我们敢说那些历史的存在会潜移默化、或多或少地对王盘的文化思想有所影响，进而在一定程度上影响到他的创作观念，“润物细无声”地孕育着其曲风的形成。

① ［明］张守中：《刊王西楼先生乐府序》，见《全明散曲》（增补版），第805页。

② ［清］夏之蓉，沈之本纂：《嘉庆高邮州志》卷一“古迹”，清道光二十五年（1845）刊本。

2. 风俗的熏染。从王盘的曲作看，涉及节日的曲作有6首（套）：咏元宵节的有5首（套），清明节1首。如套曲《元宵》［北南吕·一枝花］对元宵景象的描绘“四围玛瑙城，五色琉璃洞。千寻云母塔，万座水晶宫。锦绣重重，影晃的乾坤动，光摇的世界红。半空中火树花开，平地上金莲瓣涌”[①]。表明王盘重视节日、习俗的一面。又据《高邮州志》“习尚”所记：“王僎《题名记》曰：高邮人士淳朴喜业儒，尚气节。自汉晋以来，无流靡风。”旧志也曰：“高邮民俗好谈儒学。”[②] 可知高邮人的历史习俗中业已形成淳朴、尚节的民风，以及好谈儒学之习。淳朴使人少狡黠，气节使人多尚自我，崇儒使人不重外现，这些习俗对王盘都有所影响，也都在他身上有所体现。他不为举业所拘的行为，其曲作中显示出的纯真，及对阉宦、阴邪的讽刺等，均应是这种影响的一种反映。尤其是，王盘身上所体现出的一种儒雅之气，应是在好儒之风的习染下，加之家人的教育与自身“雅好古文词”的习性，逐渐形成的一种带有内敛、雅化特点的内在文化心理的外现，他借助富有色彩的文字所缀合的语象把这种儒雅之风外化出来，便是作品中表现出的雅丽之风。

3. 无经济之累。经济是生活的基础，有了一定的经济基础，人们才能有相对从容的时间与精力从事富有消遣性特点的文学创作。当然，不能绝对论之。据王盘的女婿张綖所作《王西楼先生诗集序》云：“先生生富室，独不喜货殖事。”可知王盘在经济上没有什么困难。即使后来因雅好古文词、不事家产、疏财重义之故，出现了“艺日工，家日窘”的情形，也不至于达到孟郊“食荠肠亦苦，强歌声无欢”[③] 的地步，也不会有杜甫“吾庐独破受冻死亦足”[④] 的切痛感受。从小无生计之忧，成年后也“不为稻粱谋”，这种不为物质所困的生活境况，为其不拘小节、冲融豁达性格的养成起到了重要作用。后来，家道衰落，他也不以为然，仍过着“徜徉乎山

---

① 《全明散曲》（增补版），第799页。

② ［清］夏之蓉，沈之本纂：《嘉庆高邮州志》卷六“风俗”，清道光二十五年（1845）刊本。

③ ［唐］孟郊：《赠崔纯亮》，见华忱之，喻学才校注：《孟郊诗集校注》卷六，人民文学出版社1995年版，第267页。

④ ［唐］杜甫：《茅屋为秋风所破歌》，见杨伦笺注：《杜诗镜铨》，上海古籍出版社1980年新1版，第365页。

水，出其金石之声。寄兴于烟云水月之外，洋洋焉不知其老之将至”① 的生活。附带说明的是，王盘弃科举，不谋求官位，也使他无迎来送往的尘事所累。无经济之忧，无仕宦之累，清心寡欲，乐于现实，超脱安闲，这都利于王盘保持一种“潇然疏放”的生活状态。故此，他的散曲中多不言什么大事，不抒什么豪情，仅是就身边之事、身边之景，以安闲自适的态度，用雅俗兼具的语词，去记写，去描绘，去表达一种超然、恬适的无累之怀，彰显出一种清纯不浊的气场。

4. 家世、交游的影响。因现存王盘史料极少，很难了解他家世的细节。据丰家骅先生的《王盘生卒年、家世和交游》一文②，可知王盘的父亲王玉曾做福建莆田县令，为官清正廉明，然不幸染病去世。他的母亲品德贤淑、知书达礼，对王盘的影响较大。同时，文中认为王盘不求仕进，与奉养高堂老母有着一定关系。而且，据丰先生对王盘后人的梳理，认为在王盘的基础上形成了“雅好文墨，疏财重义”的家风。父亲从小的管教，母亲后来的教导，加之自身“细腻”的性情③和雅好文词的特点，使王盘养成了一种儒雅的风范。生活无忧，侍奉老母，无仕途之累等，使他得以保持着安适的心态，这也影响到他曲作中平淡、自然、雅丽、散逸的曲风。

“近朱者赤，近墨者黑。”④ 由一个人交往的朋友，我们可以在一定程度上看出此人的品位和个性。关于王盘的交游，在他的曲作和外孙张守中为其散曲集写的序言中，我们仅可查到庄昶、储巏、陆洙、陈沂四人，其余均是一些不知名姓的山野逸叟。王磐与这四人之间都有过访，有的交往还非常紧密（丰家骅《王盘生卒、家世和交游》一文中对这些人的情况有所稽考）。其中，庄昶的“潇然洒落”，储巏的“博通古今”“性行淳谨，

---

① ［明］张綖:《王西楼先生诗集序》，见［清］左辉春纂:《续增高邮州志》第五册“艺文”，道光二十三年(1843)刊本。

② 丰家骅:《王盘的生卒年、家世和交游》，《文献》1990 年第 2 期，第 57—60 页。

③ 这里说王盘的性情具有细腻的特点，我们依据《王西楼先生诗集序》中“一日，咏《金萱》因怀其母，不觉流涕横襟，不能自已。遂有:‘白发亲因怀不肖，黄金天与铸忘忧’之句，綖以是知其至孝，夫先生襟度德性如此”等语句推测得出的。

④ ［晋］傅玄:《太子少傅箴》，见［明］张溥:《汉魏六朝百三家集》卷三十九《傅玄集》，文渊阁四库全书本。

风度详暇”，陆洙的“跌宕放言，虽钜公无所避”等[①]性情、特点，想必在交往的过程中，对王盘也会有所影响。反之，我们从王盘朋友的性格中也可睹见王盘性情的一二。特别是那些经常赴西楼宴集的“诗仙、酒仙”们，多是些村间野老，他们经常与王盘一起，或卧饮西楼，或泛舟湖上，或登高赋诗，或品画泼墨，其乐融融，其情畅畅。在这种无世俗、无渴求的闲适氛围熏陶下，使王盘本有的洒脱之性更为洒脱，也助长了他曲作的清逸之风。

总之，秀美的自然环境荡涤了王盘的心底，丰厚的历史文化陶冶了王盘的情操，好儒、淳厚的风尚孕育了王盘的儒雅，家庭教育与家风陶冶塑造了王盘的性情，友朋的交往助长了他的闲逸之趣；物质丰厚，无忧少欲，个性聪慧，情感细腻，喜画山水等，均影响到王盘崇尚清雅、奇丽的审美思想和“冲融旷达”个体性情的形成。然后，他倾心于散曲，诉诸笔端，便形成了其“清丽”的曲风，而这一独有特点的清丽曲风，使他在明代散曲史上赢得了无可替代的地位。

① 有关庄昶、储巏的情况，参见［明］湛若水：《南京吏部验封定山庄公昶墓志铭》，［明］顾璘：《通议大夫南京吏部左侍郎储公巏行状》（《国朝献征录》卷二十七，明万历四十四年〈1616〉刻本）；以及清人钱谦益：《列朝诗集小传》丙集“庄郎中昶”“储侍郎巏”条（上海古籍出版社1983年新1版，第266—267、第277页）；有关陆洙的情况，参见［清］姚文田，江藩等纂：《嘉庆重修扬州府志》卷五十一，清嘉庆十五年（1810）刻本，［清］郑之侨，赵彦俞纂：《咸丰兴化县志》卷八，清咸丰二年（1852）刻本。

第六章 地域文化与薛论道豪放曲风的形成

薛论道（约1526—1596〈或以后〉）是生活于明代中后期的一位散曲大家。[①] 他生而颖异，八岁属文，然因父母早逝，不得不辍经治生，抚育幼小的弟弟。后来，“许恭襄开府密云，辟为参谋”[②]，从此走向了军伍生涯。万历初，因与蓟辽总督戚继光不和，被罢官。后虽复出，终未有多大建树，以神枢参将加副将归。坎坷的生活经历，独特的军旅生涯，仕途受阻的冤屈，家居的清闲等，为他用情曲苑、抒怀寄志提供了充足的“养料”。他纵兴长歌，卷舒性情，得曲千首[③]，其中“或忠于君，或孝于亲，或忧勤于礼法之中，或放浪于形骸之外”[④]，“其于古今之成败，物理之变迁，习俗

① 因记载曲家薛论道的史料很少，他的具体生卒年一时难于考证。《全明散曲》（增补版）记为：约1531—约1600（第3039页）；蒋月侠、王绍卫撰文《明代散曲家薛论道生平考辨》（《宿州学院学报》2012年第4期，第57—59、73页）提出薛氏的生年在1520年左右。我们依据曲后序跋的落款时间，《定兴县志》等方志中的史料和他曲作中的相关信息，推测其生年约在1526年，卒年约在1596年或以后（参见“附录：明代散曲家薛论道的生年辨析”）。

② ［清］张主敬等修，杨晨纂：《定兴县志》卷十一，清光绪十六年（1890）刻本。按：这里的“许襄毅”，即许进，字季升，河南灵宝人，据《明史》（第4926页）和《墓志铭》（《国朝献征录》卷二十四），知他生于正统二年（1437），卒正德五年（1510），嘉靖五年（1526）谥号“襄毅”，与薛论道的在世时间明显不符，故这里的“许襄毅”有误。经查考，我们认为这里的“许襄毅”，应为“杨襄毅”之误。“杨襄毅”，即杨博（1509—1574），字惟约，山西蒲州人，卒后谥号也为“襄毅”。据《明史》（第5655—5659页）和其本人的《墓志铭》（［明］张居正：《新刻张太岳先生诗文集》卷十三），知杨博曾在嘉靖二十七年（1548）和嘉靖三十二年至嘉靖三十四年（1553—1555）两次总督蓟、辽、保定军务，与薛论道任职、在世时间较相一致。又有许论，字廷议，许进第八子，据《明史》（第4928—4930页）及许论的《墓志铭》（《国朝献征录》卷三十九），可知许论生于弘治八年（1495），卒于嘉靖四十五年（1566），隆庆初，谥恭襄；因许论嘉靖三十五年（1556）接替杨博任兵部尚书，嘉靖三十八年（1559）以兵部尚书兼副都御史总督蓟、辽、保定诸军的经历。关于这一问题的辨析，参见“附录：明代散曲家薛论道的生年辨析”。

③ 在薛论道等人为《林石逸兴》所作的序跋和后人的一些著述中，均言他的存曲为十卷千首，《全明散曲》（增补版）计小令999首。

④ ［明］薛论道：《林石逸兴序》，见《全明散曲》（增补版），第3247页。

之雕弊，世道之靡薄，囊括殆尽矣”[①]。曲作“意深而词浅，理微而义著”，“荡涤邪秽，流通精神，养中和之德”[②]；有叹世慷慨，讽世透彻，说理中和，赋闲清爽，闺情俗艳之特点，也有率性而发的自然之风与豪放沉雄的慷慨之气。综之，他现存999首曲作的巨大数量，丰富多样的题材类型，豪放沉雄为主的风格特点，无愧于明代散曲史上一位重要作手。尤其是，在“俚语淫声，塞衢盈耳”[③]的明代后期曲坛，他能以独有的豪放之风立于北方曲坛，更是显得难能可贵。

在某种意义上讲，文学创作是作家把个人性情物化为文字的一种审美实践活动。一种文风的形成与作家的个人性情密切相关，而一个作家个性的形成，除生理遗传等因素外，地域文化的影响应是不可忽视的一个重要因素。对于生于河朔之地、长于河朔之地的曲家薛论道而言[④]，豪放曲风的形成与当地的自然、人文地理环境难脱干系。况且，在他本人身上和曲作之中，均表现出了河朔之地的贞刚、豪放、慷慨的气质，这是我们选取这一视角论析他豪放曲风生成的缘由。

一、人与自然的“对话”——薛论道豪放曲风生成的“原动力”

法国启蒙思想家孟德斯鸠（1689—1755）说：“炎热国家的人民，就像老头子一样怯懦；寒冷国家的人民，则像青年人一样勇敢。”“炎热的气候使人的力量和勇气委顿；而在寒冷的气候下，人的身体和精神有一定的力量使人能够从事长久的、艰苦的、宏伟的、勇敢的活动。不仅在国与国之间是如此，即在同一国中地区与地区之间也是如此。中国北方的人民比南方的人民勇敢，而朝鲜南方的人则不如北方的人勇敢。”[⑤]对于这种富有“环境决定论”色彩的思想我们并不赞同，但自然环境对人们习性形成有所影响却是不争的事实。有学者认为地理环境对人的影响主要表现在“对生

---

① ［明］俞钟：《跋林石逸兴》，见《全明散曲》（增补版），第3247页。
② ［明］胡汝钦：《林石逸兴序》，见《全明散曲》（增补版），第3244页。
③ ［明］薛论道：《林石逸兴序》，见《全明散曲》（增补版），第3246页。
④ 河朔，古代泛指黄河以北的地区，大体包括今山西、河北和山东北部等地区。
⑤ ［法］孟德斯鸠著，张雁深译：《论法的精神》，商务印书馆1995年版，第228、273页。

产力发展的影响”上[1]，进而波及上层建筑与人们的思想意识，但是，我们认为自然环境与长期生活于其间的人之间应是一种直接而又微妙的不对称性“对话”关系。在这一“对话”过程中，人是完全的主动者，是情感的拥有者、发出者和回收者，而那些山川物貌等自然景物则是被动者，是保持着影响人们情愫变化的一种自在物。当然，在不否认这一“对话”主动权在人手里的同时，自然物貌随历史与季节的不同变化对人们情感变化的影响则表现出的是物对人的一种有限制动。“遵四时以叹逝，瞻万物而思纷；悲落叶于劲秋，喜柔条于芳春”[2] 的感叹是出于人们情感变化而发，但其中引起情感变化的缘由——四时、万物的启导作用不可忽视，这在一定程度上道出了自然环境对人们情感变化的影响。在这种“物与人”的长期不对称“对话”中，人们向具有不同属性的自然物貌赋予一定的情感，经过长期的、潜移默化的反照、认可中，在不自觉中逐渐内化、沉淀为自己习性中的一部分，如南、北方人在心理、性格、生活方式方面的差异，能在一定程度上说明这一问题。

就散曲家薛论道而言，我们依据相关史料了解到他的生活空间较为狭窄：一生基本上就生活于定兴县、密云县两地。定兴县地处华北平原西北部，西依太行山东麓，东、南为开阔的华北平原。他从军近三十年的密云县纬度高于定兴县，居于华北平原与燕山山地交界处，东、北、西三面环山，西南方开口面向华北平原。从自然地理方面讲，定兴、密云两地均属温带湿润半干旱区大陆性季风气候，这一气候的特点是四季变化分明：冬季寒冷干旱，夏季炎热多雨。而且，历史上这里是旱涝、大风等自然灾害的频发地。我们可以想象：长时间承受着朔风的侵袭，酷暑的炙烤，面对着高大荒凉的山脉，俯视着北方辽阔的草原，遥望着东、南方向开阔的平原，或饮山川之水，或凿冻河之冰等自然生活环境定会对薛论道的性情与生活方式的形成产生不小的影响。清人孙承泽曾在《天府广记》中云：

① 王恩涌:《关于“人地关系”的发展与认识》,《人文地理》1991 年第 3 期,第 6 页。

② ［晋］陆机著,金涛声点校:《陆机集》卷第一《文赋》,中华书局 1982 年版,第 1 页。

> 燕之山石块垒，危峰雄特，水洌土厚，风高气寒。其草木皆强干丰本，虫鸟之化亦劲踵毻毴而瞿瞿然迅飞也。以故圆桀之粹，蒸为贤豪，土之人文雅沉鸷而不狃于俗，感时触事则悲歌慷慨之念生焉。[①]

孙氏在这里为我们道出了地貌、气候对燕地民众民风形成的影响。故此，我们也有理由认为薛论道生活的独特场域在物与人的交互过程中，赋予他的当是一种刚强、豪阔的性格与胸怀，绝不是南方的柔弱与细腻，而这一豪情的形成与存在正是薛论道豪放曲风生成的“原动力”。从薛论道“萧萧天际极目无人望，朔风起大荒，寒云锁帝乡”“沧沧，征人远塞忙；茫茫，高僧野寺藏”[②]“丹枫满目，白露横洲。木落青山瘦，天空碧水流”[③]“一天秋色但有残霞细，满地黄花不妨衰草凄”[④] 等写景曲句中，便使我们初步领略了他豪放曲风的一面，也使我们约略感触到了北国的自然环境对其豪放曲风影响的些许痕迹。

二、燕赵文化与薛论道愤慨豪放的曲风

这里的“燕赵”指战国时代的燕国与赵国，“慷慨悲歌”是燕赵文化的典型特征。从历史沿革看，薛论道出生、居住地——定兴，处于今河北省保定市北部，县城北郊传说为黄帝擒蚩尤之地，唐夏属冀州，商为幽州，周并州属燕国地，秦立范阳县属上谷郡，后经历代沿革，至金大定六年始置定兴县，明代属于保定府。[⑤] 东北距京师二百一十里，南距保定府一百二十里，是古代重要的交通、战略要地。同时，薛论道从军近三十年的密云县，唐尧时属冀州，虞舜时冀州分幽、并二州，属幽州，夏时属幽、并二州合并后的冀州，商仍之，春秋战国属燕国，秦属渔阳之地，汉属幽州，

① ［清］孙承泽:《天府广记》卷之一“风习”,续修四库全书本。
② 《全明散曲》(增补版),第 3048 页。
③ 《全明散曲》(增补版),第 3157 页。
④ 《全明散曲》(增补版),第 3048 页。
⑤ ［清］张主敬等修,杨晨纂:《定兴县志》卷一“地理志”,清光绪十六年(1890)刻本。

后历经变革，至明朝属顺天府节制。[①] 它“襟山带河，东北要塞，自古称最，元明以来倚为重镇”[②]。从两地的历史沿革与历史地位看，均属战国时的燕国之地，为古代兵家必争之地。

自春秋战国以来，这一广大地区常成为各政权之间以及与北疆少数民族之间争夺的地盘。譬如，战国时燕昭王姬职励精图治，筑黄金台以招贤纳士[③]，任乐毅为上将军，联合赵、秦、魏等国攻破齐国七十余城池，称霸一时；赵国平原君广招门客，带毛遂亲赴楚国，说服楚王出兵救赵；随后，三国时期的争战，两晋之间的厮杀，宋辽、宋金，以及明代与瓦剌、鞑靼之间等发生的“故事”，无一不带有征战、杀伐、悲烈的味道。长期面对无休止的连年征战，刀枪剑戟的寒光，互相残杀后的血腥，当地民众很难获取安定的生活，无形中便在当地民众的血液中注入了好斗任侠、慷慨悲歌的细胞。同时，西部尚法、尚兵、刚毅的秦晋文化，西北、东北高寒地带剽悍粗野、金戈铁马的游牧文化等，在与燕赵文化的交融过程中，也进一步增加了这一地区民众的慷慨、豪烈之风。再有，相较于秦、齐、楚等大国，燕国属于一个小国、弱国，这对生活于其间的民众来说，难以形成一种担当、包容的大国心态，相比较而言，倒使他们在自保、自恋、自卑、偏激心态的促使下，会对一些不公正待遇或侵犯行为做出带有悲壮、激变特点的反抗举动，荆轲刺秦王的故事便是典型的例证，而这一文化心理又使当地民众的“慷慨”之气中蕴有了“悲烈”的情怀。

关于燕赵之地的民风，司马迁在《史记》中有述，如描述属于燕赵之地的种、代一带的风俗时云：“种、代，石北也，地边胡，数被寇。人民矜

---

① ［民国］臧理臣等修，宗庆煦等纂：《密云县志》卷三之一“沿革”，民国三年（1914）铅印本；另参考谭其骧主编：《中国历史地图集》第一册“诸侯称雄形势图”，中国地图出版社1982年版，第33—34页。

② ［民国］臧理臣等修，宗庆煦等纂：《密云县志》卷一之三“舆地”，民国三年（1914）铅印本。

③ 关于“黄金台”的来历，见刘侗、于奕正著，孙小力校注：《帝京景物略》卷二“黄金台”条云：“黄金台名，后人拟名也。其地，后人拟地也。《史记》：昭王为郭隗改筑宫而师事之，《新序》《通鉴》皆言筑宫，不言筑台。后汉孔文举谓昭王筑台以延隗，梁任昉谓台在幽州燕王故城中，士人或呼贤士台、招贤台。有台名，无黄金名。李善引《上谷郡图经》曰：‘黄金台在易水东南十八里，燕昭王置千金其上，延天下士。’《水经注》云：‘固安县有黄金台遗址，《图经》云然，始有黄金台名。’今易州、易水边二黄金台，都城朝阳门外东南又一黄金台。三黄金台，岿然皆土阜。”（上海古籍出版社2001年版，第132—133页）。并附有二十余首咏“黄金台”的诗作。

懁忮，好气，任侠为奸，不事农商……自全晋之时已患其僄悍，而武灵王益厉之，其谣俗犹有赵之风也。”① 中山一带的民风：“地薄人众，犹有沙丘纣淫地余民，民俗懁急，仰机利而食。丈夫相聚游戏，悲歌慷慨，起则相随椎剽，休则掘冢作巧奸冶，多美物，为倡优。女子则鼓鸣瑟，跕屣，游媚贵富，入后宫，徧诸侯。”② 亦言燕“地踔远，人民希（稀），数被寇，大与赵、代俗相类，而民雕悍少虑”③。概括来讲，司马氏在这里指出了燕、赵、中山一带，民众任侠使气、剽悍懁急、悲歌慷慨的特点。在众多因素制约、影响下所形成的风俗特点，“一旦产生，就会随着人们的生产及生活方式长期相对的固定下来，成为人们日常生活的一部分”，“只要经济基础不变，即便是社会发生了巨大变革，民俗文化仍然具有稳定性”④，这对于古代中国而言，因经济发展模式变化不大，生产、生活方式相对固定，民俗文化的传承性、稳定性较为突出。因此，自战国时期燕赵区域的文化得以确立以来⑤，其“任侠使气、慷慨悲歌”为代表的文化特征在很大程度上得以延承下来，这在历代文人笔下的评论中有明晰地反映，如韩愈曾言：“燕赵古称多感慨悲歌之士”⑥，苏轼曰：“幽燕之地，自古号多雄杰，名于图史者，往往而是。”⑦ 明末清初的著名思想家黄宗羲亦说：“彼知性者，则吴、楚之色泽，中原之风骨，燕、赵之悲歌慷慨……”⑧

谈及燕赵之地“慷慨悲歌”的文化精神对文风的影响，《北史·文苑传》在论南北文学之不同“气质”时，云：“江左宫商发越，贵于清绮；河朔词义贞刚，重乎气质。”⑨ 点出了河朔词气“贞刚”的特点；刘勰在《文心雕龙·时序》中论及建安文风时，也概述出了当时“雅好慷慨”，

---

① ［汉］司马迁：《史记》卷一百二十九《货殖列传》第六十九，中华书局1959年版，第3263页。

② ［汉］司马迁：《史记》卷一百二十九《货殖列传》第六十九，中华书局1959年版，第3263页。

③ ［汉］司马迁：《史记》卷一百二十九《货殖列传》第六十九，中华书局1959年版，第3265页。

④ 钟敬文主编：《民俗学概论》，高等教育出版社2010年第2版，第15页。

⑤ 张京华：《燕赵文化》，辽宁教育出版社1995年版，第20、119页。

⑥ ［唐］韩愈著，马其昶校注：《韩昌黎文集校注》第四卷《送董邵南序》，古典文学出版社1957年版，第145页。

⑦ ［宋］苏轼著，孔凡礼点校：《苏轼文集》卷九《策断三》，中华书局1986年版，第288页。

⑧ ［清］黄宗羲：《马雪航诗序》，见沈善洪主编：《黄宗羲全集》第十册《南雷诗文集上》，浙江古籍出版社1993年版，第96页。

⑨ ［唐］李延寿：《北史》卷八十三《文苑传》，中华书局1974年版，第2781—2782页。

"梗概而多气"[①] 的风貌；以致清人陈维崧发出了"残酒忆荆高，燕赵悲歌事未消"[②] 的慨叹。具体到当地文人的诗文创作受此精神影响的例子也不乏其人，如西晋诗人刘琨的代表作《扶风歌》中的诗句：

> 朝发广莫门，暮宿丹水山。左手弯繁弱，右手挥龙渊。顾瞻望宫阙，俯仰御飞轩。据鞍长叹息，泪下如流泉。系马长松下，发鞍高岳头。烈烈悲风起，泠泠涧水流。挥手长相谢，哽咽不能言。浮云为我结，归鸟为我旋。去家日已远，安知存与亡……[③]

其中，激愤、沉痛、悲凉之情溢于言表，慷慨、清拔之气充斥其间。又如元代文人刘因的诗作《白沟》："宝符藏山自可攻，儿孙谁是出群雄？幽燕不照中天月，丰沛空歌海内风。赵普原无四方志，澶渊堪笑百年功。白沟移向江淮去，止罪宣和恐未公。"[④] 也尽显豪迈、雄劲的风格特点。

具体到生活于燕赵之地的薛论道而言，古代历史人物的思想、行为和当地的风土人情等人文精神不会不对他产生影响，在有意学习和无意熏染中，便在其身上秉承了燕赵文化中的"任侠使气，慷慨悲歌"的遗风。这从他与戚继光的防御措施不合，便不畏权势越级告知总督的行为，及其存世的大量"叹世曲"中，我们可以看出他的这一秉性。据《全明散曲》计，薛论道现存叹世曲 123 首，如果把其咏怀类曲作中具有感世、叹世特点的曲作计算在内的话，有近 200 首叹世曲，约占他全部曲作的五分之一。在这类曲作中，他讴歌自己未竟的壮怀，彰显自己不随波逐流的清节品格，讽刺官场的腐败、官僚的昏聩，披露、嘲讽人情世态的炎凉和颓废，其中有愤慨，有嘲讽，有披露，也暗含着无奈。他秉笔直书的态度与曲作中所反映的精神意旨，继承了元代散曲家的遗风，但从存曲数量、题材开拓、

---

① ［梁］刘勰著，陆侃如、牟世金译注：《文心雕龙译注·时序》，齐鲁书社 1995 年版，第 537 页。

② ［清］陈维崧：［南乡子］《邢州道上作》，见马祖熙笺注：《迦陵词选》，江西人民出版社 1986 年版，第 28 页。

③ 赵天瑞编著：《刘琨集·扶风歌》，天津古籍出版社 1996 年版，第 1 页。按：刘琨（271—318），字越石，中山魏昌（今河北无极）人。

④ ［元］刘因：《静修集》卷十五，文渊阁四库全书本。

时代性、情感激烈等方面看，也表现出了自己独有的特点。[1] 如咏世道不公者，［北中吕·朝天子］《不平》四首之二：

清廉的命穷，贪图的运通。方正的行不动，眼前车马闹轰轰。几曾见真梁栋，得意鸱鸮，失时鸾凤。大家挺胡撕弄，认不的蚓龙，辨不出紫红，说起来人心恸。[2]

又如写世态炎凉者，［北双调·水仙子］《愤世》四首之一：

翻云覆雨太炎凉，博利逐名恶战场。是非海起波千丈，笑藏着剑与枪。假慈悲论短说长，一个个蛇吞象，一个个兔赶獐，一个个卖狗悬羊。[3]

再如感悟官道者，［南仙吕入双调·玉抱肚］《官悟》四首之一：

才称王佐，总不如清闲快活。一边是富贵荣华，一边是地网天罗。忠臣义士待如何。自古君王不认错。[4]

这三类曲子在薛论道的叹世曲中数量最多，表现其慷慨豪放的风格也最为典型。像“齐了行爱钱，都不肯尚贤，有才学同谁辨”“时年依假不依真，鱼目把明珠混”“软脓包气豪，矮汉子位高”[5] “人情世事最堪伤，名利催人走断肠”“沽名钓誉多谦让，貌宣尼行虎狼。在人前恭俭温良，转回头兴谗谤”[6] “大奸天地胆包笼，敢把当朝口尽封。片言诡遇干戈动，把人君社

① 门岿:《用备省察 足以垂鉴——论明代杰出散曲家薛论道的叹世曲》,《中国韵文学刊》2004年第2期,第2页。

② 《全明散曲》(增补版),第3071页。

③ 《全明散曲》(增补版),第3088页。

④ 《全明散曲》(增补版),第3233页。

⑤ 《全明散曲》(增补版),第3071页。

⑥ 《全明散曲》(增补版),第3088页。

稷倾”[①]“贪婪的乔迁叠转，清廉的积谤丛愆。忠良的个个嫌，奸佞的人人羡”[②]“笑时人，趋炎附势满乾坤。骨肉贫相远，陌路富相亲”“谩量度，人情更比纸还薄”“雪中送炭亲朋少，锦上添花车马多”“冷暖观门第，礼貌看衣服。趋时附势千般有，爱老怜贫半个无。薄者厚，亲者疏，原来只是敬青蚨”[③] 等曲句连篇累牍地表达了其叹世思想，还不时发出“鸟尽罢良弓，兔烹狗亦烹”“再生包拯，断不开谁邪谁正”“有几个真君子，尽都是小儿曹”的感慨。在这里，薛论道以自己的曲作践行了燕赵文化因子中的“慷慨”之风，其曲作中流露出的无奈与哀伤，也续写了“悲歌”之调。

整体看，薛论道的这类曲作中多蕴有一种激愤、不平之气。激愤之气与豪放之风相结合，便形成了一种具有“愤豪”特点的曲风。探讨其中的原因，薛论道少有豪志，因疾病跨一足，又因父母早亡，他不得不抛弃举业，承担起抚育多个幼弟的责任，使他过早地在艰难困苦面前经受了心智的磨炼；待幼弟成林后，他受到蓟、辽、保定三镇总督杨博的赏识，被辟为参谋，开始了长达近三十年的军旅生涯，其中对官场的黑暗多有目睹；因与总督戚继光不合，万历初年被罢官归田，使他的内心受到沉痛打击（据相关史料和曲作内容，知他的这类曲作多创作于罢归后家居期间）。带着满腹的愤懑与不满，基于对官场、世态人情的谙熟，在抒发郁愤情怀的同时，他无意中与燕赵文化中“慷慨悲歌”的豪放之风取得了暗合。这种“无意”是他性情中已经秉承燕赵文化精神之后的“无意”，是禀天地之灵性与历经生活磨难孕育出豪放性格之后的“无意”，是一种“无意”中的“有意”。

① 《全明散曲》（增补版），第 3098 页。
② 《全明散曲》（增补版），第 3128 页。
③ 《全明散曲》（增补版），第 3202—3203 页。

三、军旅生涯与薛论道的雄健豪放之风

据《明史》和杨博的《墓志铭》[①]，我们了解到杨博曾于嘉靖二十七年（1548）和嘉靖三十一至三十四年（1552—1555）两次总督蓟、辽、保定军务，多次打击北虏的进犯。又据薛论道的家世，万历初年罢官（后又复出），从军三十年的时限，以及曲作中透露出的有关信息，我们认为杨博任薛论道为参谋的时间，应在杨博第二次出任总督期间。距离薛论道万历初年被罢，约二十一年左右的时间，加上后来又被起用的时间（应在六年以上），可得出他从军三十年左右的结论。[②] 我们常讲艺术源于生活，强调了生活实践对艺术创作的重要性。那么，分析薛论道散曲豪风形成的原因，他从军近三十年的生活经历当是不可忽视的重要因素。从《定兴县志》"薛论道小传"和《密云县志·舆地》对关隘的记载，获知薛论道从事军事活动的地区集中于密云县的神谷堂、黑峪关、大水峪一带。在前文我们提到了此处地貌、气候的主要特点：山高土厚，干燥寒冷。如果把此地的地理环境与薛论道从事军事活动的特点结合在一起考虑，那么北方边塞独有的自然环境和军事斗争的惨烈对其曲风的影响，应该更易理解。

我们可以想象薛论道北地边塞生活的环境：苍山野岭，沟壑纵横；登高而望，扑面朔风；塞外是苍茫一片，身边是堡垒孤影；忍受着生活的单调与孤寂，准备着随时会有的刀光剑影。我们可以想象他和戍卒们一块饮酒时的畅快与粗狂，可以揣摩他们报国心、思乡心、孤寂心、恐惧心的复杂与困惑；我们还可以想见用长矛、大刀杀戮侵犯者的场景，想象他看到自己身边战士倒地后的感受；我们更可以想象：尸横遍野，皓月悬空，夜枭哀鸣，霜冷战袍，寒风裂旗的场景。而这些对于从军三十年的薛论道来说，是他经常经历、感受、思考过的事情。当这种豪烈、粗野、哀痛、孤

① ［清］张廷玉等撰：《明史》，中华书局 1974 年版，第 5655—5659 页；［明］张居正：《光禄大夫柱国少师兼太子太师吏部尚书赠太保谥襄毅杨公墓志铭》，见张居正：《新刻张太岳先生诗文集》卷十三，四库存目丛书本。

② 有关薛论道从军时间的大致推算，以及杨博征用薛论道为参谋的时间，参见"附录：明代散曲家薛论道的生年辨析"。

独的复杂情感具化为散曲作品的时候，想必表现出的绝不是柔腻、艳约之风，而是带有北地风貌特点的一种壮烈与粗豪。在其现存的35首边塞曲中，或写战场，或绘边景，或抒壮怀，或咏思情，整体表现出了一种境界开阔、沉郁壮烈的“壮豪”之风。如［南商调·山坡羊］《吊战场》：

拥旌麾鳞鳞队队，度胡天昏昏昧昧。战场一吊多少征人泪。英魂归未归，黄泉谁是谁？森森白骨塞月常常会，塚塚碛堆朔风日日吹。云迷，惊沙带雪飞；风催，人随战角悲。[①]

在这里，作者把宏大、凄惨的场景与边塞的风沙、霜雪相结合，给我们勾勒出了一个阔、惨的意境，既表达了自己对战争残酷的感叹，也反映出他厌恶战争的情绪。又有描写边塞景观抒怀者，如［南商调·黄莺儿］《塞上重阳》四首之一：

荏苒又重阳，拥旌旄倚太行，登临疑是青霄上。天长地长，云茫水茫。胡尘扫尽山河壮。望遐荒，王庭何处？万里尽秋霜。[②]

九日登高，背倚太行；放眼望去，苍穹地阔，云水茫茫，荒丘野岭，万里秋霜；问王庭何在？叹志不畅。这里，作者借助塞外广阔、苍远之景，抒写自己豪怀壮志，颇具气势。再有直接抒写壮怀者，如［北仙吕·桂枝香］《忠将》：

一身不爱，一心无懈。须知臣节如山，每念君恩似海。能忘家为国，功成十大，一腔赤血，六尺形骸。贪生莫佩临戎剑，怕死休登拜将台。[③]

① 《全明散曲》(增补版)，第3057页。
② 《全明散曲》(增补版)，第3109页。
③ 《全明散曲》(增补版)，第3145页。

此处，表达了薛论道忠君爱国的传统思想，也高唱出他一腔热血、视死如归的英雄气概。另外，“塞云茫，连天衰草”“秋声画角齐嘹亮，西风几场，鸿雁几行，白云常在眉睫上”对边塞风景的描写；“风吹战袍，月明宝刀”“玉门迢骓蹄犇绽，铁衣寒征袍磨烂，将军战马岁岁流血汗”对边关将士生活的记述；以及［北双调·水仙子］《寄征衣》四首中，以女子口吻表达出的对征人的思盼之情等。在这些曲作中，薛论道把豪气、郁气与北国边塞之风、将士勇猛之气融为一体，化为粒粒文字、个个场景，彰显出了一种雄健豪放之风。

薛论道的边塞曲多“以壮景抒豪情……给人以阔大深邃的审美享受”①的艺术特点，在元代散曲中不可睹见，在明代其他曲家身上也难以见到。薛论道这一雄健豪放曲风的形成，除了与他独特的生活经历与军旅生涯有关外，盛唐边塞诗的影响也应是我们考虑的一个重要因素。细察之，在薛论道现存的边塞曲中，既继承了盛唐边塞诗慷慨、豪迈的一面，也延续了其中苍凉、悲壮的情愫，不过，却少了盛唐边塞诗中“万里不惜死，一朝得成功”②“一身转战三千里，一剑曾当百万师”③斗志昂扬、奋发向上的豪放气象，多了一层“时不待我”“萧萧白发长扼腕”的悲怆意蕴和消极情怀，而这与薛论道坎坷的生活、仕途经历，以及明代不利的边防政策，特别是明代中后期奸佞、权臣当道，正义、正直之人难伸其志的现实有着密切关系。

四、儒家思想与薛论道庄重质实的豪放曲风

今人研究薛论道的散曲，关注最多的是他独有特点的边塞曲、叹世曲，却很少有人提及他以讲理、劝诫为内容的说理曲。的确，边塞曲、叹世曲是薛论道散曲中较为突出的题材类型，但是，无论是说理曲的数量，还是其中所反映出的以儒家学说为主的复杂思想，以及整体表现出的豪放中蕴

---

① 朱万曙:《薛论道与明代散曲的新走向》,《古典文学知识》2001年第1期,第78页。

② ［唐］高适:《塞下曲》,见孙钦善校注:《高适集校注》,上海古籍出版社1984年版,第242页。

③ ［唐］王维:《老将行》,见［清］赵殿成笺注:《王右丞集笺注》卷之六,上海古籍出版社1984年新1版,第93页。

有庄重质实的特点，都没有理由把它排除在我们的视线之外。

据统计，薛论道现存说理曲有90首，其中表达出的思想较为复杂，概言之，主要表现在三个方面：一是，儒家思想。这一思想在薛论道的此类散曲中占据主导地位。其中，有言忠孝、忍恕、五常等儒家思想者，如《教子忠孝》《善忍》《能恕》《仁》《义》《礼》《智》《人和》；有阐述孟子的“富贵不能淫，贫贱不能移，威武不能屈”“大丈夫”思想者[①]，如《富贵不淫》《贫贱不移》《威武不屈》；又有论积德行善、甘贫修身、节俭朴素思想者，如《积德》《进善》《甘贫》《甘澹》《教子修身》《忌满》《戒气》《骄奢》《谨言》等；再有写劝学思想者，如《教子勤学》《志学》等；还有荀子提倡的“人定胜天”思想，如《人定胜天》等。二是，道家思想。这主要表现在：对老子“祸兮，福之所倚；福兮，祸之所伏”[②]辩证思想的继承，而且多与“安命”思想放在一起论，如《享天年》中曾言“福乃祸先，祸乃福源，达人知命身常健”。就“安命”思想而言，《庄子》中云“知其不可奈何而安之若命，德之至也”[③]，虽不全是常识意义上的“宿命论”，而是对“命”有一个完整理解之后的一种人生态度，但为后人在日常生活中奉行的具有“宿命”色彩的一般意义上的“安命”思想及行为打开了法门，我们认为薛论道曲作中的这一思想应作如是观，如《安命》篇。三是，富有宿命色彩，融合儒、道学说的循环论思想。如《天理》篇便强调了周转、成败、明灭的循环论思想，《骄奢》篇在提倡人要积德的同时，表达了“物理循环果报真”的思想，《忌满》篇述及“察循环否泰生”的循环思想，还有《德子孙》中“一啄一饮皆前定”的宿命思想等。综之，薛论道的此类作品中表现出了以儒家学说为主，融道家和生活经验于一体的复杂思想。

基于儒家用世思想的影响与表达，他的这类曲作既没有表现出叹世曲中的慷慨豪放，也没有表现出边塞曲中的雄健豪放，而是表现出了一种庄

① 杨伯峻:《孟子译注·滕文公章句下》,中华书局1962年版,第141页。
② 陈鼓应:《老子注译及评介·五十八章》,中华书局1984年版,第289页。
③ 陈鼓应:《庄子今注今译·人世间》,中华书局1983年版,第122页。

重不谐、平实不媚的豪放之风。如［南商调·山坡羊］《教子修身》：

君子不忧不惧，端在无私无欲。尝存内省不疚复何虑。一身万事居，一心天地虚。虚心治国毁誉由他去，以道修身持循勿苟趍。尤须，饶人不是愚；还须，无忘父母躯。[①]

又如［北中吕·朝天子］《礼》：

统千国万邦，正三纲五常。礼不兴谁能王，人心天理本先王，一家仁一家让。百行克修，四箴可想，贵于和节为上。语默行藏，礼貌周详，敬无失心无放。[②]

再如［南仙吕入双调·朝元歌］《人定胜天》：

祸兮福兮，祸福相依倚。亨兮困兮，亨困相忧喜。否泰一辄，天人同理，端在一拳心地。两字无欺，人能胜天切莫疑。战战若警惕，兢兢无纵逸。如斯而已，真可以挽回天地。[③]

这里没有慷慨激昂的陈词，也没有开阔的场景，多是在讲理、劝诫时彰显出一种洞察事理之后的直率、质实的豪风。那么，这一曲风的形成，很大程度上取决于儒家思想为主导的思想观念影响下的曲学观所致。薛论道在《林石逸兴序》中云："其所制作，或忠于君，或孝于亲，或忧勤于礼法之中……皆可以上鸣国家治平之盛"[④]，便是他这一创作主张的自我声明，而这一创作思想影响到了曲作题材的选取，也影响到庄重质实曲风的形成。

薛论道以儒家思想为主导的人生观形成，与封建社会一贯以儒家伦理

① 《全明散曲》(增补版)，第3061页。
② 《全明散曲》(增补版)，第3074页。
③ 《全明散曲》(增补版)，第3173页。
④ 《全明散曲》(增补版)，第3247页。

道德为主的教化内容相关，尤其是与明朝统治者重视府、县学的建设，规定四书、五经为科举考试的必读书目，重视民间礼乐思想的规训相关。如果抛开泛化的儒家思想的教育不论（如学校正规教育），那么，薛论道以儒家为主体的思想形成与地域文化之间也有着一定的关系。

这里，我们试从三个方面来分析这一问题：一是，与儒家思想发源地齐鲁之地相毗邻，利于接受儒家思想的传播。宋人苏麟的名句："近水楼台先得月，向阳花木易为春"[1]，便道出因地处近便而优先获得机会的道理。从地域分布看，燕赵与齐鲁地缘相接，且两地之间全为平原地形，利于文化思想在人们之间的交流，想必儒家学说自孔子创始之后，会通过不同的渠道传播到战国时的赵、燕、中山之地。因查不到支撑两地儒学传播的文献记载，我们仅以荀子为例予以解析。荀子（前325—前235）[2]，名况，字卿，赵国人，孟子之后的儒学大家，提出性恶论、尚礼法等思想学说。他曾历时五十余年，游踪遍及赵、燕、齐、楚、秦五地，于齐国"三为祭酒"，讲学授徒，"最为老师"[3]，韩非、李斯是其入室弟子。按照常理，我们是否可以认为战国时期，类似于荀子这样游学、游说的"士"不为少数，他们在寻求安身立命之地的同时，参加了各地之间的文化传播与交流，而儒家学说也在此传播之列。因燕赵与齐鲁两地相邻，燕赵之地当是最先的受惠者。二是，荀子之后，燕赵之地历代经学家对儒学思想的传承。在燕赵之地的文化精神中，有尊崇儒家思想学说的传统，荀况之后较有名的儒学家，如汉代思想家董仲舒（前179—前104），"毛诗学"的传授者毛亨、毛苌（生卒年不详），后汉三国经学家卢植（？—192）、刘劭（生卒年不详），两晋北朝的经学家束皙（约264—约303）、高允（390—487），长期生活于北齐的颜之推（531—约590），北魏生活于河北的崔浩(？—450)，隋朝的刘焯（544—610）、刘炫（546—613），隋唐时的郑玄（574—648），

---

① ［宋］俞文豹:《清夜录》,中华书局1991年版,第4页(丛书集成初编本(据历代小史本影印))。

② 关于荀子出生年代和来齐国游学的时间,在史料中有不同的看法,这里从刘蔚华、苗润田之说。参见刘蔚华、苗润田:《稷下学史》之《荀况生平新考》,中国广播电视出版社1992年版,第264—272页。

③ ［汉］司马迁:《史记》卷七十四《孟子荀卿列传》第十四,中华书局1959年版,第2348页。

元代理学家刘因（1249—1298）等[①]，他们汲古融今，或承先贤，或创新论，或注疏，或践行，共同推动了儒学思想的流传、革新与发展，为儒学思想在燕赵之地的传承起到了或大或小的促进作用。三是，基于当地儒学家的带动和文化发展的惯性，加之儒家伦理思想的实用性等特点，在燕赵之地逐渐形成了一种崇儒、尚礼的文化风尚。这在一些史书、方志中有所记述，如范镇《幽都赋》云："风俗朴茂，蹈礼义，而服声名。"《金史·地理志》言："崇德尚义，顾耻修廉，以忠孝励其俗，以诗书传其家。"《燕南题名记》："文武将相之储经术、词章之薮。"《抚宁旧志》："士尚实学，人好礼乐，有古夷齐风。"《卢龙县文庙碑记》："人多刚猛，而尚才勇，好礼让。"《满城县志》："家尚礼义。"《定兴县旧志》："俗尚质朴，士敦学业"[②] 等，均程度不同地论及此地文士好诗书，民众尚礼、崇德的习尚。

在明代教育体制的规约下，在当地传统崇儒风俗的熏染下，在个人喜好与领悟的促进下，薛论道知识结构中的主体很难不为儒家的道德伦理所充斥，而这就促使他的曲学观中具有教化的特点，把讲理的题材引入散曲文体，进而呈现出一种具有"端谨"特点的庄重、质实的曲风。薛论道把诗文所应承担的教化任务赋予散曲文体，虽然拓宽了散曲的题材范围，但也在一定程度上扼杀了散曲文学的灵性。如果问为什么在外界环境较为相似的其他北方散曲家身上表现得没那么明显？如生活于齐鲁大地的曲家李开先、冯惟敏等，答案只能是他们各自不同的曲学观所致。譬如，在明末山左曲家孙峡峰的曲作中便表现出了一些具有这一曲风特点的劝勉曲，只不过没有薛论道那么"执着"罢了。

五、有意为之的结果——薛论道南曲中的北曲"豪风"

在薛论道现存的999首散曲中，共选用了十个牌调：四个北曲牌调

---

① 杜荣泉等：《燕赵文化志》，上海人民出版社1998年版，第195—203页。

② ［清］李鸿章等修，黄彭年等纂：《光绪畿辅通志》卷七十一"舆地·风俗"，续修四库全书本；［清］张主敬等修，杨晨纂：《定兴县志》卷十三"风土志"，清光绪十六年（1890）刻本。

[朝天子][水仙子][沉醉东风][桂枝香]，六个南曲牌调[山坡羊][黄莺儿][朝元歌][傍妆台][步步娇][玉抱肚]。他一调百首，且善用联章体，足见其才情。令人注意的是，薛论道南曲牌调所领诸曲整体上并不具有南曲婉丽、绮艳的风格，表现出来的多是北曲的豪放、俗朴之风，即使用南曲牌调创作的言情曲所表现出的南曲特点也不是那么典型。

在解释上述现象之前，我们首先解释一下“有意为之”。所谓“有意为之”，是说薛论道使用南曲牌调进行创作和南曲曲风北曲化是有意的行为。之所以，他有意用南曲牌调进行创作，且所用的南曲牌调均为当时广为流行的牌调，我们认为这主要是受当时曲坛创作氛围的影响所致。从他本人的《林石逸兴序》中，我们可知他开始创作散曲的时间应在第一次罢官后（万历初年），而此时正是南曲逐渐占据曲坛主流的时期，当时流传较广，或者说最受欢迎的牌调也成了薛论道笔下言志抒怀的“宠儿”。只不过，他们没有遵守南曲曲风的“游戏规则”，仅是借南曲牌调之酒瓶装自己所酿的新酒而已。故此，我们说他在创作中使用南曲牌调是“有意”的行为。

对于运用南曲牌调创作散曲呈现出北曲“豪风”的结果，作为北人的薛论道有因对南曲音乐、曲风不太熟悉所致的可能，但也不可否认他这种行为中蕴有有意为之的成分。我们看其《林石逸兴序》中的一段话：

> 迨我圣朝人文极盛，政化是务，而声律渺矣！儒者陋而莫为，庸者为而莫耻，是以清歌雅调，烟灭灰飞，俚语淫声，塞衢盈耳。休明盛世，而声教坠之若此，宁无惜乎！余少读章句，时趋庭履市，过则掩鼻，深不欲污吾之耳。………其所制作，或忠于君，或孝于亲，或忧勤于礼法之中，或放浪于形骸之外，皆可以上鸣国家治平之盛，而亦可以发林壑游览之情。①

① [明]薛论道:《林石逸兴序》,见《全明散曲》(增补版),第3246—3247页。

在这里，薛论道交代了当时曲坛的风向“俚语淫声”，深叹“声教”坠落，以及自己不愿趋俗的态度，最后说明了自己创作的内容和目的。由薛论道对当时曲坛不满的态度，所倡导的写作内容，可知其从事散曲创作的一个重要目的——恢复声教，这说明他对南曲北曲化现象的出现有一定的预见性。他这种审美态度与声教观的出现是包括地域文化在内众多因素影响下其价值观的一种折射。

不过，值得关注的是，在一些言情曲中，薛论道还是努力地去表现南曲风味的，如［南仙吕入双调·玉抱肚］《忆归期》四首之一：

> 凭栏独立，听花间莺啼燕啼。莺嘹呖如诉凄凉，燕呢喃总是别离。教人曲指算归期，憔悴形容减玉肌。[①]

像这类曲作还有一些，如《美人》《春闺》《夏闺》等，南曲艳约的风味还是较浓的。这除了说明曲作的题材内容对曲作风格影响较大外，也表明作者对南曲曲体的风格还是较为熟悉的，也更能说明他运用南曲牌调创作北曲化行为的有意性特点。

薛论道曲作中出现的这一现象并非个案，自明代前期的朱有燉开始，以至后来的北方散曲家康海、王九思、李开先、冯惟敏等，他们笔下的南曲均程度不同地表现出了北曲的豪放特点。作为一种群体现象出现，表明北方曲家创作南散曲时，由于身受北地乐风的影响，以及南曲音律之学的相对缺少，使他们对南曲曲体风格的把握很难登堂入室。他们多把它作为一个具有形式意义的窠臼，向里面装各色“酒水”，虽说一定程度上拓宽了曲作的题材，但其中的曲味可想而知。其实，他们不是不想把南曲创作得更接近它应有的风格，而是不能。通过王世贞评李开先的曲作“腔律未协”[②]，似乎能说明一定的问题。如果考虑到以昆腔为代表的南曲音乐的特

---

① 《全明散曲》(增补版)，第 3237 页。

② ［明］张琦：《衡曲麈谈》，见《中国古典戏曲论著集成》(四)，中国戏剧出版社 1959 年版，第 269 页。

点，以及南方曲家创作的内容多为言情曲的实际，那么，北方曲家仅把牌调作为窠臼装载各类内容的行为，与南曲的实质是不相符的，难以达到音乐与内容相得益彰的效果，不能入室也是情理之中的事情。虽说薛论道南曲创作的北曲化有其有意为之的特点，但生于北地、缺少南曲音乐知识所起的作用也不容忽视，这也是其曲作走向案头化道路的重要原因。

总之，独特的生活环境、生活经历使薛论道具有了慷慨、悲烈、质实的个性特点，进而转化为散曲中的悲烈、沉郁、高亢的豪放风格。这一风格的存在，是对元人散曲豪放的延续，也体现出了其本人的独创特点，为明代后期被绮艳之风充斥的曲坛带来了一股北国边塞的劲风，有其不可或缺的散曲史地位。

第七章
清音雅调与悲苦心曲
——嘉靖年间新都“杨门”散曲

在南方散曲坛，以杨廷和、杨慎、黄娥为代表的四川新都“杨门”曲家是一个典型的家庭式地域群体，他们以不同于其他地域曲家的构成特点、思想内容、艺术风格独立于嘉靖年间的散曲坛，有其重要的散曲史地位和一定的审美价值，值得关注。

一、典型的家庭式曲家群——“杨门”曲家的构成特点

相较其他地域的散曲家，四川新都“杨门”曲家除了具有明显的地域性特点外，其家庭式的群体构成特点在明代散曲坛上表现得尤为典型。关于曲家的籍地和相互之间的关系，见下表①：

曲　家	杨廷和	杨　慎	杨　惇	杨　慥	黄　娥	刘泰之
籍　贯	新　都	新　都	新　都	新　都	遂　宁	成　都
关　系		杨廷和长子	杨廷和次子	杨廷和二弟杨廷仪次子，杨慎堂弟	杨慎继室	杨廷和的次女婿

① “杨门”曲家之间的关系，参见[明]孙志仁：《特进光禄大夫左柱国少师兼太子太师吏部尚书华盖殿大学士赠太保谥文忠杨公廷和行状》，赵贞吉：《特进光禄大夫左柱国少师兼太子太师吏部尚书华盖殿大学士赠太保杨文忠公廷和墓祠碑》（[明]焦竑：《国朝献征录》卷十五，明万历四十四年刻本）；清人张奉书修，张怀洵纂：《新都县志》卷九，清道光二十四年（1844）木刻本。需要说明的是，黄娥、刘泰之论血统关系不属杨门，但他们都与杨门有较为亲近的亲属关系，故我们这里的“杨门”是宽泛意义上的“杨门”，既包括被娶进杨门的媳妇——黄娥，也包括杨门的快婿——刘泰之（举人）。从舆地看，杨氏所在新都与刘泰之所居成都仅距四十里，新都、成都两地可看作一个区域（今天的新都已成为成都的一个区）。

由六人之间的亲属关系看，属于典型的家庭式曲家群。这里有两点值得注意：一是，典型性。“杨门”曲家之间的家庭、亲属式关系，在同时期关中曲家身上有所体现：如曲家康河为康海的弟弟，康海与王九思为儿女亲家，张炼为康海的外甥等，因关中曲家间除亲属关系外，还多出了一层朋友关系，如马理、吕柟、韩邦靖等为康、王二人的好友，仍没有“杨门”曲家中的父子、兄弟、夫妇、翁婿等亲属关系表现得典型；再有，山左曲家群由致仕官宦、乡老、友人、门生组成，关系相对松散，虽然形成了以李开先为核心的地域性群体，显然也不如“杨门”曲家间的关系密切、典型；同为南方的吴中曲家群更不具有这一典型性的家庭式特点。二是，核心突出。从现存史料和曲作看，在这一家庭式曲家群中，杨廷和（1459—1529）染指散曲较早[①]，杨慎（1488—1559）[②]次之（嘉靖谪戍云南后），黄娥（1498—1569）应是夫唱妇随的结果，杨惇（1489—1557）[③]、杨慥、刘泰之则是在杨慎的影响下开始染指散曲的，这里表现出以曲家杨慎为核心的特点，但与康海、王九思、李开先的核心地位不同的是：康、王、李三人经常与他们的“团队”一起饮酒、赋曲，交往直接、频繁，杨慎则因谪戍云南，与其家庭曲家成员之间多是通过书信往来的方式来完成交流。而且，

---

① 据杨廷和套曲《盆池四榴连蒂志喜》的撰写时间“正德癸酉（1513）八月”，以及曲作《闲赋》中“急流中扁舟归去难”“盼归期不知是何日也”“算浮生百年过半，上竿时不知竿上难”等句，可知他在正德间已开始散曲创作，但有曲作内容和《乐府余音小序》“晚年乐府，又皆课耕农，劝读诵，称说孝友，沐浴膏泽……”（《全明散曲》（增补版）第862页），又知他的大量散曲创作于致仕后（嘉靖三年至八年间）。杨廷和开始创作散曲的时间与北籍曲家康海、王九思染指散曲的时间（约1511，或稍后）大致同时，这说明他作为创作北曲的南籍曲家，为当时北曲的兴起做出了一定的贡献。

② 关于杨慎的卒年，有不同看法：明人简绍芳《杨文宪升庵先生年谱》中载嘉靖三十八年（1559）七月（《北京图书馆藏珍本年谱丛刊》第45册，第532页）；明人陈文烛《杨升庵太史慎年谱》认为是嘉靖三十八年（1559）七月，（焦竑：《国朝献征录》卷二十一，明万历四十四年刻本）；《明史》卷一百九十二载嘉靖三十八年（1559）卒（中华书局1974年版，第5082页）；张增祺认为是隆庆二年（1568）（《有关杨慎生平年代的订正》，《昆明师院学报》1980年第1期，第30页）穆药认为嘉靖四十年（1561）（《杨慎卒年新证》，《昆明师院学报》1983年第3期，第29页）；邓新跃认为嘉靖四十二年（1563）年初（《杨慎卒年新考》，《成都大学学报》2007年第3期，第92页）；董运来认为卒于嘉靖三十八年（1559）（《杨慎卒年卒地新考》，《图书馆杂志》2006年第6期，第70页）；丰家骅在《杨慎评传》中认为约嘉靖四十一年（1562）（《杨慎评传》，南京大学出版社1998年版，第173页），后又撰文《杨慎卒年卒地新证》认为卒于嘉靖三十八年七月（《南京师范大学文学院学报》，2006年第2期，第137页）；综观各家之说，结合现存史料，我们初步认为杨慎的卒年应为嘉靖三十八年七月六日。

③ 杨惇的生卒年，据［明］简绍芳等编辑：《杨文宪公升庵先生年谱》，《北京图书馆藏珍本年谱丛刊》第45册，北京图书馆出版社1999年版，第495—536页。

从杨惇、杨愷、刘泰之三人存曲（各四首）所用的牌调［南南吕·七犯玲珑］和内容看，均寄寓了对杨慎的同情、寄思之怀，显然是与杨慎之间的唱和曲。另外，杨惇、杨愷、刘泰之存曲较少的事实告诉我们：在杨门曲家中，经常与杨慎进行散曲创作交流、唱和者仅有他的夫人黄娥一人。

二、不同境遇下的悲苦心态——“杨门”三家散曲解读

社会生活是文学创作的源泉。在社会生活中，生活境遇的变化对人们的思想影响较大，尤其是一些重大事故的影响更为显著，进而也会波及人们所从事的具有审美特点的文学创作活动。作者会因此选取不同的题材内容，通过不同的艺术形式或直接，或间接地表达出自己复杂的情怀。“杨门”曲家杨廷和、杨慎、黄娥三人，虽为父子、为夫妇，但因所处的境遇、个性、性别等存有差异，其散曲题材选取和情感表达上存有明显不同。

（一）表面闲适与内心不安——杨廷和咏写闲怀曲作的深层解读

在杨廷和现存的117首（套）曲作中，涉及9种题材类型，其中仅咏怀、闲适两类就有98首（套），表达的思想内容不够丰富。与同时代北方曲家康海散曲的题材类型24类、王九思的17类比，有明显的差距，这也说明了他在明代散曲史上地位不够突出的主要原因。值得注意的是，在杨廷和的曲作中没有涉及被多数曲家广为关注的言情类曲作，表现出了其散曲创作选材的个性特点。如［北双调·殿前欢］《阅耕亭写怀》十首之三：

> 阅耕亭，茆亭小小盖初成，旋移新竹开三径。水墨围屏，莺啼不住声，蝉噪相呼应，鸟下无争竞。闲情称我，我称闲情。①

又如［北中吕·红绣鞋］《竹亭写怀》四首之四：

> 谷雨深含雨意，名花正是花时。田园幽兴两相宜。布谷寻高树，

---

① 《全明散曲》（增补版），第836页。

提壶拣嫩枝。引诗情多赖此。[①]

再如［北双调·清江引］《竹亭漫兴》十二首之二：

虚亭坐来天欲雨，闲看云生处。行蚁上阶除，飞雁穿帘庑。芳辰几何春又暮。[②]

由上面三首曲作，我们可明显体悟到杨廷和闲适、恬淡的心绪，这也代表了他大多数曲作的思想倾向，显示出了“情触而宣，义协而顺，词俊而妥，调殊而谐”[③] 的写作特点。不过，读其作品，仍让人隐隐地感到一种不安、忧愤的情绪，如“惠在农桑，威在豺狼”中“豺狼”对言官的痛斥；“急流中扁舟归去难”“盘归期不知是何日也”“上竿时不知竿上难”等对身在仕途身不由己的感叹；“利名途祸患端”“常记三缄口”“怕人情翻覆波澜”对京师儿子安危的挂念；“消闲只用这些儿，此外别无事”“想当初年少时”“费尽了千般力”“做少师，兼太师，都未宜”的无奈喟叹等，显然与他多数曲作中表现出的平静、闲淡不相协调。于是，我们便开始怀疑他的多数曲作中表现出的恬淡情怀是其真意吗？

结合杨廷和的生平经历、致仕缘由、家庭变故等因素，我们认为杨廷和大量曲作中表现出的闲适、舒畅情怀具有一定的表面性，在他闲淡情怀的背后蕴有一种不安、郁闷的心绪，他选择抒发闲适情怀的题材进行创作仅是其舒泄内心苦衷的一种外在表现。据相关史料，我们知道杨廷和因“大礼仪”与明世宗意见相左，于嘉靖三年初被迫退出官场。孙志仁为他写的《行状》中言其归田后：“绝口不及时事，日与亲戚故人行田野，话桑麻，瑞虹司马（杨廷仪）兄弟，倡和为乐，泊如也。”[④] 结合杨廷和致仕前

① 《全明散曲》(增补版),第855页。

② 《全明散曲》(增补版),第856页。

③ ［明］曾玙:《乐府余音小序》,见《全明散曲》(增补版),第862页。

④ ［明］孙志仁:《特进光禄大夫左柱国少师兼太子太师吏部尚书华盖殿大学士赠太保谥文忠杨公廷和行状》,见［明］焦竑:《国朝献征录》卷十五,明万历四十四年(1616)刻本。

显赫的宦途，以及面对强大皇权被迫退避的事实，我们认为他归田后不问时事、及时行乐的表现并不是他内心的真正存在，而是委曲求全的一种表现，是“治疗”其内伤的安全方式，也是做给朝廷看的一种自保“表演”。美学家鲁·阿恩海姆说：“将艺术作为一种治病救人的实用手段并不是出自艺术本身的要求，而是源于病人的需要，源于陷于困境之中的人的需要。”[①] 似在一定程度上说明了杨廷和创作此类曲作的深层目的。如他的曲作中“消闲只用这些儿，此外别无事”“有诗能自遣”“自吟自和，谁人闲似我。潇洒，快活”等直言诉说，除了在现实中确实能充实、消磨空虚的时光外，他以此转移痛苦的内心诉求恐怕是主要原因。如果仅言“石斋之曲，多为晚年归休后自娱之作，非以曲应歌或以曲泄愤之篇”[②]，则未能体悟到杨廷和内心的真正苦处，也未能认识到他创作的真正动机。我们试想嘉靖三年（1524）二月，杨廷和致仕归田，他的长子杨慎在当年的七、八月份间便踏上了流放云南永昌卫所的征程，这对他的打击能小吗？由他的曲作《八月十六有怀寄京师两儿》中表达出对另两位在京为官儿子的担忧[③]，他当时的心情恐怕并不是曲中所示。表面的悠游、唱和并没有真正缓解杨廷和长时间的压抑与郁闷，嘉靖五年（1526）五六月间他终于扛不住了，身染重病。后来，虽经治愈，但嘉靖六年次子杨惇被“褫职为民”，对他来说更是雪上加霜。他内心预感到“大礼仪”之事对杨家的打击远没结束：“（嘉靖）七年，《明伦大典》成，诏定议礼诸臣罪。言廷和谬主濮议，自诡门生天子、定策国老，法当僇市，姑削职为民。”[④] 这对他是致命的打击。他为大明江山扼腕狂澜、劳苦一生，最后却被嘉靖帝定格在耻辱柱上，让谁也不会心平如水的。嘉靖八年（1529）“五月因

---

① ［美］鲁·阿恩海姆：《作为治疗手段的艺术》，见鲁·阿恩海姆著，郭小平、翟灿译：《艺术心理学新论》，商务印书馆1994年版，第345页。

② 赵义山：《明清散曲史》，人民出版社2007年版，第175页。

③ 杨廷和的次子杨惇（1489—1557），字用叙，号叙（序）庵，嘉靖二年（1523）进士，任兵部主事。嘉靖六年（1527），因杨廷和“大礼议”事件影响，锦衣卫带俸署百户王邦奇弹劾杨惇“藏匿旧牍令，前后奏辞皆不得验”，但杨惇终以“藏匿卷宗，褫职为民”（《明世宗实录》卷七十三，嘉靖六年二月己未）；三子杨恒（1493—1529），字用贞，号贞庵，承荫录为中书舍人，升大理寺副（《杨公廷和行状》，见《国朝献征录》卷十五）。

④ ［清］张廷玉等撰：《明史》卷一百九十，中华书局1974年版，第5039页。

子恒卒，恸悼过伤”，于是年六月二十一日而逝。综上所述，面对这接二连三的家庭变故，对于了解世宗脾性、久经宦途、圆熟而执着的杨廷和而言，他能真正保持着像曲作中表现出来的洒脱、自适吗？他真的能像其曲作中描写的那样惬意吗？答案是否定的。我们认为他越是在曲作中大写闲适之趣，越是暗示出其内心无法解脱的苦闷与不安。在这里，他把散曲创作作为疗伤的一种手段，可没有达到预期的效果，在担忧、郁闷、恐惧中，走完了自己的人生历程，而隆庆朝的“平反”也只能算是对死者在天之灵的一个告慰，更是统治者们收买人心所惯用的一种伎俩。这里说明：作家内心真实情感的存在与文学作品中所表达出的情感之间存有一定的距离。

另外，之所以杨廷和没有像同时代北方曲家康海、王九思那样，把自己的愤懑与不满通过散曲文学毫无遮拦地发泄出来，而是采取了较为委婉的形式，有三点值得注意：一是，具体情况不同。杨廷和曾官居一品，经历过仕途的辉煌，迫于皇权的压力自己主动提出致仕请求，其心中的怨愤不是那么强烈；康海、王九思正值壮年有为之时，却被以“阉党”之名罢官归田，有强烈的冤屈、愤慨之情；二是，所面对的统治者不同。杨廷和所面对的是一位不惜杀生，想通过“正名”来确立其统治地位的新君，而康、王二人罢官时的正德帝并无心思对付大臣的不敬行为，故杨廷和存有谨小慎微的心态来度过其致仕后的生活，康、王二人，尤其是康海则采取狂放不羁的方式来度过自己的家居生活，现实、心态的不同影响到他们创作的内容与风格。三是，在个性方面，杨廷和有“柔顺”的一面，而康海则更多是“粗豪”的性情。因此，杨廷和虽是纯作北曲的南方曲家，康、王二人是以北曲创作为主的北方曲家，因境遇不同、个性差异，却表现出运用一隐一显的方式来疏泄、消解内心的郁闷，表明了个人境遇对文学创作影响的重要性。

（二）流放“路上”的离思悲歌——杨慎的离思、愁怨曲

自幼警敏、聪颖的杨慎，以其广博的才学曾一举夺得正德六年（1511）殿试第一的好成绩，被授予翰林修撰。正德十二年（1517）八月，谏阻武宗微行，不称意，以养疾告归。世宗即位，充经筵讲官。然而好景不长，

嘉靖三年（1524）“大礼议”事起，杨慎“偕学士丰熙等疏谏”，“偕廷臣伏左顺门力谏”，又“及检讨王元正等撼门大哭，声彻殿庭”，“纠众伏哭”等行为，使嘉靖帝颇为震怒。遭两次廷杖后，“（杨）慎、（王）元正、（刘）济并谪戍……慎得云南永昌卫”①。时年三十七岁。自此，他和他的心一直走在流放的道路上，直到嘉靖三十八年（1559）终老戍地，才得以最终安顿。

“专制政体笼罩下的文人，随时都有可能被突如其来的灾难抛离制度的轨道而成为落荒偏远的异己者；而每一位远离制度轨道的异己者面对人生的困境，都会重复一次先行者曾经历过的心理体验，并产生出类似的精神意向。”② 杨慎便是历史长河中被制度轨道抛离的众多中的一个，这使他“男子志四方，焉能守一丘。壮游轻万里，逸迹凌九州”③ 的宏志化为了泡影，留给他的却是屈辱、恐惧、失落、孤独、悲愤等精神折磨的痛苦。客观上的人生悲剧却在他主观的坚毅、斗争中变成了文学创作的动力，他把“胸中实不知有几斗热血，眼中实不知有几升热泪”④ 化作首首佳作，不时地沉吟着“久戍劳行恻，天高奈若何”“悠悠往事嗟何及，浩浩东波去不回”“飞蓬无根株，飘飘随风起。游子辞家乡，流落在万里”⑤ 的伤感，呐喊出“他乡虽好不如家”，“戎旅今年四处家，故乡咫尺是天涯……青衫老泪感琵琶”“千里有家归未得，可怜长作滇南客”⑥ 的悲情。他和自己的灵魂在漫无目的的游荡中，已“成为永远的流浪人，永远离乡背井……对于过去难以释怀，对于现在和未来满怀悲苦”⑦。

---

① ［清］张廷玉等撰:《明史》卷一百九十二,中华书局 1974 年版,第 5082 页。

② 尚永亮:《贬谪文化与贬谪文学——以中唐元和五大诗人之贬及其创作为中心》,兰州大学出版社 2004 年版,第 227 页。

③ ［明］杨慎:《东望楼》,见《升庵集》卷十六,文渊阁四库全书本。

④ ［清］谢章铤:《赌棋山庄词话》卷四《词品大体可观》,见唐圭璋:《词话丛编》(第四册),中华书局 1986 年版,第 3373 页。

⑤ ［明］杨慎:《罗甸吟》、《病中秋怀》八首之二、《离思行》,见《升庵集》卷十二、卷二十八、卷十六,文渊阁四库全书本。

⑥ ［明］杨慎:《浣溪沙·永宁病起将归》《鹧鸪天·北岩寺酒阑书感》《渔家傲》,出自《升庵长短句续集》卷三、《升庵长短句》卷二,见王文才:《杨慎词曲集》,四川人民出版社 1984 年版,第 109、108、36 页。

⑦ ［美］爱德华·W·萨义德著,单德兴译:《知识分子论》,(北京)三联书店 2002 年版,第 44 页。

在杨慎242（套）曲作中，有116首（套）咏写怀思、孤寂、愁怨情怀的曲作，显然成了他曲作中的“主角”。其中最具典型意义的是表达他对家乡、亲人渴盼、思念之情的曲作，个中的缘由不需多说。长期流放于“蛮荒之地，瘴疠之乡”的悲惨遭际，造成了他身在他乡的客观境况，也使他内心存有一种无依、漂泊的客者心态。虽说朋友的帮助，使其免受物质生活上的困苦，与朋友一起酬唱、游赏活动也可一时冲淡其孤寂的情怀，可这只能是短暂的愉悦，难以除去其内心深处的苦痛。多数时间，杨慎还是需要自己去面对形影单调、孤灯独眠的情景，去忍受锥心、裂肺的痛，而把这一思痛化为点点泪花、个个文字，便写出了真情动人的篇篇带血的悲歌。如［南南吕·罗江怨］四首之一：

空亭月影斜，东方亮也，金鸡惊散枕边蝶。长亭十里，阳关三叠。相思相见何年月？泪流襟上血，愁穿心上结，鸳鸯被冷雕鞍热。[①]

又［南商调·黄莺儿］《雨中遣怀》四首之一：

积雨酿轻寒，看繁花树树残，泥途满眼登临倦。云山几盘，江流几湾，天涯极目空肠断。寄书难，无情征雁，飞不到滇南。[②]

又［北双调·对玉环带过清江引］：

长夜如年，孤灯相伴晓。海角飘零，风尘何日了。春梦不曾成，枕上闻啼鸟。青镜慵看，朱颜容易老。东风寂寥南望杳，望断星关道。心摇似旆旌，愁乱如烟草。百般不如归去好。[③]

① 《全明散曲》(增补版),第1681页。

② 谢伯阳《全明散曲》(第1682页)与王文才《杨慎词曲集》(第170页)中,均把这首曲子归于杨慎名下,但在注释中提及不少著述认为这首曲子属黄娥所作,这里仍从两先生的做法。

③ 《全明散曲》(增补版),第1704页。

与亲人的别离，使他思念连连。年复一年的盼望与失望，使他寸肠万断；音书时断时续，渴盼的乡信难到，使他愁绪郁结；孤寂的生活、飞蓬的心态、人生易老的感悟都使他心绪难平，愁思不断。“百般不如归去好”的呼喊，是他内心最真实的表白。在这里我们看到了一个谪戍者的悲苦心态，以及最最普通而又真切的愿望——与家人的团圆。像这样的曲句还有很多，如“乡心一片无聊赖，泪眸懒揩”“形骸放浪，到处是家乡”“万里客衣单”“可怜寒食清明，长是他乡外井”“百般归都归到家居”“思乡泪，远戍人”“有信书难寄，无言泪暗流”等等。这种对亲情、家人的渴盼，从表面看是对物质的家和充满伦理亲情的家的渴求；从深层次来讲，作者心目中的“家”与“亲情”则是一种内里精神层面的需求，“是生命的意义，是人在文化中的意义。是陷入困境下的个人对归宿的询问”①。杨慎之所以能表达出如此真切、动人的真情实感，除了谪戍离家的现实导致其最直接的情感需求外，我们认为与其推崇“重情说”的文学观②，认为歌谣“出自肺腑”③、诗歌“质任自然”④ 的创作观也有着一定的关系。

在为他散曲中真情感动的同时，我们总觉得他的这类作品局限在具体情感的表白上，没能像苏轼的一些作品上升到哲理的层面，达到对人生思考的境界。个中原因：在谪戍之后，杨慎爱读老庄之作，曾有“丹心炯炯，一寸成灰……儒术于吾何有哉?”⑤ 的感叹，可总体看来还是儒家的用世思想占据了他思想的主导，束缚了其作品在思想层面的超越；杨慎“不善谈，对人言甚謇涩。其服饰举动，似苏州一贵公子”⑥ 的儒雅个性特点，也是影响其思想在作品中表达的因素之一；相对宽松的政治环境、文化繁荣的氛围、广泛的兴趣与爱好等，使得宋代的士夫文人即使被贬官谪居，也能

---

① 张法:《中国文化与悲剧意识》,中国人民大学出版社 1989 年版,第 58 页。

② 罗宗强:《从杨慎的文学观看文学思想发展过程中的交错现象》,《首都师范大学学报》(社科版)2009 年第 4 期,第 98 页。

③ [明]杨慎著,王仲镛笺证:《升庵诗话笺证》,上海古籍出版社 1987 年版,第 17 页。

④ [明]杨慎:《素足女》,见《升庵集》卷六十八,文渊阁四库全书本。

⑤ [明]杨慎:《沁园春·己丑新正》,《升庵长短句》卷二,见王文才:《杨慎词曲集》,四川人民出版社 1984 年版,第 37 页。

⑥ [明]何良俊:《四友斋丛说》卷十八“杂记”,中华书局 1959 年版,第 159 页。

找到超越苦闷、追求适意的精神旨趣，已非明代士夫文人生活的环境和精神追求所能比，而这在杨慎身上也有所体现。

还有，杨慎利用“代言体”方式书写的闺情曲[①]，细读之，我们可间接体会到他以这种写作方式婉曲地表达自己离思情怀的痕迹。如［南中吕·驻云飞］《题情》四首之一：

暮雨朝云，终日思君不见君。半点心间闷，一寸眉峰恨。人，宽褪绣罗裙，消瘦肌肤，怕见傍人问。镜里朱颜减二分。[②]

又［南中吕·驻马听］四首之一：

柳下长亭，记得当年此送行。罗襟拭泪，玉手牵衣，锦字题情。今年枝上又啼莺，雕鞍骏马无踪影。春色飘零，阑干十二和谁并。[③]

这里，作者从女性角度叙描了主人公思念心上人的表现：渴盼、愁思、闷恨、题书、拭泪、凭栏、朱颜减等。结合杨慎长期谪戍的实际，我们完全有理由相信，作者很有可能借此抒写自己对妻子、家人的思念、渴盼之情，抒写自己思而不得的愁闷、孤寂情怀。当然，作者写出大量的这类作品，除了本人出于发泄闷寂情怀的需要，也有出于自娱、自保的需要，与其“脱略礼度，放浪形骸。陶情于艳曲，耽意于美色。乐疏旷而惮拘检”[④] 的生活态度有着密切的关系。同时，与自《诗经》始业已形成的借用女性口吻抒怀的创作传统，以及散曲文体的传统题材、写作技巧，还有明代中期散曲整体趋“艳”的创作氛围也应有一些关联。至于这类曲作中多少是自娱的游戏之作，多少是寄托作者真实情怀的篇什，也只能靠自己阅读、体悟了。

① 所谓“‘代言体’，指作者摹拟一个特定身份的人（或人格化的‘物’），并以‘这个人’的心理、声口去讲‘我’（即‘这个人’）的所见、所行、所感。”（李昌集：《中国古代散曲史》，华东师范大学出版社1991年版，第217页。）

② 《全明散曲》（增补版），第1728页。

③ 《全明散曲》（增补版），第1721页。

④ ［明］刘绘：《与升庵杨太史书》，见《升庵集》卷六，文渊阁四库全书本。

（三）独守者的思怨之情——黄娥的相思、幽怨曲

作为杨慎的继室黄娥，自幼聪慧，“博通经史，能诗文，善书札”[①]，被誉为蜀中才女。嫁于状元杨慎，一时成为美谈。婚后的生活幸福、惬意，曾有“万点落霞明照眼，彩衣金屋正相宜”[②] 高兴情愫的抒发。可幸福的时光太过短暂，自正德十四年（1519）嫁入杨门[③]，至杨慎嘉靖三年（1524）因“大礼仪”之事流放滇南，两人在一起的时间仅六个年头。在杨慎流放云南的三十多年里，嘉靖五年杨慎回乡看望病重的父亲，黄娥曾与杨慎一同前往云南（嘉靖五年七月），嘉靖八年六月杨廷和去世，她便随杨慎返回新都，主持家务，自此二人再也没有长时间团聚过，即使杨慎偶尔回到新都，也只是短暂的相聚。这种分多聚少、天各一方的境况，加之女性相对狭窄的视野、细腻的心思，使黄娥作品中更多地表现出一种痛苦、婉细的寄思情怀，如现存的十首诗作中，便有“妾为离愁心似结”，“别离经岁又经年”“何处春山不杜鹃”“岁月看流水，人生远离别”“珠泪纷纷滴砚池，断肠忍写断肠诗”等别后苦思的反复吟唱。

黄娥的散曲作品也是如此。据《全明散曲》计，在她现存的 63 首小令、6 套套曲中，有 66 首（套）是书写寄思、幽怨情怀的曲作，或直抒会少离多的现实，或直绘影只形单、独枕孤眠的情形，或抒发恨满怀、寸肠断的心情等。其中，言情曲以女子口吻代言抒怀的特点，与男性曲家比，取消了作者与作品中抒情主人公的距离，使作品中抒发的情感更具穿透力，给读者以更为真切的感受。如［北双调・卷帘雁儿落］：

难离别，情万千。眠孤枕，愁人伴。闲庭小院深，关河传信远。鱼和雁天南，看明月中肠断。[④]

---

① 王文才:《杨慎词曲集・杨夫人事辑》,四川人民出版社 1984 年版,第 439 页。

② ［明］黄娥:《庭榴》,见王文才:《杨慎词曲集》,四川人民出版社 1984 年版,第 431 页。

③ ［明］陈文烛撰写的《杨升庵太史慎年谱》(《国朝献征录》卷二十一,明万历四十四年(1616)刻本)和［清］李调元所编《升庵先生年谱》持正德十四年之说;［明］简绍芳等编辑:《杨文宪公升庵先生年谱》中却载:正德十三(戊寅),升庵续娶遂宁尚书黄简肃珂之女,见《北京图书馆藏珍本年谱丛刊》第 45 册,北京图书馆出版社 1999 年版,第 648、557 页;这里,从“正德十四年”说。

④ 《全明散曲》(增补版),第 1990 页。

又如［南中吕·驻云飞］《足古诗四首》之三：

暗想娇羞，往事牵情不自由。帐薄灯光透，寒峭花枝瘦。休，一日比三秋，人在心头。两字相思，锁定双眉皱。残梦关心懒下楼。[1]

这里，她把长期的孤独、长期的苦闷、长期的渴盼、次次的失望、次次的哀叹化作粒粒文字，直写自己的离思、孤寂之苦。人生最苦是离别，大凡有过离别经历的人，读到此类曲作都会为之动容，更何况其与丈夫离别长达三十多年之久！这些看似平常的话语，是其悲苦情怀的一种外化，是其不幸人生的悲歌，说字字看来都是血、都是泪也不为过。又如“分散西东，会少离多，天也将人弄”“无福也难消，泪染红桃。欲寄多情，鱼雁何时到”“万水千山梦，三更半夜心。独枕孤眠分，这愁怀那人争信”“梦峡啼湘，千古多情两断肠。眼穿心碎，影只形单，意惨神伤”“怕离别如今真个也”等曲句，无不是其血泪的诉说、无奈的叹惋。另有一些表达黄娥幽怨、恨愁的曲作，也别有一种风味，如［北双调·折桂令］二首之一：

寄与他三负心那个乔人，不念我病榻连宵，不念我瘴海愁春。不念我剩枕闲衾，不念我乱山空馆，不念我寡宿孤辰。茶不茶饭不饭全无风韵，死不死活不活有甚精神。阻隔音尘，那个缘因？好事多磨，天生也嗔。[2]

又如［南仙吕·皂罗袍］：

为相思瘦损卿卿，守空房细数长更。梧桐金井叶儿零，愁人又遇凄凉景。锦衾独旦，银灯半明，纱窗人静。罗帏梦惊，你成双丢得咱

① 《全明散曲》(增补版)，第1980页。

② 《全明散曲》(增补版)，第1987页。

孤另。[1]

长期对丈夫的渴盼是黄娥的精神支柱，可次次的失望又是对她内心不断的折磨。如果说这还可以在忍耐中承受的话，那么丈夫对爱情的背叛，则是任何一位女子都不能容忍和接受的，即使在允许拥有三妻四妾的封建社会也是如此。在中国古代社会中，人们可以用各种制度、学说、手段构建、维护一个男权社会，把女子变为男权社会的附属物，但它没有办法改变女性对男性从一而终的心理要求。虽然这种渴求对于古代女性来说简直是一种“奢望”，更多的是在忍受中丧失自己的权利和尊严，可不同历史时期总会有一些女子做出或激烈，或委曲的反抗举动。上面所举两曲，则是黄娥闻知杨慎纳妾后，通过自己的笔对杨慎这种背叛行为的控诉。[2] 杨慎两次纳妾对黄娥的刺激强烈，这是对其尊严的一种冒犯，也是对其长年苦守的两次否定。因此，她在［折桂令］中连用五个排比句喊出了自己内心的压抑、凄苦与痛恨，［皂罗袍］中也发出了“你成双丢得咱孤另”的牢骚。

如果就杨慎、黄娥两人此类曲作中表达的情感论，其深、其痛、其切可谓是真实感人、令人动容，并没有多少差别。但是，因二人境遇、身份、性情不同所造成的影响，倒是值得注意。杨慎以罪人的身份流放云南，是一位身在异乡的客者，其特殊的家世、才学使他交结了许多朋友，这些因素都影响到其作品中思念对象的宽泛化，故他在表达对家园、亲人思念之情时，也表达了对朋友的别思之怀。相较于杨慎，黄娥长时间生活于家中，交往范围狭窄，离家、思家的情愫较弱，思念的对象也较为单一，故在其作品中不存在对家乡、对朋友的思念，仅表达出对自己丈夫杨慎的渴盼、思念之情，以及对杨慎纳妾行为的怨恨之情。这里再次说明：个人的境遇、性情影响文学创作题材的选取，进而影响情感表达的复杂关系。

与其他地域曲家曲作的题材相比，“杨门”曲家的曲作明显拥有自己的

---

① 《全明散曲》（增补版），第1989—1990页。

② 据［明］简绍芳等编辑：《杨文宪公升庵先生年谱》、［清］李调元编：《升庵先生年谱》，知杨慎曾于嘉靖十三年纳新喻人周氏为妾，嘉靖二十一年纳北京人曹氏为妾。参见《北京图书馆藏珍本年谱丛刊》第45册，北京图书馆出版社1999年版，第519、523、653、654页。

特点。如杨廷和以咏怀、闲适类为主的特点，反映出致仕曲家创作的一种倾向，虽然关中曲家康海、王九思和后来山左曲家冯惟敏也有不少这方面的曲作，不过，像杨廷和这样占有绝对优势的篇幅者并不多见；又如杨慎书写离思之怀的寄思、送别、闺情曲，因他独特的经历，为关中、山左、吴中等地的曲家都不具备，其中情真意切、感人泪下的动人效果也使其他地域的曲家望尘莫及；再如，黄娥对戍谪滇南丈夫的相思曲，真是达到了“杜鹃啼血”的效果，堪称明代散曲家中写作此类曲作的翘楚，赵义山先生言：“在散曲文学之中，自金元有曲之一体以来，三百年间，女性曲家不让须眉者，仅黄娥一人而已！”[①] 可谓中肯之论。真正促使他们取得这一成功的原因，我们认为个人的特殊境遇当是重中之重，他们用心作、少亵玩的创作态度也助力不少。

三、“雅”风中的异调——“杨门”三家曲风的同与异

在分析问题之前，我们需要明确雅与俗之间有其相对性，且在一定条件下二者可以相互转化。由于“‘雅’与‘俗’是人们的主观世界对客观社会的一种感性认识与理性认识相综合的美学评价”[②]，对文学作品雅与俗的判断，会因受众（读者）的不同而得出不同的结论。同时，作家对语言、题材、意象等方面的选用，创作目的的干预，以及文本自身的要求等都会影响到对作品雅或俗的判断。具体到散曲文体，“俗”是其“与生俱来的”一个特点，如果抛开音乐不论，这一特点则主要表现在遣词造句、题材选取、意境创设等通俗、易识上。可自从它开始受到文人的关注后，在一定程度上保持其“俗”之本色的同时，就一直没有停止过被雅化的进程。受时代、地域、作家、文体等诸多因素的影响，其雅化的程度也多有不同。我们这里的雅或俗是一种整体性、概括性判断，具体问题尚需具体分析。

（一）整体向“雅”的曲风

我们通过阅读、比较后发现，“杨门”散曲在一定程度上坚持着散曲文

① 赵义山：《明清散曲史》，人民出版社 2007 年版，第 186 页。

② 门岿等：《雅俗文学与其互化论》，天津社会科学院出版社 2000 年版，第 1 页。

体“俗”风的同时，整体表现出向“雅”的倾向，且在他们的小令中表现得较为突出。如杨廷和的［北双调·水仙子］《怀归》十二首之七：

约耕亭子占高台，翠柏苍松远近栽，青苗绿水周围在。凿方池薙草莱，映天光一镜初开。辟竹通三径，流觞曲九回，问东君何日归来。①

杨慎［南中吕·驻马听］《再游宝珠寺》四首之一：

宝树祇园，曾借禅床一榻眠。松风飒飒，花露冷冷，桂月娟娟。尘埃别后几多年，烟霞梦绕云林畔。剩水残山，秋来一一经过遍。②

黄娥［北双调·落梅风］四首之一：

楼头小，风味佳。峭寒生雨初风乍，知不知对春思念他。背立在海棠花下。③

从上面曲作中的用词、造景、表意来看，虽各有特点，但都表达出了一种“雅”趣。如果说语词、意象的向雅仅是一种外在形式的表现的话，那么，影响这一形式出现的曲家的审美情趣倒是值得探讨的问题。

笼统地讲，一个作家审美观念的形成是多方因素影响的结果，如物质基础、时代风向、文人雅兴、文体特点、题材选取、地域文化等都是其中的影响因子。针对杨廷和、杨慎、黄娥三位曲家，虽然家庭中多有变故，但整体看来，他们并不缺少物质生活的保障，一定程度上讲还强于其他人。杨廷和、杨慎幼年所居之地——新都，自古有“天府之国”的美称，此地“沃野千里，土壤膏腴，果实所生，无谷而饱”④，明代属成都府管辖，是

① 《全明散曲》(增补版)，第841页。
② 《全明散曲》(增补版)，第1690—1691页。
③ 《全明散曲》(增补版)，第1983页。
④ ［南朝宋］范晔著，［唐］李贤等注：《后汉书》卷十三《公孙述》，中华书局1965年版，第535页。

一个富饶之地，被称为“都会”。黄娥自幼随父居于官邸，更无衣食之忧。同时，新都一带“前望龙门，后崇石镜，坐拥阵图，右环锦水”“遥负雪山，银屏北拱，近瞻赤岸，紫气南来。清江共锦水夹流，毘渡与都桥环绕”① 的自然风光，加之亚热带温湿气候的浸润，极易使人养成温雅的个性。从区域的文化氛围看，汉代辞赋家杨雄、司马相如，唐代大诗人李白，宋代文学家苏轼等，都为蜀地学风的发展起到了推动作用，也成了三人旁搜、采获的对象。其家庭教育自杨廷和祖父杨玟始，便十分重视读书、求仕，营造了一个尚德、读书的良好氛围，至杨廷和、杨慎两代，杨门曾出现了五位进士（杨廷和、杨廷仪、杨慎、杨惇、杨恂）、四位举人（杨廷平、杨廷宣、杨恺、杨忱），成为当地的一大望族，杨慎的继室黄娥出于官宦之家，是一位“博学能诗，守礼有识鉴”② 的知识女性。另外，诗词创作传统的影响，尤其是“以词绳曲”创作倾向的影响，也是散曲雅化的一个重要原因，而这在杨慎身上表现得较为明显，如上面所举《再游宝珠寺》中的清风、雅调，多为词境而少有曲味。地物风貌、物质充实、学风浓厚、家风熏陶、诗词传统、个人性情等，均为他们尚雅情趣与文学创作观的形成起到了重要的催化作用。这一具有尚雅特点的审美情趣体现在散曲创作中，便表现为雅词、雅句、雅景的选用与造设上，形成了一种整体向雅的曲风。

（二）同中蕴异的曲风

如果细较三位曲家曲风之间的差别，我们拈出三个词大概能说明这一问题：清丽、绮丽、婉丽。清丽者，清新秀美之意，概指杨廷和之特有曲风；绮丽者，辞藻华丽之意，概指杨慎之特有曲风；婉丽者，委婉华丽之意，概指黄娥之特有曲风。如杨廷和［北南吕·金字经］《对雨》二首之一：

雨气疏帘外，雨声高树头。听雨看花闲倚楼。讴，有诗常在口。

① ［清］张奉书修，张怀洵纂：《新都县志》卷一“形胜”，清道光二十四年（1844）木刻本影印。

② 王文才：《杨慎词曲集》，四川人民出版社 1984 年版，第 446—447 页。

> 挥毫手，两般儿都不休。①

颇有清新之气、秀美之境。又有《萱花》《夏晚纳凉》《夜坐》《竹亭写怀》等曲均透出一种清新、雅丽之风。与杨廷和明显不同的是，杨慎的多数曲作中表现出的却是一种绮丽之风，如［北正宫·醉太平］《春雨》：

> 阻莺俦燕侣，渍蝶翅蜂须。东风帘幕冷珍珠，寒生院宇。响琮琤滴碎瑶阶玉，细溟濛润透纱窗绿。湿模糊洗淡画阑朱，这的是梨花暮雨。②

这里，杨慎与杨廷和同写雨，遣词造句，绘物设色，造景寄意，迥然有别。这一特点在杨慎曲作中表现的蔚为大观，如《粉席送别》《改旧词》《寒夜与万道济话别》《月夜》《题画》等。杨慎的夫人黄娥，在一定程度上学习了这一风格，如［北双调·折桂令］二首，但在辞藻华美上稍逊一筹，呈现出自己独有的婉丽之色。如［南商调·黄莺儿］两首之一：

> 翠被峭寒生，诉离情天未明，泪花落枕红绵冷。邻鸡一声，谯楼五更，纱窗残月愁分影。谩留情，佳人薄命，飞絮逐浮萍。③

这里是诉说离情，其中的缠愁、婉曲、哀伤之情溢于言表，“翠”“红”增添了亮色，颇能代表黄娥曲作的特点，又如［北双调·寨儿令］［南中吕·驻云飞］等。

至于造成三人曲风差别的主要原因，抛开共同的文化环境不论，就杨廷和清丽之风形成的缘由，有三点值得注意：一是，杨廷和“性沉静详审，为文简畅有法”④ 的性格与为文特点在一定程度上影响到了其曲风的形成，

---

① 《全明散曲》(增补版)，第 848 页。
② 《全明散曲》(增补版)，第 1710 页。
③ 《全明散曲》(增补版)，第 1988 页。
④ ［清］张廷玉等撰：《明史》卷一百九十，中华书局 1974 年版，第 5031 页。

使其不至于像杨慎的曲作那样绮丽；二是，因个人境遇和个性审美对创作题材的选取也左右了曲风的形成，如前所言，杨廷和咏怀、闲适两类抒写闲情的曲作达98首（套），约占其全部曲作117首（套）的84%，这一写作内容使其不会涉及绮艳、婉丽之词；三是，杨廷和曲中提到“碧山学士早还家”，“碧山学士旧家声”，我们猜测他的散曲创作内容和曲风有学习关中曲家王九思的动向，而且王九思咏写闲适之怀的曲作也正适合他当时致仕归家的心情。对于杨慎绮丽曲风的形成，除了其“以词绳曲”的创作倾向外，我们认为其“沉酣六朝，揽采晚唐，创为渊博靡丽之词”[①] 的诗学观，对这一曲风的形成有着直接影响；而且，他流放云南后，在诗歌创作上仍延续着绮丽浓艳的诗风[②]，他把这种诗学观贯注于散曲创作之中，与他曲作中所写内容（大量言情曲——离思之情、闺思之情）相结合，便促生了绮丽的曲风。黄娥散曲婉丽曲风的形成，受到杨慎曲风的影响已是显然，另外，其女性独有的细腻、敏感、缠绵的心理特征，是影响其婉丽曲风形成的重要原因，同时她的存曲绝大多数为咏唱离思、幽怨情怀的内容也帮助了其婉丽曲风的张扬。

除以上所言，如果就杨慎与黄娥比，黄娥的曲风有“酣畅泼辣处胜于杨慎”[③]，而且在“俗味”上也有过杨慎之处，或者说“曲味”浓于杨慎，尤其是在表达自己幽怨之情时较为明显，如［北双调·水仙子带过折桂令］［北双调·雁儿落带得胜令］［北双调·折桂令］等，这与黄娥未完全接受杨慎绮艳诗风的影响有关，更主要的是她能结合自身实际较好地把握住散曲文体的创作特点。

就曲风而论，“杨门”散曲整体呈现出“向雅”的特点，与关中、山左、吴中曲家的创作有着相同之处，这与曲坛的创作风向和文体发展特点息息相关，也反映出接受过文化熏染的文人士子们心中慕雅的倾向。在三位曲家中，如果说杨廷和曲作的“清丽”之风，其他地域的曲家尚能做到

① ［清］钱谦益：《列朝诗集小传》丙集“杨修撰慎”条，上海古籍出版社1983年新1版，第354页。
② 雷磊，陈光明：《论杨慎诗歌创作的师法历程与风格趣向》，《文学遗产》2007年第4期，第65页。
③ 刘大杰：《中国文学发展史》（下），上海古籍出版社1982年新1版，第1088页。

的话，如王九思、冯惟敏的一些曲作；那么，杨慎曲作中的“绮丽”之风，则不是一般曲家所能及的，即使吴中散曲中也呈现出一种“绮艳”之风，可总让人觉得缺少了杨慎曲作中“绮丽中蕴有雅调”的特点，而且也没有杨慎写得那么自然，有凑、造的成分在里面；再有，黄娥的婉丽之风更是为她所独有，尤其是咏唱离思之情的曲作，婉曲秀丽、细腻真切而又带有俗味，不仅为其他女性曲家所不及，即使男性曲家也会退避三舍的。

四、情感寄寓的地域物象——“杨门”散曲对地域文化的记述

在杨门曲家中，真正能在明代散曲坛占有一席之地者，仅杨廷和、杨慎、黄娥三人。直接对地域景观、地方名称予以描绘、记述者，只在杨廷和、杨慎曲作中有所体现，而这与他们独特的生活经历有着直接关系。

（一）杨廷和对返蜀路上风景、地名的直述

杨廷和乃明代中期的一介重臣，圆融谨慎、外柔内刚的性格特点，使他对正德帝的弊政有所补救，“总朝政几四十天”，顺利完成正德、嘉靖两朝的过渡，可谓功劳不小，但终因“大礼议”之事忤世宗意，于“（嘉靖）三年正月”致仕。[1] 在杨廷和现存的散曲中，具有地域色彩的曲作均为返蜀途中所为。最直接的表述则是对路上所经地区地名的记录，如《褒城道中》《关西道中》《二十日入益门镇》《松林驿新开岭》《四月七日保宁道中》《五月二十六日入会城》等。[2] 在此类曲作中，有的仅以地名为题书写闲怀，也有不少记写路途景观寄寓情怀者，如［北正宫·醉太平］《二十日入益门镇》二首：

进陈仓益门，登栈阁连云。家乡望著看看近，觉日近日亲。烟峰隐隐排衙阵，松涛细细吹笙韵，游丝冉冉落花尘，为行人解困。

水湾环万折，山险峻千叠。连云栈道缓行些，想从前跋涉。到如

---

① ［清］张廷玉等撰：《明史》卷一百九十，中华书局1974年版，第5031—5039页。

② 褒城，古地名，汉中古称；关西，概指函谷关以西各地；益门镇，即益门雄镇，今陕西宝鸡市区西北部；松林驿、新开岭，在今陕西凤县境内；保宁，四川省东北部地区，宋朝设置保宁府；会城，即省城，指成都。

今解组归休也，揖高峰遥把山灵谢，数行程细与驿官说，利名途罢歇。①

陈仓，今陕西宝鸡市的陈仓区；益门镇，今陕西宝鸡市西北的一个隘口。二者均是由宝鸡通往四川的门户，具有重要的战略地位。连云栈道，指自陕西凤县至汉中“缘坡岭行，有缺处，以木续之成道，如桥然”的险要道路，是古代由陕入川的重要通道。战国时秦惠王伐蜀所经之栈道，汉张良劝刘邦烧绝所过栈道，皆指此。② 在第一首曲作中，作者首句交代了自己进入陈仓、益门一带，走上险要栈道，穿行于栈阁间的行程；望着家乡愈来愈近，心中的亲近感油然而生。接着，作者描绘栈道两旁的景色：“烟峰隐隐排衙阵，松涛细细吹笙韵，游丝冉冉落花尘”，“水湾环万折，山险峻千叠”。那山、那松、那水的形象具有明显的地域色彩，同时也表达了作者舒畅的情怀。走出栈道进入褒城（汉中）地区，便来到了地势平坦、土壤肥沃的汉中平原，望着西侧的中梁山，看着道路两侧的麦陇、稻田，作者在《褒城道中》中写道：“出褒城望望中梁，见山色苍苍，烟霭茫茫。麦陇青青，花香细细，渠水泱泱。”③ 其解组归休的畅快之情跃然纸上。

（二）杨慎散曲中的地域色彩

在三十多年流放云南的生涯中，杨慎以自己独特的身份地位，得以广交云南各界朋友，使自己孤苦、愁闷的心境获取缕缕慰藉。期间，他并非一直居住于流放地——永昌卫所，在地方官员和当地朋友的帮助下，杨慎常与他们游历于云南各地胜景，如嘉靖九年（1530），在李元阳的陪同下，游览大理；嘉靖十年（1531）三月，他约李元阳游览石宝山，考察南诏的

① 《全明散曲》（增补版），第843页。

② 《舆程记》云：“陕西栈道长四百二十里。自凤县北草凉楼驿为入栈道之始。六十里至凤县，有梁山驿。又六十里至三岔驿，又七十里至松林驿，又南六十里至褒城县之安山驿，又六十里为马道驿，又五十二里至鸡头关。关南八里即褒城县，有开山驿，自县而东五十里为汉中府，自县而南五十里为黄沙驿，至此路始平，又为出栈道之始矣。又四十里而至沔县，有顺政驿。自县而西又金牛道之始也。自凤县至褒城，皆大山。缘坡岭行，有缺处，以木续之成道，如桥然，所谓栈道也。”（参见［清］顾祖禹撰，贺次君、施和金点校：《读史方舆纪要》卷五十六《陕西五·汉中府》中的“褒斜道”条，中华书局2005年版，2668页。）

③ 《全明散曲》（增补版），第838页。

历史；嘉靖十三年（1534），杨慎在云南总角之交王廷表的迎接下，至阿迷（今开远）住了几个月，游览滇南等。[1] 因此，他带有地域色彩的曲作则多是对云南游览之景的记述，如《再游宝珠寺》《与简西峃法华寺晚归》《泛大理海子》《高峣水泛夜归》等，其中有"好风两日相迎送，渺渺碧波平。玉几云凭，金梭烟织，宝刹霞明"对大理海子景观的描写，有"斜阳古寺，淡霭高丘"对法华寺景致的白描。[2] 其中，有两处值得一读：其一，［北双调·折桂令］《高峣夕眺》：

> 枕高冈坐占鸥沙，看晓渡帆樯，晚市鱼虾。红叶园林，黄花篱落，白水蒹葭。望东寺双浮佛塔，指高峣一片人家。稳称归槎，低岸乌纱。满酌村醪，闲话桑麻。[3]

在这里，作者高坐东望，远处草海、滇池上碧波荡漾、帆船点点，近处晚市上鲜美的鱼虾，还有那变红的树叶、绽放的菊花、浩洋的秋水、灰白的芦荻、高耸的佛塔、袅袅的炊烟、归来的木槎、醇香的村酒等与闲暇的自己相融相契，有远、有近、有高、有低，参差错落，乱而有序，作者在高峣周围的山、水美景中寄寓了一种闲暇、清寂的心绪。其二，嘉靖三年秋至嘉靖四年春，杨慎去戍所路上对沿途景致的描写，如套曲《无题》［油葫芦］：

> 白雪江陵古渡边，解征帆，上征鞍。楚塞霜寒枫叶丹，沅沣波香兰芷鲜，武陵春老桃花怨。千里望云心，九叠悲秋辩。又不是南征马援，壶头山愁望飞鸢。[4]

---

① 丰家骅：《杨慎评传》，南京大学出版社 1998 年版，第 91、94、98 页。

② 宝珠寺，位于昆明市草海北侧，三家村水库东侧；法华寺，位于昆明市西安宁城东约五公里境内，有石窟；大理海子，即洱海，位于大理市城东，水面形似人耳，风浪大如海，故名；高峣，位于昆明西山山麓，草海西侧岸边，杨慎曾较长时间居于此。

③ 《全明散曲》（增补版），第 1709 页。

④ 《全明散曲》（增补版），第 1730 页。

又有［那吒令］：

怕见他盘江河毒瘴愁烟，关索岭冰梯雪巘，香炉峰獠寨苗川。千寻井下坡难，万丈梯登山倦，硬黄泥污尽旧青衫。①

前一首，江陵，今荆州，古代有极为重要的战略地位；楚塞，楚国的重要隘口；沅江、沣水在湖南省境内；武陵，郡名，明朝属常德府，陶渊明《桃花源记》曾提到“武陵人”；马援，东汉开国功臣，东征西讨，功绩卓著；壶头山，位于湖南沅陵县东北部，因山峰奇异，形似壶头而得名。后一首，盘江河，贵州省境内，为珠江上游的主要河流；关索岭，关索岭贵州布依族苗族自治县城东22公里，与“鸡公背”相对峙，相传因三国名将关索而得名；香炉峰，其具体位置应在贵州关索岭一带。② 此处，作者以写实的笔法描述了去戍所路上所经湖北、湖南一带地区的地理风貌，偏远、荒凉、恶劣的环境与作者悲愁的心绪相结合，加之陶渊明、宋玉、马援历史人物典故的运用，表达出了与《高峣夕眺》明显不同的抒情效果。

五、有限的辐射与独有的地位——“杨门”曲家的影响与地位

概观“杨门”曲家散曲创作的影响，主要表现在杨慎与云南曲家及其他地区曲家的唱和上，而黄娥作为女性创作散曲的典范作用也不容忽视。

（一）对云南曲家的带动与影响

杨慎谪戍云南三十余年的生活经历，使他有更多的机会与当地文人进行交流，有的还成了莫逆之交，如王颖斌、董难、冷珂、张含、吴懋、李元阳、杨士云、叶瑞，叶泰、毛玉、严世泰等。他们之间或游览胜景，或唱酬赠答，或对弈畅饮，或切磋艺技，在消除孤寂、烦恼的同时，促进了

① 《全明散曲》（增补版），第1731页。

② 关于杨慎到云南戍所的路线及途经的地方，参见丰家骅的《杨慎评传》（南京大学出版社1998年版）第66—95页。另外，在杨慎诗歌中，有不少描写沿途景观、风俗的篇什，如《沅江曲》《夜郎曲》《罗甸曲》《关索曲》《盘江行》等，参见杨慎：《升庵集》，文渊阁四库全书本。

当地文坛的繁荣与发展。[①] 在他的云南朋友、门人中，有一些从事散曲创作者，如吴懋、张含、李元阳等。由现存史料和曲作看，三人从事散曲创作的活动均与杨慎的带动、影响相关，如在吴懋现存套曲［南商调·画眉序］后有云："偶录得拙词，便寓我升庵父师一笑。侍翁有尔汝莫逆之爱，不避媟渎。"[②] 显然与杨慎的关系密切；张含现存小令［北双调·清江引］《次前韵》、［南仙吕·一封书］《次韵》两首，据谢伯阳先生注释[③]，均系唱和杨慎的曲作［北双调·清江引］《康良卿席上和对山先辈韵是日上元》、［南仙吕·一封书］《粉席送别》所为，内容与曲风都较为一致；又有李元阳存曲［南商调·黄莺儿］《花》《雪》两首[④]，也是与杨慎的［南商调·黄莺儿］《风》《月》两首分题唱和之作。这表明他们在散曲创作方面的交往中，杨慎对其三人的影响十分明显，同时由三人的存曲来看，其散曲创作行为具有偶尔为之的特点。

（二）与其他地域曲家的唱和及对后人的影响

据《全明散曲》和《玲珑倡和》曲集计，杨慎除与黄娥、杨惇、杨慥、刘泰之等家庭曲家及云南曲家张含、吴懋、李元阳有唱和外，还与顾应祥、张寰、李一元、李钧、李丙之间有唱和曲存世[⑤]，而且他们之间的唱

---

① 有关杨慎在谪戍云南间结交的朋友、门人，参见韩配阵：《杨慎交游考》，中国文学网络版：http://www.literature.org.cn/Article.aspx? id=52790；关于杨慎对云南文学、文化的影响，参见陶应昌：《杨慎与明代中期的云南文学》，《云南民族学院学报》（哲社版）1998年第1期，第90—94页；李朝正：《杨慎在川滇文化传播与交流中的作用》，《社会科学研究》1991年第4期，第55—61页等。

② 《全明散曲》（增补版），第2626页。

③ 《全明散曲》（增补版），第1468页。

④ 《全明散曲》（增补版），第1962—1963页。

⑤ 顾应祥（1483—1565），字惟贤，号箬溪，浙江长兴人，弘治十八年进士，历任饶州府推官、广东按察司佥事、按察司副使、山东右参政、按察使右布政使、都察院右副都御史两次巡抚云南、刑部尚书、南京刑部尚书等，颇有政声，著有《尚书纂言》《归田诗选》等（参见［明］王世贞：《弇州四部稿》卷八十六《明故资政大夫南京刑部尚书赠太子少保箬溪顾公墓志铭》，［清］钱大昕等：《长兴县志》卷二十一"小传"，清嘉庆十年刻本）；张寰（1486—1561），字允清，号石川，南直隶（江苏）昆山人，正德十六年（1521）进士，守濮州，转刑部员外郎，以通政司参议致仕，性质坦夷，仪度潇洒，尤好吟咏，尝遍游诸名山，会意处辄挥洒寄兴，著有《两山游录》《川上稿》等（参见［明］周世昌：《重修昆山县志》卷六，明万历四年刊本）；李一元，号初冈，生平不详（注：南直隶建德有李一元者，字调卿，号陶山，嘉靖丁未（1547）进士，历任开州知州、河南督学、太仆、鸿胪寺卿，北兵部右侍郎巡抚江西等；据其履历与张寰所作［七犯玲珑］后跋中的落款嘉靖癸丑（1553），我们认为与杨慎唱和的李一元与建德李一元不是一人）；李钧，号芝山，生平不详；李丙，又称徐丙，字子南，号半溪，浙江长兴人，正德二年（1507）举人，历任六合县教谕、国子监丞、永新知县等。

和曲主要表现在同用曲牌［七犯玲珑］创作上，后来合为《玲珑倡和》集刊行。据《杨慎评传》，我们知顾应祥曾于嘉靖九年至十二年、嘉靖二十七年两次巡抚云南。[①] 巡抚云南间，杨慎与顾应祥之间有诗、曲唱和，如诗歌《僧鞋菊顾箬笠韵》《射虎图为箬笠都宪题》等，以及散曲［七犯玲珑］四首。据张寰在自己所作的［七犯玲珑］四首后云："社长箬溪司寇，顷以中丞再起抚滇，为升庵先生构广心楼于旅次。先生［七犯玲珑］四阕，索余和之。"[②] 获知顾应祥在第二次抚滇时，曾为杨慎建广心楼；由顾应祥、张寰、李一元、李钧、李丙五人的存曲看，均是借广心楼为题，以［七犯玲珑］为牌，选押《中原音韵》的第十六韵部"尤侯"韵[③]，与杨慎［七犯玲珑］《四首改旧词》的唱和曲。六人唱和曲的内容，有倾向于言男女之情者，如杨慎；也有写闲适之兴的，如顾应祥，均含有对杨慎的慰藉之情。另外，他的好友简绍芳存有《升翁枉寄前词奉此以答》，曲家范甫写有《寄升翁》等[④]，说明当时与杨慎唱和或有曲作往来者，并不只是上面所举的数人。稍后曲家陈与郊（1544—1611）以曲牌［七犯玲珑］作有《五十诞辰自寿次杨升庵韵》二首[⑤]，说明了杨慎的曲作对后人也有一定的影响。

（三）晚于黄娥的女性曲家受其创作影响的痕迹不明显

虽然黄娥在明代散曲坛上堪称女性曲家中的翘楚，但从后来一些女性曲家的存曲来看，其对她们的影响并不明显。譬如，曲家徐媛（1560？—1617），存曲 28 首（套），是存曲较多的女性曲家。虽然她的创作内容突破了离思、怨愁的局限，涉及求仙问道、闲适隐逸等题材，有过黄娥之处，但其曲风缺少黄娥的泼辣与俗朴，多了南曲婉约柔美与词句的雕琢。虽然，他们共有女性的细腻、敏感与婉丽的曲风，但看不出二人的继承关系。又如梁孟昭、沈静专等女性曲家的曲作，也具有婉丽的特点，但缺少黄娥散曲的"曲味"，多了点"词味"。需要指出的是，即使看不出黄娥对其他女

① 丰家骅：《杨慎评传》，南京大学出版社 1998 年版，第 110—111、124—125 页。

② 王文才：《杨慎词曲集·玲珑倡和》，四川人民出版社 1984 年版，第 249 页。

③ ［元］周德清：《中原音韵》，见《中国古典戏曲论著集成》（一），中国戏剧出版社 1959 年版，第 205—206 页。

④ 《全明散曲》（增补版），第 2015 页。

⑤ 《全明散曲》（增补版），第 3708—3709 页。

性曲家的影响，但她在明散曲史上首开闺阁女性染指散曲的创作行为，对后来女性曲家的创作也会起到了一定的启发、引导作用，似应予以肯定。

要之，独特地域文化的孕育、别于他人的独特遭遇、崇简尚绮的诗学观、富有个性的才情、时兴作曲的风潮等，共同孕育出了四川新都“杨门”曲家群。他们以家庭式成员的构成特点，极富真情、困苦的离思情怀，同中蕴异、雅中含丽的风格特点，卓立于嘉靖间的曲家之林。既不同于北方的关中、山左曲坛，也异于南方的吴中之调。虽然他们有队伍相对单薄，题材相对狭窄的不足，但瑕不掩瑜，仍具有独树一帜的曲坛地位。

第八章
明代山左散曲的历时性考察

“（旧）称山东为山左，以其在太行山之左也。”① 这里的“山左”散曲是指山东散曲。蒙元之时，山左曲学曾兴盛一时，涌现出不少从事杂剧、散曲创作的曲家，如杜仁杰、王廷秀、荆干臣、高文秀、商挺、刘敏中、张养浩等，其中，杜仁杰的诙谐之趣、商挺的香艳之情、张养浩的豪放之风皆为可称。然而，明初至正德以前，山左散曲与整个明代散曲的发展情形大致相同，表现出了一片沉寂的景象。据统计，在这一百多年的时间里，仅有明初的曲家贾仲明一人而已。贾仲明（1343—1422 以后），一作仲名，号云水散人、云水翁，原籍山东淄川人，后徙居兰陵（今枣庄）。他天性明敏，博究群书，喜欢吟咏，特别擅长乐章、隐语的编制。《录鬼簿续编》云：“尝传文皇帝于燕邸，甚宠爱之。每有宴会，应制之作，无不称赏。公丰神秀拔，衣冠济楚，量度汪洋，天下名士大夫，咸与之相交。”“所作传奇乐府极多，骈丽工巧，有非他人之所及者。一时侪辈，率多拱手敬服以事之。”② 此处对贾仲明的评述虽有过誉之处，但仍能从中睹见他的某些风范。他所作杂剧十六种，今存《山神庙裴度还带》《李素兰风月玉壶春》《吕洞宾桃柳升仙梦》《荆楚臣重对玉梳记》《萧淑兰情寄菩萨蛮》《铁拐李度金童玉女》（别作《金安寿》）六种。《全明散曲》辑录其小令 81 首，套

① 谢寿昌等编：《中国古今地名大辞典》，（上海）商务印书馆 1931 年版，第 95 页。

② ［明］无名氏：《录鬼簿续编》，见《中国古典戏曲论著集成》（二），中国戏剧出版社 1959 年版，第 292 页。

数2套。《太和正音谱》称其曲词："如锦帏琼筵"[①]。另著《云水遗音》等集，可惜不传。相传《录鬼簿续编》亦为他所作。值得注意的是，他继元人钟嗣成之后，为元代曲家续写的78首［凌波仙］小令——吊词：或言曲家籍贯，或评曲家才情，或载剧目，或述剧中情节、人物，或道其影响等，这些小令的谱写弥补了曲家、曲作的一些史料，对于曲学史和文化史的写作具有重要的参考价值。

据山左散曲家现存史料考察，我们获知明代山左散曲的复兴时间，大致应始于嘉靖十年。在这一年，李开先饷边西夏，扶病抵家，家居间作散曲［一江风］《卧病江皋》110首；同时，嘉靖十年（1531）致仕归田的益都人杨应奎与嘉靖十四年（1535年）致仕归田的刘天民也喜作词曲；嘉靖二十年（1541）四月，李开先被罢官后，在其周围形成了一个具有地域性特点的散曲创作群体——章丘词会；再有，散曲大家冯惟敏也大致于此时开始散曲创作。[②] 在他们的共同推动下，山左散曲开始走向了复兴与繁荣，而吴中散曲已经在成化、弘治年间开始复兴，关中散曲也已于正德年间开启了复兴的大门。下文，我们试从历时的角度分别对嘉靖年间、隆庆万历年间、天启崇祯间三个时段的山左散曲予以梳理论析。

一、北方曲坛的主力军——嘉靖年间的山左散曲

（一）嘉靖年间山左散曲家的基本情况及其群体特点

1. 嘉靖年间山左散曲家的基本情况。嘉靖间山左散曲家的地域分布与身份地位。据《全明散曲》统计，嘉靖年间“山左”共有13位有姓名、籍贯可计的散曲家，列表如下：

---

① ［明］朱权：《太和正音谱》，见《中国古典戏曲论著集成》（三），中国戏剧出版社1959年版，第23页。

② 关于冯惟敏开始从事散曲创作的时间，据曹立会的《冯惟敏年谱》，我们可知大约是在冯惟敏第二次会试落第（嘉靖二十年〈1541〉）后的次年（1542）。当时，他到章丘拜访李开先，作有套曲《李中麓归田》。曾远闻认为此曲作于李开先罢官（1541）当年的秋天，冯荣昌认为此曲可能作于李开先罢官当年的秋天。

姓名 项目	李开先	袁崇冕	张舜臣	张诚庵	弥来夫	高应玘	马惠	王田	刘天民	杨应奎	冯惟敏	刘宁	刘龙田
籍贯	章丘	章丘	章丘	章丘	章丘	章丘	章丘	历城	历城	益都	临朐	济宁	山东
身份	少卿	布衣	尚书	秀才	秀才	县丞	裁缝	县佐	副使	知府	通判	瞽者	不详

由上表，我们可以看出此期山左散曲家的地域分布情况：章丘 7 人，历城 2 人，临朐 1 人，益都 1 人，济宁 1 人，不详 1 人。据《明史 · 地理志》[①]，可知这些散曲家中的 11 人集中于济南府的历城、章丘和青州府的益都、临朐四地。参阅《中国历史地图集》中明朝山东地区地图[②]，知历城、章丘、益都、临朐四地自西向东位于山左中部地区。此时曲家相对集中于这一地区的原因，与这一带相对繁荣的经济、文化有着一定的关系，另外地域内核心曲家的引领也起到了不小的作用，这在下文有述。从以上散曲家的身份地位看，除刘龙田的身份不明外，有 7 人为朝廷命官，其中张舜臣为从一品，李开先、杨应奎、刘天民均为正四品，冯惟敏官至六品，高应玘为八品，王田为不入流的官吏，其余为秀才、布衣、裁缝、瞽者等。相较于此期关中散曲家全有做官的经历，山左散曲家的身份相对复杂。

山左散曲家的基本情况及其关联性。所谓关联性，概指散曲家之间的亲友、交游关系等。因有些山左散曲家的史料较少见，现把一些散曲家的基本情况与曲家之间的关系略述如下：

李开先（1502—1568），字伯华，祖籍陇西，章丘人。嘉靖戊子（1528），考取山东乡试第二名。己丑（1529）进士及第，供职户部。嘉靖壬辰（1532）春，授官户部主事，管理太仓。因表现出色，嘉靖甲午（1534）调任吏部考功司主事。不久，接任稽勋司主事。丙申（1536），升任吏部验封司员外郎。戊戌（1538），又升任吏部验封司郎中。次年二月，他随世宗南巡，以才思敏捷见称，归京后调任吏部文选司郎中。嘉靖庚子（1540），由吏部文选司郎中升任太常少卿提督四夷馆之职。第二年四月，

① ［清］张廷玉等撰：《明史》卷四十一“地理二”，中华书局 1974 年版，第 937—957 页。

② 谭其骧：《中国历史地图集》（七），中国地图出版社 1982 年版，第 50—51 页。

被罢官归田。[1] 罢官后，他闲居二十七年。隆庆戊辰（1568）二月十五日，他以脾病卒于家。

袁崇冕（1487—1566），初名衮，后改名为崇冕，号西野，祖原冀州人，后移居章丘。以布衣终其身。他富才情，善金元词曲及灯谜，李开先《赠袁西野序》赞曰："乡宾袁西野，能词，善诗谜、棋手及齐云之社，各臻其妙。"[2] 杂体《处士袁西野像赞》中言："魁然其貌，坦然其心。……久宾乡饮，寄迹词林。敲棋无倦，放笔豪吟。……疏狂情性，磊落胸襟。"[3] 著有《拾闲野意》《春游词》《西野乐府》等。他与李开先的关系，据《豫作乡宾西野袁翁墓志铭》云："中麓子友于西野翁四十余年矣。识面在正德末年，定交在嘉靖初年。因词曲而识面，因契合而定交。西野翁长中麓子十五岁，中麓子尝以兄事之。"[4] 由此获知二人因词曲之好成了忘年交。

张舜臣（？—1566），字熙伯，号东沙、龙冈，章丘人。为诸生时，负有隽声。嘉靖乙未（1535）进士，官至南京户部尚书。他为人机警磊落，宦途无坎坷。以疾病归，途中卒于邹县。著有《东沙诗稿》等。翻阅《李中麓闲居集》等相关资料，见《闲居集》卷之二有《张龙冈用谢四溟韵惠诗作此酬谢》（附龙冈诗）、卷之三有《暑中大风雨张龙冈寄书适至》《张东沙尚书寄惠芝园文集，且以李太白过许，久无力报谢，用石城诗韵奉怀》《赠张龙冈》、卷之十二有《祭龙冈张母太淑人文》《祭龙冈张尚书文》。整体看来，"龙冈与李开先诗文交往不多，二人虽同邑老友，然龙冈善宦，机敏有权术，仕途亨通；而开先则拙于处世，盛年而罢，'隐见不同者二十五年'矣"。[5]

张诚庵，生卒不详，章丘人。秀才。久困荆闱，李开先尝以诗慰之：

---

① 关于李开先罢官的原因，据《明世宗实录》卷二百四十八记载为"九庙灾"，李开先等上书乞休，被奉旨罢免，实际上应是权相夏言对其不满借故排除异己的结果。参阅李永祥：《李开先年谱》，黄河出版社2002年版，第104—105页。

② ［明］李开先：《李中麓闲居集·诗》之三，四库全书存目丛书本。

③ ［明］李开先：《李中麓闲居集·诗》之一，四库全书存目丛书本。

④ ［明］李开先：《豫作乡宾西野袁翁墓志铭》，见《李中麓闲居集·文》之七，四库全书存目丛书本。

⑤ 李永祥：《李开先年谱》，黄河出版社2002年版，第306页。

"失志权宁耐，有时得发舒。何人怜伏骥？空自赋枯鱼。鲁酒茶难似，齐竽瑟不如。诗词聊遣兴，兼且带经锄。"[①] 他擅长词曲，冯惟敏曾以曲相赠："解尘缨笑入词林，最喜同声，偏爱知音……裁丽曲工如蜀锦，按新声价重南金。险韵侵寻，双调沉吟。四海传流，千古胸襟。"[②] 由此，可知他与曲家李开先、冯惟敏都有交往。

弥来夫，字子方，号少庵，生平不详，章丘人。李开先《赠少庵弭来夫》云："弥子吾姻娅，交亲自早年。乡闱曾屡试，学舍已三迁。授业朝群聚，读书夜独眠。弟兄能苦学，三凤待齐骞。"[③] 由此，知他与李开先为连襟（皆娶本邑张琦之女）[④]，虽勤于读书，但屡试乡闱不第，长期设馆授徒为生。为李开先《闲居集》的编纂用力甚多，曾为《闲居集》作跋。

高应玘，号碧峰，一号笔峰，祖籍冀州，金季徙居章丘。嘉靖间例贡，隆庆时为元城县丞，有清白之誉，不知何故解职归田。为李开先的弟子，工诗词、杂剧，诗作曾得到过王世贞的赏识。著有《醉乡小稿》《归田稿》、杂剧《北门锁钥》等。[⑤]

马惠，生平不详，章丘人。李开先《词谑·十八》云："马惠善制衣，以吾家所久用，稍不敢脱空，在他处则不然矣。"[⑥] 知他是一位裁缝。

---

① ［明］李开先:《赠诚庵张茂才》,见《李中麓闲居集·诗》之二,四库全书存目丛书本。

② ［明］冯惟敏:《谢张诚庵双调之赠》,见《全明散曲》(增补版),第2322—2323页。

③ ［明］李开先:《赠少庵弥来夫》,见《李中麓闲居集·诗》之二,四库全书存目丛书本。

④ ［明］李开先著,卜健笺校:《李开先全集》,文化艺术出版社2004年版,第391页。

⑤ 参见［清］钟运泰,高崇岩纂:《康熙章丘县志》卷六,康熙三十年刻本;［清］曹楙坚纂:《道光章丘县志》卷十,道光十三年刻本。关于高应玘的生卒年,一直未见有录。我们在翻阅章丘相关史料时,发现了他父亲(高龙)和其兄(高应璋)的墓志铭。其中,载高龙"生弘治庚戌(1490)十月三十日,卒于嘉靖癸巳(1533)十一月初五日,得年四十四岁";高应璋"生于正德庚辰岁(1520)闰八月廿日……岁庚申(1560)六月二十日,乃以病卒于官,得寿四十有一"。又在高应璋的墓志铭中有言:"嘉靖癸巳,其父遽以疾殁,君才十有四岁。当时,有两弟出入襁褓……"由此可知,其父高龙去世时,高应玘尚为婴幼儿;考虑到这里的"襁褓"不一定确知婴幼儿,或是概言高应璋有两个年幼的弟弟,再结合高应玘有一弟高应珂,故我们暂定其父去世时,高应玘约在三至五周岁间,那么他的生年则约在嘉靖戊子(1528)至辛卯(1531)间,卒年待考。参阅《高龙墓志铭》《高应璋墓志铭》,见李永祥:《李开先年谱》,黄河出版社2002年版,第126—130页。

⑥ ［明］李开先:《词谑》,见《中国古典戏曲论著集成》(三),中国戏剧出版社1959年版,第281页。

王田①，字舜耕，生卒不详，山东历城（今济南）人。以县佐请老归田。他为人机警戏谑，善画山水，喜为南北曲，工于题赠，脍炙人口，远近传播。② 王骥德评其曲："舜耕多近人情，兼善谐谑。"③ 因现存史料太少，不知王田与其他曲家有无交往。

刘天民（1486—1541），字希尹，号函山，山东历城（今济南）人。正德丁卯（1507）中举，甲戌（1514）进士及第，官至四川按察司副使。乙未（1535），致仕归。他生性耿介，负经济，有风调，善谈吐。他诗文书翰，为当世推尚。晚年为词曲，杂俗兼雅，歌者便之。虽假金元之音，以泄不平，也见其才之优。著有《函山集》十卷、《蛩吟集》《田间集》《愧庵集》《南行稿》等。④ 他与李开先有交往，李开先曾为其作墓志铭。张萱《西园闻见录》卷七"道学"载有二人交往之事。⑤ 因篇幅较长，这里不录。

杨应奎（1487—1542）⑥，字文焕，号渑谷，别号蹇翁，山东益都（今青州）人。正德六年（1511）进士，官至临洮知府，嘉靖十年（1531）致

① 据谢伯阳《全明散曲》（第1115页）载，散曲家王田"永乐中，尝任浙江山阴县，以乞老归"，据我们考证，这里所录王田的"任职"有误，参见刘英波：《明代四位散曲家补正》（《西华大学学报》〈哲社版〉2007年第1期，第7页）。具体何时、何地任县佐一职，现不可考。据王田套曲《述怀》中"二十年一场虚梦境……朱颜忙里减，白发暗中增"曲句（《全明散曲》第1117页），知其归田闲居的时间不短；据李开先《词谑》所记"王舜耕骂驴"的趣事（《中国古典戏曲论著集成》（三），第280页），约知他在世的时间早于李开先；又据《乾隆历城县志》卷四十（列传六）中把他放在了边贡（1476—1532）与刘天民（1486—1541）中介绍，知他可能与二人的生活时代相同。综合多种因素，我们暂定王田正德、嘉靖间在世。王田为"县佐"，未查到县佐的品级，据清人袁枚《随园随笔·县佐非县丞》条言："今人以县丞为县佐，不知唐官制县丞、簿、尉之下，尚有四佐：一司功佐，一司仓佐，一司兵佐，一司户佐，皆名县佐。"（王英志主编：《袁枚全集》（五），江苏古籍出版社1993年版，第110页）知"县佐"的品级较低，很可能是九品官，或未入流。

② ［清］王赠芳、王镇修，成瓘、冷烜纂：《道光济南府志》卷四十九"人物五"，清道光二十年（1840）刻本。

③ ［明］王骥德：《曲律》，见《中国古典戏曲论著集成》（四），中国戏剧出版社1959年版，第162页。

④ ［明］李开先：《四川按察司副使前吏部文选郎中函山刘先生墓志铭》，见《李中麓闲居集》之七，四库全书存目丛书本。按：《中国曲学大辞典》《明散曲纪事》等把刘天民记为"刘天明"，有误。参见刘英波：《明代四位散曲家补正》，《西华大学学报》（哲社版）2007年第1期，第7—8页。

⑤ ［明］张萱：《西园闻见录》卷七之"道学"，中华民国二十九年（1940）哈佛燕京学社印，第62页。

⑥ 关于杨应奎的生卒年，《全明散曲》（第1509页）记"约生于成化十六年（1480），卒于嘉靖二十年（1541）前后。"不确。据［清］张承燮修，法伟堂等纂：《光绪益都县图志》（清光绪三十三〈1907〉刻本）卷三十五载："嘉靖二十一年卒，年五十六"。可知其在世的时间应为1487—1542。

仕归。“自辛卯罢郡以来，阔略世故，徜徉林泉，每于风晨月夕，雅歌投壶，虽不能酒，而终日对宾，人不厌其不酒也。……凡对景触物，清兴一发，亦有散套大小词令以状之。”① 他曾与石存礼、刘登甫等八人结“洋溪诗社”，陶写胸中所有，以畅志怡情，后辑他们所作为《海岱会集》。散曲有《和刘函山田家适》，可知他与散曲家刘天民有交往。

冯惟敏（1511—1578）②，字汝行，号海浮，青州府临朐（今临朐县）人。嘉靖十六年（1537）秋，举于乡。据曹立会《冯惟敏年谱》记，自嘉靖十七年（1538）至嘉靖四十一年（1562），冯惟敏共参加了九次会试，均名落孙山。嘉靖四十一年，举吏部谒选，授涞水（今河北涞水县）县令。四十四年（1565）调镇江府教授，隆庆三年（1569）升保定府通判。后授鲁王府师，不赴归家。他曾两次拜访李开先：一在嘉靖二十年（或二十一年）秋，作套曲《李中麓归田》；一在嘉靖三十七年（1558），作小令《李中麓醉归堂夜话》十八首。同时，他还作有《效中麓体》令曲六首。可是，我们翻查了李开先的所存作品，未见一首（篇）作品赠予冯惟敏者，不知何故？另外，冯惟敏作有令曲《柬刘后溪》《谢张诚庵双调之赠》③，曲家刘效祖（1522—1589）曾寄词（曲）数种给冯惟敏等。④ 可知冯惟敏与其他山左曲家之间也有一定的交往。

刘守（1466—?），名守，号修亭，一作百亭，又作伯亨，山东济宁人。瞽者。他“博雅记诵，有目者或不能及。市语方言，不惟腾之口说，而且效其声音。卜算符咒，医药方术，天文地理，内养外丹，悉通大略”。⑤ 他目虽盲，善记诵，善歌南北词曲，曾为李开先的门客。《李中麓闲居集》卷

① ［明］杨铭：《陶情令识》，见《全明散曲》（增补版），第1523页。

② 关于冯惟敏的卒年，梁乙真《明散曲家冯惟敏年表》（《青年界》第八卷第一号，1935年6月号）认为卒于万历八年（1580），后来不少著述持有此说，也有对其存有疑问者。综合各方情况，我们这里从冯荣昌之说（《冯惟敏论稿》，中国戏剧出版社1999年版，第35页），即卒于万历六年（1578）。

③ 刘后溪，即阳信曲家刘世伟，生平不详，没有作品存世，故没作统计；张诚庵，前面有述。

④ 刘效祖（1522—1589），字念庵，祖籍山东滨州人，隆、万间山左散曲中有述。冯惟敏在套曲《舍弟乞休》前小序中云：“迩刘廉访念庵寄词数种，余览之心动。”又据小序中“余弟少洲子，辛未自江省左辖入觐……”（《全明散曲》（增补版）第2487页）知此曲作于隆庆五年（1571）。刘效祖于嘉靖癸亥（1563）罢官，知刘效祖寄给冯惟敏的曲作为家居时所作。

⑤ ［明］李开先：《瞽者刘九传》，见《李中麓闲居集·文》之十，四库全书存目丛书本。

四有《赠济宁刘九》二首，曾把他赞许为张籍、虞集。

刘龙田，生平不详，山东人。嘉靖年间在世。

2. 章丘词会成员考述。嘉靖年间在济南府章丘形成的以李开先为核心的文学团体——章丘词会——地域性特点较为突出。因参社人员多为致仕官宦和村中乡老，组织松散，有关他们的史料仅在李开先的诗文集和《章丘县志》中有所保存。据李开先所撰《云峰王处士墓志铭》云："龙溪乔佥宪、簧山夏二守，西野、东村，袁、谢二乡老，双溪、北滨、松涧、泰峰，杨、刘、姜、陈四县尹及予，为词会数年，而处士乃社中之善作能识者也。虽历下进士谷少岱，亦慕名赴会。"① 此墓志铭是李开先去世前两年所写。根据其中述及的名姓、字号，我们可稽考其他"词会"成员的大致情况。

乔岱（1478—1542），字希申，号龙溪，章丘人。弘治壬戌（1502）进士，官至山西按察司佥事。嘉靖癸未（1523）以母老乞休。李开先赞许他："义社欣连榻，词林共闭关。高标吾所慕，逸驾许谁攀。"② 并为之撰写墓志铭。③

夏簧山，名文宪，字伯贞，生卒年不详，章丘人。嘉靖戊子（1528）科，官至四川重庆府同知。他多才多艺，"善识画，且能运笔"④。与李开先交善。

袁崇冕，号西野，前文已述。

谢东村，名九容，章丘人。布衣。著有《乐府》二卷。李开先赞曰："余独以东村谢君为老作家，格古调平，音谐字妥，娱众目而便歌喉，真艺林中之善鸣者也。"⑤

---

① [明]李开先:《云峰王处士墓志铭》(作于嘉靖四十五年),见《李中麓闲居集·文》之八,四库全书存目丛书本。

② [明]李开先:《罢官抵家简乔龙溪佥宪》,见《李中麓闲居集·诗》之二,四库全书存目丛书本。

③ [明]李开先:《山西按察司佥事前监察御史龙溪乔公合葬墓志铭》,见《李中麓闲居集·文》之七,四库全书存目丛书本。

④ [明]李开先:《贺夏簧山以州正擢府贰》二首之二"注释",见《李中麓闲居集·诗》之四,四库全书存目丛书本。

⑤ [明]李开先:《东村乐府序》,见《李中麓闲居集·文》之五,四库全书存目丛书本。

杨盈（1483—1558），字守谦，号双溪，章丘人。正德丁卯（1507）举于乡，戊辰（1508）会试中乙榜，不就。后来，授官陇西教谕。庚辰（1520），授潞城令。因得罪潞州同知庄敬，被诬陷入狱，在潞城百姓的上诉下获释。后又得罪王佥事，被王崇庆从狱中救出。丙戌（1526），因人陷害罢官归田。居家时，他曾与李开先等人结为“诗文社”。后来，又选举进士，除行人，授御史，上考封公为文林郎监察御史。①

姜大成（1496—1554），字子集，号松涧，章丘人。他家境贫寒，为人脱洒阔略，性好动好饮，兼能诗文。由拔贡中顺天乡试，选河南偃城知县。后来，调至屯留任知县，有政绩。归田后，修治亭台，日与相知啸傲其中。不久，病逝。②

陈泰峰，名德安，章丘人。举人。曾任乐亭知县，与李开先交善。嘉靖三十三年（1554），他积极参与《田间四时行乐诗》的校订印行。③

再有，《云峰王处士墓志铭》中提到的杨、刘、姜、陈四人，应指杨盈、刘北滨、姜大成、陈泰峰。可惜刘北滨查不到他任何史料，我们疑为刘培。

王云峰（1492—1566），名士登，章丘人。他好读书，家贫辍学，随废举业。他博综群书，诗词口诵如流，且练达事体，饱谙世情，办事常公而忘私，颇有孝行，深受乡人爱戴。与李开先交善，同为诗会成员。④ 李开先赞曰：“云峰王友，明敏端确。行不苟同，志不可夺。雄谈愤激，真气喷薄。不存形迹，不露圭角。善处恩雠，善藏锋锷。能审时宜，真知词学。……将欲逃世而有所托耶?”⑤

谷少岱，名继宗，字嗣兴，济南历城人。嘉靖五年（1526）进士，仕至知县。乡居间参加章丘词会，与李开先交善。李开先作《赠少岱》云：

① ［明］李开先:《封文林郎监察御史双溪杨公暨配太孺人时氏墓表》,见《李中麓闲居集·文》之九,四库全书存目丛书本。

② ［明］李开先:《屯留知县姜君合葬墓志铭》,见《李中麓闲居集·文》之八,四库全书存目丛书本。

③ ［明］李开先著,卜健笺校:《李开先全集·陈翁六十寿诗》,文化艺术出版社 2004 年版,第 70 页。

④ ［明］李开先:《云峰王处士墓志铭》,见《李中麓闲居集·文》之八,四库全书存目丛书本。

⑤ ［明］李开先:《处士王云峰赞》,见《李中麓闲居集·诗》之一,四库全书存目丛书本。

“宰邑三年政已成，才高自古谤偏生。闻鸡起舞常无寐，倚马能诗旧有名。”①

有关“词会”活动和成员变化的情况，在李开先的相关著述中可知一二。嘉靖二十年（1541）秋，李开先作《归休家居病起蒙诸友邀入词社》二首之一云：“诸友俱能作，如吾何所知。强推为会长，深愧不相宜。玉树多悲调，竹枝亦俗词。口占南北曲，即席付歌儿。”② 又在《山西按察司佥事前监察御史龙溪乔公合葬墓志铭》中言：“辛丑（1541）之春，余将投劾而东……余至家之数日，即召入会中。每月朔日，输次设酒，各出新作，品较进止，无者有罚，共七八举……”③ 再有《东村乐府序》云：“自辛丑夏罢归田庐，优游词会，每月相参作主，分题定韵，言志抒情，北曲南歌，长章小令，不两年，充然成帙。……慨自龙溪乔佥宪捐馆，雅会遂寝，几欲复之，又以丧吾内人，不忍作乐，事散而复聚，知在何时?”④ 其中，述及李开先的入会时间和“词会”活动的一些具体情况。同时，他在《东村乐府序》中还提到因乔岱和自己内人去世，“词会”曾一度停止活动的情形（具体复会时间不可考）。据李开先作于嘉靖三十四年（1554）《屯留知县姜君合葬墓志铭》中对词友亡故变化的表述：“先是，邑有词会，予与焉，亦是八人，已亡其三；今会亦八人，亦亡其三。前会（据各成员活动的时间，我们估计为李开先、乔岱、姜大成、夏竇山、袁崇冕、陈泰峰、谢东村、谢九叙）亡者，乔佥事岱，谢耆老九容，谢知县九叙；今会（据他们活动的时间，我们估计为李开先、姜大成、夏竇山、袁崇冕、杨盈、陈泰峰、刘培、刘希杜）亡者，刘知县培，刘照磨希杜，君（姜大成）又继之。”⑤ 我们可知“词会”成员出除了上面述及的人员外，还应有谢九叙、刘培、刘希杜。

---

① ［明］李开先:《谢少岱》,见《李中麓闲居集·诗》之三,四库全书存目丛书本。

② ［明］李开先:《归休家居病起蒙诸友邀入词社》,见《李中麓闲居集·诗》之二,四库全书存目丛书本。

③ ［明］李开先:《山西按察司佥事前监察御史龙溪乔公合葬墓志铭》,见《李中麓闲居集·文》之七,四库全书存目丛书本。

④ ［明］李开先:《东村乐府序》,见《李中麓闲居集·文》之五,四库全书存目丛书本。

⑤ ［明］李开先:《屯留知县姜君合葬墓志铭》,见《李中麓闲居集·文》之八,四库全书存目丛书本。

谢慎庵，名九叙，章丘人。嘉靖元年（1522）举人。“嘉靖壬午（1522）科，官河南巩县知县。”① 与李开先有交往。李开先有：“爱民情最切，忧国意难忘。”② 誉词。

刘培，“正德癸酉（1513）科，官直隶藁城县知县。棠之子”③。与李开先有交往，做过知县。前文提到的县尹刘北滨可能是刘培，有待证实。

刘希杜，“刘希杜，官南阳府照磨。”④ 其余不详。

另外，李开先在《醉乡小稿序》中云：“予自辛丑引疾辞官，归即主盟词社。……每会，属予出题，间涉小套，众必请而更之，当时独高笔峰年最熙妙，而词有长进。罢会十年余矣……笔峰之单词，已登岸而非临河窃叹，既升堂而非宫墙外望者。”⑤ 由此，知高笔峰（应玘）也是“词会”中的一员，可能他不常参会，或参会较晚，或为李开先弟子的缘故，未被李开先列为“词会”主要成员。

需要指出的是：由于“词会”组织松散，与李开先交往的人员甚广，当时还有所谓的“诗会”组织等原因，参加“章丘词会”的成员可能不止以上所述，如李开先著述中提到的谢少溪、张师雍、刘禄等有可能参与了“词会”活动，惜没有确切的史料可以查考。

3. 嘉靖年间山左散曲家的群体特点。通过对山左曲家及章丘词会成员的考述，我们大致可以概括出这一地域性群体的主要特点：一是曲家间的交往较为密切，形成了以李开先为核心的地域性曲家群（包括章丘词会）。在此时期山左的十三位曲家中，七位是章丘人，他们多数与李开先有着亲疏不同的关系：有其连襟、弟子，有其密友，也有其后学，甚至有为其家做衣服的裁缝。即使不是章丘籍曲家，李开先也与他们有一定的交往，如李开先曾为历城曲家刘天民写墓志铭；临朐曲家冯惟敏曾两次造访，受到

① ［清］钟运泰，高崇岩纂：《康熙章丘县志》卷五，康熙三十年刻本。［清］曹楙坚纂：《道光章丘县志》（道光十三年（1833）刻本）卷八云：“刘棠，成化二十二年（1487）见进士；弘治二年（1489）钱福榜，官陕西太仆寺少卿。”

② ［明］李开先：《寄巩令谢慎庵》，见《李中麓闲居集·诗》之二，四库全书存目丛书本。

③ ［清］钟运泰，高崇岩纂：《康熙章丘县志》卷五，康熙三十年（1674）刻本。

④ ［清］钟运泰，高崇岩纂：《康熙章丘县志》卷五，康熙三十年（1674）刻本。

⑤ ［明］李开先：《醉乡小稿序》，见《李中麓闲居集·文》之五，四库全书存目丛书本。

李开先的一定影响；济宁瞽者刘守曾为李开先家的门客，二者切磋曲艺，颇相欣赏。尤其是“章丘词会”，它有一定的组织形式、活动场所、活动时间，虽说它的组织相对松散，不同时期的成员有所变动，活动开展也时断时续，但在当时创造出了较为浓厚的词曲创作、演唱氛围，为当地散曲的兴盛做出了贡献，因此，冯惟敏所言“今之词手，章丘人擅场矣”[①] 的确不虚。与关中曲家群比，有曲作存世的山左散曲家之间的关系，虽没有关中散曲家之间显得密切，但山左出现了有组织的散曲创作活动群体——章丘词会，为此时的关中散曲坛所不备。二是有核心曲家的引领，主要是强调李开先的核心地位与作用。这说明一个地域文学创作的兴起，除了大量作家的参与，大家的引领和组织颇为重要，否则难成气候，此特点为关中、山左两地曲坛所共有，而此期的吴中散曲坛却不具有这个特点。三是有相对独立的曲家。这里是指那些因史料保存和笔者所见有限，没发现与其他曲家有交往的曲家，如王田开始散曲创作活动较早，杨应奎去世较早[②]、刘龙田生平史料不详等，这在关中曲家王麒身上也有所体现。四是曲家群成员多为罢官、致仕、不第文人。根据山左曲家从事散曲创作活动的时间看，除个别曲家外（如李开先曾在做官期间写过大量曲作《卧病江皋》），多数曲作作于官宦们出仕之前或罢官、致仕之后，如冯惟敏在出仕之前就作有不少曲作，罢官后仍有大量曲作出现。李开先、杨应奎、王田罢官后创作了不少散曲；不第文人，如袁崇冕、张诚庵、弥来夫，还有章丘词会中的谢东村等，亦创作有许多散曲。由此看出，散曲在明代文人心目中有着与诗文不相等同的地位，多数情况下只是把它作为一种酬唱、玩赏的抒情工具而已。据笔者了解，时至今日，从事散曲创作者也多是些退休后的老先生，这说明：自从元朝特殊背景下散曲文体颇受文人重视取得辉煌成就之后，有明至今，似再也没有达到元代那种受文人重视的高度了。

罗时进先生在论及地域文学群与一般意义上社团流派的不同特征时说：

---

① ［明］冯惟敏：《谢少溪归田序》，见《全明散曲》（增补版），第2443页。

② 另外，杨应奎致仕后，曾与益都冯裕、石存礼、陈经、黄抑，寿光刘澄甫、渊甫，即墨蓝田等八人结海岱诗社。他们的酬唱诗作合集为《海岱会集》。

“其成员往往限于一个地区或郡邑，活动多在地方基层；参与者身份不等，但在文学活动中一般以‘自然文化人’出现；召集者多为一地之望重者，其中不乏一时文坛领袖；维系社群存在的除文化精神外，更多的是遵守社约进行的社集活动；人与人之间往往同仁相得，相互标榜，竞文才风流，少异同纷争。”[①] 他还提到“明清地域文学社群形成的基础是一定的关系网络，最重要的是地缘关系和亲缘关系。师生关系、僚属关系、宗教关系等也有一定的影响，但与前两者相比，则处于次要的地位”[②]。这些特点在明代山左散曲家身上多数得到了验证。

（二）嘉靖年间山左散曲兴盛的主要原因

一种文体在某一地域的突然兴盛绝非偶然。嘉靖年间山左散曲的骤然兴盛也有其可供探究的原因。从外围看，嘉靖年间皇帝怠政，权臣当道，官宦之间争斗不断，对文人的管制相对放松，部分地区经济的相对繁荣，人们向俗、享乐之风的兴起等都为散曲的兴起创造了良好的外部条件。从内部看，山左散曲的兴起与关中散曲兴起的缘由有着相同之处，那就是文人仕途的失意与心理诉求的变化，如曲家李开先四十岁被罢官，牢骚满腹，作《中麓小令》“多悲忿之音，激烈之辞”[③]；散曲大家冯惟敏一生未能考中进士，五十二岁靠谒选得授县令，后来的仕途也颇多不快，他借助此体寄寓情怀也是情理之事；另外，散曲文学的叹世、避世精神与一些不第文人、致仕文人取得了心灵的暗合，也是他们热心于此的重要因由。除此之外，我们认为山左散曲的创作传统、文人自娱的需要、散曲的演唱特点、曲家的文学观念等也对山左散曲的兴盛也起到了一定的推动作用。

1. 散曲创作传统与散曲兴盛。谈及山左散曲的创作传统，主要是指元代山左散曲创作对后世散曲的影响。据《全元散曲》统计，元代山左有名姓可计的散曲家共有 13 位：商衟（济阴）、商挺（济阴）、高文秀（东平）、王廷秀（益都）、刘敏中（章丘）、杜仁杰（长清）、张养浩（历

---

① 罗时进:《地域社群:明清诗文研究的一个重要维度》,《文学遗产》2011 年第 3 期,第 138 页。

② 罗时进:《地域社群:明清诗文研究的一个重要维度》,《文学遗产》2011 年第 3 期,第 139 页。

③ [明]李开先:《中麓山人小令引》,见《全明散曲》(增补版),第 2110 页。

城）、徐琰（东平）、王修甫（东平）、孔文升（曲阜）、李洞（滕州）、贾固（沂州）、荆干臣（东营）。从曲家的籍贯看，长清、章丘、历城、益都一带，均有一些有影响力的曲家出现。虽然在李开先、冯惟敏的作品中较难辨出受前代曲家创作影响的印痕，但是元代这一地域曲学兴盛的事实，为后世散曲的兴起奠定了基础，当不可否认。尤其是元代山左散曲的豪放之风在很大程度上得到了明代山左曲家的继承，如李开先、冯惟敏曲作中的豪风，则可上溯至杜仁杰、刘敏中、张养浩一脉。

2. 自娱需要与散曲兴盛。文学创作是舒泄情感的一种方式。喜也罢，忧也罢，作为富有才情的文人总爱吟诗诵词以畅其怀。散曲自产生之日起，便没有走正统诗文的路子，而是表现出了尚艳、趋俗的特点。它少言举国之大事，多言琐屑之情怀；少正襟危坐之态势，多缠绵、谐谑、闲适之情调。而且，它的基因里具有反传统、尚自然的精神。艳俗、谐趣、自然的风格使散曲文学具有舒泄闲情俗趣的特点，这一特点正迎合了人们追求闲乐、自我舒泄的精神需求。一些山左曲家在整个散曲坛兴盛氛围的熏染下，出于个人的喜好在不同场合进行着这一文体的创作实践，酒筵前、亭楼上、青山下、绿水边、聚会时，都能听到他们的吟唱。或抒其忧愤，或唱其悠闲，或慰藉好友，或嘲讽物什，或描绘山川等，以此来满足自己闲居生活和多类情感抒发的需要，如冯惟敏的闲适、赠妓之曲便反映出其不同层面的自娱心态，杨应奎的归田曲、刘天民的叹世曲也是一种自娱情怀的表现。其实，此时关中曲家的不少曲作也是满足这一需求的结果。

3. 散曲的演唱特点与散曲兴起。相对于诗、词已远离歌坛的情形，正、嘉间的散曲仍具有合乐可歌的特点，这在一定程度上吸引了一些文士的兴趣。就正、嘉年间的散曲家而言，取得成就较大的散曲家多兼作戏曲，如北地曲家康海有杂剧《王兰卿忠烈传》《中山狼》，王九思有杂剧《中山狼》《杜子美沽酒游春》，李开先有传奇《宝剑记》《断发记》，冯惟敏有杂剧《僧尼共犯》《玉殿传胪》等，这证明了他们通晓音律。此时的山左曲家李开先也蓄有家庭戏班，据何良俊《四友斋丛说》云："有客自山东来者，云李中麓家戏子几二三十人，女妓二人，女僮歌者数人。……中麓每日或按乐，或与童子蹴球，或闘棋。”[①] 这一条件使李开先的散曲创作在抒发激愤情怀的同时，能做到押韵合律，“每于箫鼓中按拍，弦索上发声”[②]，达到了“乐助长歌逸”“情忘发兴奇”[③] 的目的。散曲大家冯惟敏也能识谱吟唱，如《送李阁老南归序》云：“余始为之叹息，叹息之不足，为之击节；击节之不足，而不知歌之咏之，又一唱而三叹之，若不能以自已也。”[④]《题长春园序》也云：“北山翁寄余长春园集，余既览之，从而咏歌之，又从而一唱三叹之。”[⑤] 散曲合乐能唱的特点取得了诗词无法替代的效果，它使曲家们在美妙的乐声与高低起伏的声调中找到了具有原始性特点的快感，以至于不能自已、忘忧于九霄云外。故此，散曲之所以能在正、嘉间得以兴盛，这一因素尤不可忽略，而山左散曲亦在其中。

4. 与时代尚俗氛围相关的是，李开先尚俗、重情的文学观念影响到了他的散曲、戏剧创作，进而影响到了山左散曲的兴盛程度。如其《市井艳词又序》云：

> 辛卯（1531）春有《赠对山》，秋有《卧病江皋》，甲辰（1544）有《南吕小令》，《登坛》及《宝剑记》脱稿于丁未（1547）夏，皆俗以渐加，而文随俗远。至于《市井艳词》，鄙俚甚矣，而予安之，远近传之。米南宫尝谓东坡：“世皆以某为狂，请质之。”东坡笑曰：“吾从众。”予之狂于词，其亦从众者欤？……予独无他长，长于词，岁久愈长于俗。……“三日不编词，则心烦；不闻乐，则耳聋；不观舞，则目瞽。”此康对山之讬言，而予之实事也。[⑥]

由引文对李开先创作散曲、传奇的记述和“文随俗远”“岁久愈长于俗”

① [明]何良俊:《四友斋丛说》卷十八“杂记”,中华书局 1959 年版,第 159 页。

② [明]李开先:《中麓山人小令引》,见《全明散曲》(增补版),第 2110 页。

③ [唐]杜甫:《宴忠州使君侄宅》《宴戎州杨使君东楼》,见张式铭整理:《李白杜甫诗全集》卷十四,北京燕山出版社 1995 年版,第 507、506 页。

④ [明]冯惟敏:《送李阁老南归序》,见《全明散曲》(增补版),第 2490 页。

⑤ [明]冯惟敏:《题长春园序》,见《全明散曲》(增补版),第 2496 页。

⑥ [明]李开先:《市井艳词又序》,见《李中麓闲居集·序文》之六,四库全书存目丛书本。

的表达，我们可明显看出李开先“尚俗”的曲学观。他在《闲居集序》中云：“年四十罢归田里，既无用世之心，又无名后之志，顿然觉悟，诗不必作，作不必工……时出一篇，信口直写所见。”[①] 又表明他创作诗文具有“不循格律，诙谐调笑，信手放笔”[②] 直书、洒脱的特点，而这也是其尚俗观的一种表现。李开先这一观点的产生，与当时一些文人开始注重民歌“情真”的艺术魅力有一定关系[③]，他也曾提出“风出谣口，真诗只在民间”[④] 的口号，不同的是他比李梦阳、何景明等人走得更远，他以自己的实际行动把这一口号落到了实处。曲家冯惟敏在《李中麓归田序》中云：“吾乡中麓李公，博学正谊，予心慕之。……顷抗疏归田，娱情述作，绍作大雅，讨论秘文，杂兴所及，时涉新谱，其亦游戏翰墨故邪？抑定乐之无繇也？仆因得而听之，意真味婉，气正声平，借使达者属耳，击节赏音，里人闻之，亦足以发流通之妙，不在兹乎！秋夕共语，悉所未闻，偶论乐声，深契予意。”[⑤] 他在赞许李开先的同时，表明了自己认同李开先的创作观念，而且，冯惟敏也用创作散曲、杂剧的方式实践了尚俗的创作思想，促进了山左散曲的兴盛。相比较而言，因冯惟敏受儒家思想的束缚较重，在推崇俗文学方面没有李开先取得的成就大。另外，李开先作为此时山左核心曲家的引领作用也是嘉靖间山左散曲得以兴盛的重要原因。

（三）儒家情怀与山左散曲题材中的用世色彩

从嘉靖年间山左散曲家的曲作存量看，仅李开先（233 首）、冯惟敏（572 首）二人堪称大家。二人相较，冯氏为优。其余曲家存曲最多者——杨应奎（23 首），余则 10 首、8 首、1 首不等，虽有少量可观之作，但未成气候，呈现出基数大、大家少的特点。这与此时的关中散曲有着共同之

---

① ［明］李开先：《李中麓闲居集序》，四库全书存目丛书本。

② ［清］钱谦益：《列朝诗集小传》丁集上“李少卿开先”条，上海古籍出版社 1983 年新 1 版，第 377 页。

③ 李开先在《词谑·时调》中云：“有学诗文于李崆峒者，自旁郡而之汴省。崆峒教以‘若似得传唱［锁南枝］，则诗文无以加矣。’……何大复继至汴省，亦酷爱之。曰：‘时调中状元也！如十五《国风》……以其真也。’”可知他们具有尚情观。（《中国古典戏曲论著集成》（三），中国戏剧出版社 1959 年版，第 286 页。）

④ ［明］李开先：《市井艳词序》，见《李中麓闲居集·序文》之六，四库全书存目丛书本。

⑤ ［明］冯惟敏：《李中麓归田序》，见《全明散曲》（增补版），第 2440 页。

处，也符合文学发展的基本规律。就嘉靖年间山左散曲的题材类型而论，相较于此时的关中散曲和整个正、嘉年间的散曲坛，山左散曲具有明显的突破。这里按数量多少为序把山左散曲的前十五类题材类型与关中散曲及正、嘉年间散曲对照列表如下：

山左	咏怀	闲适	艳情	闺情	叹世	嘲谑	写景	农事	交游	隐逸	纪事	家庭	咏物	寿曲	颂赞
关中	咏怀	闲适	闺情	寿曲	写景	宴集	交游	叹世	艳情	颂赞	嘲谑	咏物	怀古	节序	游赏
正嘉	咏怀	闲适	闺情	艳情	叹世	交游	隐逸	写景	寿曲	咏物	颂赞	嘲谑	宴集	游赏	宗教

由上表所列①，我们可以看出此时的山左散曲与关中散曲及正、嘉年间整个散曲坛相比，多数题材类型相同，但其中个别题材类型的顺序变化明显，一些新题材类型的出现也较突出。如咏怀、闲适类居前两位，三者保持一致；艳情类稍微提前，主要是冯惟敏咏妓、赠妓、妓院十劣等曲作所致使（据计，冯惟敏存有与妓女有关的曲作有 70 首/套）；叹世曲的位次较关中散曲有所提前，主要是冯惟敏散曲中叹世曲多于关中曲家，如果把李开先具有叹世特点的咏怀曲计算在内的话，此题材将会更加突出；嘲谑类位次提前，除冯惟敏的 25 首曲作外，还有袁崇冕 2 首、马惠 1 首、张诚庵 1 首、弥来夫 1 首、王田 3 首、刘龙田 2 首等；隐逸类在关中散曲中未进前十五位，这里位次提前，主要与冯惟敏与杨应奎有关；至于农事、纪事、家庭类曲作的突显，主要是冯惟敏的功劳；寿曲全为冯惟敏的曲作，虽说位次落后于关中曲坛，但也说明冯惟敏对散曲的社会功能较为重视。游赏、宴集、祭悼类在山左散曲中未能位列前十五，怀古、宗教类在山左散曲中没有出现，这均表明：生活氛围、个人阅历与喜好的影响，使散曲家创作时的关注对象发生了局部的变化。

相比较而言，嘉靖年间山左散曲中最具突破性的题材类型，是农事曲、纪事曲、家庭曲三类，这突出表现在冯惟敏身上。另外，叹世类曲作也值得关注。

① 需要说明的是，嘉靖年间山左散曲大家仅李开先、冯惟敏两人，因李开先散曲的题材类型较少，故上表所列山左散曲题材类型的顺序基本与冯惟敏散曲题材类型的顺序相一致，也就是说，此期山左散曲在题材类型上的突破也是冯惟敏散曲题材类型的突破。

1. 农事类。据计，冯惟敏记写农事的散曲有24首，主要表现为对农民疾苦与农家闲乐的直接描述。如［北双调·胡十八］《刈麦有感》四首之一：

八十岁老庄家，几曾见今年麦，又无颗粒又无柴。三百日旱灾，三千里放开。偏俺这卧牛城，四十里忒毒害。

又四首之三：

穿和吃不索愁，愁的是遭官棒，五月半间便开仓。里正哥过堂，花户每比粮。卖田宅无买的，典儿女陪不上。[1]

谢伯阳先生《冯惟敏编年录》中认为这两首曲子作于万历癸酉年（1573），"是年山东大旱，麦黍无收。"[2] 查《明神宗实录》，其中对这一旱灾有简单的记载："山东济南府旱荒，各蠲折有差，仍行令赈济。"[3] 此时的冯惟敏已经辞官回乡，他亲眼看到旱灾给人们带来的苦难，目睹了官绅、里正对民众的压迫，满怀同情地写下了这两首曲作。第一首写旱情之重和受灾地区之广，农民所种的麦子颗粒无收；第二首是写里正之类的乡官、豪绅却在加紧催租，以致逼得人们卖地、卖房、卖儿女，是何等的凄惨。他把天灾、人祸毫不回避地吟唱出来，给我们描绘出了两幅典型的"受灾图"，为不可多得的反映社会现实的作品。这样的曲作还有《刈谷有感》《忧复雨》《农家苦》等，均表达了他关注民众命运的忧民思想，具有强烈的现实主义精神。从其率直无隔的表达特点看，达到了诗词所不能达到的实录效果。

冯惟敏还有一些描绘农家乐的作品。如［南正宫·玉芙蓉］《喜雨》：

---

① 《全明散曲》（增补版），第2337页。
② 谢伯阳：《冯惟敏全集附录》，齐鲁书社2007年版，第588页。
③ 中央研究院历史语言研究所：《明神宗实录》卷十七，国立北平图书馆红格钞本微卷影印本。

初添野水涯，细滴茅檐下，喜芃芃遍地桑麻。消灾不数千金价，救苦重生八口家。都开罢，乔花、豆花，眼见的葫芦棚结了个赤金瓜。①

靠天吃饭，一向是封建社会农民得以生活的主要状况；风调雨顺，是农民们日夜渴求的事情。这里写雨后农村生活的境况，曲作清新、明快、活泼、形象，富有新鲜的生活气息和泥土气味，流露出作者难以掩盖的喜悦心情。再如［北双调·玉江引］《农家乐》：

喜得秋成，新炊干饭饱。准备冬寒，纯棉粗布袄。不怕社官乔，何妨书手狡。无虑无忧，先将官债了。无是无非，休嫌家当少。暖虚虚炕头睡的好，安稳谁惊觉？消残水旱愁，唱彻村田乐。若不是这年成何处跑。②

在这里，作者用充满农家生活气息的妙笔，描述出喜获秋成后的表现，流露出其在农村闲居时安闲自适、喜悦少欲的心情。另如《喜雨》《喜晴》《喜复晴》等曲作，也有对农事生活的描写和喜悦情怀的表露。他诗作中也有同题材的作品，如《喜雨诗》：“林柯沥华滋，山禾发苕颖。田间负锸人，宁知短蓑冷。”③ 但相较于散曲，此类诗作明显有三点不足：一存量较少，二写得较雅，三生活气息不浓。

之所以冯惟敏能写出这类特点独特的曲作，与他长期生活于农村的经历、受儒家济世忧民思想的影响关系较密切。冯惟敏在五十二岁出仕前，一直过着半耕半读的村居生活，长期的基层生活经历，使他有机会接触、了解、体验民众生活的疾苦；经历宦途十年的颠簸之后，他又回到乡间居住，此时少了科举的压力，狂妄不安的心境为安适自然所代替，这使他能

① 《全明散曲》(增补版)，第2343页。

② 《全明散曲》(增补版)，第2345页。

③ 谢伯阳：《冯惟敏全集》，齐鲁书社2007年版，第3—4页。

以闲适之笔描写自己身边的农家生活。从小便接受儒家用世思想训导的家庭环境，使他在撰写闲适、咏怀、言情曲作的同时，忘不了关注民众的现实生活，不时以饱含感情的笔端描绘出农村民众生活的一幅幅苦乐图。其实，冯惟敏长期的农村生活经历已使他骨子里带有了农民情结，他用散曲记载农村的生活，也是在书写自己。

2. 纪事类。纪事类散曲，冯氏存有 19 首（套）。其内容主要表现在记写俗事和时事两个方面，前者如《拔白》《缮室》《剪发》《赴会未果》等，后者如《吕纯阳三界一览》《骷髅诉冤》《财神诉冤》等套曲。记俗事者，如［北中吕·朝天子］《拔白》四首之一：

> 老儒，忒愚，白发添忧虑。神仙自古有方术，择日修将去。剪草除根，拔茅连茹，嘴儿光鬓儿秃。再锄，越疏，濯濯似牛山木。[①]

此曲完全记写生活中的俗事、小事。语句俗朴，表意简明，富有谑趣，也有曲味。另如《剪发》《缮室》等曲，也颇有生活的情趣与妙趣，可见作者生活中向俗、谐趣的一面。

纪事曲中最典型的还是具有嘲讽特点的时事曲。如套曲《骷髅诉冤》［九煞］：

> 猛听的一片声，扑冬冬振地喧，钢锹铁镢团团转。又不是山冲水破重迁葬，又不是吉日良辰再启攒。原来是官差一颗乔公干，霎时间黄泉晒底，白骨掀天。[②]

此套曲的写作背景是嘉靖年间段顾言巡按山东时，施行虐政，大猎民资，

---

① 《全明散曲》（增补版），第 2384—2385 页。

② 《全明散曲》（增补版），第 2527 页。

累岁无厌，作者不满现实激愤所作。[①] 这首支曲是记写当时挖掘百姓祖坟时的场景，“钢锹铁镢团团转”“黄泉晒底，白骨掀天”，极具现场感。冯惟敏在小序中云：“凡告人命，虽诬必以实论，有厚赂，虽实必释。由是诬告伺察之风盛兴，而倚法强发民冢者不可胜计。”[②] 又如套曲《财神诉冤》[二煞]：

> 不多时到地头，正遇着大开门，东邻西舍来存问。一个道两年过付全凭俺，一个道每日交通不避人。眼见的都一分，买命钱一时了事，护身符半纸回文。[③]

开门，即公开；交通，即交往，往来。这里写冯惟敏当时牵扯到田赋纠纷，回到家中受乡邻讨索、问询时的情景。[④] 因篇幅关系，这里不一一引述。之所以能在冯惟敏散曲中出现这些咏写俗事、记写时事的篇章，说明冯惟敏在一定程度上超越了传统的曲学观念，不把散曲的创作仅停留在咏怀、闲适、言情等传统题材上，而是有意去开拓散曲文体的题材范围。身边俗事，社会时事尽收笔端，既不失俗趣、俗风，也使散曲文体的创作更加贴近现实生活，强化了散曲的实用功能。可惜他的这一做法在曲坛上得到的响应

---

① 关于段顾言巡按山东及其本人的情况，史料记载较少。据《嘉靖山东通志》载：“巡按监察御史段顾言，字汝行，遵化人，进士。嘉靖三十六年任。”（转引自曹立会的《冯惟敏年谱》第120页）据明人何出光等编纂的《兰台法鉴录》（明万历刻本、崇祯续刻本）卷十七云：（段顾言）“三十七年巡按山东，三十九年巡按江西。”又有曲家刘龙田小令《送段古松行》四首之一“喜教化三年有成”，可知段顾言巡按山东的时间约在嘉靖三十六年至嘉靖三十九年。至于他的暴政行为，未见史料中有录，仅能从冯惟敏“三诉冤”套曲及其曲作的序（跋）中获知一二。

② ［明］冯惟敏：《财神诉冤跋》，见《全明散曲》（增补版），第2530页。

③ 《全明散曲》（增补版），第2530页。

④ 关于冯惟敏因纠纷被逮至济南的原因，曹立会的《冯惟敏年谱》（青岛出版社2006年版，第120—121页）中认为“或因地产纠纷被讼，或因逋赋”，“或纯被人诬，或己占不是，抑或两者都有一点”；冯荣昌《冯惟敏论稿·冯惟敏生平五事考辨》（中国戏剧出版社1999年版，第35—37页）中认为是“文字狱”；我们认为无论是“文祸”，还是“地产或逋赋”，均在冯惟敏被捕事件中发挥了一定的作用，只是二者在这次事件中所扮演的角色不同。“文祸”是背后原因，“地产或逋赋”是“文祸”的催化剂，二者的合力导致了此桩公案的发生。参阅刘英波：《明代散曲家冯惟敏与段顾言之间的一桩公案》，《临沂大学学报》（社科版）2012年第1期，第58—61页。

少之又少，仅明代后期的陕西曲家李应策值得一提。[①]

3. 家庭类。家庭类散曲是冯惟敏散曲中独具特点的类型，计有 19 首。其中，有劝勉后辈营生、仕进者，如《示侄》“克家难，耕读勤干，何必远来看。各安生理，经书勉旃。”[②]《勉侄》：“簪一朵状元花，这风流实可夸，长安走马人如画。”[③] 还有《送琦孙乡试》《咸侄会试》《家训》等；有多首写去侄家赴宴者，如《临侄家宴》：“玳筵前兄弟排行，画堂中儿孙罗列。把金杯满些，把金杯满些，合家欢悦。”[④] 如《益侄家宴》：“满华筵骨肉之亲”“一家老小醉醺醺”等，另有《益侄家宴》《蒙侄家宴》等。冯惟敏的这类作品为其他曲家所少有，富有开拓性特点。后来，明末山左曲家孙峡峰也写有一些劝勉类曲作，与冯惟敏的劝勉后辈营生类曲作有相同之处，却没有咏写家庭和睦、欢悦氛围的作品；隆、万间曲家薛论道也存有一些劝世说理曲，但多是从大处空泛的说教，也没有冯惟敏这类曲作的“家风”。那么，冯惟敏写作这类作品，应是出于三个方面的原因：一是出于对家庭融洽、和睦关系的惬意；二是出于对家庭后辈成长的关怀；三是这些思想的产生均与其“崇儒尚理”的家风有关，是儒家“修齐治平”思想的一种外现。

4. 叹世类。叹世曲作为传统题材在山左散曲中大量存在，计有 48 首，多于关中散曲的 32 首。如果把李开先具有叹世特点的咏怀曲计算在内的话，叹世曲的数量要远多于这里的 48 首。如冯惟敏的［北正宫·醉太平］《李中麓醉归堂夜话》十八首之十八：

休随心作歹，莫倚势胡歪。须知暑往有寒来，不多时便改。强梁自有强梁赛，聪明反被聪明害，后人又使后人哀，看斑斑史策！[⑤]

---

① 叶晔：《论李应策散曲及其散曲史意义》，《文学遗产》2011 年第 1 期，第 80—82 页。

② 《全明散曲》（增补版），第 2317 页。

③ 《全明散曲》（增补版），第 2332 页。

④ 《全明散曲》（增补版），第 2325 页。

⑤ 《全明散曲》（增补版），第 2374—2375 页。

又如李开先的［南南吕·一江风］之一：

病难捱，市虎三人态，硕鼠三年债。害人来，手策奸雄，胆略粗疏，妆作名流派。村拳大手抬，伶牙俐齿开，傍若无人在。[①]

这里对当时的世态人情、官场中的黑暗、混乱给予了直抒式的声讨与鞭策。前一首，据《冯惟敏年谱》记，嘉靖三十七年（1558）冯惟敏被段顾言逮至济南，数月后释放，归乡途中拜访李开先时所作，并认为此曲是痛骂段顾言的作品，[②] 现实性较强。后一首，据《病卧江皋序》言："嘉靖辛卯（1531），中麓先生出饷西夏，归而卧病经秋，因作［一江风］以抒郁抱，非若不病而呻吟者也。"[③] 知李开先的这首曲子作于其饷边西夏归来之后。时年三十岁的李开先虽年轻气盛，对官场的尔虞我诈却深有体会，对民生疾苦、官府横暴、势豪欺人也多有目睹，于是满怀忧愤之情创作了 110 首曲作，这是其中之一。出于不同的境地，二人都写出了反映时事的感愤之作，从侧面反映出嘉靖间政坛的腐乱、官场斗争的险恶，也彰显出二人积极用世的儒家情怀。与关中曲家康海、王九思等人的此类曲作比，有明显的相同之处，他们共同继承了元散曲的感世、愤世传统，表达出一种愤世嫉俗的用世情怀，他们情感的激烈程度有过元人之处。不同的是，元人感愤的对象多是整个时代，康海、王九思多从个人的冤屈出发，对一些局部现象做以感慨、发愤，李开先、冯惟敏二人激愤的对象也多是局部问题，但个人怨气没康、王那么强烈。

（四）少有的真情，娱人的谑趣——祭悼曲与嘲谑曲

1. 情真意切，感人肺腑——李开先的祭悼曲。祭悼类曲作是元人已涉及的题材，但一直是创作数量较少的类型。据计，元人有祭悼类曲作 24 首（套），位居全元散曲题材类型的第 19 位。时至明初，在山左曲家贾仲明笔

① 《全明散曲》（增补版），第 2070 页。

② 曹立会：《冯惟敏年谱》，青岛出版社 2006 年版，第 120—121 页。

③ ［明］高应玘：《卧病江皋序》，见《全明散曲》（增补版），第 2108 页。

下蔚为大观，一人作有78首凭吊元代曲家的小令，汤式也有4首悼念伶女的曲作，一时间此类题材的曲作数量在明初跃居第一位。至明代前期未见此类曲作出现，成、弘年间也仅有1首，正、嘉间则出现了13首（套），其中山左散曲家占有10首（套），相较于关中散曲的2首（套）来说，数量和质量都远在关中散曲之上。在山左散曲的这10首（套）祭悼类曲作中，冯惟敏作有4首悼念妓女的曲子，有学习汤式之嫌，其中的重头戏要数李开先现存6套悼念妻妾、儿子的曲作。[①] 虽说数量不多，但情真意切，感人肺腑。试看他的套曲《冬·夜长不寐》：

［南仙侣·临镜序］梦虽成，失群哀雁断肠声。觉来搔耳推孤枕，散发步空庭。眼前离恨天般远，望后团圆月不明。［合］断弦难续，悲歌怎听？这般情况几曾经。

［前腔］泪盈盈，指尖弹血洒残灯。相思日日容颜改，夜夜梦魂惊。堪怜霜杀宜男草，岂料云埋婺女星。［合前］

［赚］火暗灯青，趱鼓催钟早二更。人孤另，独酌全无兴。峭寒生，半床薄被如冰冷。孤眠易醒，孤眠易醒。

［掉角儿序］遇穷冬霜雪严凝，正中年形影伶仃。夜迢迢银汉无声，一滴滴玉露伤情。空有那待月楼、礼星亭、焉文阁，谁与同登？［合］寒鸦乱惊，晨鸡不鸣。把离人撩斗，铁马檐楹。

［前腔］捱不到斗转参横，盼不得月落天明。不卿卿谁复卿卿，想惺惺还惜惺惺。空教我运霜毫，扫云笺，编丽曲，愁恨偏增。［合前］

［尾声］人生修短由天命，叹佳人死难再生，争奈相如困茂陵。[②]

在这套简短的曲作中，李开先用带泪泣血的语句给我们描述出了他长夜不寐时的外在表现，以及他悲苦的内心，加之凄冷场景的烘托，真实动人，

① 在李开先的《四时悼内集》中，还存有令曲《触事咏怀兼忆内》10首、《重五感旧》4首，据曲作内容看，祭悼的成分并不明显，故没把它们计入在内。如计入在内，李开先的这类曲作便更为突出。

② 《全明散曲》（增补版），第2099—2100页。

催人泪下，使人神伤。直描、叙述、比喻、对仗、叠字、重复句等写作手法的巧妙运用，长短结合的句式变化与情感的起伏相暗合，道出了李开先孤苦、凄楚、哀怜的心曲。非亲历此种事情，很难有如此痛切、真实的情怀。所以，此曲最大的特点是“以真情取胜”，非“情寡而工于词”[①] 者所能比，为元明散曲中少有的佳篇。

2. 娱人悦己——山左嘲谑曲。就嘲谑类曲作而言，在山左 13 位散曲家中有 9 位曲家染指了此类曲作，具有一定的广泛性，而关中散曲家仅有 3 位涉及此类题材，现存曲 41 首，也多于关中的 21 首，这说明山左散曲家对嘲谑类题材的接受程度大于关中散曲家。山左嘲谑曲的内容以嘲讽妓女者居多，如冯惟敏的《大鼻妓》《嘲妓葵仙》《嘲妓兰池》，王田的《嘲妓者挑荠菜》《以琵琶嘲妓》，刘龙田的《嘲大脚妓》《嘲小眼妓》，弥来夫的《嘲黑妓》等；有嘲僧人者，如王田的［南商调・黄莺儿］无题曲；有嘲讽世人愚诈者，如张诚庵的《讥愚而诈且无恩者》；有嘲讽职业者，如马惠的［北双调・清江引］无题曲。这里试举后面的两例，以见一斑。如张诚庵的《讥愚而诈且无恩者》：

> 小哥哥大样村筋，捏杀鸳鸯，打死麒麟。一字无能，半星不识，满口胡云。倒叉子门里出身，作孤堆掌上观纹。冷脸留宾，恶语伤人。寸箭无功，点水无恩。[②]

又如马惠的［北双调・清江引］：

> 我来访君君莫躲，一把锁烦加磋。年前许送来，今尚无归落，谁知你的谎儿大似我。[③]

---

① ［明］李梦阳：《诗集・自序》，郭绍虞主编：《中国历代文论选》（三），上海古籍出版社 1980 年版，第 55 页。

② 《全明散曲》（增补版），第 2553 页。

③ 《全明散曲》（增补版），第 2136 页。

相较于嘲妓之作，这类嘲讽曲没有了庸俗、无聊之风，多了戏谑、嘲讽的口吻。前曲讽刺味浓，后曲戏谑味浓，都具有浓厚的生活气息。尤其是，马惠身为裁缝[①]，从他的口中说出另一行业铁工的撒谎行为，诙谐之趣令人不禁会然一笑。曲家们创作此类曲子，可以说是纯为游戏之作，本无高深的意旨，但从中仍能看出他们的一种生活态度。至于大量嘲妓曲的存在，反映出封建文人狎妓风气的流行程度，揭示出他们对待底层女性缺少起码的尊重，也清楚地暴露出了他们的阶级局限性，这使我们明白：在把女性作为玩偶变成社会风习的过程中，很多道貌岸然的士夫文人往往是这一风习形成的主要推动者。

（五）山左文化与山左散曲的“豪雅”之风

1. 山左散曲“豪雅”之风的基本表现。这里的“豪”，指豪放、舒放；“雅”，指清雅、雅致。其实，山左散曲的曲风远非这两个字所能概括的，如前面所举嘲谑类曲作的嘲讽、戏谑之风，祭悼类曲作的凄婉之风等。不过，如果说“豪”“雅”之风为山左散曲的主导曲风，倒没有什么错误。论述之前，我们先了解一下山左曲家创作南、北曲的情况，如下表：

姓名 / 项目	李开先	袁崇冕	张熙伯	张诚庵	弥来夫	高应玘	马惠	王田	刘天民	杨应奎	冯惟敏	刘宁	刘龙田	总数
北曲	17	2	0	1	1	8	1	7	4	6	360	1	3	411
南曲	216	0	1	0	0	0	0	3	0	17	212	0	7	456

由上表，可知山左染指北曲的曲家有12位，涉猎南曲的曲家有6位，这说明此时山左曲家对北曲的接受程度仍大于南曲；从南、北曲的存曲数量看，南曲稍胜于北曲，这主要表现在李开先、冯惟敏身上，尤其是李开先作为北派曲家作南曲216首（套），冯惟敏以212首（套）南曲紧随其后。同一现象在关中散曲家身上也有所体现，如康海作南曲89首（套），王九思作

① 据李开先《词谑》云：“匠作以谎为常，而缝衣、打铁尤甚。马惠善制衣，以吾家所久用，稍不敢脱空，在他处则不然矣。”可知马惠也是一个常用谎话应付顾客的手艺人。参见［明］李开先：《词谑·嘲谎》，《中国古典戏曲论著集成》（三），中国戏剧出版社1959年版，第281页。

南曲214首（套），张炼有南曲45首（套），这一现象表明正、嘉间的一些北方散曲家已开始有意创作南曲。不过，从他们创作的南曲曲风看，难与南曲相称，多表现为以南曲之名行北曲之实的风格特点，因此也招来一些人的微词，如王世贞云："北人自王、康后，推山东李伯华。伯华以百阕［傍妆台］为德涵所赏。今其辞尚存，不足道也。……而自负不浅。"① 这里说李开先所作南曲［傍妆台］的曲辞皆不足道，确为过激之论，但李氏的南曲确有"敷衍千言，词异意同，连篇累牍，重沓复赘"② 的不足；从南曲音律的角度讥其"腔律未协"③，倒也不是苛求。

嘉靖间山左散曲整体呈现出的"豪""雅"曲风承续了元人豪放一派的曲风，但又有别于元人。具体到此期的代表曲家，李开先的曲风主要表现为"豪放、激越"，冯惟敏的曲风则主要表现为"豪放、清雅"。

（1）李开先散曲的豪放、激越之风。李开先散曲的豪放较元人的豪放已有所不同：一是他对世事、人情批评的更为直接、无隔，表现出了率直的特点；二是他曲作中多有激越、慷慨之词，形成了一种雄豪之势；三是千篇一律，多有重复，有逞才使能、矫揉造作之嫌，缺少沉稳、圆熟。如［南南吕·一江风］之二首：

病难捱，虐政狼蛇态，重赋鸡豚债。上堂来，乱打胡敲，碎打零敲，巧计临时派。无钱必定抬，有钱释放开，索命阎罗在。

病难捱，村落萧条态，府县征求债。趁熟来，背井离乡，失业抛家，免受官差派。犬豚襁负抬，鸳鸯棒打开，子妇东西在。④

第一首，直写官府的虐政，民众如不能按时完交赋税，则会被拉至公堂，

① ［明］王世贞：《曲藻》，《中国古典戏曲论著集成》（四），中国戏剧出版社1959年版，第36页。按：据李开先《中麓山人小令引》所作时间为嘉靖甲辰（1544）年，知此时康海已经去世，故王世贞所言李开先所作的［傍妆台］为德涵所赏，有误，应为王九思（渼陂）所赏。

② 李永祥：《李开先年谱》，黄河出版社2002年版，第130页。

③ ［明］张琦：《衡曲麈谈》，见《中国古典戏曲论著集成》（四），中国戏剧出版社1959年版，第269页。

④ 《全明散曲》（增补版），第2070页。

乱打一通。没有钱者必定被打得皮开肉绽，交上钱才能安然离开，真是阎王索命啊！第二首，因官府、差役征税索债，迫使大量民众背井离乡，失业抛家，逃避追讨，结果是猪狗被抬走，亲人分隔东西，真是官逼民退啊！嘉靖十年（1531），李开先以户部主事之职被委命饷军西夏（今宁夏）。饷边期间，他亲见“防御日弛，外患日蹙”。面对边防之实况，感于官场之弊端，忧于民众之疾苦，他感愤交加，一时写出了107首此类充满豪气的激情之作。每首小令以“病难捱”起句，用其饱含才情之笔，疏泄心中的块垒。表面为身体之病，其实是心理之病，也是一国之病。[①] 又如［南仙吕·傍妆台］之二首：

笑嬉嬉，葫芦提罢大家提。世情都把真为假，不辩是和非。五陵豪气空千丈，百岁光阴已四十。三十而立，七十者稀，得栖迟处且栖迟。[②]

曲弯弯，一轮残月照边关。恨来口吸尽黄河水，拳打碎贺兰山。铁衣披雪浑身湿，宝剑飞霜扑面寒。驱兵去，破虏还，得偷闲处且偷闲。[③]

第一首，作者以玩世的语气，表明了人生难得糊涂的生活态度，原因是当时的社会是一个不辨真假、指鹿为马、颠倒是非的混乱世道。转而，以历史上的“五陵豪气”（五陵，指汉代长安城外五个汉代皇帝陵墓所在地，分别是高祖的长陵、惠帝的安陵、景帝的阳陵、武帝的茂陵、昭帝的平陵）喻指自己凌云壮志空千丈，却不得施展的事实。百岁光阴已过了四十年，自己却成了被罢的闲人。人常言：三十而立，七十者稀。我们还是面对现实，得游憩时且游憩吧，这里表达出了作者无奈、愤慨、不平的复杂情感。第二首，作者开篇给我们描绘出边关一弯残月斜照的场景，接着笔锋一转

① 关于李开先对官场腐乱、边事颓废、民生困苦的记述，由《李中麓闲居集》之一中的《悯农》《暑夜读史》《勉军士》《边事》等诗作可见一斑。

② 《全明散曲》（增补版），第2079页。

③ 《全明散曲》（增补版），第2081页。

表达了“吸尽黄河水，拳碎贺兰山”的英武与豪气；又写边关严酷的生活环境：战衣披寒雪，风霜扑人面，天冷凝铁衣，宝剑冷且寒。在如此恶劣的环境中，将士们驱兵破敌，等到凯旋归来时得到的却是：不被重用，解甲归田。在这里，作者的情感大起大落，明写边关将士，实寓自己的豪志与愤懑。与上面所举的两首曲作比，同有用世之心，愤慨之怀，豪放之气，但那种激越的情愫，已被“栖迟”“偷闲”消磨了不少，其中的原因是以前两首为代表的［南南吕·一江风］作于作者刚进官场之时，当时他血气方刚，踌躇满志，遇见不平，揭笔而起；以后两首为代表的［南仙吕·傍妆台］则作于他罢官之后，时势移也，心情变也，曲作中的气势也就发生了变化。

（2）冯惟敏曲作的“豪放”“清雅”之风。对冯惟敏的曲作，任讷《散曲概论》赞云：“冯惟敏《海浮山堂词稿》四卷，生龙活虎，犹词中之有辛弃疾。有明一代，此为最有生气，最有魄力之作矣。”[①] 陆侃如、冯沅君的《中国诗史》云：“不管就内容论，或就风格论（特别是前者），在明代散曲家中，冯惟敏应为第一人；即合元、明两代的作家言，他也是第一流。”[②] 今日综观冯氏之曲，以上所论确为中肯。相比较而言，他散曲的突出风格主要表现在“豪”“雅”两个方面。当然，“俗”也是其曲作的重要风格，因此风与山左文化关系不大，略而不论。

豪放者，如［北正宫·醉太平］《李中麓醉归堂夜话》十八首之十七：

> 包龙图任满，于定国迁官，小民何处得伸冤。望金门路远，严刑峻法锄良善，甜言美语扶凶犯。死声淘气叫皇天，老天公不管。[③]

曹立会先生认为，冯惟敏因地产或逋赋被段顾言逮至济南，数月后被释放，归途访李开先期间作《李中麓醉归堂夜话》《效中麓体》数首曲作，这里所举的曲子是骂段顾言之作。[④] 即使在这种情况下，冯惟敏所作的曲子也缺

① 任讷：《散曲概论》卷二，中华书局1931年版，第40页。

② 冯沅君，陆侃如：《中国诗史》，山东大学出版社2000年版，第607页。

③ 《全明散曲》（增补版），第2374页。

④ 曹立会：《冯惟敏年谱》，青岛出版社2006年版，第120—121页。

少李开先曲作中“虎瘦雄心在”“万丈霓虹在”的气势。故此，冯惟敏散曲中的“豪风”不是以此取胜，而多是一种洒脱的豪放，颇具元人风度。如［南仙吕·傍妆台］《效中麓体》六首之二：

乐陶陶，人生何必苦煎熬。百岁如春梦，万事似秋毫。重茵怎似春风坐，列鼎争如陋巷瓢。甘吾拙，笑尔劳，得风骚处且风骚。①

此曲虽为效仿李开先所作，其中的消极成分则大于李氏之作，洒脱之意跃然纸上。再如［北双调·殿前欢］《归兴》二首之一：

想归来，十年奔走困尘埃，何如散步云林外。笑傲诙谐，穷通命运该。山水平生爱，诗酒寻常债。情怀浩荡，浩荡情怀。②

又［北双调·河西六娘子］《笑园六咏》之一：

问道先生笑甚么？笑的我一仰一合，时人不识余心乐。呀，两脚跳梭梭，拍手笑呵呵，风月无边好快活。③

这里，明显看出与前面所举李氏曲作的风格不同，表达的心境也迥然有别。与李开先比，冯惟敏的曲风同样以豪放见长，但其中表情、用词的激烈程度逊于李氏，表现出了“怨而不怒”的特点。再有，冯惟敏散曲的清雅之风，为李氏不备。

就“雅风”而言，山左散曲家中冯惟敏堪称翘楚。在关中曲家的作品中，不是没有具有清雅之风的曲子，如王九思的《喜雨》《金菊》，康海的《青山》，张炼的《五日湖边阻雨》《题洞庭渔夫图》等，尚为可观。而且，

---

① 《全明散曲》（增补版），第2375页。
② 《全明散曲》（增补版），第2384页。
③ 《全明散曲》（增补版），第2357页。

论闲适之趣，张炼与冯氏尚有一比。不过，整体看来，他们的此类曲作均没有达到冯氏之曲的清淡、雅洁、有趣，或者说写得还不够纯透。如［南商调·黄罗歌］《灌园》：

流水绕人家，灌田园开小闸，随湾就曲增堤坝。罢河阳种花，效东陵卖瓜，行人笑俺抬高价。自矜夸，累累满架，五色绚云霞。充饥当饭，解渴当茶。客来款待，临溪坐沙，谩条条共说无忧话。机心尽，乐意洽，汉阴抱瓮旧生涯。秋葵叶，春韭芽，四时佳味度年华。①

这里，作者借《灌园》之名，给我们描绘出了农家田园的一派风光。表意舒放，文笔洒脱，清而有味，雅而不腻，雅俗共赏。又如［北双调·清江引］《东村作》：

土酥出畦白似霜，甘脆真堪尚。宜烹玉叶羹，善解梨花酿，自古道菜根滋味长。②

再有［南仙吕入双调·玉抱肚］《幽居》四首之一：

山青水绿，染生绡天然画图。占汀州一段秋光，更白苹红蓼黄芦。浴凫飞鹭蘸平湖，五色妆成锦绣铺。③

第一首曲作所创设的美感，用“清雅”来形容似不如用“淡雅”更为合适。土酥的脆甜，玉叶羹的淡香，配以梨花春酒，生活气息浓郁，彰显出了作者闲适的生活情趣。第二首，山青、水绿、汀州、白苹、红蓼、黄芦，勾勒出了一幅天然画图，清雅的静景与浴凫的飞鹭相配，动静结合，富有

① 《全明散曲》(增补版),第2317页。
② 《全明散曲》(增补版),第2314页。
③ 《全明散曲》(增补版),第2393页。

生气，可见作者的澄澈之心。这类作品还有《冶源大十景》《雪晴》《种树》《山居杂咏》等。

（3）山左散曲与关中散曲豪放曲风之比较。较之关中曲家，李开先、冯惟敏的豪放曲风显然与康、王同属一脉，这与他们同生北地，同具北人的豪放性格有关，也与他们主动继承了元散曲的豪风有关。当然，两地曲家间的相互影响也是不容忽视的因素，如曲家李开先的创作曾受到康海、王九思的影响：李开先饷边西夏时，顺访康、王二人，相互唱和，并作有套曲《赠康对山》；他从西夏回来，因病归家，创作了［南南吕·一江风］（107 首），豪烈之风尽显。李开先在《亡妻张宜人散传》云："吾自退归林下，不蓄声伎，有劝以可寄情取乐者，时亦效仿康对山之为。"[①] 这里虽言其在生活方式上学习康海，他的散曲曲风恐怕也有模仿、学习康海之处。在表达情感的激烈程度上，康、李二人不相上下，王九思则稍有逊色。不过，康海曲作中蕴含的怨气明显多于李开先，甚至在闲适类曲作中也不忘发牢骚，这主要是二人的宦途经历不同所致：康海以"瑾党"被罢，污点、冤屈刻骨铭心，难以洗却，终生不释；李开先则是因得罪权相夏言被罢，接受起来比康海容易些。因此，同样表达激烈、愤慨之词，李开先针对的是社会、官府、豪民、人情、边关等世相，虽然也加入自己的不平之气，但不同于康海多从自身出发的牢骚、感慨之语。与王九思比，李开先此类曲作的豪烈程度大于王氏。虽然王九思也存有一些雄豪之作，且欣然与李开先唱和［南仙吕·傍妆台］100 首，但总体看来王氏的此类曲作气势弱于李氏，多蕴闲适、消极之意。论其原因，主要是李开先作《卧病江皋》（1531）和《中麓小令》（1544）两曲集时正在"强仕之龄"，而王氏唱和时已七十八岁，曾自叹："老而衰也，如之何其可及也！……盖亦各言其志云尔。"[②] 显然那种清傲之气已不复存在；同时，二人的个性差异也是影响曲风强烈程度的原因：王九思"风流蕴藉，雅致安闲，礼节不拘羁，而笑

① ［明］李开先：《亡妻张宜人散传》，见《李中麓闲居集·文》之九，四库全书存目丛书本。
② ［明］王九思：《中麓小令跋语》之一，见《全明散曲》（增补版），第 2118 页。

谈有音韵，坐而沉静如止水之无波，行则飘扬若轻云之出岫”①，显然与李开先“率矜厓岸，高自标致。……公既负才气，居铨衡要路，素伉直”②的性格不同；另外，王九思对罢官之事的怨气没有康海表现得激烈，也影响到了其曲作豪气的表现。至于冯惟敏散曲中的豪气，整体说来，都没有三人表现得激烈，这除了与他们三人的仕途经历不同外，其儒雅有度的性格则是影响这一风格的重要因素。总之，论其性情与才气，李开先与康海较为相似，冯惟敏与王九思较为接近；论其曲风，李开先的豪风近于康、王，且有过之而无不及，但闲适之趣，却为李氏的短板；冯惟敏的豪风与康、王确为一脉，但非康、王所能涵盖得了的，他曲作的雅风也多与康、王不同。至于张炼的曲作，最大的特点为疏放、闲适，倒是与冯惟敏有所相似，但其成就却逊冯氏一筹。

2. 山左散曲豪放、清雅之风的基本成因。一种现象的出现似乎都要问个为什么。一种曲风的形成也绝不是空穴来风。山左散曲“豪”“雅”之风的形成，除其继承元散曲“豪放”“清丽”的曲风外，与曲家们生活地域的文化熏陶也有一定的关系。这里约从三个方面论述：

（1）山左的自然环境与豪放曲风。一种文风的形成是多种因素综合作用的结果。其中，自然地理环境通过对创作主体的影响进而影响文风的情形值得重视。李开先在论其乡人乔岱的曲作时云：“……北之音调舒放雄雅，南则悽婉优柔，均出于风土之自然，不可强而齐也。……其（乔岱）词语老健，词意新奇，见者不问名姓，知其为北人也。”③ 指出了风土对南、北两地文风形成的影响，并明确指出乔岱“词语老健、词意新奇”的风格与其北人的身份有关。曲家王骥德也从地域的角度强调了南北曲风的不同与地理环境之间的关系：“南、北两调，天若限之。北之沉雄，南之柔婉，可画地而知也。”④ 特定的自然环境会影响到一个地域民众的精神气

① ［明］李开先：《渼陂王检讨传》，见《李中麓闲居集·文》之十，四库全书存目丛书本。

② ［明］殷士儋：《翰林院提督四夷馆太常少卿李开先墓志铭》，见［明］焦竑：《国朝献征录》卷七十，明万历四十四年(1616)刻本。

③ ［明］李开先：《乔龙溪词序》，见《李中麓闲居集》之五，四库全书存目丛书。

④ ［明］王骥德：《曲律》卷三“杂论第三十九上”，见《中国古典戏曲论著集成》(四)，中国戏剧出版社 1959 年版，第 146 页。

质、生活方式，也会影响到一个地域民众的审美情趣。山左地处北国，东邻大海，西连内陆，有泰山之巅，有黄河穿流，有开阔平原，有低缓丘陵；四季分明，春秋稍短，冬季寒冷，夏季炎热，属于典型的暖温带季风气候；相较于南国的青山绿水，河湖密布，温暖湿润等自然环境，山左的环境很难孕育出类南人的优雅与阴柔，而是造就出了一种豪直、尚实的性情。嘉靖间山左散曲整体表现出的豪放曲风，较大程度上讲应是山左曲家豪直、质朴性格的一种曲折外现。因此，“听北曲使人神气鹰扬，毛发洒淅，足以作人勇往之志”① 的效果与南曲“纡徐绵眇，流丽婉转”的风貌迥然不同，这除了揭示出南、北两地不同的曲风外，也可反推出南、北方不同的自然地理环境是影响这一审美效果的因素之一。

（2）山左的人文环境与豪、雅曲风。“海岱天下山川之宗也，圣贤天下人物之望也，六经天下文章之祖也，咸在兹土。”② 这里肯定了山左地区的文化地位。作为齐鲁之邦的山左，是我国古文明的发祥地之一，在先秦时代已成为文明的首善之地。以孔孟为代表的儒家思想，发展成为中国的正统思想。其中虽屡遭损益与扬弃，但总体看来自汉代以后未从根本上改变过其统治地位，它以伦理道德为主体的教化精神也一直被延承下来。尤其是被指定为科举考试中的内容后，更是受到各地士人的推崇、学习，从而促进了这一思想文化的推广与普及。对于生活于儒家思想发祥地的山左曲家而言，他们对儒家思想的信奉与学习有着不同于他地士子的崇信情怀，加之周围生活环境中业已存在的各种仪礼形式的熏染，使他们更容易接受儒家尚仁、事功的精神内涵。这种质实、尚仁、重礼、事功的文化精神，与水深土厚的自然环境相结合，与北疆雄阔、豪烈的少数民族文化相融合，便促生了一种具有整体性特点的北方豪气。这种豪气随着代代传递、渗透，便逐渐沉淀于人们的日常意识、观念之中，形成了“日用而不知”的深层文化心理。灌注于各体文学创作中，便会表现出“铁马、秋风”之风，迥

---

① ［明］徐渭：《南词叙录》，见《中国古典戏曲论著集成》（三），中国戏剧出版社 1959 年版，第 245 页。

② ［明］陆釴等：《嘉靖山东通志叙》，明嘉靖刻本。

异于南国的“杏花、春雨”之貌。受尚仁、重礼之风的教化与影响，便形成了山左士人彬彬有礼的儒雅风度。我们可以体悟到，山左人的“豪”不同于塞北人的粗犷、豪烈之豪，山左人的“雅”也不同于南国人似水的柔雅，而是一种质实之豪、清爽之雅，他们豪而有度，雅而不柔。在前面所举李开先、冯惟敏为代表的曲作中，便有充分的体现。当然，曲家的写作内容、个体差异也会影响到曲作风格的表现，但这种具有地域性特点的人文文化对其思想深层的影响似乎更为重要，如冯惟敏笔下许多写闺情、艳情的南曲，其表现出的风貌却有异于南方曲家的同类曲作，带有北曲直爽的特点，这与他融入了北人的豪、雅性情难脱干系。

（3）家风与冯惟敏散曲的“儒雅”之风。“‘门第’的维系，经济虽重要，家风与家学、婚姻与交往，尤其重要。”① 这里讲到了家风对一个家族维系的重要性。明代临朐冯氏家族良好家风形成的奠基人是冯惟敏的父亲——冯裕。冯裕年轻时曾就学于贺钦（1437—1510），继承了贺钦“返身实践”“主静以收放心”的理学思想，重视自身修养和道德实践。冯裕在世期间，冯氏家族已经形成了重事功、倡孝悌、尚清正的家风，冯惟敏曾在他的散曲作品中不无自豪地道出了“清白字祖传，忠孝事面旃”② 的家风。这一家风经过冯惟敏、冯惟讷、冯子咸等第二、三代人的努力，得到了较好的贯彻，使冯氏成为临朐的一大望族，曾受到清人王士祯的赞誉：“二百年来，海岱间推学者，必首临朐冯氏。”③ 作为临朐冯氏第二代重要人物冯惟敏，聪颖博学，为文闳肆，志气飞扬，曾想着以身许国、振其家门，可九上春宫不第的残酷现实使他的锐志不断被磨蚀。生活中，冯惟敏“秉遗传，承庭训，植身立行，酷肖其父”④。而且，冯裕居官清正廉洁，家居孝亲敬人，交友唱酬，闲适自放的生活风范对他也产生了较大影响。“尚儒”家风的长期熏陶和自己主动对家风的延承，致使冯惟敏在散曲创作中不时地注入儒家情怀，如《示侄》中的曲句“克家难，耕读勤干，何必

① 何启民：《中古门第之本质》，见《中古门第论集》，（台湾）学生书局1978年版，第3页。

② ［明］冯惟敏：［北中吕·朝天子］《夜闻琦捷口占》，见《全明散曲》（增补版），第2358页。

③ ［清］王士祯：《佳山堂集序》，见冯溥：《佳山堂集》，清康熙刻本。

④ 郑骞：《冯惟敏及其著述》，《燕京学报》第28期，第135页。

远来看。各安生理，经书勉旃；及时耕耩，种豆满山，麦秋减却多一半。天犹旱，地正干，商霖何日遍人寰？田粮重，民力殚，常将辛苦济时艰。”① 便表现出他儒家思想影响下克家安理的情怀。家风熏染下的儒雅性情与居地冶源幽雅的景致相融合，使冯惟敏的曲作中具有了儒家风度的“雅”风，而这一特点正是冯惟敏曲风中的独特之处。

（六）山左散曲对地域文化的承载——以冯惟敏的曲作为例

对于情感细腻的作家来讲，他们会程度不同地对养育自己的故土或长期生活过的地方产生一定的情感：有欢乐，有痛苦，有眷恋，有愤恨，有崇敬，也有咒骂。当这种复杂的情感来袭时，他们会选用适当的文体，绘其景，纪其事，咏其人，述其俗，抒写自己的心思，发泄自己的情怀。由现存的曲作看，山左曲家中能较好地利用散曲文体对地域文化给予记述者，唯有冯惟敏一人，故这里以冯氏散曲为例论之。

1. 对不同地域山川景物的描述。在冯惟敏的散曲中，对山川景物直接予以描绘者，大概可分为两类：一是通过对自己家乡景致的刻画，表达对故土山水的热爱、眷恋之情；二是通过对他地之景的记述，以表述自己喜山好水的清雅之志。

（1）家乡之景。对家乡景致的描摹，最具典型的曲作是冯惟敏的［南仙吕・桂枝香］《冶源大十景》十首。这里举其中三首：

浮山胜概，冶源烟霭。又不是香雾空濛，又不是轻云叆叇。不移时闪开，不移时闪开。神仙世界，十洲三岛，阆苑蓬莱。天上黄金阙，壶中白玉台。

白鸥轻漾，红鸳翻浪。恰才过捉马潭边，又早到小龙湾上。绿阴阴两行，绿阴阴两行。青丝飘荡，千条弱柳，万缕垂杨。好一似连环锁，牵人入醉乡。

冶官遗庙，千山环抱。铸剑池澈底澄清，飞云阁半空缥缈。柳阴中小桥，柳阴中小桥。渔樵径道，游人登眺，尽日逍遥。上到摩天岭，

① 《全明散曲》（增补版），第 2317 页。

方知此处高。①

"冶源"居临朐西南二十五里处。曹立会《冯惟敏年谱》中认为：嘉靖七年（1528）冯惟健"购得冶泉边土地。自此，老龙湾归冯氏"。于是，冯惟敏才得以"置家产土地于冶源。"② 这里所举的三首曲作，绘景抒情，颇为雅致：山水相映，云雾烟霭，似仙境蓬莱；鸥鹭翻飞，鸳鸯嬉游，青丝万缕，绿荫成行，让人魂牵梦绕；冶官古迹，阁楼小桥，映掩于山水之间；渔樵径道，竹林葱葱，登高远眺，心旷神怡，忘我逍遥。由此，表达了作者对所居佳境的赞许，抒发了他自乐自足之情，以及清澈、弃俗之心。"见说江南好，江南恐不如"③，便是其自我陶醉的一种表现。隆庆六年（1572），他结庐熏冶水之上的"江南亭"，便是取此处胜景堪比江南之意。冯琦的《游冶原（源）记》中载："湖可三亩，树环之；自湖堤以北皆汇泉为池，竹环之；泉分道下注，非丝非竹，环佩璆然。陂阤相属，不知而入者，不能出地……落木叶脱，竹亭亭独秀，下与水荇相映，亦复不知有冬。凡湖中泉以万计，湖外泉以百计，树以千计，竹以万亿计。鱼游于湖，鸟飞且宿竹树间者，不可得而计。亭凡四、堂凡二、楼凡二、池凡七、桥凡十、主人凡五。"④ 其中，由水、竹、鱼、鸟、亭、楼、桥等建构的优雅之景，着实令人向往。另外，《光绪临朐县志》卷三"山水"等方志中⑤，有对冶源景致的描述；今人潘心德主编的《老龙湾》中⑥，也有对临朐冶源自然风景、名胜古迹的记述，并在附录中选辑了许多明人对冶源佳境颂赞的诗文，均可与冯惟敏的曲作相参读。

另外，套曲《量移东归述喜》云："趁时光，胜日寻芳，离不了海浮山下龙湾上。"《访沈青门乞画》中："抹一带海浮山，染一溪沧浪水，蘸一点云门岫。"《邑斋初度自述》［朝天子］："水连天碧湖，草含烟绿蒲，

① 《全明散曲》（增补版），第2352—2353页。
② 曹立会：《冯惟敏年谱》，青岛出版社2006年版，第36、40页。
③ ［明］冯惟敏：《冶源大十景》十首之十，见《全明散曲》（增补版），第2353页。
④ ［明］冯琦：《游冶原（源）记》，见［明］冯琦：《宗伯集》卷十五，四库禁毁书丛刊本。
⑤ ［清］姚艳福修，邓嘉缉等纂：《光绪临朐县志》，光绪十年（1884）刊本。
⑥ 潘心德主编：《老龙湾》，济南出版社1997年版。

家住在名山处。天然一幅辋川图，满眼皆诗句。画舫移风，红裙染露，翠波中闻笑语。紫霞觞满浮，玉壶春有无，只吃到青山暮。”《舍弟乞休》［幺］：“虽无多金与帛，却有些山共水。登山玩水景希奇，四面青山图画里。碧澄澄水缘山势，把一座小庄儿环绕了两三围。”等等，作者不失时机地颂扬家乡的海浮山、云门山、熏冶水等秀美之景，以表达自己对家乡山山水水的热爱与眷恋。其实，这些具有地标性的景致，在冯惟敏的心目中已被赋予象征性的意义，已经成为他家乡的代名词，因此他每每在写到自己的家乡时，往往提到的便是这些象征物，足以见得家乡的山水景物对他的影响之深。

（2）镇江与南京之景。一个曲家的活动轨迹会影响到他的散曲创作，冯惟敏在镇江任上创作的散曲便能说明这一问题。冯惟敏曲句中的“七载三迁历郡曹”①，是言自己嘉靖四十一年（1562）任涞水县令，嘉靖四十四年（1565）授镇江府学教授，隆庆三年（1569）升保定府通判的仕途经历。冯惟敏在镇江府任职教授时，位卑身闲，有更多的时间游览江南胜景，结识同趣朋友。由于时间充裕，又酷爱山水，冯惟敏到任镇江的第二年（1566）便构建仰高亭作为自己的休闲之地，曾写有两套曲作《仰高亭中自寿》《又仰高亭自寿》，其中便有描述周围江南胜景的句子。写南京之景，以曲作《题市隐园十八景》最具代表性。冯惟敏对市隐园中的兰花幽香、亭阁廊庙、风竹茗茶、柳浪画桥等着力刻画，从中可见南方园林佳景之特色。因前文分析“冯惟敏的游宦经历与散曲创作”时已有叙述，这里不赘。

2. 对山左历史人物的追忆和对当时曲家的赞许。人们都有崇圣、惜才的心理，尤其是对本乡名人的倾慕之情尤为强烈。冯惟敏生活的山左之地，为中国儒家文化的发祥地，是孔孟之乡、尚礼之邦，而且冯氏本人也具有崇儒情结（从其叹世曲、家庭曲中可睹见其尚儒的思想）。冯惟敏对儒家先贤们的尊重与敬仰，如套曲《量移东归述喜》［油葫芦］中曲句：“正靠着孔孟门，这便是邹鲁乡。少甚么诗书礼乐与仁让，似这等封国岂寻常。”又

---

① ［明］冯惟敏：《庚午春试笔》，见《全明散曲》（增补版），第2476页。

套曲《对驴弹琴》中“思忆颜回”等，便显示出冯惟敏对孔孟之学的崇敬、慕思之情，也可体悟到他对家乡圣学的自豪感。

他对当时曲家的赞许，主要表现在两个方面：一是对本乡曲家的赞颂；二是对他乡曲家的赞颂。对本乡曲家的赞颂，主要是对曲家李开先、张诚庵的称许，如《李中麓归田序》云：“吾乡中麓李公，博学正谊，予心慕之。……顷抗疏归田，娱情述作，绍作大雅，讨论秘文，杂兴所及，时涉新谱，其亦游戏翰墨故邪？抑定乐之无繇也？仆因得而听之，意真味婉，气正声平，借使达者属耳，击节赏音，里人闻之，亦足以发流通之妙，不在兹乎！”① 其中，除颂扬李开先的才学，也道出了李开先散曲创作的特点。在此套曲的支曲［混江龙］中，他把李开先捧得更高：“山河依旧，其中自古圣贤州。似您这天才杰出，真个是无愧前修。霎时间对客挥毫风雨响，世不曾闭门觅句鬼神愁。囊括了三坟五典，八索九丘。网罗了百家众技，三教九流。席卷了两汉六朝，千篇万首。弹压了三俊四杰，七步八斗。俺也曾夜到明明到夜听不彻谈天口，则为他心窝儿包尽了前朝秘府，舌尖儿翻倒了近代书楼”。② 据曲作前的小序云：“途次无聊，遂成俚阕如左”，可知冯惟敏的这套曲作作于他首次访问李开先回临朐的路上，此时李开先刚被罢官不久。③ 之所以冯惟敏写出如此多的奉承话，很可能有安慰李开先的意思。另外，他对曲家张诚庵的赞许之言，在前文介绍曲家基本情况时已有引述，这里不赘。

对他乡曲家的赞扬，主要是对南京曲家金白屿（銮）、许石城（谷）和杭州曲家沈仕的赞颂。如套曲《酬金白屿》［幺篇］：“数算了金陵词派，傲梨园萧爽斋。清歌丽曲写胸怀，识谱明腔称体裁，换羽移宫谙韵格。”这

---

① ［明］冯惟敏：《李中麓归田序》，见《全明散曲》（增补版），第 2440 页。

② 《全明散曲》（增补版），第 2441 页。

③ 曹立会《冯惟敏年谱》（青岛出版社 2006 年版，第 76 页）据明兆乙的《李开先年谱》，认为套曲《李中麓归田》作于嘉靖二十一年（1542）；曾远闻的《李开先年谱》（齐鲁书社 1991 年版，第 73 页）却认为此套曲作于李开先罢官的当年秋天；冯荣昌《冯惟敏论稿》（中国戏剧出版社 1999 年版，第 46 页）则认为冯惟敏可能于嘉靖二十年（1541）秋访问了李开先，并作套曲《李中麓归田》。我们没有查到证明冯惟敏首次拜访李开先时间的确切记载，仅言其罢官不久。

里称赞曲家金銮有识谱明腔、移羽换宫的能力。[①] 又有套曲《赠许石城》[②][梁州] 中对许石城的赞颂："想当时冠群英贤科第一，到如今抱孤贞国士无双，老山涛到底留清望"。因为许穀嘉靖乙未（1535）中会元，故赞许他"科第一"，后罢官闲居多年，常以西晋山涛（205—283）辞官归家之事作比，故称赞其负有清望。冯惟敏还与杭州曲家沈仕有交往[③]，他在套曲《访沈青门乞画》"序"中言："青门艺苑博雅，兼善北谱，故以投之。"并在支曲［驻马听］中赞曰："五岳遨游，山水都归摩诘手；两都驰骤，文章直与马班俦。"在这里，他把沈仕的画技与王维相比，并言沈仕的文章可与司马迁、班固相较。论沈仕的山水画确有王维之风，尚可接受；论其文与马、班并俦，可谓过矣。还有支曲［折桂令］："一腔春酝藉风流，不入山林，不事王侯。过一桥又一桥远市离尘，访一回又一回潜踪隐迹，绕一湾又一湾曲径通幽。"交代了沈仕风流蕴藉、不事王侯、潜踪隐迹的生活特点。冯惟敏对曲家沈仕的介绍和赞誉可补介绍沈氏的史料之不足。

3. 对山左历史史实的记载。对历史史实的记载并不是散曲文体的长项，冯惟敏的这类曲作存量也较少，在前文记时事类散曲中已有略述。关于对山左史实的记载，主要表现在前面所举"三诉冤"套曲的序、跋中。如《吕纯阳三界一览序》云："迨戊午丁巳间，有酷吏按治齐鲁，打猎民资，以填溪壑，累岁无厌。人人自危，莫知所止。"[④] 又《财神诉冤跋》云："嘉靖丁巳戊午间，有墨吏某，每按郡县，辄罗捕数百千人，囹圄充塞，重足而立，夕无卧处。计民产百金已上，必坐以法竭之。……某自谓山东之民易于残虐，密请于故相，独留二年，六郡之财悉归私室而后

① 金陵词派：指以金銮、邢雉山、许石城、盛时泰、吴怀梅等写作词曲的一些文人。其实，他们并没有成为所谓的派别，这里是作者对这些人的一个共同的称谓，说明此时金陵曲坛的兴盛。萧爽斋：金銮的书斋名，代指金銮。金銮（1494—1583），字在衡，号白屿，陕西（今甘肃）陇西人，嘉靖二十年（1541）他随父侨居金陵（今南京）。终生未仕。他解音律，善填词，好作嘲调小曲，以创作北曲为主，曲风清丽、谐谑、俗朴兼具。

② 许穀（1504—1586），字仲贻，号石城，上元（今南京）人。官至南京尚宝司卿。后因人言被罢官，家居三十年。其风流儒雅，日以赋咏自娱，未见曲作存世。

③ 沈仕（1488—1565），字懋学，号青门，浙江仁和（今杭州）人。他任侠好游，绝意仕进，足迹遍南北。诗篇雅训，以翰墨丹青称于世。散曲婉丽艳腻，以"香奁"之风著称。

④ ［明］冯惟敏：《吕纯阳三界一览序》，见《全明散曲》（增补版），第 2523 页。

去。"[①] 这里记述的是嘉靖三十六、三十七年间山东巡按段顾言在山东的所作所为，这简直就是一个暴虐者的形象。在冯惟敏的诉冤曲中对酷吏的行为、形象也有生动刻画："邪神假仗灵神势，小鬼装成大鬼腔。""那咤每摆两班，夜叉每列几行，牛头马面狼牙棒。后宫收讫金银锞，前殿交盘宝钞箱。打路鬼来索帐，尽都是张牙饿虎，露爪贪狼。""有钱的快送来，无钱的且莫慌，寻条出路翻供状。""觯徒惯放刁，赃官莽要钱。铺谋定计歪厮战，非干人命伸冤枉，只要身尸作证间。山东六府都跑遍，少可有一千家发冢，八百处开棺。"等等。关于段顾言本人的材料现存很少，对他巡按山东时的暴行在史料中也未见记录。这里虽为冯惟敏的一面之词，但仍有一定的补史料缺失之功。值得注意的是，因冯惟敏曾被段顾言逮至济南关押数月，他创作这些曲作的时间目前不能确考。如果这些作品作于被逮之前，其中记述的客观性便较强；如创作于被逮之后，则其中难免有夸饰的成分。到底当时的具体情况如何，只能期待有新的材料发现。不过，通过对段顾言相关史料的查考，以及冯惟敏散曲与序跋中的记述，我们可以断定段顾言绝不是一个良吏。[②]

4. 方言俗语。关于曲作中使用方言、语言俚俗，曾被王骥德列为四十条曲禁中的二条，原因是他方人不晓、不文雅。不过，在实际创作中使用方言俗语的现象并不罕见，所以王骥德又补充道："如不能尽免，须检点去其甚者，令不碍眼。"[③] 而且，他还解释了北曲使用方言，南曲不得用方言的原因："以北语所被者广，大略相通，而南曲则土音各省、郡不同，入曲则不能通晓故也。"[④] 那么，在冯惟敏的曲作中，方言俗语也时有出现，尤其是在北曲中使用得较多，如第一人称代词"俺"（我，我们）出现的频率极高；又如副词"忒"（太）也使用得不少，副词"精"（光，完全），量词

① ［明］冯惟敏：《财神诉冤跋》，见《全明散曲》（增补版），第2530页。

② 关于冯惟敏与段顾言之间的纠葛及段顾言本人的相关情况，参见刘英波：《明代散曲家冯惟敏与段顾言之间的一桩公案》，《临沂大学学报》（社科版）2012年第1期，第58—61页。

③ ［明］王骥德：《曲律》卷三"论曲禁"，见《中国古典戏曲论著集成》（四），中国戏剧出版社1959年版，第131页。

④ ［明］王骥德：《曲律》卷三"杂论第三十九上"，见《中国古典戏曲论著集成》（四），中国戏剧出版社1959年版，第148页。

“半扎”（伸开的拇指与中指或食指之间距离的一半，形容距离较短）；又如动词“撇下”（放下，扔下），动词“敢是”（可能是）等等。因笔者学力有限，这里仅举较为典型的几例，见其一斑。如套曲《月食救护》［北南吕·一枝花］曲句：“黑呼通阴霾半夜天，硬哥邦石砌当阶地，软乌剌腿丁骨存了血，碜柯查波罗盖去了皮。”又［梁州］曲句：“一个价死没腾苦眼铺眉，一个价瞎模糊藏头露尾，一个价呆答孩似醉如痴。”[①] 再如套曲《徐我亭归田》中［叨叨令］：“见了个官来客来，系上条低留答剌的带。又不是金阶玉阶，免不的批留铺剌的拜。恰便似天差地差，做了些希留乎剌的态。但沾着时乖运乖，落得他稽留聒剌的怪。兀的不碜杀人也么哥！兀的不碜杀人也么哥！单看你胡歪乱歪，妆一角伊留兀剌的外。”[②] 在以上所引曲句中，作者运用了不少方言俗语，逼真、形象地描写了月食时官员参拜的场面，增添了曲子的机趣。这种做法符合散曲文体“尚俗”的特点，利于一些思想情感的表达，也体现出了山东方言的地域性特色，但也确实存有山东方言区以外的读者不能通晓的问题，故王骥德所言有其一定的道理。

二、继承中的新变——隆、万年间的山左散曲

隆庆、万历年间的山左散曲继正德、嘉靖之后仍保持着一定的繁荣局面，与北方其他地区相比，它是此期北方散曲坛上仅存的一个具有一定规模的地域性曲家群体。据《全明散曲》统计，除散曲家冯惟敏（1511—1578）仍然在世外，此期山左有名姓籍贯可计的散曲家还有9位[③]，存曲数量为527首（套），虽少于正、嘉间山左散曲坛上13位曲家和867首（套）的存曲，但仍有不少新变之处值得关注，如曲家的地域分布与身份特点、

---

① 《全明散曲》（增补版），第2482页。

② 《全明散曲》（增补版），第2447页。黑呼通，指漆黑一片；硬哥邦，即硬邦邦；软乌剌，指软绵无力；腿丁骨，即腿骨；碜柯查，较惨的样子；波罗盖，即膝盖；一个价，即一个，“价”为词缀；死没腾，有气无力的样子；瞎模糊，模糊不清；呆答孩，发呆，发愣；低留答剌，形容纷乱不整的样子；批留铺剌，拟声词，形容下拜场面所出的声响；希留乎剌，形容人群混乱无序的样子；稽留聒剌，说话多而嘈杂貌；伊留兀剌，形容人无力行走貌。

③ 这里的9位曲家包括《全明散曲》（增补版）所录的8位：刘效祖、殷士儋、王克笃、薛冈、叶华、丁彩、于慎思、毕木，以及笔者补录的1人张自慎。

此期散曲繁荣的成因、题材和曲风的变化以及曲作中的地域性色彩等。

（一）隆、万间山左散曲家地域分布与身份地位的新变

与正、嘉间的山左散曲比，此期山左散曲家的地域分布与身份地位发生了明显的变化，现列表对比如下：

正嘉间山左散曲家的地域分布与身份地位			隆万间山左散曲家的地域分布与身份地位		
曲家	地域	身份	曲家	地域	身份
李开先	章丘	少卿	殷士儋	历城	太子太保、大学士
袁崇冕	章丘	布衣	刘效祖	滨州	副使
张舜臣	章丘	尚书	王克笃	安丘	诸生
张诚庵	章丘	秀才	于慎思	东阿	诸生
弥来夫	章丘	秀才	丁　彩	诸城	布衣
高应玘	章丘	县丞	薛　冈	益都	举人
马　惠	章丘	裁缝	毕　木	淄川	诸生
王　田	历城	县佐	叶　华	曲阜	不详
刘天民	历城	副使	张自慎	商河	诸生
杨应奎	益都	知府			
冯惟敏	临朐	通判			
刘　宁	济宁	瞽者			
刘龙田	不详	不详			

1. 曲家的地域分布特点。由上表，我们可以看出两个时段曲家地域分布的不同表现：正、嘉间有 11 位曲家集中于济南府（章丘、历城）、青州府（益都、临朐）、兖州府（济宁州）三府五地（刘龙田不详），尤其是章丘形成了以李开先为核心的曲家群（7 人）；到了隆、万间，9 位曲家分属于济南府（历城、淄川、商河、滨州）、青州府（益都、安丘、诸城）、兖州府（曲阜、东阿）三府九地①；由此看出隆、万间山左曲家的地域分布较正、嘉间表现出了分散的特点，事实上此期的山左曲家已丧失了群体意识。另外，历城、益都仍有 2 位曲家出现，表现出了延续性特点；章丘在

① 关于各地的归属，见［清］张廷玉：《明史》卷四十一“地理二”，中华书局 1974 年版，第 937—957 页。

正、嘉间本是曲家的集中之地，可随着李开先等曲家的先后离世，此时已变得沉寂无声，彰显出地域大家的引领作用不可忽视；淄川、商河、滨州、安丘、诸城、曲阜、东阿等七地突然出现了新曲家，有明显的新变特点，这表明此期散曲家的数量虽少于正、嘉间，但由其地域分布看，隆、万间山左文人对散曲文体接受的地域空间有所扩大。再有，此时山左散曲家的继承性没有突变性大的特点，说明了散曲文体的地位较低，人们仅把它作为抒情、泄愤的工具：呼之即来，挥之即去，从不吝惜。

2. 曲家的身份地位。就两个时段散曲家的身份地位而言，各除去一位身份不明的曲家（据曲作看，刘龙田、叶华两人绝不是居高位者），两个曲家群中都有官员存在，甚至还有一品大员，如殷士儋，也都有底层文人，如王克笃、张诚庵等，仅此区别并不明显。如果从官员所占曲家的比例看，正、嘉间有大小官员 7 位，约占全部曲家的 54%，而隆、万间有 2 位官员，约占全部曲家的 22%，明显低于前段；又正、嘉间存曲百首以上的 2 位曲家（李开先、冯惟敏）全为官员，而此时 4 位存曲百首以上者，仅刘效祖一人为官，其余三人均为底层文人（王克笃、薛冈、丁彩），这一曲家身份地位下移的现象与隆、万间明代散曲家的身份整体走低的表现相一致。不过，此期底层文人曲家虽然打破了前段官员曲家占据多数的局面，但相较于正、嘉间，此时山左曲家的身份种类明显减少，如前段的裁缝、瞽者消失，此期诸生、布衣增多。再有，从官员曲家归家闲居的情况看，正、嘉间的李开先与隆、万间的刘效祖因故被罢官，其余官宦或因病，或不满政局，多为致仕归里者，这些不同情况也会影响到他们散曲创作的内容与风格。

（二）隆、万间山左散曲继盛的主要因由

笼统地讲，某一文体在一个区域的发展、兴盛，与环境影响、个体取向有着密切的关系。这里的环境既包括大环境，即整个时代的社会文化背景，也包括小环境，指作家居地的周围创作环境，这里主要指曲家间的交往。所谓个体取向，指作家在一定文学观念指导下的创作目的。就此期山左散曲继盛的原因而言，我们这里主要谈以下三点：

1. 在社会文化背景中，对明代散曲家的创作影响较大的应是当时“求

真”“尚俗”“重趣”的文学思潮。众所周知，时至隆、万年间，哲学层面的心学“自王阳明提出良知说后，经过了王畿的求乐说，再到李贽的童心说”①，已发生了较大转变。尤其是李贽注重自我体认的“童心说”在当时影响甚大，以至出现了“李氏《焚书》《藏书》，人挟一册，以为奇货”②的景象。对于李贽童心说及其人生价值的论述，左东岭先生说：

> 李贽的哲学思想以自我适意为目的，包括寻求个人自我解脱之道与追求自我欲望之满足两个侧面，而最终以童心之真作为连接之纽带，将清净之初心与自私之俗心统合起来。在真诚的前提下，他建构起一种富于弹性的人格理论，以图解决现实中所存在的严重人性虚伪，并消解自宋代以来多数士子求圣而不得的心理紧张；既为晚明追求超越的士人寻觅一条解脱之道，同时亦为晚明世俗社会生活提供一种理性的解释。③

左先生的分析十分中肯，为我们揭示出为何李氏之说在晚明如此狂热的根本原因。在其哲学思想的影响下，李贽形成了尚自然、求自适的文学思想。不过，真正把李贽这种“突出作家之主体情思，主张情感之自由宣泄，超越所有的形式限制，减弱对客观景象之关注”④ 的审美观念落实于文学创作实践之中的却是诗文领域的公安派。以袁宏道为代表的公安派在诗文创作上提出了“性灵说”，他在《叙小修诗》中阐明了此派的主张：“大都独抒性灵，不拘格套，非从自己胸臆流出，不肯下笔。有时情与境会，顷刻千言，如水东注，令人夺魂。其间有佳处，亦有疵处，佳处自不必言，即疵处亦多本色独造语。然予则极喜其疵处。”⑤ 这里明确表达了自己求真

---

① 左东岭：《从良知到性灵——明代性灵文学思想的演变》，见左东岭：《明代心学与诗学》，学苑出版社 2002 年版，第 326 页。

② ［明］朱国祯：《涌幢小品》卷十六，中华书局 1959 年版（明清笔记丛刊），第 365 页。

③ 左东岭：《童心说与李贽的人生价值观》，见《明代心学与诗学》，学苑出版社 2002 年版，第 171—172 页。

④ 左东岭：《论李贽的文学思想》，见《明代心学与诗学》，学苑出版社 2002 年版，第 263 页。

⑤ ［明］袁宏道：《袁中郎全集》卷一，四库全书存目丛书本。

情、尚自然的文学思想，而这一文学思想的根底便是李贽的“童心说”。另有，戏曲界倡导真情的汤显祖，小说、民歌方面重情尚俗的冯梦龙等人推波助澜，共同推动着这一具有世俗化特点的洪流奔涌前进，从而也促进了文学艺术由雅趋俗的转变。当然，这种转变不是“有我没你”的替代，而是你我相融中多与少的争夺。与南方文坛风向有别的是，万历年间的“山左”曾经出现了以公鼐、于慎行、冯琦为代表的三大诗人，他们继李攀龙之后提出了尚“齐风”的诗歌理论，倡导雄浑、雅正之风，“与李攀龙对宋诗的态度显有不同，尤其他（公鼐）强调诗歌创作的求新求变，对七子派拟古思潮进行深刻反省和拨正”[①]。其弘扬“雄丽博大”的诗学观显然有别于公安派的“独抒性灵”，体现出北地文人在诗歌领域的崇尚特点。

不过，就散曲文体而言，它所处的地位、直白的抒情特点，似乎离宏大雅正之风较远，对于抒写真情、闲趣倒是比较接近，也更适合一些致仕家居与未仕文人抒发一己之怀的口味。我们没有史料直接证明山左曲家对王学左派思想的接受程度，也不好判断他们对当时重情、尚俗之风的具体看法，但从他们曲集的一些《序》中确能略知他们对待曲体的态度，也能触摸他们对待“时风”的态度。如丘云嵻为丁彩散曲作《序》云：“嘻嘻，君以布衣老人，学未登阃奥，耳不闻今古，师心率己辄成一家。真可谓：秉灵山岳，自然天真者矣。”[②] 这里拈出了丁彩及散曲“师心率己”“自然天真”的特点；又有二庵山人《刻明农轩乐府小叙》云：“乃若鸿冥蝉蜕，胸次超然，触事赏心，直以笔其真乐。”[③] 许邦才《重刻明农轩乐府序》：“虽狭邪童伎辈相竞习之不若其难，岂非得其自然之机，而用韵如出诸肺腑者乎?”[④] 道出了殷士儋散曲写真情、得自然的特点。从以上言论中，我们在了解到丁彩、殷士儋曲作通俗特点的同时，也获知写序之人对散曲文体擅写真情的认可态度。由于写序之人多为曲家的朋友、家人或乡里名人，

---

① 李圣华:《论明万历时期山左诗人公鼐的诗歌——兼论晚明万历山左诗风》,《泰安师专学报》(社科版)2000 年第 4 期,第 20 页。

② ［明］丘云嵻:《小令集序》,见《全明散曲》(增补版),第 3330 页。

③ ［明］二庵山人:《刻明农轩乐府小叙》,见《全明散曲》(增补版),第 2815 页。

④ ［明］许邦才:《重刻明农轩乐府序》,见《全明散曲》(增补版),第 2816 页。

他们或生于同时，或稍后于曲家，如许邦才是殷士儋的挚友，丘云嵻为丁彩同乡，故他们的态度能在一定程度上代表曲家对待曲体的态度。退一步讲，不管曲家出于什么写作目的，他从事这一文体创作的行为本身便表明了他们的接受态度。因此，我们认为不管这些散曲家是有意也好，无意也罢，他们的创作实践在某种程度上应和了尚俗、求真的时风，而时风也会或多或少地影响到他们散曲创作的观念，如刘效祖、丁彩模拟时曲创作的行为便证明了他们有意趋俗的曲学观，又如山左散曲中狎妓曲作的出现恐怕与明代后期的媚俗之风难脱干系。

2. 曲家之间的交往与山左散曲创作。如上所言，隆、万间山左曲家的地域分布比较分散，这为他们之间的交往增加了困难，而且从现有的史料看，他们之间的交往也的确较少。据现知材料，我们了解到此段山左曲家交往的对象主要是前一时段所述的散曲大家冯惟敏、李开先，如曲家薛冈（1535？—1595）曾作有［北双调·仙桂引］《闺思呈海浮冯年伯》，由此可知他与同郡曲家冯惟敏有曲作来往（其中称呼“年伯”，知薛冈为冯惟敏的晚辈），而且薛冈的居地益都，曾是冯惟敏移居临朐前的家居地，两地相邻为他们的交往提供了方便；又如冯惟敏在套曲《舍弟乞休》小序中云：“迩刘廉访念庵寄词数种，余览之心动。”据此可知曲家刘效祖（1522—1589）与冯氏也有过曲作来往；另外，曲家张自慎曾投奔李开先门下，据史料记载，他“尝作金元乐府三十余种”①，惜其不传。因此，虽然我们没有史料证明这些交往对于他们的散曲创作影响有多大，在哪些方面有所影响，但是部分曲家之间的交往活动对其散曲创作有所影响则是可以肯定的，尤其是薛冈与冯惟敏相距很近，他很有可能登门拜访过冯氏。即使其他散曲家之间不能相互拜访，也有可能阅读过对方的曲作。因此，这些有限的交往会在一定程度上促进此期山左散曲创作继盛局面的形成。至于其他曲家之间的交往情况，我们查阅现存的文集没有发现相关记录，这与此期山

① 张自慎，字敬叔，号就山，廪生，山东商河人。少负才名，尝作“金元乐府”三十余种，又作《五花攒锦》一部，语涉讥刺，被人告发。上宪怒，差人捕捉。时自慎适在省应试，闻警出东门而奔章丘，隐居太常李中麓门下，师事之。（参见［民国］石毓嵩、路成海纂修：《商河县志》卷十五，中华民国二十五年（1936）铅印本。）

左曲家身份较低致使他们的社交面狭窄、一些资料难以保持下来等因素有关，同时也表明他们之间的关系较为松散，散曲创作仅是他们的个体行为。

3. 个体需求。在论述正、嘉间山左散曲兴盛的原因时，我们曾提到过自娱的需要。其实，这是一个非常重要的因素，但凡文学创作都有其一定的目的，其中较为重要的一个目的则是宣泄情感、自娱娱人，此时山左散曲继盛局面的出现很大程度上讲也可作如是观。如曲家刘效祖 41 岁便被罢官，满腹的牢骚在其散曲中有所舒泄，他的从孙刘芳躅在《词脔序》中云："先伯祖念庵公……一官龃龉，遽遂初衣，悒郁不自得，恒寄情词曲，以舒泄其愁思。"① 可谓中的之言；散曲家殷士儋不满高拱等人的专横，毅然辞官，他"归济上，绝口不谈声利……酒酣兴逸，则肆口而占乐府数阕，间自为曼声，引而歌之相乐也"② 的生活态度，使他曲作的题材多为闲适之曲，与刘效祖存有不少叹世曲的情形有所不同，而这与刘、殷二人归田后的心境不同相关：刘效祖是被人诬告壮年罢官，其中有冤屈在；殷士儋已官居一品，厌烦与高拱等人为伍，多次上疏求去而致仕归。不同的为官经历、去官情况，使他们的心态多有不同，进而影响到了他们进行散曲创作时的心理诉求：刘效祖想宣泄，殷士儋求闲趣。至于刘效祖作有许多模拟时曲的作品，且全为吟咏风情之作，显然是出于自娱或娱人的目的。再如，穷苦的生活条件使曲家王克笃在曲作中经常流露出一种不满的口吻，也时常表达出一种感叹穷愁、倾诉苦衷的情怀；相对安适的生活环境使曲家薛冈的曲作中更多地表现出了一种闲适、洒脱的情怀。故此，不同的人生经历与生活境遇使人们的心态存有不同，他们在从事文学创作时会把这种复杂的心态通过不同的方式表现出来，以此来满足其内在的心理需求，弥补现实生活中的一些缺憾。

（三）隆、万间山左散曲题材与曲风的承变性特点

人常言："时位之移人也。"③ 也就是说，在外部环境与个人境遇的共

---

① ［清］刘芳躅：《词脔序》，见《全明散曲》（增补版），第 2794 页。

② ［明］二庵山人：《刻明农轩乐府小叙》，见《全明散曲》（增补版），第 2814—2815 页。

③ ［明］周容：《芋老人传》，见［明］周容：《春酒堂遗书》卷二"文存"，广陵书社 2006 年影印本。

同作用下，人们的心态会随之产生不同的变化，与心态的渐化相伴随的便是人们价值观念的转变。隆、万间的政坛局势、经济结构、文化思想等相较于前段，都有了新的转变与发展。受这种转变的影响，作家的价值观念、审美情趣也会随之有所改变，这些改变会直接影响到他们的文学观，进而影响到作家创作时对题材的选取和作品的风格。当然，受个性、文体等因素的影响，每个人的变化也会有所不同。隆、万间山左散曲题材类型与艺术风格的转变，在一定程度上说明了这一问题。

1. 题材类型的承变。为了清晰地说明两个时段山左散曲题材类型的变化情况，现把两个时段题材类型的前十五类按数量多少列表如下：

隆万间山左散曲的题材类型						正嘉间山左散曲的题材类型					
题材	数量	题材	数量	题材	数量	题材	数量	题材	数量	题材	数量
闺情	102	咏物	38	交游	11	咏怀	319	嘲谑	41	纪事	19
咏怀	80	艳情	32	技艺	7	闲适	110	写景	25	家庭	19
闲适	62	写景	30	节序	6	艳情	88	农事	24	咏物	15
叹世	55	羁旅	13	寿曲	5	闺情	48	交游	24	寿曲	15
隐逸	41	嘲谑	12	宴集	5	叹世	48	隐逸	23	颂赞	13

由上表所列，我们可以看出同一地域不同时段散曲题材类型的顺序发生了一些明显变化。其中，较明显的表现是：隆、万间的闺情类由正、嘉间的第四位上升至第一位，隐逸类由第十位升至第五位，咏物类由第十三位升至第六位，艳情类则由第三位降至第七位，嘲谑类由第六位降至第十一位，农事类由第八位降至第十五位之外等；另有，羁旅、技艺、节序类由正、嘉间的十五类之外步入前十五位，纪事、家庭、颂赞类由正、嘉间的十五类之内走出了前十五类等。至于出现这些变化的原因，隆、万间尚俗、求真时代风气的影响起到了一定作用，如刘效祖模拟时曲曲牌，一人就写有59首闺情曲，使隆、万间闺情曲的位次得以提前；曲家的境遇、心态、创作目的是影响题材类型选取的重要因素，如隐逸类在两个时段中的位次差别十分明显，原因表现在：一是正、嘉间的散曲大家李开先壮年被罢官，满腹牢骚，所写曲作多为感世咏怀之曲，根本没涉及隐逸类曲作；相比较而言，冯惟敏出仕前曾遭受九次落第的打击，一直考到五十二岁，最后通

过谒选才得授县令，沉痛的打击容易使他产生消极避世的思想，故他写有18首隐逸类曲作；其他曲家，除杨应奎有4首隐逸类曲作外，很少再有人问及。二是与正、嘉间曲家不同，隆、万间的曲家多数为闲居林泉的未仕文人，如曲家王克笃（15）、薛冈（4）、叶华（4）等，在经过短期的折戟之痛后，可能更易于表现出安命、消极的心态，也容易创作出一些具有隐逸色彩的曲作；致仕曲家殷士儋也作有1套隐逸曲，与李开先同有罢官命运的刘效祖却能看得开，写有16首具有隐逸之风的曲作。因此，便出现了上面的结果。又如农事类题材在正、嘉间曾是最具突破性的类型，而此时仅有4首，排在了十五位之外，虽然正、嘉间的24首反映农事的曲作全由冯惟敏一人所为，此时的农事曲为王克笃一人所作，但从曲作的数量和反映农事生活的力度看，王克笃是不能望冯氏之项背的；从二人的生平经历和作品中反映出的思想看，两人同在农村生活了很长时间，出现这一差别的缘由主要是与冯惟敏强烈的用世思想有着直接关系，而王克笃在曲作中更多的是感叹生活穷苦、世道不公，生活条件和心态的不同很难使他能写出大量反映农村富有生活情趣的曲作，尤其是那些反映欢乐场景的农事曲更是难为。再如嘲谑类，据我们统计，正、嘉间的13位山左曲家中有9位染指了此类曲作，而隆、万间的9位曲家中创作此类曲作的仅有3位，这反映出此期曲家的生活情趣中可能相对缺少了讽谑、幽默的一面。譬如，在隆、万间的12首嘲谑曲中，丁彩一人就占10首，这与丁彩“俶傥风流，诙谐调度，又绝有东方生滑稽气味”① 的性格有着直接关系，而曲家毕木在“以儒业肇基”“独雅向儒”② 价值趋向的指引下，便较难创作出嘲谑类的曲作。

相较于正、嘉间的山左曲坛，除咏怀、闺情、闲适等传统的题材类型外，此期最具突破性的题材为咏物类、羁旅类、节俗类、抒情类（诉苦）曲作，这里结合例曲稍做分析。

---

① ［明］丘云嵻：《小令集序》，见《全明散曲》（增补版），第3329页。

② ［明］毕自严：《敕封文林郎司理诰赠光禄大夫宫保大司徒先君舜石翁传》，见［明］毕木：《黄发翁全集》附录，清嘉庆十三年（1808）毕丰增等刻本（四库未收辑刊本）。另，附有明人张以诚撰写的《赠刑部主事舜石毕公传》，对于了解毕木的身世大有帮助。

（1）咏物曲。其实，咏物曲并不是什么新题材，在各个时期的曲家笔下都有涉及。与正、嘉间比，此期咏物曲的数量和位次都有明显提升，而且也具有自己的特点。在隆、万间山左曲家中，有王克笃（12 首）、丁彩（18 首）、薛冈（8 首）、叶华（1 首）四人写有此类曲作，其中以王克笃、丁彩的曲作最有特点。就王克笃的咏物曲而言，有咏花者、咏家什者、咏动物者，其中咏动物者颇富机趣。如［北双调·落梅风］《咏蛙》：

青草畔，绿水涯，借阴凉逍遥长夏。雨余井底闹喧哗，几曾见东洋大。

又《咏蝶》：

香须细，粉翅纤，三百个名园都采遍。一番风雨一番寒，花落也空迷恋。

又《咏蜜蜂》：

朝飞去，薄暮还，忍着饥将百花采遍。为谁辛苦为谁甜，好窝巢别人占。[①]

这三首曲作篇幅虽小，但能做到粗笔绘物，形象生动，具有场景感；而且曲风清丽，机趣盎然，意蕴深刻。不过，他的曲句“三百个名园都采遍”明显带有元人曲家王和卿“三百座名园一采个空”[②] 的痕迹，同时他也应学习、借鉴了明人曲家王磐咏物曲的写作特点，如王磐的《蛙鼓》《蝶拍》《萤火》《蜂衙》等曲作中的谐趣之风在王克笃这类曲作中得到了一定

① 《全明散曲》（增补版），第 2943—2944 页。

② ［元］王和卿：［仙吕·醉中天］《咏大蝴蝶》，见隋树森：《全元散曲》，中华书局 1964 年版，第 41 页。

继承。

与王克笃不同的是，丁彩的咏物曲表现出的是另外一种风味，如［南商调·山坡羊］《借蝉寓意》：

羡新蝉声音嘹亮，占高枝肯将谁让。弄精神无拘无束，逞豪气三千丈。遇的是好时光，乘的是大阴凉。率性儿粗喉咙大嗓，不觉人听不上。有时节西风紧梧叶凋零也，我替你烦恼我替你凄凉。惨伤，饶你不死也不这等旺相。休忙，你早寻下个窠巢准备着落叶严霜。[①]

这是一首借物嘲讽之作。首先由“羡”“占”“弄”“逞”四字把蝉的声音嘹亮、不肯让人、无拘无束、豪气千丈的神态缀合在一起，描摹出了其高傲不群的姿态；接着分析原因：之所以你能这样，是因好时光、大阴凉成全了你。随后表态：你只是一味地卖弄自己，不顾忌别人的感受，等到西风到来时，你即使不死也不会像现在这样狂妄了，我真替你担忧啊！还是趁早准备下个窠巢以备严寒吧。此首曲作条理清晰，表意直接，语句通俗，嘲讽有力，与王克笃此类曲作的曲风迥然不同。像这样的曲作，丁彩还有《借灯寓意》《借风匣寓意》《代促织答语》等。这类曲作的存在，从侧面反映出丁彩“愤世嫉俗”“仗义负气”“诙谐调度”的性情。

（2）羁旅曲。在正、嘉间山左散曲中，羁旅曲仅有2首，此时增至13首（丁彩8首，薛冈5首），变化明显。薛冈、丁彩二人相比，薛冈的羁旅曲多是以旅怀的角度记写对心上人的思盼之情，虽然曲作工整、庄丽，但仍有不真、做作之嫌，没有丁彩的此类曲作写得典型、到位。之所以丁彩能写出一些具有真情实感的羁旅曲，与他一生“曾游历过南直隶、北直隶、姑苏、镇江金山寺、历下、安丘、莱阳、琅玡台等地”[②] 的生活经历有着直接关系。其中，最能见其真情者还是丁彩身在外地寄思家人、朋友的曲

---

① 《全明散曲》(增补版)，第3294—3295页。

② 丁全来:《丁前溪其人其事》，见封锡奎:《丁前溪、丁惟恕小令合集校注》附录，黄河出版社2009年版，第306页。

作。如［南商调·金衣公子］《家音寄内人》二首之一：

写字不成行，强挥毫痛怎当，泪珠滴满云笺上。这方那方，千桩万桩，撺不断关心帐。寄糟糠，一封空柬，斑点是衷肠。①

又［北双调·折桂令］《寄辽阳答友人赵海石》：

闷无聊忽报佳音，喜气凝眸，倍长精神。人在千山，书传万里，义重十分。拆封时鼻窍酸还能强忍，看书呵心头疼委得难禁。句句堪钦，字字关心。问归期且避酷寒，要相逢只待阳春。②

前一首，作者开篇直写自己痛心的情形：泪珠纷纷，痛不成字；接着写自己的心理活动：这一件、那一桩，妻子对自己关心的情景纷然而至、挥之不去；最终，也没能写出一个字来，只有把这被泪水浸湿的信笺寄给妻子。寥寥数句，涵载着丰富的情感容量；平实的话语中，道出了他的肺腑衷肠。后一首，是答谢朋友的曲作。长期的空虚寂寥，突然接到老朋友的书信，欣喜之态可以想见；作者接着没写书信内容如何，而是对朋友的这种行为给予了赞扬；然后，写自己拆信、读信时的情状：强忍感动，难禁心痛；朋友的嘘寒问暖、关心叮嘱着实使自己心存感激。最后，预见相逢的时期。虽然曲中蕴有酬答的成分，但其中的真情实感绝非一般酬答之作所能比拟。另有《辽阳孤愤》《寄老友周联峰》《寄兄》等曲作，也是极富真情的曲子。那么，为什么丁彩能写出如此情真的曲作呢？仅是他身在外地游历时对家人、朋友思盼的表达吗？如果是的话，也不至于写得如此痛心、动情，其中应有他情。根据丁全来所记，丁彩在50岁以前不知何故，曾被发配至辽阳有一年多的时间，后被家人设法救出；他推测丁彩被发配的原因可能

① 《全明散曲》(增补版)，第3306页。

② 《全明散曲》(增补版)，第3305页。

是受豪强或政客的陷害所致。[①] 如果果真如此，那么丁彩写出如此深刻、痛心曲作的根本原因则是被发配边疆的痛苦经历所致。这些曲子比起那些矫揉造作、无病呻吟的羁旅之作，不可以道里计。

（3）节俗曲。节俗曲在明代散曲中存有 83 首（套），隆、万间占有 37 首（套），此期山左散曲中有 13 首（套）。相较于正、嘉间山左散曲中没有此类曲作，此时段山左散曲的突破较为明显。其中主要分为两种情况：一是节日习俗曲，共 6 首（套）；二是技艺活动曲，共 7 首。节俗曲，以曲家刘效祖的套曲《良辰乐事》最有代表性。曲中对过年时人们拜年、游灯、家宴等活动记述得十分典型，是明代散曲中反映节俗活动独一无二的曲作。[②] 因篇幅关系，这里只举其中的两支曲子，如［幺篇］：

> 刚送出张世英，又接进李彦实。你看他叉手躬身，假意虚情，逊让谦推。一个说："有生受，多起动，重蒙光辉"；一个说："拜望迟，勿蒙见罪。"[③]

又如［五煞］：

> 初七八拜罢年，盼元宵月色辉。家家灯火安排毕，村的俏的街头闯，老的小的厮混挤。到处里闲游戏，小姑儿厮跟定嫂嫂，外甥儿扯住了姨姨。[④]

前首曲子，作者形象生动地刻画出过年时，人们拜年的礼俗、言语、动作，那种虚情假意、表里不一具有"符号"特征的形象，使人如见其人、如闻

① 丁全来:《丁前溪其人其事》,见封锡奎:《丁前溪、丁惟恕小令合集校注》附录,黄河出版社 2009 年版,第 306—309 页。

② 冯惟敏的散曲中有《灯夕》《元宵喜雪夜分而止》《清明南郊戏友人作》《喜雪新春试笔》等篇目,但曲作的内容都不是具体写节序的,我们没把此类曲作作节序曲统计,所以说正、嘉间山左散曲中没有节序类曲作。另外,曲家刘效祖的籍贯为山东滨州,寓居京卫,这里按其籍贯归山左曲家。

③ 《全明散曲》(增补版),第 2792 页。

④ 《全明散曲》(增补版),第 2793 页。

其声；后首曲子则是对元宵节热闹场景的描绘：月色银辉，灯火辉煌，男女老少都走出家门，欢庆这一年一度的美好时刻，期盼来年好运。刘效祖曾写有两首灯市词，可与这首［五煞］曲相参读：

侯伯皇亲尽夜欢，锦衣走马绣鞯鞍。千金已自悬灯火，更向谁家席上看。

谁家闺女路傍啼，向人说住大街西。才随老老桥边过，看放花儿忽失迷。[①]

套曲《良辰乐事》是明代散曲园地中不可多得的记述民风民俗的曲作，它给我们打开了一扇了解北方节俗的窗口。另外，王克笃的5首节序曲简短粗略，与刘效祖的套曲《良辰乐事》比，不可等同，这里不述。

至于记写技艺活动的曲子，以王克笃现存的两首曲作最为典型，如［北双调·落梅风］《踏索》：

竖起木，绊条绳，半虚空身腾脚动。眼前现放着死合生，只怕闯下来无人偿命。

又《偶戏》：

支个架，占块场，着绮罗堂堂模样。擎拳拱手甚安详，有外像全无里像。[②]

这两首小曲简单地写出了走绳索、偶戏演艺活动的特点[③]，最后还没忘记风

---

① ［明］刘侗、于奕正着，孙小力校注：《帝京景物略》卷二“灯市”，上海古籍出版社2001年版，第93页。

② 《全明散曲》（增补版），第2944—2945页。

③ ［宋］马端临：《文献通考·乐考二十》云：“组戏，汉世以大丝绳系两柱头间，相去数丈，两倡对舞，行于绳上，对面道逢，肩相切而不倾，张衡所谓‘跳丸剑之挥霍，走索上而相逢’是也。梁三朝伎谓之高组，或曰戏绳，今谓之踏索焉。”（中华书局2011年版，第4421页。）

趣一下。这类曲作的存在说明了明代北方民间杂技娱乐活动的演出情况，具有民俗文化的特点。另如，薛冈的［南仙吕·二犯月儿高］《吹弹歌舞》，分别对吹、弹、歌、舞四种演艺活动给予了细致的描绘，场景、形象、色彩、音声各至臻妙，但民俗性特点不够突出，这里不举。虽说技艺曲的思想价值不大，重在娱乐性，但为我们保存了当时一些游艺活动的特点，具有一定的史料价值。

（4）咏怀曲。“君子作歌，维以告哀。”[①] 王克笃通过作曲歌咏自己穷苦生活的哀痛之情，为明代散曲中所少有。我们知道“在势利社会里，如果一个身份低贱的人所遭受的痛苦，在物质层面表现为贫困的话，那么被人忽略、受人白眼则是这些缺乏重要身份标志的人们在精神层面上所遭受的痛苦。”[②] 作为生活在底层的一介文人——王克笃对这两个层面的痛苦都会有深刻的体会。如其南北双调合套《无题》曲中的［沉醉东风］：

愁担儿沉沉难放，苦葫芦暗暗自尝。临崖树水早冲，枯根草霜偏降。似俺这福薄人百孔千疮，无那无能可怎当，谁替俺愁思半晌。

又［折桂令］：

母高年菽水清凉，病喘丝丝，风烛难防。门户萧条，田园荒芜，骨肉参商。厮守的老伴妻残病羸尫，传家的豚犬侄蠢懦孤霜。世态炎凉，人事周章。触目惊骇，举手怆惶。[③]

作者在曲作前的小序中云：“余老会至矣，百岁关心，一贫刺骨，矧遭此凶年，左右盼顾，实为狼狈。昨把镜照面，茫然良久……因援笔写此，情见乎词。时万历二十二年（1594）新正三日书。”[④] 结合小序所言，再有曲中

① 陈戍国点校：《诗经·小雅·四月》，岳麓书社1991年版，第373页。
② ［英］阿兰·德波顿著，陈广兴、南治国译：《身份的焦虑》，上海译文出版社2009年版，第20页。
③ 《全明散曲》（增补版），第2953页。
④ 《全明散曲》（增补版），第2952页。

对自己贫困生活的述说，我们可深刻体会到作者“一贫刺骨”的内在苦痛。据《安丘新志》载：“万历二十一年秋，大水，无麦禾。”[①] 可知这是大灾之后的新年。人常言“富人过年，穷人过关”。对“无一粒站脚粮”的王克笃一家而言，无疑是雪上加霜。于是，他发出了“空有些烂文章怎生嚼”的感叹，是迫于无奈的感叹，也是对世道不公的感叹。对于穷愁的生活，作者不止一次提到：“余独坐一室，愣然无余物，惟篝灯书卷，土炕布袍数者而已。”[②] “余一生穷愁。”[③] 而这也是他为什么能写出如此深刻反映底层文人真实穷苦生活之曲的根本原因，也是他为什么写出不少感叹世事不公之作的原因，也是他为什么能写出超出穷愁之外洒脱之曲的原因（当然，他的这种洒脱是“带泪”的洒脱，是无奈情形下说服自我放弃执着后的洒脱），这也再次证明生活经历对一个作家创作成功与否的重要性。其实，明代后期生员贫困化现象已非个案，而是具有一定的普遍性。贫不能葬，身无完衣，长无家室的情形，时见文人笔端。如明人杨继盛言及自己做生员时的穷苦状况时云：

> （予）读书于社学，所居房三间，前后无门，又乏炭柴、炕席，尝起卧冰霜，而寒苦极矣……予时居僧人佛永房，予无童仆，僧无徒众，僧尝念经于外，予自操井灶之劳，秫杆五根剖开可以熟饭。冬自汲水，手与筒冻住，至房口呵化，开始做饭。夜尝缺油，每读书月下。夜无衾，腿肚常冻转，起而绕室疾走，其苦盖难言万一矣。[④]

杨氏所言实乃肺腑之语。由此，我们可以体悟到王克笃的此类曲作并非无病呻吟，实乃困苦、无奈心态的真实流露。

2. 山左散曲曲风的承变特点。

（1）豪放为主的曲风。与正、嘉间的山左散曲比，隆、万间山左散曲

① [清]王训：《康熙续安丘县志》卷一，清康熙刻本。

② 《全明散曲》（增补版），第 2949 页。

③ 《全明散曲》（增补版），第 2954 页。

④ [明]杨继盛：《杨忠愍集》卷三《自著年谱》，文渊阁四库全书本。

的整体风格仍以豪放为主，但其中豪放的气度已逊色于前段，像李开先那种激越的豪气已转为感叹式的豪放，冯惟敏带有儒雅之风的豪放在这里得到一定程度上的继承，但显得不够纯熟与洒脱。如刘效祖［北双调·雁儿落带得胜令］《和元学士汪云林》八首之五：

浮生梦里过，尘世笼中坐。财多害反多，官大愁还大，黑海已惊波。绿发渐成皤，失意休弹剑，归心且棹歌。吟哦，守口防诗祸；蹉跎，开怀敌酒魔。①

又［北中吕·朝天子］八首之一：

景阳宫晓钟，鸣珂巷玉骢，总是南柯梦。生来无分紫泥封，机巧成何用？捉雾拿云，攀龙附凤，这心肠无半种。拄一条瘦筇，引一个小僮，沿村瞳瞧耕种。②

相比较而言，刘效祖的这类作品应是此时段较为豪放的曲子了，与有着相同罢官经历李开先的曲作比，其中豪放的力度已减弱不少，个中的缘由乃两人个性差异所致。据刘效祖的篇目《和元学士汪云林》及旁注“百首之三十二”，我们了解到他的此类曲作是仿效汪云林所作，数量多至百首。汪云林，即元代曲家汪元亨。据《录鬼簿续编》云：“其有《归田录》一百篇行于世，见重于人。”③ 我们对读二人的同类曲作，明显感觉到刘效祖模拟的痕迹，其中的典故、语调、表意、风格都十分相似，并没有什么新意可言，乃文人刻意为之的产物。之所以他愿意去模仿汪元亨的创作，这里有三个原因：一是身为北地之人，认可北曲的豪放之风；二是中年仕途受扼，这类曲子利于其书写悒郁不平之气；三是

① 《全明散曲》（增补版），第 2771 页。
② 《全明散曲》（增补版），第 2773 页。
③ ［明］无名氏：《录鬼簿续编》，见《中国古典戏曲论著集成》（二），中国戏剧出版社 1959 年版，第 281—282 页。

此类曲作语句规整便于模仿。

又如王克笃的［北双调·沉醉东风］《偶兴》二首之一：

无事累争长竞短，有家常奉喜承欢。秃厮姑会宰鸡，村胖姐能炊饭。老山妻把盏擎盘，稚子牵衣娱笑喧，当家儿团圆过遣。[①]

因作者所写对象、所抒情感不同，这首曲子的豪风明显不如上面所举的两首曲作，缺少了沉重，增添了喜悦，表现出的是一种带有洒脱、自适味道的豪放。这种风格与冯惟敏的一些曲作颇为相似，但总体来看其曲作中的才气与对曲体的把握上，较冯氏稍差一筹。

（2）清丽之风也是隆、万间山左散曲的一个主要风格。正、嘉年间，清丽曲风主要表现在冯惟敏与杨应奎的曲作中，时至隆、万间的山左散曲，具有这种风格的曲作数量明显增多。譬如，曲家殷士儋、薛冈、王克笃、丁彩等都有这类曲作存世，而且各有特点。其中，殷士儋多结合自身的闲适生活穿插雅景以显清丽，薛冈多写园林之景显示庄雅，王克笃多写家乡山川之景显其清雅等。试举两例，以见一斑。如王克笃的［南正宫·玉芙蓉］《春日游沸泉》：

三山列画屏，一水湾银镜。翠森森蔽桧，乔木荫浓。云归古洞松花冷，雨过春山瑶草青。真奇胜，神仙路通，正个是人间天山小蓬瀛。[②]

又薛冈的［南中吕·驻云飞］《园中四景》四首之二：

矮矮松屏，秀色天然似画成。影落盆鱼竞，阴锁山石静。嗏，岁

① 《全明散曲》(增补版)，第2924页。

② 《全明散曲》(增补版)，第2936—2937页。

晚不凋零，清风高挺。正对幽轩，梅竹添佳兴，细雨苍鳞夜夜声。[①]

沸泉，“在灰墟里中，泉出如沸，北流入于灵河。”[②] 这里写泉水周边的清雅景致，具有天籁之美；后一首写园林中松屏与其他景物勾勒的幽雅之景，具有雕琢之美。虽然同为写景，一则开阔、飘逸，一则雅致、内秀，从中可以领略到作者不同的情调。

（3）令人可喜的拟时曲作品。在散曲文体整体趋雅的风潮中，隆、万间山左散曲坛出现了学习时曲创作较为成功的曲家，他们的一些曲作俗朴、率真，代表了此时部分曲家创作中追求的一种审美趋向。其中，以刘效祖、丁彩的创作最为典型。如刘效祖的［挂枝儿］八首之一：

俏冤家但见我就要我叫，一会家不叫你你就心焦，我疼你那在乎叫与不叫。叫是提在口，疼是心想着。我若有你的真心也，就不叫也是好。[③]

又［双叠翠］八首之一：

怕逢春，怕逢春，到的春来病转深。捱不过困人天，懒看这红成阵。行也难禁，坐也难禁。越说不想越在心，似这等枉添愁，可不辜负了春花信。[④]

据［挂枝儿］［双叠翠］［锁南枝］［醉罗歌］曲牌下所注，这类有民歌特点的曲作远非现存的这些，而是在四百首以上。仅从数量上看，便说明刘效祖是当时一位摹写时曲的大家。至于所作“新声盛传一时，至闻之禁

① 《全明散曲》（增补版），第3394—3395页。
② ［明］熊元，马文炜纂修：《万历安丘县志》卷三“山川”，四库全书存目丛书本。
③ 《全明散曲》（增补版），第2777页。
④ 《全明散曲》（增补版），第2777—2778页。

掖。……惟公所为散曲，都人至今犹歌之”[①] 的流传状况，指的就是这类曲作。又如丁彩的［劈破玉］：

窗外鸡那等无情分，俺做一个团圆梦，沙里澄金。你逞高声鸣，你的音和韵。惊了人儿去，教我没处寻。捋了你那毛衣，煮你一百滚。[②]

丁彩用这一牌调创作七首曲作，支支俗朴、率真、泼辣。而且，他还用［干荷叶］［山坡羊］等牌调创作了多首极具通俗风格的曲作，以至形成了他整体曲风向俗的特点。他的这类曲作“俚语俗呼”，“用之不嫌”，“师心率己”，“自然天真”，以至一些弹唱艺人“终席所歌，皆君之小令”[③]。由刘效祖、丁彩散曲的传唱情况看，我们可以获知当时在民间乐唱爱听的曲子是一些通俗、泼辣的言情俗曲，而那些感叹世事、抒写闲怀、颂扬贺赞、酬答游赏之类的曲作只是文人们自娱抒情的玩物而已，与徒诗的地位已相差无几。即使偶尔能唱，也仅是在小范围内几个酒友清唱一下，或找歌妓、家伎演唱一番，是不会得以广泛流传的。就当前的流行歌曲而言，不也是如此吗？响彻于耳畔最多的是情爱之曲，而那些庄重的曲作是有其一定的演唱场合和使用范围的，人们的接受程度也远不如情爱歌曲广泛得多。这一现象的出现，除爱情乃人之咏唱不衰的主题外，物质相对富裕，城镇市民不断壮大，消费文化日益发展，尚俗、尚艳、享乐的价值观念日益泛滥等，当是这类曲子深受欢迎的重要推手。

其实，这种摹写时曲的现象不仅发生在隆、万间的山左曲家身上。正、嘉间北方曲家康海、王九思、冯惟敏便已使用时曲牌调［寄生草］［驻云飞］［锁南枝］［傍妆台］等进行创作了，只是没有达到如此浓烈的时曲味道而已，这也表明了文人对待时曲的接受态度。再有，后来的散曲家朱载

① ［清］刘芳躅：《词窗序》，见《全明散曲》（增补版），第2794页。

② 《全明散曲》（增补版），第3301页。

③ ［明］丘云嵻：《小令集序》，见《全明散曲》（增补版），第3330页。

埥（1536—1610?）、赵南星（1550—1627）、冯梦龙（1574—1646）等也在模拟时曲方面取得了成功，尤其是冯梦龙还专门搜集刊刻《山歌》《挂枝儿》民歌集，这说明这种模拟现象非一时一地存在，有其一定的广泛性。明代后期沈德符（1578—1642）在其笔记中的记载能在一定程度上说明这一问题：

> 自宣、正至成、弘后，中原又行［锁南枝］［傍妆台］［山坡羊］之属。李崆峒先生初自庆阳徙居汴梁，闻之，以为可继《国风》之后。何大复继至，亦酷爱之。今所传［泥捏人］及［鞋打卦］［熬鬏髻］三阕，为三牌名之冠，故不虚也。自兹以后，又有［耍孩儿］［驻云飞］［醉太平］诸曲，然不如三曲之盛。嘉、隆间，乃兴［闹五更］［寄生草］［罗江怨］［哭皇天］［干荷叶］［粉红莲］［桐城歌］［银纽丝］之属，自两淮以至江南，渐与词曲相远，不过写淫媟情态，略具抑扬而已。比年以来，又有［打枣竿］［挂枝儿］二曲，其腔调约略相似，则不问南北，不问男女，不问老幼良贱，人人习之，亦人人喜听之，以至刊布成帙，举世传诵，沁人心腑。①

这里有四点需要注意：一是时曲大致兴起的时间在宣、正间，至后逐渐繁盛；二是各个时期曲牌的流行情况有所不同；三是一些士夫文人对待时曲的接受态度；四是广泛流布，受到广大民众的喜爱。其实，这四点给我们道出了士夫文人热衷模拟时曲的主要原因：时曲的繁荣由来已久，为文人的学习、模仿打下了基础；各个时期新曲牌的加入，一定程度上吸引了部

---

① ［明］沈德符：《万历野获编》卷二十五"词曲"，中华书局1959年版（《元明史料笔记丛刊》），第647页。稍早于沈德符的顾起元（1565—1628）在《客座赘语》卷九"俚曲"条中也云："里衖童孺妇媪之所喜闻者，旧惟有［傍妆台］［驻云飞］［耍孩儿］［皂罗袍］［醉太平］［西江月］诸小令，其后益以［河西六娘子］［闹五更］［罗江怨］［山坡羊］。［山坡羊］有沉水调，有数落，已为淫靡矣。后又有［桐城歌］［挂枝儿］［干荷叶］［打枣干］等，虽音节皆仿前谱，而其语益为淫靡，其音亦如之。"（见中华书局1987年版《元明史料笔记丛刊》，第302页）

分文人的学习；李崆峒、何大复以及袁宏道等人的赞颂[①]，提升了时曲的地位与影响；“尚情”之风影响下，接受群体的广泛（作家也是接受中的一员）创造了时曲流行的市场，推动了文人模拟时曲的进程。

（四）隆、万间山左散曲对地域文化的述录

对于长期生活于一个地域的作家来说，家乡一草一木的滋养都会在其内心留有一定的影响，家乡的风土人情也会潜移默化地融入他的血液中、行为中，进而化为一种不可割舍的情感付诸笔端，慰藉着自己、赐享于读者。在隆、万间的山左散曲中，对地域文化的承载主要表现在两类曲作上：一是以殷士儋、王克笃、薛冈所作的地域景观曲；一是刘效祖、王克笃等创作的节序曲。

1. 地域景观的直述与曲家的心理寄寓。从作品与作者的关系讲，作品是作者抒发情感的一种载体。在情感的表达过程中，作者会因选取的书写对象不同，抒发的情感也会有所差异，如作者选择历史上遭受过压抑、摧残的人物作为作品中的写作意象时，常表达出愤世、郁闷的情感；选择那些成功的人士、事件作为描绘的对象时，常表达出一种高兴、愉悦的情感。同时，在选择同一类型的物象写作时，也会因作者的出发点或者心绪不同，表达、寄寓的情感也有区别，如隆、万间山左散曲在描写地方景观时，既表达出了曲家的自豪之感、感伤之情，也表达出了曲家的游赏、清闲之心。

（1）山左景观曲与曲家的自豪感。如殷士儋的套曲《咏怀古迹》［北商调·集贤宾］：

古齐都自来多胜景，襟泰岱跨沧溟。蓬莱岛东通福地，紫微垣北拱神京。济水派大清河夏后亲凿，历山原美田畴虞帝躬耕。好风俗万家弦诵声，眼面前图画天成。明湖光潋滟，鹊华声峥嵘。[②]

① 袁宏道在《叙小修诗》中云：“故吾谓今之诗文不传矣。其万一传者，或今闾阎妇人孺子所唱［劈破玉］［打草竿］之类。犹是无闻无识真人所作，故多真声，不效颦于汉、魏，不学步于盛唐，任性而发，尚能通于人之喜怒哀乐嗜好情欲，是可喜也。”（见［明］袁宏道：《袁中郎全集》卷一，四库全书存目丛书本）。

② 《全明散曲》（增补版），第2796页。

在这里，作者以“古齐都自来多胜景”开篇，接着写到泰岱、蓬莱、济水、历山、明湖等自然、人文景观及其传说中的历史人物；然后，在下面六七支曲子中，写到“七十二泉源远近称，数不尽美号佳名”的密脂、金线、柳絮、芙蓉、漱玉、濯缨、趵突、甘露、珍珠等名泉，又写到同文阁、闻韶馆、凝香斋、芍药厅、玉虚祠、会波楼、叔牙山、子骞祠、虞舜井、绰然亭、遂闲堂等古迹景观，并不止一次感叹道“山色与湖光照应”“到处是仙都胜境”“真个是地因人胜”。虽然作者后面有“叹存亡感兴废”“往日繁华谁料领”的感叹之情，最后的落脚点仍在“讴歌登览乐余生”与感谢皇恩、喜朝全盛上。曲作中的情感虽有高低起伏，但整体布局虎头蛇尾，尤其是尾两曲歌功颂德不出俗套，反映出了作者思想的局限性，故难称佳作。不过，前六支曲子对济南景胜的赞美及其中蕴含的自豪之情还是昭然纸上的。

又如薛冈的［北中吕·谒金门］《登岱》二首之一：

白云，彩云，拥出山峰峻。萦回曲道上天门，一览长空尽。汉柏风生，秦松雨润，忆登封旧迹存。齐分，鲁分，首五岳东方镇。[1]

客观上讲，这里是对泰山景观的直接述描，从其用词、造句、绘景所烘托出的气势看，明显让人感受到一种宏阔、高扬之气，一种自豪的情感溢于言表。

（2）山左景观曲中的感伤之怀与闲适之趣。与自豪之情不同是，面对地域的一些景观，曲家有时会表达出一种感伤之怀，也能表现出一种闲适之趣，即使在同一曲家身上也有明显的表现。如王克笃的［北中吕·朝天子］《再游公冶长书院荒落不复前日，怆然赋此》[2] 二首之二：

---

① 《全明散曲》(增补版)，第3390页。

② 关于公冶长书院，《万历安丘县志》卷五“建置”云：“公冶长祠，在县南七十里，相传以为公冶读书之处，九月九日邑民具香楮往祀之。成化中，知县陈文伟重建，自为之碑记。”(［明］熊元、马文炜纂修：《万历安丘县志》，明万历刻本〈四库全书存目丛书本〉)。

临厓，倚岩，曾结青云院。先贤姓字古今传，景物年年换。僧老藤枯，垣颓碣断，叹径行不似前。残阳，鸟喧，酒意淡游情倦。[①]

在曲作的题目中，作者便标明了自己的怆然之情。再有“先贤姓字古今传，景物年年换”的感叹，以及“老”“枯”“颓”“断”“残”“淡”“倦”等富有惨淡色彩词语的连用，进一步衬托出了作者感伤、颓废的情怀。但是，在曲家王克笃的另一些景观曲中，表达出的情感却异于上曲，如前面所举《春日游沸泉》中表达出的清雅之景、闲适之趣，还有《春日游白云洞山庄》中“万叠深山翠微横”“野花绣地”“芳草披离”景致的描绘，以及对元宵、端阳、中秋会饮雹泉、西亭、寿山等的描绘中，均表达出了作者的一种闲乐之趣。

由此，我们可以认识到：不同曲家对不同景致的描绘，可以寄寓不同类别的情感；同一曲家对同一地域景观的描述，也能抒发不同的情感。这里说明了一个问题：作家抒发情感的差异，不是全由自己描述的对象来决定的，描写对象有时只能起到一个外在的影响作用，关键点是作家自己在观照景物时的心情。颠沛流离、愁困满怀的作者，即使面对青山绿水，也难表喜悦之怀；金榜题名、春风得意的作者，即使看到那残荷败柳，他也会写出其中的内涵之美。故此，我们认为：情，乃心中之情；景，乃心中之景；外在的物景仅是一种外在的表象，其真正涵载的情感需要人内在情感的赋予才会彰显出来。当然，我们也不可忽视景物外在的约束性，也就是说，作者所咏写的景物对情感的抒发有其一定的限制性。当面对满园盛开的鲜花时，人们的情感多数是欣喜的；面对断壁残垣的家园时，人们的情感又多是感伤的。其实，在创作时作者需要在外景与心理需求之间找到一个最佳结合点，也就是在景物中找到一个与当时作家想要表达情感的最佳寄寓点，最终达到二者相得益彰的效果。

2. 对于节序曲，在前面论述题材时我们曾举到刘效祖的套曲《良辰乐事》，除前面所举拜年、游元宵夜的场景外，其中还写到至今存在于北方一

① 《全明散曲》(增补版),第2929页。

些地区过年时的习俗，这里举其中的四支曲子：

[醉春风] 芝麻秸遍檐插，木炭头沿户倚。黄钱高挂两门傍，端的是喜也喜。更有那降鬼钟馗，加冠童子，进财神位。

[红绣鞋] 贴一副蜡笺纸宜时门对，上写着阳春一布万物光辉。纸门神对面儿逞雄威，左边的执著钺斧，右边的掌著瓜锤。恰便似定唐朝胡敬德。

[石榴花] 一家儿穷忙鬼乱，到三十准备着庆喜。递三杯老公婆稳坐定笑嘻嘻，小儿男拜礼。训教端的，道殷勤孝弟将身立，当官差买卖为题。如今新春节至你添了一岁，休贪花少恋酒莫胡为。

[三煞] 一处处博戏高，一丛丛社火齐。端的是欢娱正遇丰年岁。南来弦子和琵琶，北去笙箫对管笛，打鼓唱《荆钗记》。热闹似搬房拜庙，喧哗的如挝鼓夺旗。①

前两曲写：遍檐插芝麻秸，木炭头倚户，黄钱高挂，请降鬼钟馗、加冠童子、进财财神，以及贴春联的习俗；第三曲写年三十家庭聚餐时的场景；第四曲写元宵节时博戏、社火、南北戏曲竞唱的欢娱场面。② 曲家王克笃在其小令《正旦立春》中也写到过年时“门挂灵符，炉拥兽炭，酒泛椒杯。舞鲍老儿童娱彩，烧爆竹庭院惊雷。子姓相挨，女妇齐排。簇簇拥拥，闹闹垓垓”③ 的欢庆场景；另外，他还述及九日登高、端阳竞渡、元宵欢娱、中秋畅饮、上巳游赏、七夕银河等节日习俗。但是，王克笃的此类曲作均为小令，篇幅较小，其记述的细致程度远不及刘效祖的套曲。不过，从王克笃的节俗曲涉及面较广看，也反映出了他对节俗的关注程度。

“明代是中国传统时令、年节的丰满发展期，其主要特点是时令、年节、习俗已从宗教迷信的笼罩中开始解脱出来，发展为礼仪性、娱乐性的

① 《全明散曲》(增补版)，第2791—2792页。

② 关于刘效祖所居之地(宛平)的年俗，参见[明]沈榜：《宛署杂记》第十七卷“民风一”，北京古籍出版社1980年版，第190—191页。

③ 《全明散曲》(增补版)，第2921页。

文化活动。节日期间，自宫廷到民间，都有形式多样、内容丰富多彩的活动内容，形成别具一格的社会风尚。”[①] 上面的曲作主要记述了人们过节时的娱乐性方式，如饮酒、游赏、观戏等，也反映出一定的礼仪、习俗文化，如拜年、贴门神等。从功能学的角度来论，其中请降鬼钟馗、加冠童子、进财财神的举动，明显具有祈福驱邪的目的，以此来保佑自己生活的平安、幸福，这是求生的一种表现，是人最基本的一种需要，反映了中国人思想中重生死的生存观念；当人们满足基本生活需求之后，便会追求精神层面的需要，而节序活动是满足、疏泄精神的一个重要方式，于是人们便会利用不同的节序，举办不同的娱乐性活动，来表达、发泄自己的情感，如饮酒、赏灯、家聚、观戏均是如此；同时，举行一些具有礼仪性特点的活动，如拜年、走访，既是人与人之间和谐相处的一种符号式表现，也是中华民族文化中“尚和”思想的一种延续形式，有其不可忽视的重要的文化意义。

3. 丁彩散曲中的方言。在隆、万间山左曲家中，使用方言口语最多的曲家是丁彩。在丁彩曲作中，不论北曲还是南调，方言口语的使用都较为恰切，从而增强了其曲作整体趋俗的特点。据《丁前溪、丁惟恕小令合集校注》[②] 统计，丁彩散曲中使用方言口语的次数约有22处，举例如下：

手扶着肩膀细细告诵。

告诵：方言，即告诉。

庙宇里挂搭上几领丝袍也。

挂搭：方言，即悬挂之意；“挂”，含有“不经意，很随便，不规整”意。

你弄的俺湛湛眼是一年。

① 王熹:《中国明代习俗史》,人民出版社1994年版,第4页。

② 封锡奎:《丁前溪、丁惟恕小令合集校注》,黄河出版社2009年版。按:这里的方言举例均出自此书的第4—87页,不再一一标注页码。

湛湛眼：方言，即眨眨眼。

十分病治个回头。

回头，方言，谓治病服药后见好转，旋即又加重。

上崖下着腰儿趁。

崖：原作“埃”。方言，“崖”“埃”皆读 yái，传写中音同形误，据意改。下着腰：方言，“弯着腰”。“下”读“xiā”。

见人羞背不的羞。

背不的：方言，脱不了，含有“时势当前不得不承受”意。

生为冤家把心系扯。

生：方言，程度副词。有时“生生”连用，意为“活活地”。

那一日不偷眼踅踅。

踅踅：方言，谓旋转目光搜索巡视。

休看做俺是没用的精光棍。

光棍：方言，精洁、干练，行动利索。可指人，也可指行为。

青瞪着大眼常借别人力。

青：方言中表频率的副词，常用在动词前面做状语，表“常”意。

十遭九遭我没耳性。

耳性：方言，犹记性。

随他中用不中用。

中用：方言，意谓顶用，管用。

眼皮儿跳的我低修哆嗦，身躯儿瘦的我提流拖落。

低修哆嗦：方言，颤抖貌。“哆嗦”原为“哆唆”，同音假借，从常而改；提流拖落：方言，衰弱邋遢，不紧凑貌。

在论述曲家冯惟敏散曲中的方言时，我们述及运用方言口语有使本方言区外读者不易读懂的不足，也指出了它们有利于情感表达、增加机趣的好处，丁彩散曲中大量方言口语的成功运用也具有这两个特点。丁彩长期生活于底层民众中间的社会实践，对方言口语的谙熟是他能在散曲创作中恰切使用这些方言口语的基础；还有，与丁彩“俚语俗呼”“用之不嫌”

“率从口头嬉笑”① 的散曲创作观，对时曲俗调有意的学习、模仿，游侠好义、滑稽调度、豪放不羁的性格等，都或多或少地存有关联。另外，周围群体的接受也是影响他曲作中使用方言口语的一个原因。如丘云嵻在述及丁彩曲作的来源时，曾言：

> 一夕，区中瞽人高智者过予，业弹唱，颇解人颐，会远人在室，乃命之尽其技，以慰佳客。终席所歌，皆君之小令。坐客无不艳羡，无不一一笔记之。予乃嘱以密求，务得千百数始已也。匝岁，仅得百首，馀曲大半出自闾里少年，或从王孙公子之口授者，求之君家父子毫无所得也。②

由丁彩曲作的接受对象看，多为民间瞽叟、闾里少年，还有王孙公子，有一定的广泛性，而这些受众对古琅琊郡一带（今诸城、胶南、日照、五莲、安丘)③ 的方言口语十分熟悉，即散曲中的方言口语不影响他们的接受，加之曲作中的“艳”色，便促进了丁彩曲作的传播。反之，周围的接受环境应在一定程度上影响到丁彩散曲的内容、风格，以及方言口语的运用。与丁彩四子丁惟恕比，由于丁惟恕的曲作雅化程度浓于其父，故曲作中的方言口语相对较少，后面有述，这里不赘。

总之，与正、嘉间比，隆、万间的山左散曲主要表现出以下几个特点：一是曲家的地域分布较分散，身份地位相对走低；二是题材类型的主体变化不大，其中一些类型的增减、出没明显，反映出了一些曲家的创作个性；三是曲风仍以豪放为主，但豪风明显减弱，清丽之风对冯惟敏有所继承，但薛冈的庄丽之风不同于冯氏，模拟时曲的俗朴、率真之风居正、嘉间曲作之上；四是对地方景致的描绘各有所长，对地方民俗的记述与方言口语的使用有其突出之处。

① ［明］丘云嵻：《小令集序》，见《全明散曲》(增补版)，第 3330 页。
② ［明］丘云嵻：《小令集序》，见《全明散曲》(增补版)，第 3330 页。
③ 封锡奎：《丁前溪、丁惟恕小令合集校注》的“出版说明”，黄河出版社 2009 年版。

三、明末世风与地域文化影响下的山左散曲

在天启、崇祯间北方的5位曲家中，陕西有王征、张炳浚、李翠微3位曲家[1]，共存曲6首（套）。就内容论，关中曲家王征、张炳浚的5套北曲全是抒写隐闲之情的曲作，其中咏写“天主教”教义的内容有其突破性特点，陕北曲家李翠微的1首南小令为艳情曲并无新意；风格上，王、张二人学习正、嘉间关中曲家王九思的曲风[2]，继承了王氏北曲清丽一派的风貌，李翠微的南曲小令则无可称之处。此期的山左散曲家虽然只有丁惟恕、孙峡峰2位，但从他们曲作的存量、题材、风格等方面观之，都远在上面所言的三位曲家之上。

身为布衣的两位山左曲家丁惟恕（1570？—1640后）、孙峡峰（1573？—1642）[3]，所存曲作全为令曲，而且以南曲居多（丁惟恕南令118首，北令50首，无宫调35首，无牌调2首；孙峡峰全为南令58首）。综观两人的现存曲作，咏怀、闺情、闲适、叹世等传统题材类型仍占较大比重，风格上豪放、清雅、俗朴、讽谑兼具，表现出了对前人的继承性特点。[4] 不过，因身份地位、生活阅历、时代风潮、个人喜好等因素影响，他

---

① 陕西曲家李应策（1554—1635后）是跨时段曲家，我们把他归于隆、万间统计。据他曲作的纪年，知他在天启间仍有曲作问世，这里不论。参见叶晔：《论李应策散曲及其散曲史意义》，《文学遗产》2011年第1期，第79—89页。

② 散曲家王征的套曲《山居自咏》注“依渼陂先生春游韵”，《山居再咏》注“仍依前韵”（即渼陂先生春游韵），散曲家张炳浚套曲《村居即事》注“依渼陂先生归兴韵”，可见二人主动对家乡大家的学习；又从梁尔壮为王征曲集所作《简而文小引》中云：“我关中百年前，德涵、敬夫特妙声调……两公足继芳躅”（《全明散曲》第4299页）等语，也可知时人对康、王二人的倾慕之情。另，曲家王征与张炳浚为表兄弟关系，二者所居相距不足半里，况且也有唱和，所以二人散曲的内容、曲风极其一致，与这一实情有着直接关系。

③ 关于散曲家丁惟恕的生卒年，《全明散曲》（第4339页）言其“生卒年不详”。我们在知他是曲家丁彩第四子的基础上，依据丁彩的生卒年、钟羽正为其散曲作序时间、本人曲作中的信息等材料，推断丁惟恕的生年应在1570年前后，他去世的时间应在1640年以后。对于散曲家孙峡峰的生卒年，这里依据《全明散曲》（第4403页）和《中国曲学大辞典》（第131页）所记：1573？—1642。

④ 钟羽正《序》中云：“间按歌而追慕先达，《山堂词稿》则有冯君（冯惟敏），《金山雅调》则有薛君（薛冈）。遗响迭兴，昭昭在宇宙间。不磨不灭，而继美无穷。其辟怪灵奇，一见于曹玄子（不详）；其柔和雅静，再见于柯荆石（丁惟恕好友，其存有曲作《寄柯荆石二首》《见柯荆石卜馀稿》）。而丁君昂然于四君之绍述，莫非元韵流行，岂啻江东陨涕，漠北兴思也哉！。”（《全明散曲》第4398—4399页）可见，丁惟恕对前面的山左曲家是有所继承的。

们的曲作也明显地表现出了各自独有的特点：题材上，丁惟恕闺情曲的婉艳色彩强于前一时段的山左曲家，模拟时曲的作品带有叙事性特点，隐逸类曲作色彩明显，咏物曲带有明显的寄寓性特点；孙峡峰没有言情类（闺情、艳情类）曲作，感世咏怀类曲作带有底层文人的个性特点，劝诫曲也有别于其他曲家等；风格上，丁惟恕相较于他的父亲丁彩明显趋雅，俗朴之风有继承其父之处，孙峡峰则以通俗见长。两人曲作的相同之处主要表现在：因他们生活阅历的局限，两人曲作的题材类型相对较窄（丁惟恕比孙峡峰宽泛些）；两人同有叹世感怀类曲作，也共同具有泛化性的批评特点；风格上都具俗朴的特点，豪放之气均明显弱化等。这里选取他们较为突出的几类题材，结合当时的历史文化语境及个人的生活环境试加以分析。

（一）底层文人的用世之心——丁惟恕、孙峡峰的叹世曲

相较于江南一带，明代后期北方的商品经济整体落后，民风也相对朴实。然而，“下层民众的伦理观念体系与近代意义上的商业行为之间并没有任何严重的障碍”，“对于下层民众说来，卷入商业活动只是条件问题”。[①]在经商求利观念的促使下，受南方商业经济和周边城镇商业经济信息的影响，明代后期北方一些地区的民众也被卷入了商业活动，商业经济在一定范围内显示出空前繁荣，如山东兖州府因有些地区“地多木棉，以棉为布”，便有商贾把木棉“转鬻四方，其利颇盛”[②]。收入明显多于五谷之利。经济的繁荣促进人们消费方式的改变，也改变着人们的生活习俗，如地处运河边上的兖州东部二郡，明代后期便出现了“舟车辏集，民习奢华”[③]的风景。又万历三十年（1602）泰安州郡守任弘烈对当地的风俗曾有记述：“浸淫于贸易之场，竞争于锥刀之末，民且不自知其习于浮而风斯下也。以余耳目所闻睹，学士大夫循循笃行古风者什之二三，而庶民之家，莫不鹜纷华，美冠履，以相矜诩……”[④] 虽说曲家丁惟恕的家乡诸城、孙峡峰的家乡安丘，嘉靖、万历间整体上仍保持着“风俗朴鲁，人性醇，士习诗书，

① 赵轶峰：《明代的变迁》，（上海）三联书店2008年版，第193页。
② ［明］于慎思编纂：《万历兖州府志》卷四“风土志”，万历二十四年（1596）刻本。
③ ［清］顾炎武：《天下郡国利病书》第十五册“山东上”，四库全书存目丛书本。
④ ［明］任弘烈编辑：《泰安州志》卷一“风俗”，民国二十五年（1936）铅本。

农勤稼穑”的风习，但由“今时不尽然也”[①]，“其富人则商贾为利……丧礼凡颇靡侈，用音乐愚民，或杂优戏”[②] 等史料记载，已经说明当时两地的经济虽以农耕为主，但商业活动已在一定层面、一定范围内存在，人们之间的贫富差距也有所拉大，相较于明代前中期已有明显变化，朴实的民风中业已出现了一些僭越仪礼的行为。然风习相沿，时至明末恐怕这一景观并没得到什么好转，不然丁、孙二的曲作中也不会有那么多感叹世态人情不古的曲作了。

据统计，曲家丁惟恕有16首叹世曲，孙峡峰在58首曲作中竟有20首叹世曲。如丁惟恕的［北中吕·朝天子］五首之三：

> 五十年风光，多半百行藏，都在我心坎上。撕度世事数炎凉，有本清洁帐。眼见世情心惊风浪，避尘嚣逃世网。随处是强梁，到处是虎狼，躲着些省魔障。[③]

又［北中吕·朝天子］《借傀儡寓意》二首之二：

> 闭着眼懒开，低着头懒抬，看不上炎凉态。人心不古世情歪，个个心肠坏。笑里藏刀，为非作歹，早不觉天意矮。黑漫漫祸来，密匝匝危灾，才报他冤孽债。[④]

像这样的篇什，在孙峡峰曲作中也屡见不鲜，如［南中吕·驻云飞］二首之一：

> 人情秋云，肩膀不齐休说亲。昔当闲口论，而今才方信。嗏，那

---

① ［明］冯惟讷等纂修:《嘉靖青州府志》卷六“风俗”转引《诸城县志》，天一阁藏明代方志选刊本。

② ［明］熊元，马文炜纂修:《万历安丘县志》卷之九“风俗”，明万历刻本。

③ 《全明散曲》(增补版)，第4365页。

④ 《全明散曲》(增补版)，第4367页。

管清与混。不论人品，手内有钱，到处里人亲近，慨叹今人不古人。①

又［南商调·黄莺儿］六首之四：

可笑时年人，有了钱就变心，背眼大肚人难近。说的话欺心，行动间粧人。毒日你没见一阵，休磣人。财帛不大，你比比孙养心。②

另外，丁惟恕的“名利场是非多，急逃名不惹风波”“藏舌闭口生讥议，人情险世路岐，深闭门倒是便宜”孙峡峰的“不是亲强去亲，肩膀不齐他不认”“可笑时年，三钱便把两钱赚。只因俗薄人心变，提起来真堪叹”“人情世态，你见谁敬穷汉”“贫富难打量，劝时人莫夸张，兴衰自古无定向”“时势不好，人情变了，但见人就妆模样，但见人就弄圈套”等曲句，均表达了二者对世态人情今不如昔的感慨之情。

整体看两人这类曲作的立意并没有多少差别，慨叹的对象也较为宽泛，只是孙峡峰把感叹的落脚点多集中在生活贫富差别造成的浇薄世态上，尤其是对金钱使人变心、金钱造成贫富差距的感慨较为强烈，反映出晚明山东安丘地区经济发展后世态人情变化的特点，其实这也是当时各个地区经济相对发展后人心不古的一个缩影。如果就二人此类曲作的最终表意而论，均表现出一种退避、安命、乐贫的态度，尤其是孙峡峰多处言及“贫合富由命由天”“贫而乐万古称贤”“安贫乐志心不忘”“乐田园便是福”等，这是封建文人一贯宣扬的主张，揭示出传统文化中“乐天知命”思想对他们的影响。孙峡峰的这一思想在北方底层文人中具有一定的代表性，与江南士人中间亦儒亦商的行为及崇尚享乐的风尚多有不同。就曲风而言，两人的这类曲作明显具有豪放、通俗之风，继承了北曲风格的部分特点。值得注意的是，丁惟恕写这类曲作时绝大多数用北曲宫调、曲牌，如［北中吕·朝天子］［北双调·水仙子］［北双调·仙桂引］等，曲体意识较为明

① 《全明散曲》(增补版),第4404页。

② 《全明散曲》(增补版),第4407页。

显；孙峡峰则全用南曲宫调、曲牌，如［南商调·黄莺儿］［南中吕·驻云飞］［南仙吕·桂枝香］［南商调·集贤宾］等，淡化了曲体意识，仅把宫调、曲牌作为存在的形式，具体写什么内容由自己而定，这在一定程度上也反映出了晚明曲家的创作特点。

要之，面对浇薄的世态人情、僭礼越矩的行为，人们总会发些牢骚，而对于那些长期接受封建伦理教化熏染的读书人而言，似乎对此表现得更为敏感。身居高位的官宦文人出于阶层利益或社会群体稳定的考虑，不免会以口诛笔伐的举动来维护所谓的"道"，多有虚伪之意；对于屈居底层的读书人而言，阶层的利益并不明显，在作品中对世态人情所发出一些感慨多停留在对那些违礼行为的不满上，有维护礼俗的一面，发牢骚的层面则更为突出，情感的抒写也较为实在，丁惟恕、孙峡峰属于后者。这一现象说明明代后期（含末期）北方民间基层商业经济发展后社会风气的变迁，也在一定层面上显示出"儒家价值观念和社会稳定性式微的表征"①。

（二）北地曲家笔下的婉艳之色——丁惟恕南曲中的言情曲

据统计，隆庆至明末约有25%的曲作为言情曲，而且这些曲作多以南曲牌调创作而成，婉丽、艳腻之风充斥整个曲坛。曲家丁惟恕是这一风向的跟风者，作有73首言情曲，而孙峡峰却"洁身自好"，没有一首言情曲存世，明晰地反映出二者不同的审美情趣。由孙峡峰的叹世曲、劝诫曲占有较大篇幅（36首）的情况，我们可以约略感知到他是一位深受儒家传统思想影响、满腹牢骚而又安分守己的乡里文人。从丁惟恕相对宽泛的题材和言情曲较多的实情看，丁惟恕应是个有一定经济基础、富有才情雅趣、受儒家思想束缚相对较少的底层文人。② 不同的生活环境与不同的个体性情使他们形成了不同的价值观念、审美情趣，进而影响到了他们的创作观。

① 赵轶峰:《明代的变迁》,(上海)三联书店2008年版,第200页。

② 据丘云嵻作《小令集序》中云:"(丁彩)子侄皆群游邑庠,郁为伟器","仗义负气重然诺,而轻千金,有古豪侠卜式之风"。(《全明散曲》第3329页);"丁前溪(丁彩),诸城人。富有钱谷。游侠好义。"(《聊斋志异·丁前溪》)"(丁彩)墓室系明末中产阶层流行之三合土制法","不足千顷地而挂千顷牌犯法"。(《丁彩、丁惟恕小令合集校注》第304、309页)等资料信息,我们认为丁氏家族在当时绝不是贫困之家,应是一个较为富裕的殷实之家。故此,我们说作为丁彩的四子丁惟恕有一定的经济基础。这也是影响他与孙峡峰在散曲创作方面存有不同的一个重要原因。

丁惟恕有大量言情曲存在，孙峡峰却一首未作，则是他们不同创作观影响的结果。

如果拿丁惟恕的言情曲与其父亲丁彩比，数量上丁惟恕的73首多于丁彩的46首；曲风方面，二者都有拟时曲牌调谱写言情曲的实践，也均有俗朴之风；丁惟恕的此类曲作婉艳色彩浓于丁彩，风趣方面则逊色其父。拟时曲曲作，我们下面再论，这里仅就丁惟恕带有婉艳之风的言情曲试举二首。如［南仙吕·桂枝香］三首之一：

> 菱花独对，形容憔悴。惜朱颜顾影成羞，恨薄情把青铜摔碎。我伶仃为谁？我伶仃为谁？精神减退，柔肠寸断蹙双眉。行看泪眼皆成血，应是芳心化作灰。[①]

又［南商调·集贤宾］二首之二：

> 柳绿桃红莺织锦，真果是美景良辰。偏我恹恹如病沉，一日家睡思昏昏。斜欹凤枕，我无缘辜负芳春。生哭损，恨莺花惹我伤心。[②]

由两首曲作对主人公动作、心思的描绘以及用词造句，我们不难感觉到其中的柔婉、艳丽之风。如丁彩用同一牌调写同一内容的曲作，则风格有别，［南商调·集贤宾］《情思》三首之三：

> 截断柔肠谁会接，会接的怎接惹些。那日不截千万节，才待接却又截折。新截旧接，禁不得接了又截。没处会接，这条肠何日宁帖。[③]

这里虽然也在写女子的情思，但从曲作中的语气看，明显有一种谐趣，而

---

① 《全明散曲》(增补版)，第4374页。
② 《全明散曲》(增补版)，第4370页。
③ 《全明散曲》(增补版)，第3292页。

且较丁惟恕的曲作也俗朴些。像丁彩曲作中表现出这种风格，除模拟时曲的言情曲外，在丁惟恕的言情曲中是不多见的。父子二人出现这一差异的原因，乃性情之使然：丁彩行侠仗义、倜傥风流、诙谐滑稽、阅历丰富，丁惟恕的生活阅历相对较窄，个人性情也偏温雅、禁持。由署名山楼（我们疑为王文楼〈丁惟恕的外甥〉）者为丁惟恕散曲集所作跋中云："前溪公得乎英分之多，忧人忧，乐人乐，似司马子长列传中人。心田公知白守黑，知雄守雌，落落与世无侮，循循如不能言者，盖得□老氏□也。"[①] 我们也可领略到父子两人的不同风采，这种不同的性情影响到了他们曲作的内容与风格，丁惟恕散曲中缺少机趣、洒脱的特点应与这直接相关。

丁惟恕曲作中呈现出婉艳的曲风应是多方合力的结果：首先，在晚明以来尚情、趋艳风向影响下，散曲坛整体趋艳的特点在一定程度上影响到了丁惟恕此类曲作的曲风；其次，其本人有意学习他人[②]，并着意靠近这一曲风，是其这类南曲"缥缈合窾"、柔婉艳丽的重要原因；再次，父亲丁彩的影响。虽说两人在此类曲作的风格上有所不同，但言情曲整体趋艳的风貌二者差异并不大，所以丁彩此类曲作的创作对丁惟恕的影响可以想见。概言之，丁惟恕以南曲牌调创作的言情曲，有柔婉艳丽者，也有少量通俗谐趣者，相较于隆、万间山左其他曲家，多了点南方曲家的婉艳色彩，少了些北地曲家的清爽之气。如果说此类曲作的题材没有什么突出之处，曲作表达的意蕴及代言、场景等艺术技法上也前有可承的话，那么，比起一些北地曲家所作的南曲来讲，丁惟恕言情曲的婉艳之风更像南曲，并非一无是处。

（三）传承与独创——丁惟恕的拟时曲

在丁惟恕的曲作中，存有 35 首没有宫调只有曲牌［河南韵］的曲作。检阅《全明散曲》，发现曲牌［河南韵］为丁惟恕所独用。查《康熙曲谱》与明人顾起元的《客座赘语·俚曲》、沈德符的《万历野获编·词曲》等

---

① 谢伯阳：《全明散曲》（增补版），第 4400 页。

② 丁惟恕"间按歌而追慕先达"，"继美无穷"，"其柔和雅静，再见于柯荆石（丁惟恕的朋友，具体不详）"。见《全明散曲》（增补版），第 4398—4399 页。

资料，也未见录有此曲牌。[1] 通过对有关记述曲牌［河南韵］材料的梳理，我们基本认定它是流行于民间的一个曲牌。另外，由丁惟恕运用此曲牌创作的曲作内容和风格看，大致可认定这些曲作为拟时曲。从［河南韵］所领的35首曲作看，其内容多数为男女之间的离别情愁之曲，也符合民歌的特点，如其中的《雾中送别》曲：

分手时因甚么天昏地暗，莫不是几种别离情几声冤屈气结聚着层层不散。看不见我的人了，只听的哭声高哭声低都在那烟里雾里，好教我望长亭望短亭由不的心疼肠断。叫一声人哭一声天，挽不回征车扫不开云烟。往常时恨疏林把长亭遮隔，这不是雾茫茫连疏林也不见。他那里埋怨着雾锁秦楼，我这里恼恨着云隔阳关。情牵，这不是迷昏阵端的是离恨天；情牵，只怕楚岫云迷教我梦不见巫山。[2]

在这首送别曲中，作者以女子的口吻控诉了与心上人别离时的痛苦心情，语句俗白，有明显的现场感，尤其是选取“雾”作为设景物象，又像是为亲人的别情增添了一道新的障碍，颇富机巧。由于曲牌的特点所致，比起丁彩的拟时曲作品，丁惟恕的这类曲作篇幅明显增长，表意也相对丰富了些。值得称道的是，他的这类曲作对人物、场景的描绘十分典型，在抒情的同时增加了叙描的成分，为丁彩和其他模拟时曲创作的曲家所不及。又

---

① 关于曲牌［河南韵］，张兴荣的《云南洞经文化——儒道释三教的复合性文化》谈到“云南新平县洞经会曲目”时，在经牌腔（22首）中曾列有［河南韵］曲牌（云南教育出版社1998年版，第310页）；李安明主编的《玉溪民族民间器乐曲集成》中，也认为［河南韵］为洞经曲牌，并配有曲谱（云南美术出版社2005年版，第335页）；刘红主编的《天府天籁——成都道教音乐研究》论及“与成都道教音乐相关系的‘地方韵’”时，也提到“河南韵”，这里的“河南韵”指河南全真教使用的“应风韵”，谈到“应风韵”的来历时，其中提到明代曲家朱载堉“据河南期间，经常出没道观，与河南观诸多高道交往甚深，根据当时河南地方红白事情景创编一些地方‘应风’道教音乐，一直流传于现在”，其中提到了曲牌［锁南枝］［银纽丝］［山坡羊］等，但并没提到曲牌［河南韵］（人民出版社2009年版，第265—267页）；《中国民族民间器乐曲集成》（陕西卷）“鼓吹乐曲目”下，华县、渭南县两地列有［河南韵］曲子（人民音乐出版社1992年版，第1209—1210页），但在“河南卷”里，我们没有发现有［河南韵］的记录；另外，李恩魁编《文化大视野——陕西民间鼓吹乐精选》中也选了流行于华县的［河南韵］，并配有谱（陕西旅游出版社2003年版，第242—244页）。综合以上材料，我们可以基本认定［河南韵］是一个在民间流行的曲牌，而且还应该与道教音乐有一定的关系。

② 《全明散曲》（增补版），第4396页。

如《遥见别离人》二首之一：

我见了两个人在阳关大路，那一个手扯手把那一个送去。那一个送人的阁皱着眉尖满脸上没点血色，那一个去了的闷恹恹十歇九住。衫儿上堆堆积积是眼儿里的泪珠，口儿里呜呜喁喁诉的是心上冤屈。一个看的影也没了大铺子坐着还哭，一个明知道离的远了走一步回头一顾。一个转回头震地悲声，一个望天涯泪洒长途。长途，我才知道阳关阳关可是断人肠的去处。冤屈，引的那走路的也哭。看不上别离人那苦处，别离情那难处。①

这里，作者以旁观者的角度，用最俗朴的语言对一对亲人离别时的神情、动作、场景给予了写实性的述描，现场感极强，也富有极强的感染力。像这样的曲作，在明代散曲中唯丁惟恕所有。如果说此曲的语词和造境缺少文人曲的雅感的话，那么，他以最口语化的语言，抒写出最普通而又刻骨铭心的离别之情，恐怕是文人曲的雅感所不可比拟的，这是此类曲最可称道之处，也是最受时人欢迎的主要原因。

之所以丁惟恕能躬身模拟［河南韵］35首之多，我们认为有三点值得注意：一是，这类曲作俗朴、率真的曲风引起了他的注意，出于好奇、赏玩的目的从事这一曲牌的模拟创作；二是，其父亲丁彩“自弱冠以及垂老，雅好为词曲……中或有俚语俗呼，大都乐府小令，用之不嫌”，以及“师心率己”“自然天成”的创作特点②，对丁惟恕有所影响应是显而易见的，模仿时曲创作应是其中的一类，这从丁惟恕刊刻曲集的命名“续小令集”，明显具有续其父丁彩《小令集》之意，便说明他有意继承“父业”的一面；三是，时代氛围的影响，我们在前面论述隆、万间山左散曲时，曾引用明人沈德符（1578—1642）之语：“比年以来，又有［打枣竿］［挂枝儿］二曲，其腔调约略相似，则不问南北，不问男女，不问老幼良贱，人人习之，

① 《全明散曲》（增补版），第4391—4392页。

② ［明］丘云嵻：《小令集序》，见《全明散曲》（增补版），第3329—3330页。

亦人人喜听之，以至刊布成帙，举世传诵，沁人心腑。”说明明代后期时曲受民众欢迎的程度，大众的喜好与接受进一步促进了文人对时曲的关注程度，如南方曲家冯梦龙（1574—1646）的曲作就极具时曲风味。丁惟恕虽然身在乡间，在其父亲影响的基础上，恐怕对时曲的关注也较为积极，顺风适时是他这类曲作得以成功的一个重要因素。

（四）底层文人的儒家情怀——孙峡峰的劝勉曲

儒家思想在传统中国社会的影响是无所不在的，从个人道德、家族伦理、人际关系，到国家的典章制度以及国际交往，都在不同的程度上受到儒家原则的支配。这种富有“建制化”特点的思想一旦为人们所习得，便会有意无意地在自己的言行举止中表现出来。文学作为人们一种抒情方式，也会程度不同地彰显出作者的儒家情怀。通过对孙峡峰曲作的阅读，我们发现儒家伦理思想的熏陶在他身上有十分明显的表现，他在劝诫类曲作中对家人反复教诲、劝诫，表明具有日常化特点的儒家思想与生活经验已内化为其思想的主导性存在。如［南商调·黄莺儿］四首之四：

> 不要喒大黄边，省的来治家缘，轰轰烈烈谁不羡。夫唱妇相援，子孝父心宽，一家和乐祯祥见。说（金）钱，身外之物，算来总由天。①

又如［南商调·黄莺儿］《劝儿要安生理》二首之二：

> 短工又长钱，劝我儿休嗜懒，见把见捎谁不羡。日食他三餐，单打他黄边，不消几日穿成串。忆昔贤，周公大圣，他留下无逸篇。②

在这两首曲作中，作者采用劝训式的口吻，告诫自己的子侄辈要安于生理，勤勉持家，夫唱妇随，孝敬长辈，和睦相处等。同时，他还多次吟诵到

① 《全明散曲》（增补版），第4410页。
② 《全明散曲》（增补版），第4408页。

"教子耕读正经事""农事最为先""人若勤苦免饥寒""损德亏行人所厌""凡事一忍最为先""劝你虚心效前贤"等，这明显是儒家思想生活化的一种表现；他也不时流露出"躲是非度流年，不干己莫上前""富贵贫穷，由命岂由我""知足随时过"等消极退避、安贫由命的思想。

儒者的情怀，使他面对世态的炎凉、人情的冷暖大发牢骚，使他不止地告诫子女勤勉持家，致使其大量叹世曲、劝勉曲的存在；底层地位、家庭贫困、生活阅历等因素，又使他不得不在儒家思想的基础上，融入了道家的避让思想以及安于天命的宿命思想，这种状况的合理存在维系着孙峡峰的精神指向，指导着他的生活路径，也影响着后来者的生活。他这种复杂思想的存在形态是广大底层文人的一个缩影，也是当时乡里文人一种生命形态的反映。

值得注意的是，曲家丁惟恕却没有涉猎这类曲作，这能说明他的儒家情怀没有孙峡峰强吗？显然不能得出如此简单的结论。探讨出现这一差别的缘由，我们认为关键是寻找影响二者选与不选这一题材类型的主导因素，而影响他们散曲题材选取的主要因素应是二者的审美思想与价值观念。具体点说，应是审美思想与价值观念影响下二者曲体创作观的差异所致。从曲作的题材类型分布看，丁惟恕的散曲选材较宽泛，基本上继承了传统的题材类型，不去涉及这类具有教化色彩的题材，说明他认为这不应是散曲创作的范围，这一任务应该交给正统的诗文来完成，具有较强的曲体意识；而孙峡峰散曲的题材较窄（当然，其曲作数量少也是影响这一差别的因素），仅叹世曲、劝勉曲两类就占其全部曲作的62%以上，这在一定程度上讲，他把散曲当作了一个抒情工具、一个劝勉工具，并没过多地考虑到曲体的创作特点，虽然局部增添了散曲的教化功能与题材范围，但减少了它应有的美感，曲体意识显然弱于丁氏。故此，出现二者在这类曲作方面的差异也就不难理解了。另外，丁惟恕有一些抒写隐闲情怀的曲作，并无新意可言，孙峡峰没有染指此类题材，其中的缘由也应作如是观。

（五）北地曲家的身份象征——丁惟恕、孙峡峰曲作中的方言词

为避免曲作难于理解、不够文雅，一般情况下散曲创作是不主张运用

方言的。不过，也许是因“北方话内部的一致性很强”① 便于相通的缘故，在北方曲家笔下使用方言词的现象并不罕见，如正、嘉间曲家冯惟敏便使用了不少方言俗语，收到了较好的表达效果。在此段山左曲家丁惟恕、孙峡峰的作品中，也有明显使用方言词的曲子，像广泛运用于北方方言区中的人称代词“俺”，在二人曲作中出现的频率就较高，如“俺没事人还费了一番踌躇也”“休说道俺草木人儿”等。因学识有限，这里仅举几例典型的方言词，以见他们北地曲家的身份特点。如丁惟恕作品中的方言词：

你横竖折掇的是俺。

折掇，动词，折磨之意。

几个眈畚调得的我眼花缭乱。

眈畚，名词，钮状物。

那一个送人的阁皱着眉头满脸上没点血色。

阁皱，动词，皱着。

我为我无时受了些嗑谮。

嗑谮，动词，琐碎的唠叨。

不用剪比腚垂还干净。

腚垂，名词，屁股。

又如孙峡峰曲作中的方言词：

干波波蛤牙。

干波波，应为“干饽饽”，名词，指面饼、馒头之类面食。

先把豆子耩了吧。

耩，动词，耩地，播种。

不怕人咂撒。

咂撒，动词，议论，评判。

---

① 袁家骅等:《汉语方言概要》,文字改革出版社 1983 年第 2 版,第 23 页。

何若去饦腚门。

腚，名词，屁股。

虽然使用方言词增加了不同区域间读者的理解难度，也为曲作的流通设置了障碍，但是合理地使用方言词能进一步增加曲作的口语化色彩，能在一定程度上增强作品的表现力，产生出与使用其他语词不同的效果；而且，一些方言词的存在也能为我们从事北方方言的研究提供语料支持。

要之，在题材内容和艺术风格上，丁惟恕、孙峡峰的曲作都表现出了继承性特点：如叹世曲、言情曲、拟时曲曲、隐逸曲等题材的承延；风格上，豪放者有之，清丽者有之，俗朴者也有之。他们散曲的新变之处，如叹世曲多从个人的角度出发，批判的力度减弱；劝勉曲的数量增多，教化色彩明显；拟时曲曲中新曲牌的使用、篇幅增长、叙描手法运用突出等。这说明曲家创作题材的选取以及曲风的形成，有传统惯力影响的作用，各时段的时势、地域、个体等诸多因素的影响同样不可忽视。

第九章
明代松江府曲家及其散曲创作述略

宋元时期的松江府地区业已成为一个经济富庶、人文荟萃的地方。发展至明代，松江府的经济更为富足，而且文运昂扬、人才辈出。明人王鏊在《弘治上海志序》中云："以土产之饶，海错之异，木棉、文绫，衣被天下，可谓富矣。"[①]《崇祯松江府志》中也说："地东南，负海北，遍江有鱼盐稻蟹之饶，多富商大贾，俗以浮侈相高，不能力本业，然衣冠之盛亦为江浙诸县之最，虽佃家中人衣食饶足。"[②] 因此，明代松江府也就成为当时缴纳赋税较重的地区之一[③]，这在一定程度上说明了明代松江府的经济状况与经济地位。人才荟萃方面，"吴中族姓人物之盛，自东汉以来，有闻于世，逮魏晋而后彬彬辈出……而居华亭者为尤著"，"文物衣冠蔚为东南之望，经学词章下至书翰咸有师法，各称名家"，而这与"田野小民生理裁足，皆知以教子读书为事"[④] 的文化氛围密切相关。明代松江府人才济济，文风颇盛，据计明代松江府文人的登科进士有466名，远多于清代的290人，其中状元4人，榜眼5人，探花4人，传胪5人，会元25人。[⑤] 如果我们考虑到没有及第的大批文人，那么明代松江府的文人数量则更为可观，

① ［明］王鏊：《弘治上海志序》，中华书局1940年版。

② ［明］方岳贡等：《崇祯松江府志·风俗》，书目文献出版社1991年版，第173页。

③ 明末清初人叶梦珠在《阅世编》卷六"赋税"条中云："吾乡赋税，甲于天下。苏州一府，赢于浙江全省；松属地方，抵苏十分之三，而赋额乃半于苏，则是江南之赋税，莫重于苏、松，而松为尤甚矣。"（上海古籍出版社1981年版，第135页。）

④ ［明］方岳贡等：《崇祯松江府志·风俗》，书目文献出版社1991年版，第173—175页。

⑤ 陈凌：《明清松江府进士人群的初步研究》，《史林》2010年第2期，第131页。

曾出现了“松江一时文风之盛，不下邹、鲁”的景象。[①] 时人王鏊自豪地说：“今天下名郡称苏、松”。[②] 明代松江府经济富繁、文教极隆的良好条件，培育出了许多优秀的文人，也吸引了大量其他籍地的文人汇聚于此，促进了当地文学的发展。散曲是韵文文学中一种颇具雅俗特点的抒情性文体，伴随着它在明代不同区域的发展，明代松江府的散曲创作也呈现出了自己的特点。

一、明代松江府散曲家及其创作情况概观

为了清楚地了解明代松江府散曲家及其创作的基本情况，我们依据谢伯阳先生的《全明散曲》（增补版）做了大致的统计[③]，现列表如下：

序号	姓名	籍贯	生卒年或在世时间	曲作数量
1	张　弼	华亭人	1425—1487	复出南套1套
2	钱　福	华亭人	1461—1504	南套2套
3	徐　霖	华亭人	1462—1538	北令3首，南北合套1套
4	陆　深	上海人	1477—1544	令曲56首
5	孙承恩	华亭人	1481—1561	北令15首，南令4首，南北合套1套
6	王一鹏	华亭人	弘治十一年（1498）应贡	北套1套
7	徐　阶	华亭人	1503—1583	南套1套
8	莫是龙	华亭人	1537—1587	南套1套
9	许乐善	华亭人	隆庆五年（1571）进士	南令12首，北套2套，南套2套
10	顾正谊	华亭人	万历间在世	南令20首，南套6套
11	董其昌	华亭人	1555—1636	南套1套
12	陈继儒	华亭人	1558—1639	南令3首，北套1套，南套2套
13	范允临	华亭人，赘苏州	1558—约1641	南令7首，南套1套
14	宋楙澄	华亭人	1569—1620	北令3首

① 钱谦益：《列朝诗集小传》，上海古籍出版社1983年新1版，第49页。

② ［明］王鏊：《弘治上海志序》，中华书局1940年版。

③ 因有些作品分属不同曲家，未能确定其最终归属，凡《全明散曲》中标记为复出作品者，除张弼外（在他名下只有一套复出曲作），其他曲家在表中未作统计。

续表

序号	姓名	籍贯	生卒年或在世时间	曲作数量
15	张以诚	华亭人	1576—1615	南套1套
16	顾乃大	华亭人	万历、天启年间在世	南令1首
17	施绍莘	华亭人	1588—约1640	南令60首，北令16首，北套5套，南套77套，合套3套
18	张积润	上海人	天启、崇祯年间在世	南令2首
19	陈子龙	华亭人	1608—1647	南套2套
20	陆应旸	青浦人	万历至顺治末在世	北令3首，[挂枝儿]6首，南套1套
21	夏完淳	华亭人	1631—1647	南令3首，南套2套

据表中所计，明代松江府散曲家及其创作情况大致可归纳出以下几个特点：一是，从曲家创作的参与度来讲，明代松江府散曲的创作局面比较繁荣，共计曲家二十一人，仅次于江苏、浙江、山东，居第四位。如果考虑到松江府的区域相对较小的原因①，其在明代散曲坛上的地位应该还要高些。二是，从历时性的角度考虑，明代松江府散曲的发展规律与明代散曲的发展特点大体一致。笼统地讲，成化、弘治年间松江府的散曲创作开始兴起，出现了张弼、钱福两位曲家；正、嘉年间渐兴，有曲家徐霖、王一鹏、陆深、徐阶四人；隆、万年间至明末，达到了繁荣期，出现了莫是龙、许乐善、顾正谊、施绍莘等十五位曲家，其中施绍莘曾被称为明代散曲的殿军。② 与明代散曲的发展特点有所不同的是，在天、崇间明代散曲整体趋衰的境况下，此期松江府的散曲创作仍然保持一定的发展态势，这应与当时松江地区地缘偏僻，容易避开战乱，一些隐闲文人的文学价值追尚等因素相关。三是，就曲家身份地位而论，有位高权重的阁臣，如徐阶；有出仕多年的官宦，如陆深、范允临等；有反清复明的斗士——陈子龙、夏完淳；

① 根据《明史》卷四十《地理志一》所记，明代松江府属南直隶（南京）管辖，仅领华亭、上海、青浦三县，加上一个金山卫（按，华亭县、上海县、金山卫洪武二十二年置，青浦县嘉靖二十一年置），而江苏、浙江、山东三省在当时的辖区要比松江府广阔的多。

② 吴梅先生在《中国戏曲概论》中曾称明代散曲“以施绍莘为一代之殿”（岳麓书社1998年版，第168页）。

也有隐居山林的“闲人”，如陈继儒、施绍莘等，成分相对复杂。四是，题材内容多样，风格特点突出。从以上散曲家现存的曲作看，题材内容上出现了多样化的特点，如闺情曲、咏怀曲、闲适曲、咏物曲、写景曲、嘲讽曲、节俗曲、怀古曲、纪事曲、祝寿曲等均有涉及，但也出现了少有的题材，如陆深具有应制性特点的歌功颂德曲；艺术风格上，以南曲创作为主，间有作北曲者，有艳丽者，有婉曲者，有清雅者，有谐趣者，也有质朴者，各有特点，个性突出。但是，也存有明显的不足：散曲大家甚少，除施绍莘等个别曲家外，多数曲家存曲较少，曲作可称者也不多，由此也可以看出此地多数曲家的散曲创作观念，即并不重视散曲创作，只是偶尔玩之而已。总之，明代松江府的散曲创作既有时代的共性特点，也呈现出了独有的地域性特点，其中尤以施绍莘为著。

二、明代松江府散曲家之间的交游活动

一定意义上讲，文人之间的交游活动应是促进文学创作活动得以发生的一个重要因素。他们之间，或宴集，或唱和，或游赏，或狎妓，或传书，或议事等，这些活动往往会成为他们笔下咏写的内容，像宴集曲、唱和曲、游赏曲、赠妓曲、怀思曲、纪事曲等题材类型的出现，均与曲家们的交游活动相关。因此，关注散曲家之间的交游活动也是了解他们创作的非常重要的一个途径。通过梳理相关材料，我们发现松江府散曲家之间的交往活动多少不均，有的记述较多，有的则相对较少，有的没有记录（可能是我们过目的材料有限，也可能是当时没有被记录下来，再有就是有些史料已经遗失）。总体而言，松江府散曲家之间的交往活动比北方关中、山左等地曲家间的交往活动要频繁得多，与南方苏州府、杭州府等散曲家之间交往活动的特点较为相似。

（一）散曲家之间的宴集、游赏活动

谈及松江府散曲家的宴集交游活动，以曲家施绍莘召集文人参与“百花生日会”最为典型，也最为有趣。在套曲《花生日祝花》的《自跋》中，施绍莘对当时的场景有着详实的记述：

予自甲寅，始为祝花之集。以后岁岁为常仪，而乙丑尤盛。……先是五日，遍召吾友。招汉水、决如、容卿、湛生、伯英、友夔于泖西。致巨卿、公选、存人于浦口。天马凡六人，则竹里、鸣玉、瑞龄、鸣谐、伯明、茂林。城中凡七人，则眉公、伯瑞、容彦、东郊、子还、穉先、石公。方外两人，则慧解、性白。山邻止两人，则陈尽卿、郑君泰。是日先后继至，有阻风不至者。……乃命酒洗爵，告祭风雨。金革间作，有声无辞。凡以鼓吹天和，宣达阳气。祭毕撤馔，始迎花神而致祝焉。予时有歌童六人……于是各奏其技，称觞而前。每进一杯，歌小词一解，而丝竹之音，从而和之。……于是纸钱纷飞，红雨如雾。……而纷纷酒人，环坐其侧，首则李剑墟，时年五十二，以楚人也，独上坐焉。次陈眉公，时年六十八……予时亦三十八，以主人居末坐。……嗟乎，人生韵事，能有几何？……予将岁岁举焉，明年当更为护花旛，括香幕，羖铃索，以珍重之。拉名士十二人，各制新词。更令名姬十二人，立时翻谱，以赞叹之。①

由上述引文，我们可以获取以下信息：一是，可以了解到以施绍莘为代表的松江府文人的生活雅趣与情致——邀请一些友朋祭祝花的生日；二是，松江府的散曲家陈继儒（号眉公）、顾乃大（字容彦）参加了祭祝活动；三是，祝花之集，“岁岁为常仪”，具有延续性特点；四是，称觞宴集之时，参与人员“各制新词”，让名姬“立时翻谱”，歌唱小词（曲），歌童、歌姬参与其中。这里，即使我们认识到了当地文人雅集的一些特点，也一定程度上获悉了散曲文体的传播形式与特点。

又有，施绍莘在其套曲《集彦容舟中时苏王二姬在坐序》中云：“季春八日，风日和美，彦容乃折简招宾，芳樽命妓，若苏，若王，皆松之冠也……其为弦管尊罍生色多矣……此时之乐，不言可知也！未几月上，词客影乱，而琵琶按拍，犹未慵休。客有欲醒不能，辞醉不肯者。……如此

① 《全明散曲》（增补版），第4622—4623页。

胜会，自算有几？若不纪以笔墨，恐又作梦中花耳！”① 此处记录了他与顾乃大等文人雅士宴集、狎妓、唱曲的交游活动。

再有，散曲家董其昌在其《容台别集》卷四《题跋·画旨》中云：“余以至后三日，与陈仲醇、唐元征、张兼之同处谷水。至娄江信宿，元征先别，余两三人稍逗帆，观米元章乐圃先生志王晋卿烟江叠嶂图。自后泊舟吴山，遍采诸胜，意与所至，辄尔泼墨，凡为仲醇作画十余幅。归已经月矣。因识岁月。”② 清楚地为我们交代了他与曲家陈继儒（字仲醇）及其他好友，在遍采诸胜的游历过程中泼墨作画的事情。

（二）散曲家之间的过访交流活动

陈继儒在施绍莘套曲《旅怀跋》中云：“子野避地空山，绝迹城市，日撰新声，令宗工名手，商搉翻度，差为絃索兴灭继绝。时时率诸童过予顽仙庐，丝竹嘈嘈，随风飘扬，村姑里叟，皆负子凭肩而听，亦山林快事也。始予开径东佘，得奇石，戏名曰弦索坪。每月底花下，有狎客携红裙，坐此吹洞箫，弹琵琶。适子野堑土西佘，得石平直，小童六人，恰好盈坐。子野请于予，欲乞此名名之。予曰：‘子但遗我一铁笛，我便当以此名为赠。’盖予有童善吹笛，而子野诸童善弦索，各得其所应有也。”③ 据此段文字记述，使我们了解到施绍莘与陈继儒住地相距较近，施绍莘常带着自己的童子拜访陈继儒，而且两人的丝竹之音配合美妙、随风飘扬，成了他的“山林快事”。其中，还记述了施绍莘为石乞名于陈继儒，陈继儒借此索要铁笛的趣事，可见二人的交往是如此的融洽惬意。

再有，施绍莘在曲作中多次记录与顾乃大（字彦容）之间探讨曲作的交流活动。譬如，他在套曲《和彦容重会西湖佟姬留别之作》的《自跋》中云：“右词适在毗陵舟次，对客挥洒，疏率平淡，第粗成句子而已。归来出示彦容，读至‘况是来时未必逢。’彦容拍案曰：‘何作此不祥语？’予

① 《全明散曲》（增补版），第4732页。

② ［明］董其昌：《容台别集》卷四，禁毁四库丛刊本。

③ 《全明散曲》（增补版），第4667页。据陈继儒《白石樵真稿》（四库禁毁丛刊影印明崇祯刻本）卷十九《旅怀曲》，知上述引文中个别字词有出入：其中的“予”皆为“余”，“差”为“著”，“时时”为“时”，“有童”为“有童子”。

笑曰：‘不意达人亦为斯言。’明年春尽，彦容将赴心期，而姬讣忽至。偶然胡言，真欲成谶耶!”① 套曲《别石城罗采南和彦容作序》中载：“彦容素豪侠，不善饮而喜看人饮酒，不好色而喜游戏声妓，然未免一二染指者。……适金陵归，出小词相示，是又何为者？吾拟规之，但其词丽婉绝伦。予既不忍不和，而使多作药语。予又不得为韵人，故依其声和之。”② 在这两则材料中，均记录了两人各自向对方出示小词（曲作）相互求教的事情，而且这两套曲作都涉及了声妓，可见当时文人生活之一斑。

（三）散曲家之间的赠答、品评活动

写诗作文是文人生活中非常重要的一部分，而以文会友更是文人间常有的事情，他们借此交流情感，彰显风雅，引领风气，也起到了文化传承的作用，松江府散曲家之间的赠答、品评活动便是很好的注脚。

在陈继儒现存的文学文献中，我们发现了大量题赠之类的作品。其中，他与曲家董其昌的题赠类文字最多，如《眉公集》中有《董玄宰制义序》《序董玄宰制义》《代门生跋董太史文抄》《董太史来仲楼随笔序》《题董玄宰仿云林笔意图》《题玄宰桃林春色图》《题董玄宰画》《寄董玄宰》《与董玄宰》等③；《白石樵真稿》中有《重刻董宗伯制义序》《董宗伯容台集序》《题董宗伯玄宰画云林笔意》《又题董宗伯画烟江梦障图》《又题董宗伯画》《又》《跋玄宰画册》《题玄宰画》《题玄宰画扇》《又题玄宰画》等④；《晚香堂集》中有《董玄宰制义序》《题玄宰书养生论卷》《董宗伯手书家告跋》等⑤；《眉公诗钞》中还有《大名穆中翰游江南玄宰写赠山水为题短歌》《玄宰为李重使君作仙馆图》等。⑥ 陈继儒之所以给董其昌写有那么多题赠、序跋之类的文字，是基于两人为华亭同乡兼同学（陈继儒小董其昌三岁），齐名于乡里，更重要的是两人性敏心通、多闻博识、同好书画，共同的精神旨趣成为他们交往的动力。

---

① 《全明散曲》（增补版），第4699页。

② 《全明散曲》（增补版），第4736页。

③ ［明］陈继儒：《眉公集》卷六、卷十一、卷十六，续修四库全书本。

④ ［明］陈继儒：《白石樵真稿》卷一、卷十六，四库禁毁丛刊本。

⑤ ［明］陈继儒：《晚香堂集》卷二、卷十，四库禁毁丛刊本。

⑥ ［明］陈继儒：《眉公诗钞》卷二、卷七，四库禁毁丛刊本。

如前文所述，陈继儒与施绍莘比邻而居，两人交往起来十分方便，当然少不了一些文字上的唱和、品评活动。在《花影集》中存有大量陈继儒为施绍莘的散曲所写的跋，其中有二人交往活动的记录，更多的是对施绍莘曲作的评赏，如“自不须字字训诂，而自然语语生动”[①]，“每于声音句字外，别有神韵”[②] “如子野此词，曲写柔情，刺心入骨……未必字字刻画，句句尖艳如子野者。每读此篇，令人意中冉冉如风花之舞”[③] “右词如此才情，自应判断与花作配”[④] 等。其中，有些评赏之词在陈继儒的《白石樵真稿》中可以见到，如套曲《惜花跋》在《白石樵真稿》中题为《惜花词》[⑤]，《梦花词跋》在《白石樵真稿》中题为《梦花词》[⑥]，《杨花跋》在《白石樵真稿》中题为《杨花词》[⑦]，还有《夜雨跋》在《白石樵真稿》中记为《题施子野夜雨曲》[⑧]，《旅怀跋》在《白石樵真稿》中题为《旅怀曲》[⑨] 等。同时，在陈继儒的《眉公诗钞》卷五中还存有《题施子野新居》八首，如其一：

空山猿鹤久相安，熟睡松根梦不寒。只竹近添千百个，选筇常得两三竿。春来几许新莺早，草去无多旧路宽。门外隔篱村犬吠，买花船已过前滩。

---

① 《全明散曲》(增补版)，第4651页。

② 《全明散曲》(增补版)，第4644页。

③ 《全明散曲》(增补版)，第4638页。

④ 《全明散曲》(增补版)，第4614页。

⑤ ［明］陈继儒:《白石樵真稿》卷十九，四库禁毁丛刊本。按:其中“后”“粉”“提”字，《全明散曲》(第4626页)为“杀”“纷”“挝”。

⑥ ［明］陈继儒:《白石樵真稿》卷十九，四库禁毁丛刊本。按:其中“人”“叙跋”“余谓”字词，《全明散曲》(第4638页)为“辑”“序跋”“予将谓”。

⑦ ［明］陈继儒:《白石樵真稿》卷十九，四库禁毁丛刊本。按:其中“余谓”“政”字词，《全明散曲》(第4644页)为“予谓”“正”，语句“余谓子野杨花词”中的“杨花”后《全明散曲》中多一“等”字。

⑧ ［明］陈继儒:《白石樵真稿》卷十九，四库禁毁丛刊本。按:其中“水赋”“止得”“恚曰:何不于水之前后左右生发”“其旨”“不须”“自然”，《全明散曲》(第4651页)为“江赋”“而止得”“其人恚然曰:何不以江之左右悉言之”“是旨”“自不须”“而自然”。

⑨ ［明］陈继儒:《白石樵真稿》卷十九，四库禁毁丛刊本。按:其中“逸叟”“著为絃索”“时”“余”，《全明散曲》(第4667页)为“迂叟”“差为絃索”“时时”“予”。当然，其中有的字是可以通用的，如上面注释中提到的“余”与“予”，“叙”与“序”，“政”与“正”等。

又如，其七：

山北山南性本安，涧流清浅薜萝寒。振衣木末冈千仞，高枕窗西日几竿。家酿但容名士饮，酒杯微逊硕人宽。赤栏桥外青油舫，只在桃花放鹤滩。[①]

从陈继儒跋语的题写，我们可以认识到施绍莘曲作的一些特点，对两人的交往活动也多了一层了解。《题施子野新居》，既使我们了解到了施绍莘新居环境的清幽，也进而体悟到了施绍莘追尚自适、洒脱的生活情致。

另外，在陈继儒的作品集中，我们还发现有给曲家顾正谊的散曲集题写的序言，如《眉公集》中的《题顾仲方词序》《题笔花楼词序》[②]；《白石樵真稿》中的《题笔花楼新声》[③]；《晚香堂集》中有《题顾仲方乐府》。[④] 其中，多是对顾正谊的赞誉之词，由此可知两人也存有一些赠答、品评等方面的活动。

散曲家施绍莘与顾乃大（字彦容）的赠答、品评活动，主要记录在施绍莘《花影集》的曲作及跋语中，如评套曲《春游述怀》："子野此词，有大江东去之雄风，复饶晓风残月之佳致。故以铜将军铁绰板歌之，而不失

① ［明］陈继儒：《眉公诗钞》卷五，四库禁毁丛刊本。

② ［明］陈继儒：《眉公集》卷六，续修四库全书本。按：此处的《题顾仲方词序》即《全明散曲》（第3697页）中的《题笔花集新声》，其中仅一字之差，"入为凤阁待从"前这里无"入"字。而《题笔花楼词序》，即《全明散曲》（第3697—3698页）中名为杨继礼撰写的《笔花楼新声题词》，其中个别字句有出入，《全明散曲》中的"悦"这里为"况"，"仲方之生也晚"前这里多"惜哉"两字。另外，我们发现在《笔花集新声题词》题目下有一"代"字，我们怀疑《全明散曲》中杨继礼名下的《笔花楼新声题词》应为陈继儒代写，因没有查到杨继礼的相关文献存世，姑且存疑。

③ ［明］陈继儒：《白石樵真稿》卷十九，四库禁毁丛刊本。按：这里的《题笔花楼新声》即《全明散曲》（第3697—3698页）中名为杨继礼撰写的《笔花楼新声题词》，但词句有些明显的出入，《全明散曲》中的"长安风沙烟尘中"，这里漏一"风"字，其中的"悦"为"况"，"昔人有云：不恨我不见古人，但恨古人不见我"，仅有"惜哉"代替，"名家"为"君"，"坛"为"场"。由此，我们更怀疑名为杨继礼撰写的《笔花楼新声题词》实为陈继儒代笔。

④ ［明］陈继儒：《晚香堂集》卷十，四库禁毁丛刊本。按：此处的《题顾仲方乐府》即《全明散曲》（第3697页）中的《题笔花楼新声》，其中，《全明散曲》中的"入为凤阁待从"这里无"入"字，"先生片言尺楮往往为实"这里只有"先生"二字，"乃作"前面无"请"字，还有"至于咏物闺情各枵才韵"，"盖出其余膏剩馥，便能鼓吹词场，递传千古，谱风流者舍仲方吾与谁归"，这里均无此内容。

之凌劲。即以十七八娇女儿，挟锦瑟，按红牙，唱于步丝帐下，而不失之纤弱。”[①] 再有《泖上新居跋》《赋月跋》《金陵怀古跋》《夜雨跋》《渔夫跋》《钱塘怀古跋》《感梅跋》，等等。当然，从施绍莘的角度来讲，他也写了许多与顾乃大的赠答、唱和之作，如令曲《赠杨姬和彦容作》《美人赠鞋和彦容作》，套曲《怀旧重和彦容作》《悼亡妓为彦容作》《赠别和彦容作》《惜别和彦容作》《风情和彦容作》等，足见二人交往之频繁。套曲《送闇生北游跋》中弥清师说：“予初薙发，与彦容、闇生、子野为诗友”[②]，能在一定程度上说明二者交往频繁的原因。

再有，散曲家莫是龙的《石秀斋集》[③] 卷五有《宿仲方园》，卷八有《知唐元征董玄宰俱下第志感》《顾仲方席上送沈嘉则》等，可见莫是龙与董其昌、顾正谊之间也有交往。董其昌的《容台集》中也有与陈继儒、顾正谊交往的记录，如卷一《丙申闰秋舟行池州江中题陈征君仲醇》、卷二《寿陈征君元配卫孺人六十序》、卷三《赠陈仲醇征君东佘山居诗三十首》、卷四《顾仲方山水歌引》等[④]，也增加我们对这些曲家之间关系的了解。

（四）散曲家之间的其他交往活动

根据相关史料显示，松江府散曲家之间还存有其他方面的交往形式。依据清人陆心源所撰《穰梨馆过眼录》中所记，散曲家莫是龙、董其昌、陆应阳（旸）曾经为散曲家顾正谊的《秋林归棹图》题诗赏鉴，如莫是龙题：“极目蒹葭寒，归帆渺天末。此时楼中人，愁共江烟溟”。董其昌题《赠别》：“秋林昨夜见新霜，归去关河叶叶黄。摇落那堪乡思急，图中山水尚茫茫。”[⑤] 据四人与陈继儒等曲家的传记史料，获知他们均以书画见长，正是共同的爱好加之同乡的客观条件，促使了此类品评交流活动的频繁发生。董其昌《容台集》中的一些题跋文字，也记录了他们的交往活动，如借画临摹活动，董其昌“（壬辰）请告家居，多暇，与顾中舍、宋太学

① 《全明散曲》(增补版),第 4607 页。
② 《全明散曲》(增补版),第 4734 页。
③ ［明］莫是龙:《石秀斋集》,四库存目丛书本。
④ ［明］董其昌:《容台集》,四库禁毁丛书本。
⑤ ［清］陆心源:《穰梨馆过眼录》卷二十六,清光绪十七年(1891)刻本。

借画，临仿之”；赏画活动，“（董其昌）已归云间，复见之（《陡壑密林图》）顾中舍仲方所。仲方诸所藏大痴画尽归于余，独存此耳”；与陈继儒一起论画、作画，“余常与眉公论书画，欲暗不欲明，明者如觚稜钩角是也，暗者如云横雾塞是也”“……自后泊舟吴山，遍采诸胜，意与所至，辄尔泼墨，凡为仲醇作画十余幅”。[①]

陈子龙与陈继儒之间曾有书信交往。陈子龙《安雅堂稿》中有《与陈眉公征君》云：“……子龙受质隘劣，文质无底，辱在先生裁量之内，奖叹弥缝十有二载。……怀先生迨庶之资，语默中道，审时量才，其必有以教鄙人矣。夙昔知己，书不尽意。”[②] 其中对陈继儒的拳拳之心与感激之情十分明显。陈子龙在《寿陈眉公先生八衮序》中品评陈继儒：“不近名，不喜事，清静无为，而物来自应，如此而已。是故，质者依其诚，文者尚其华，法者轨其介，通者乐其广，晦者适其简，达者贵其治。天下士无贤愚，仰先生之风者，咸思进于道，俗无纯驳，被先生之德者，咸思归于厚，则先生之有益于圣世，何啻武仲之在陶唐乎！”[③] 真是赞誉有加。而且，陈子龙还到陈继儒的隐居地佘山拜访过陈氏，并赋诗《佘山访陈眉公先生》：

> 朝日启东岭，霭然秋满山。方舟度林涧，杖策款松关。乔木乱云气，游禽日以闲。主人秀南纪，忘机驻红颜。丹经注盈卷，羽旗时往还。高谈泰皇际，驰骛羞人寰。眷言蒸黎事，天步何险艰。勖予从王路，骐骥相追攀。峥嵘鹿门语，踯躅桑柘间。[④]

这里为我们绘写了陈继儒居地环境的自然幽静，以及见面时谈论的问题与情景，既彰显出了陈继儒高洁趋雅的生活情致，也道出了陈氏不能忘俗的用世之心，同时也流露出了自己的感念之情与忧患之思。

另外，具有师生友谊的陈子龙与夏完淳的交往则更为频繁。他们同是

---

① ［明］董其昌：《容台集》卷四，四库禁毁丛书本。
② ［明］陈子龙：《安雅堂集》卷十七，续修四库全书本。
③ ［明］陈子龙：《安雅堂集》卷六，续修四库全书本。
④ ［明］陈子龙：《湘真阁稿》卷二，续修四库全书本。

抗击清兵的斗士，都用自己的生命之躯捍卫了自己的信仰与气节。他们的《渡易水》《别云间》等诗篇，慷慨悲歌，悲壮苍凉，雄浑豪放，唱出了时代的悲歌。再有，夏完淳“垂髫时，一目数行，片言居要，几社父执诸公咸器之，称为小友。陈卧子与李舒章、宋辕文选明诗成集，独书完淳于后，其采择人物亦与焉。一时盛推之”。[①] 既交代了夏完淳与陈子龙等长辈的交往活动，也赞誉了其诗歌创作的成就。

据上所述，我们不难睹见以陈继儒、施绍莘等为代表的明代松江府文人曲家之间交往活动的大致情况与特点，也使我们认识到了他们追尚隐闲生活的雅趣，而这种隐居山林、放任洒脱的生活方式在当时江南文人间颇有市场。他们借助这种生活方式感悟、消解、享受着人生，也在一定程度上促进了相互之间交流活动的发生。

三、明代松江府曲家散曲创作述略

整体而论，明代中后期松江府的经济与文化都比较繁盛，此时此地众多曲家的出现也不足为奇。经过对所知二十一位曲家散曲创作情况的梳理与阅读，我们发现绝大多数曲家的存曲数量较少，而且特点并不突出，这表明绝大多数曲家并不重视散曲创作，仅是抱着玩玩的心态偶尔为之。不过，也有把散曲创作当回事的曲家，那就是被誉为明代散曲殿军的施绍莘，其存曲数量远多于他人，风格特点也有独到之处。

（一）施绍莘散曲中的“清雅”之气

对于施绍莘散曲的研究，已出现了一些著述。[②] 通过多次翻阅施绍莘现存曲作，令我们印象最深的是他散曲中呈现出的一种“清雅”之气。论其

① ［明］夏完淳著，白坚笺校：《夏完淳集笺校》，上海古籍出版社 1991 年版，第 550 页。

② 顾晓宇：《花影月梦》，中国文联出版社 2000 年版；陈文瑛《山林滋味 新鲜别调——施绍莘套曲〈泖上新居〉赏析》，《古典文学知识》2004 年第 3 期；冯艳：《施绍莘研究》，南京师范大学 2006 年硕士学位论文，及其发表的一些论文；朱丽霞：《明代云间曲派——以施绍莘〈秋水庵花影集〉为中心》，《第二届江南文化论坛——江南都市与中国文学》（2013 年会议论文）；刘英波：《明代“吴中”“关中”散曲史论》第五章《走向隐闲之路——施绍莘的生命轨迹与其散曲曲风》，山东人民出版社 2014 年版；郑海涛、赵欣：《施绍莘词曲比较论》，《西华师范大学学报》2016 年第 1 期；赵义山：《施绍莘〈秋水庵花影集〉序跋的曲学史意义》，《文献》2016 年第 2 期等。

“清雅”，主要指在他的散曲中常使用一些清丽、雅致之词创设出的一种“清雅”之境，以及此境中充斥着的一种清丽雅致、忘我脱俗的灵动的气韵。譬如，施绍莘的代表作——套曲《泖上新居》，便为我们描绘出了“杳非复人间世”① 的一种清雅、脱俗的美妙境界，像其中的［醉扶归］令人产生了一种清空之感：

> 淡茫茫水镜推窗晓，点疏疏渔灯夜候潮。暗昏昏鸠雨过平皋，白微微鹭雪销残照。蓼汀秋水乍添篙，只觉的地浮天涨乾坤小。②

又套曲《山园自述》之［前腔］：

> 开轩近水湾，把云根洗出，瘦骨苍颜。梅花一片，正映着雪后前山。夭桃文杏两更番，渐开遍梨花接牡丹。荷珠戏，桂露漙，芙蓉一夜报初寒。黄花瘦，橘柚圆，腊梅和雪纸窗关。③

乙丑（1624）春，施绍莘“辟治南山，种桃莳竹”，以此曲“自述人外之乐”。④ 其中的水、云、梅、雪、荷、芙蓉等意象营造出了一种世外桃源似的清雅之境，即使写到了桃、杏、梨花、牡丹等，也没有让人感受到繁闹的气息。

又套曲《吟雪》之［前腔］：

> 开簾疑月，开门无地，一幅米颠山水。江天钓艇，濛濛几个蓑衣。只见危桥驴瘦，老树鸦寒，小犬柴门吠。梅边竹上也，故依依，更逗入松梢伴鹤棲。茅屋下，明窗里，初煨榾柮青烟细。商茗事，尽

① 《全明散曲》（增补版），第4609页。
② 《全明散曲》（增补版），第4607页。
③ 《全明散曲》（增补版），第4610页。
④ 《全明散曲》（增补版），第4611页。

幽致。[1]

再如，套曲《园林初夏》《佞花》《赋月》《歌风》《渔夫》《梅花》等，其中也有“飞花打翠屏，飘叶敲金井”“风凉月静，横笛声没腔成韵”“水窗烟户，在栋树乱花飘处。天欲雨，听隔岸伏鸠呼妇”等不少富有清雅气韵的曲句。

论及施绍莘这一曲风的成因，除了大家常说是散曲“词化”的结果，我们认为其根本原因应是在施绍莘的骨子里存有一种崇尚自然、爱好清雅的气韵，以及由此而生成的一种崇尚清雅淡远的审美观念，他以此种方式向世人表明自己追尚的一种生活方式与生活理念。这里，既蕴有对前代文人生命价值精神的体认与继承，同时也带有本人对自然、尘世、生命等命题感悟之后形成的个性特点。施绍莘能够形成这一生命形态与精神诉求的因由，我们认为这与他自幼喜爱花草，以及多情、敏感、细腻的性格有关，即“风情逸兴，殆出于性生”[2]；文战屡次失利，身体多病也成了他避居山林思想高扬的动力，他希望在追求幽静、自适的生活中，消解生活中的苦恼；同时，自然景观与人文思想的影响作用，即施绍莘选择有山水、花草、林木之地作为居地，使他能够很好地感悟生命、滋养性情，他“外服儒风，内宗梵行。其于世间色相，一切放下”[3] 精神层面的追求与修炼，也帮助他荡涤内心的纤尘细埃。因此，施绍莘的曲作中能够不断地溢出具有烟霞之气的清雅丽句。[4]

（二）歌功颂德之词——陆深的散曲

基于散曲文学的特点，在散曲文学史上歌功颂德的作品并不多见。然而，据陆深所存的曲作看，全部是这类曲作，可以说在整个散曲史上难有出其右者，值得我们关注与思考。《全明散曲》（增补版）录有陆深的曲作

---

① 《全明散曲》（增补版），第 4617 页。

② 《全明散曲》（增补版），第 4684 页。

③ ［明］沈德生：《秋水庵花影集序》，《全明散曲》（增补版），第 4755 页。

④ 刘英波：《明代“吴中”“关中”散曲史论》，山东人民出版社 2014 年版，第 157—158 页。

7首，汪超宏先生录有56首。[①] 为了更好解读陆深的此类作品，我们选录其《戊戌秋明堂礼成庆成宴乐章七首》如下：

[万岁乐] 风调雨顺秋光好，启明堂吾皇有道。尊亲飨帝多仁孝，际昌期成大报。

[朝天子] 宫悬，绣帘，黼座黄金殿。雕龙彩凤簇琼筵，湛露初沾宴。尧舜重逢，唐虞再见。五云天御炉烟。遥瞻，圣颜，稚尾开宫扇。

[水龙吟] 五色祥云拥六龙，开禁殿，列臣工。主恩皇泽，礼乐象成功。文华物采，极天风动，万国来朝贡。

一奏 [开明堂] 之曲：大礼候昌期，崇孝敬，正宗祧，钧天声里韵箫韶。金殿凌云切紫霄。圣君万寿，臣节百僚。愿上华封谣，仰祝唐尧。

[四边静] 国祚万年，礼乐重光一统天。玳瑁筵，麒麟殿。瑞霭，祥烟，圣主开恩燕。

[风鸾吟] 时文圣明，运中兴道太清。业敷天，功扶世，治化昇平。和神人靖边境，叙彝伦协咸英。一德秉精诚，璇衡齐七政，享明堂大典斯成。奠玉帛，洁粢盛，妥神灵。兆休应，报深恩罔极难名。

[万岁乐] 鹓联鹭序臣拜舞，荷酞恩躬逢圣主。配天勋业高千古，同声祝文共武。[②]

由所录曲作，我们不难看出陆深曲作中咏写的内容，即戊戌秋（嘉靖十七年）大飨礼（祭天配祀祖宗）成后谱写的宴乐曲。这些曲作无一不是歌盛世、颂皇恩之作，思想内容价值不高，艺术上也无可取之处。其实，通过翻阅《大明会典》，我们发现里面有不少这类曲作。[③] 据此，我们推测陆深

① 谢伯阳：《全明散曲》（增补版），第1456—1458页；汪超宏：《明清曲家考·〈全明散曲〉补辑》，中国社会科学出版社2006年版，第470—477页。

② [明]陆深：《俨山集》卷二十三，文渊阁四库全书本。

③ [明]申时行等修，赵用贤等纂的《大明会典》卷七十三中有不少类似的宴乐曲（续修四库全书本）。

的这些曲作可能是仿照当时皇帝赐宴群臣时所奏唱的宴乐而作。值得关注的是，其中透露出明堂礼具有“尊亲飨帝”的功能，以及礼成后百官要上表祝贺、皇帝也会赐宴群臣的纪实性特点①，有一定的史料参考价值。

如果说是仿照朝廷赐宴群臣时的宴乐而作，那么，陆深创作此类曲作的动机何在？据相关史料可知，“丁酉（嘉靖十六年）二月，内阁疏公学行巨赡，升太常寺卿兼侍读学士”②，也就是说此时陆深正在太常寺卿任上。太常寺主掌祭祀礼乐之事，因此组织明堂礼等祭祀活动也是他的分内之事，所以他对祭祀活动完成后朝廷赐宴群臣时所奏乐曲应是比较熟悉的，这也就为此类曲作的创作提供了良好的条件。当时，祭祀活动的顺利完成，作为负责人的他肯定比较高兴，再受其“以通达政务为尚，以纪事辅经为贤”③ 作文思想的影响，摹写一些自己经常听到而又熟悉的宴乐曲，也是容易理解的事情。值得注意的是，我们在陆深《俨山集》中还发现了《经筵词二十首》④，每首四句，每句七字，其中既有颂圣之意，也有记述经筵活动过程的纪实性特点。由此，我们怀疑陆深有借用某一文体记录自己参与一些朝廷活动的爱好，他以朝廷宴乐的形式创作散曲的活动是不是这一爱好的结果呢？另外，陆深只有这一类曲作存世，我们有理由认为陆深并不是因为喜好散曲这种文学形式才创作散曲的，或者说在他的心目中，自己所作的曲作根本就不是我们现在所理解的意义上的散曲，只是歌咏朝廷的高雅的乐章。

（三）闲雅背后的愁绪——顾正谊的闺情曲、咏物曲解读

根据顾正谊现存的散曲来看，主要包括两类内容：一是闺情曲；二是咏物曲。闺情曲现存 20 首，与他人相比，内容上并没有什么突破，仍是传统题材的书写。值得关注的是，作者在分别书写春、夏、秋、冬四季的闺

---

① ［清］张廷玉等:《明史》卷四十八(第 1261 页)《礼志二》中云:“时(嘉靖十七年)未建明堂,迫季秋,遂大享上帝于玄极宝殿,奉睿宗献皇帝配。……礼成,礼部请帝升殿,百官表贺,如郊祀庆成礼。帝以大享初举,命赐宴群臣于谨身殿。”

② ［明］许讃:《通议大夫詹事府詹事兼翰林院学士赠赠礼部右侍郎谥文裕陆公深墓表》,见［明］焦竑编:《国朝献徵录》卷十八,明万历四十四年(1616)刻本。

③ ［明］陆深:《北潭稿序》,见《俨山集》卷四十,文渊阁四库全书本。

④ ［明］陆深:《俨山集》卷二十一,文渊阁四库全书本。

思之情时，做到了构境清雅、冷寂，抒情哀婉、凄楚，整体呈现出了“雅化”的特点，但不失俗趣，让人读后颇有雅俗共赏之感。如［南仙吕·桂枝香］《春景闺情》四首之一：

云盘螺髻，烟笼翡翠。丝罗初绾同心，瓜葛乍牵连理。奈仙郎远别，仙郎远别，钗分凤侣。红消镜里，费相思。羞对青鸾影，空吟丹凤辞。

又《夏景闺情》四首之一：

碧天如洗，晴霞结绮。石床冰簟清风，修竹高梧凉雨。幽花夜芳，幽花夜芳，雅称玉人襟惠。夜阑无寐，暂徘徊。坐待三更月，霏微露湿衣。

又《秋景闺情》四首之一：

凉生罗绮，声长砧杵。秋撩桂子西风，泪滴芭蕉夜雨。追忆那人，追忆那人，音沉双鲤。影分鸳侣，月光舒。懒向蟾宫去，孤眠学羿妻。

又《冬景闺情》四首之一：

霜飞月坠，花飘玉碎。清宵孤枕无眠，日上三竿还睡。喜阳和乍回，阳和乍回，阴消寸晷。愁添线缕，叹离居。回首音尘远，流光过隙驹。①

从上面的四首曲作中，我们真实感受到了顾正谊此类曲作中的“雅气”。其中，像远别、相思、空吟、无寐、坐待、泪滴、追忆、音沉、影分、孤眠、

① 《全明散曲》(增补版),第3687—3689页。

无眠、愁添、离居等词句在曲作中的大量出现，使我们深深体悟到了主人公思人之苦痛、心境之凄冷。

引起我们兴趣的是，作者从女性的视角切入，书写相思之情是那么的清冷、凄苦，而且还分春、夏、秋、冬四季来写这种哀婉、悲苦之情，这里有其他的意蕴吗？从表面理解，离思之作当然要写得凄苦些，无可厚非；从内容上讲也不免俗，因为像这样写四季闺情的曲家在元明两代不乏其人。当然，我们也考虑到顾正谊撰写这类曲作有追欢娱乐之意，可总是令人觉得其中有一种较深的愁绪，因此我们怀疑在他咏写四季闺情的背后，是不是寄寓着他读破人生后借此舒泄长期存在于内心的一种孤独于世间与他人之外的悲绪呢？

顾正谊现存6套南曲，其中5套为咏物曲，分别为《咏桃花》《咏芙蓉》《咏竹》《咏歌》《咏舞》。其中，对桃花、芙蓉、竹子等物象的描写呈现出了“曲中有画”的特点，这大概与他擅长作画有关；有对歌者、舞者音声与形象的刻画，不难使人想见二者的娇雅之姿。不过，在记写这些景物、艺术的时候，也均流露出了一种悲愁的情绪。譬如，写桃花，既有“夭夭，色更鲜，娇痴可怜”“秾艳，酣容醉目，领韵华多少丽景无边”的赞美，也有“红飘粉堕”“谩憔悴五更人怨”的伤感之语；写芙蓉，既写“盈盈，隔水红……轻风动，赤城霞起，锦江波弄”“羡娇姿吐艳，瓣染新红”“临风，翩跹弄影，似江皋神女，阆苑飞琼”的娇艳之姿，也有“池头一夜西风送，月白江天霜气浓，谁驻枝头此日红”的感伤；写竹，既写“娟娟，空阶扫影，引清风一榻，入户穿帘”“绿窗低掩，敢听敲碎玉”的清雅、幽韵之趣，但也有“清梦冷然”“高节清风几岁年”的愁绪；再有写歌，有对歌者“清音宛转”“清讴，艳飞霞卷，浪翻花溜。觑檀板轻将纤玉手，听嘤嘤林外，匹鸟相求，滚滚春江不断流，圆活处巩旋珠走”“移宫换徵，潇洒更清幽”的颂扬，也有“新腔缕缕翻旧愁”“啭纤喉”“哽咽似悲秋”“余音袅袅，天际暮云收”的无奈；写舞，既写“妆成否……纤束素小蛮腰已就。笙歌催上，似袅娜欲眠宫柳……呈皓腕乍分双袖。［合］云裳绉，羡轻盈潇洒温柔”“徉欲去轻挽双钩”“步步协清讴”婀娜多姿的娇姿，也写了“赵家飞燕，千古语风流，只剩昭阳一段愁”。[①]

陈继儒在《题笔花楼新声》中云：“至于咏物、闺情各抒才韵，绘拟所至生气凑合，可以夺化工之权，结思人之涕，盖出其余膏剩馥，便能鼓吹词场，递传千古，谱风流者舍仲方吾谁与归。”[②] 不难看出，此处多美誉之词，但“结思人之涕”之语倒也点出了顾正谊这两类曲作中的悲愁之绪。如上所言，我们不排除顾正谊这两类曲作中舒泄悲戚之情有其闲玩、娱乐的目的，但细读之后，我们认为此种情绪的出现应与他写作此类曲作时的心境有关，而这种心境应是在他对人生多舛、时光易逝、美景不常在等世态百相、物候变化洞彻之后悲哀情绪的外现，是一种拥有与失去矛盾无解之后的感伤。其实，这种哀情在每个人的心中都有，只是有的人善于借助文学形式把它表达出来，有的人因受多种因素限制不能表达出来而已，顾正谊属于前者，因此也就给我们留下了一种与其进行情感沟通的方式。

至于顾正谊散曲中表现出来的清雅之风，除了考虑明代中后期散曲创作整体“趋雅”之风的影响外，个人的审美情趣应是重要原因。在审美情趣方面，我们认为顾正谊身上具有江南文人共有的雅趣，而这一雅趣的形成与他生活区域清幽的自然环境及崇尚清雅的人文环境有关。他与陈继儒、莫是龙、董其昌等富有才情文人的频繁交往，擅长泼墨于山水、穷探旨趣，构筑熙园、终老于水木明瑟之间的隐闲生活等均是促使这一雅趣形成的重要因素，散曲创作只是一种把这种雅情外现的形式罢了。

（四）散曲中少有的慷慨悲歌——夏完淳的散曲

明朝末年，战事频发，义军四起，灾荒不断，朝纲混乱，预示着明王朝的灭亡。李自成攻入北京，崇祯帝自缢煤山，明王朝统治走到了终点。清军入关，夷继大统，继而挥师南下征服江南，给当时的江南士人带来了刺心的痛。面对时局，江南文人选择了两种不同的道路：奋勇抵抗或隐居山林。松江府曲家陈子龙与夏完淳师徒二人选择的是前一种方式，他们积

① 《全明散曲》（增补版）第3692—3697页。

② ［明］陈继儒：《题笔花楼新声》，见《全明散曲》（增补版），第3697页。

极组织、参加了吴中一带的反清活动，结果均以牺牲生命的方式告慰腐朽、无能的监国政权，表现出了强烈的民族气节和忠于前朝的忠贞思想。

在夏完淳现存的5首（套）曲作中，他没有像明代后期的多数散曲家那样连篇累牍地抒写闺情、艳情，而是直抒真情，谱写出了一种与众不同的慷慨悲歌。如套曲《自叙》［前腔］：

两眉颦，满腔心事向谁论？可怜天地无家客，湖海未归魂。三千宝剑埋何处，万里楼船更几人。［合］英雄恨，泪满巾，何年三户可亡秦。

又如［掉角儿序］：

我本是西笑狂人。想那日束发从军，想那日霜角辕门。想那日挟剑惊风，想那日横槊凌云。帐前旗，腰后印。桃花马，柳叶衣，惊穿胡阵。［合］流光一瞬，离愁一身。望云山，当时壁垒，蔓草斜曛。

再如套曲《感怀》［南仙吕·甘州歌］：

兴亡盛败，叹英雄黄土，侠骨荒丘。千秋万岁，无限为龙为狗。君不见六朝烟草馀芳乐，几片降旗上石头。青天外，白鹭洲，暮鸦残照水悠悠。斜阳里，结绮楼，湘帘半挂月如钩。①

面对败落的大明江山，夏完淳怀着忠君爱国之怀，他继承父辈的遗志，积极投身于反清复明的斗争之中。可是，未等完成自己的恢宏之志，便因谢尧文通海事泄露而被捕入狱，囚于南京。② 在狱中，他追忆南京城兴衰的历史、悲壮的人物，感慨万千；想起自己从军时的雄豪之气，今日已无法实

① 《全明散曲》（增补版），第5130—5131页。

② 白坚：《简略夏完淳的生平及其作品》，《社会科学战线》1987年第4期，第305页。

现，悲哀、慷慨的情感油然而生，他挥毫写下了令人荡气回肠的慷慨悲歌，如《即事》《别云间》《霸图》等。在这里，他“把诗的庄严深宏与曲的酣畅淋漓完美结合，其情悲而豪，其境壮而阔，其语峭而健，其凛然大气，将千载如生”[①]。呈现出了易代悲歌之风，也开启了清初曲家悲歌、哀吟的先河。

夏完淳此类曲风的出现，我们认为主要与他当时的创作心境、创作内容与创作观念有着直接关系。据《夏完淳集》中记载夏完淳的词余（散曲）出自《狱中草》[②]，又有曲作篇目《送沈伯远出狱》及曲句“南冠客楚囚”，确知他的散曲创作于南京狱中。基于他的斗争经历与身陷囹圄的心境，以及创作抒情的目的，也就影响到了他曲作题材及曲中意象的选用，如湖海、斗酒、青烟、秋笳、秋雁、狂人、霜角、辕门、暮鸦、宝剑、西风等意象的使用，显然在曲作中营造出的意境、风向与其他题材类型的曲作有所不同，最终呈现出来的是一种慷慨豪放的曲风。另外，夏完淳的散曲创作受“诗言志”传统的影响比较明显，他的曲作用典工切、造境豪阔、融情于景、气势慷慨，与他的诗作多有相似之处，因此夏完淳的诗学观对其散曲豪放曲风的影响不应忽视。

另外，值得注意的是，曲家许乐善散曲中的纪实性特点。他在未注题目的套曲中记述了万历三十五年（1607）与万历三十六年（1608）水灾的实情，如［山坡羊］：

暗昏昏不光明的天际，密层层不放开的云翳。响滴滴不住点的雨声，白漫漫不分别的高低。地秧乍栽，川原一望迷。侵城沉灶沉灶难存济，遍处号啼几宵不寐。凄其，眼见灾黎共忍饥。伤悲，纵使晴来也较迟。[③]

① 赵义山：《明清散曲史》，人民出版社 2007 年版，第 315 页。

② ［明］夏完淳：《夏完淳集》，中华书局 1959 年版，第 132 页。

③ 《全明散曲》（增补版），第 3551 页。

他在曲后的注释中云："戊申四月初旬，天雨弥月不休，间止一二日有霁色，道路多被水渰，低田不得插莳，续作此词。"连同曲作中的描写，我们可以了解到当时的水灾给民众带来的危害，具有史料价值。再有，莫是龙的闺怨曲、宋楙澄的嘲讽曲、陈继儒的赠和曲与清明曲等，因存量较少，特点不够鲜明，不再论述。

附　录

明代散曲家考补及曲作辑佚

谢伯阳先生的《全明散曲》（增补版）是辑录明人散曲最多、最全的集子，为明代散曲的研究提供了极大方便。然而，一人之力毕竟有限，其中难免有所疏漏。在研究过程中，我们发现其中对一些散曲家的生卒年、字号、籍地等有表述不一、不详等现象，也有一些漏收的曲作，这里予以考补与辑佚。

一、明代散曲家薛论道的生年辨析

薛论道是明代中后期的一位散曲大家。由于他的生平史料记载很少，致使他的生卒年不可确知，今日所见著述中的标示多据谢伯阳先生的说法：约1531—约1600年。近日，我们读到蒋月侠、张绍卫的《明代散曲家薛论道生平考辨》一文，认为薛论道的生年在1520年左右。[①] 我们认为他们的考辨仍有可辨之处，结合所见史料对薛论道的生年辨析如下。

1. 薛论道的生年应早于1531年。吴京所作《林石逸兴引》和薛论道所作《林石逸兴序》的落款均记为“万历戊子夏日（孟夏）”（“万历戊子”即“万历十六年（1588）”）[②]，俞钟《跋林石逸兴》云：“会抚侯谭德薛君，偃革辞轩，出杂曲凡千首，析十卷，题曰：《林石逸兴》，脱稿以示余。”“岁戊子，索不类操觚付梓……”[③] 由此，我们可知薛论道的曲集

---

① 蒋月侠，张绍卫：《明代散曲家薛论道生平考辨》，《宿州学院学报》2012年第4期，第73页。

② 《全明散曲》（增补版），第3246—3247页。

③ 《全明散曲》（增补版），第3247—3248页。

《林石逸兴》1588 年夏天已经完成，并于当年刊印。基于此，曲作［南仙吕·傍妆台］《自述》创作的时间至迟在万历戊子年夏以前。假定此曲作作于戊子年（1588）的话，那么，据《自述》中所言："屈指明年甲子周"，知戊子年薛论道周岁为 58 岁，故可推知薛论道的生年为 1530。当然，如果《自述》曲作于戊子年夏以前，那么戊子年他的年龄则大于 58 周岁。据常理推断，他的这首曲子很可能不是作于戊子夏当年，而应早些时间。如果真是这样，那么薛论道的生年就应在 1530 年以前，而不是 1531 年左右。

2. 薛论道的生年不应早于 1525 年。《定兴县志》云："万历初，戚继光镇蓟，建议弃黑谷关。论道白制府，力陈不可。状事竟寝，以是失戚意，移疾罢。"[①] 可知薛论道因与戚继光防御措施不一致，受到排挤，万历初年称疾归田。据《明史》[②] 和《戚少保年谱耆编》[③] 中所记，获知隆庆二年五月（1568）戚继光以都督同知总理蓟州、昌平、保定三镇练兵事，直到万历十一年（1583）被调往广东，在蓟州三镇经营了十六个年头。又有薛论道的曲作［南仙吕·傍妆台］《林下》四首之一："挂冠归，从前好景逝难追。五十知天命，四十九年非。十年灯火一身显，百岁光阴半世灰。乌纱重，皂盖危，激流博得锦衣回"[④] 和曲作［北双调·沉醉东风］《宦归》八首之七："说甚么班马才，掉甚么苏张辩，叹一身半百余年"[⑤] 所云，知他的这类曲作应作于第一次罢官之后，而且作这些曲作时的年龄约 48 周岁。假定薛论道的这两首曲子就作于罢官当年，如果再把他罢官时的"万历初年"定为万历元年（1573）的话，那么，由此可推知他的生年约为 1525 年。如果他作这些曲作的时间晚于罢官当年的话，那么他的生年则应晚于 1525 年。不过，从他的曲作题目《宦归》和曲作的语气判定，作曲时间不会与罢归的时间相距太远，很可能当年，或晚一年，那么他的生年应在

---

① ［清］张主敬等修，杨晨纂：《定兴县志》卷十一，清光绪十六年（1890）刻本。
② ［清］张廷玉等撰：《明史》，中华书局 1974 年版，第 5610—5617 页。
③ ［明］戚祚国等：《戚少保年谱耆编》卷七、卷十二，续修四库全书本。
④ 《全明散曲》（增补版），第 3203 页。
⑤ 《全明散曲》（增补版），第 3125 页。

1525 年或 1526 年间，不会早于 1525 年。

3. 许襄毅应为杨襄毅之误，不应是许恭襄之误。《定兴县志》云：“许襄毅开府密云，辟为参谋。神谷堂有警，倡议利用寡，不利用众，襄毅用其策，却敌十万众。捷闻，叙幄帏功，授指挥佥事。”[①] 由此知薛论道是被“许襄毅”辟为参谋，才开始其军旅生涯的，而且他颇有谋略，曾助襄毅用计打败虏寇的进攻，被升为指挥佥事。那么，这里的许襄毅是谁？哪一年做的蓟、辽、保定的总督？弄清楚这一问题，对我们推测薛论道的生年大有帮助。为此，我们查阅相关史料与工具书，在《明史》[②] 和《墓志铭》[③] 中发现明人许进（1437—1510），字季升，灵宝人，正德十五年去世，嘉靖五年谥号“襄毅”，他曾巡抚过大同、甘肃，抵御过北边俘寇的侵犯，但他没在蓟、昌、保三镇任过职，他在世时间也明显与薛论道的经历有较大出入，故在没查到第二个许襄毅的情况下，我们认定这里的“许襄毅”有误。查阅资料时，我们还发现明人杨博（1509—1574），字惟约，山西蒲州人，卒后谥号也为“襄毅”；据《明史》[④] 和其本人的《墓志铭》[⑤]，知杨博曾在嘉靖二十七年（1548）和嘉靖三十二年至嘉靖三十四年（1553—1555）两次总督蓟、辽、保定军务，曾多次打击北虏的进犯，赢得过一些大捷。那么，这里的“许襄毅”是不是“杨襄毅”之误？需要注意的是，据《明史》[⑥] 和《许恭襄公传》[⑦] 知许进的第八子许论（1495—1566），字廷议，卒后谥号为“恭襄”，嘉靖三十三年（1554）出督宣、大、山西军务，嘉靖三十八年（1559）督蓟、辽、保定军务，也抵御过俺答、把都儿的入侵，取得过不错的战果。而且，蒋月侠、张绍卫在其文中认为这里的“许襄毅”应是许论。这就有必要辨析一下这里的“许襄毅”到底是杨博之误？还是

① ［清］张主敬等修，杨晨纂：《定兴县志》卷十一，清光绪十六年（1890）刻本。

② ［清］张廷玉等撰：《明史》，中华书局 1974 年版，第 4923—4926 页。

③ ［明］景旸：《资德大夫正治上卿太子少保吏部尚书赠太子太保许公进墓志铭》，见［明］焦竑：《国朝献征录》卷二十四，明万历四十四年（1616）刻本。

④ ［清］张廷玉等撰：《明史》，中华书局 1974 年版，第 5655—5659 页。

⑤ ［明］张居正：《光禄大夫柱国少师兼太子太师吏部尚书赠太保谥襄毅杨公博墓志铭》，见［明］张居正：《新刻张太岳先生诗文集》卷十三，明万历四十五年（1617）唐国远刻本。

⑥ ［清］张廷玉等撰：《明史》，中华书局 1974 年版，第 4927—4930 页。

⑦ ［明］汪道昆：《许恭襄公传》，见［明］汪道昆：《太函集》卷三十七，明万历刻本。

许论之误?

综合多方材料,我们认为这里的“许襄毅”应是“杨襄毅”之误,不应是许论之误。理由如下:一是,杨博与许进卒后的谥号同为“襄毅”,就此一点二者的相近性就比许论(谥号“恭襄”)突出。之所以出现“杨襄毅”误为“许襄毅”,我们猜测很有可能旧志或史料中只记“襄毅”二字,后来修志之人没有详查明代有几人卒后的谥号为“襄毅”,仅查到许进卒后的谥号为“襄毅”而误记所致。考虑到“许”和“杨”字的差别较大,因此二字误写的可能性不大。二是,在《密云县志》“职官·总督”条中依次记录:“杨博嘉靖三十一年任总督蓟辽保定军务,王忬嘉靖三十四年任,许论三十九年任,杨选嘉靖四十年任。”① 这里了解到杨博嘉靖三十一至三十四年在任,许论仅三十九年(1560)在任。需要说明的是,这里所记杨博、许论任总督的时间与上面据《明史》与《墓志铭》中所记稍有出入,但杨博在任时间明显早于许论,也比他的任职时间长,因不影响问题的分析,故不作细究(据现知史料也不好确定)。又有《定兴县志》“薛虎臣小传(薛论道的弟弟)”云:“从兄论道宦密云,以官籍就童试,密人不可。许襄毅为制府,闻其事,召试,大奇之,曰:‘此虎臣也。’趣就武,改今名。”② 知薛虎臣参加童子试时,薛论道已在密云做官,因虎臣以宦籍参加当地考试受到密云人的反对,“襄毅”曾干预了此事。我们从常理考虑:许论在任时间很较短(因没有确切记载,我们据《许恭襄公传》推断,大致一年左右的时间),即使许论一上任就辟薛论道为参谋的话,即使薛论道的弟弟就在本年参加童试的话,刚上任不久的薛论道与“襄毅”的关系能否达到说服制府去干预其弟弟的考试?我们表示怀疑。考虑到杨博在任时间相对较长,可能薛论道做参谋表现较好,才有可能求制府出面干预其弟弟考试之事,制府惜论道之才才愿意帮忙,故杨博比许论的可能性大。三是,如果假定“许襄毅”是许论之误的话,那么,薛论道如在嘉靖三十八(1559)或三十九年被辟为参谋,离他第一次罢官的时间(1573)有十五

① [民国]臧理臣等修,宗庆煦等纂:《密云县志》卷三之二,民国三年(1914)铅印本。
② [清]张主敬等修,杨晨纂:《定兴县志》卷十一,清光绪十六年(1890)刻本。

六个年头。考虑到他小传中“久之，守大水谷……”以及戚继光在任期间（1568—1583）他不可能复出等因素，我们认为即使他就在戚继光调离蓟州当年（1583）复出的话，那么距“万历戊子（1588）年”其曲集脱稿时间也就六个年头，加上十五六年，也就是二十一二个年头。而他在曲作中不止一次言及“三十年驰骋惊榆塞”的壮语①，当然，这里的“三十年”不一定确指“三十年”，但至少应在二十五年以上，否则离三十年也太离谱了。如果“许襄毅”是杨博之误，薛论道嘉靖三十一年（1552）或三十二年就被起用，那么，至万历元年被罢是二十二三个年头，再加上其复出至曲作脱稿的时间六个年头，共二十八九个年头，显然这一结果比许论的“二十一二个年头”更接近他从军“三十年”的说法。四是，《定兴县志》云：“襄毅用其策，却敌十万众。捷闻，叙幄帏功，授指挥佥事。”② 据杨博《墓志铭》载：“（他）简将士，汰冗弱，军声大振。……无何，虏复寇古北口，号二十万，连营百余里。公披甲登阵，督诸军御之……捷闻，赐豸绯衣一，袭晋右都御史。”③ 其中，因古代战事中的兵将数量不是确指，《墓志铭》中所记敌寇的数量“号二十万”与小传中的“却敌十万众”有其相近性。综以上所述，我们认为这里的“襄毅”应是杨博。

4. 薛论道的生年应早于1531年，但要晚于1520年。既然我们这里认定“许襄毅”为“杨襄毅”杨博之误，那么薛论道被杨博辟为参谋的时间应在嘉靖三十一（1552）或三十二（1553）年。如果按照他的生年约在嘉靖十年（1531），推算薛论道被辟为参谋的年龄应在二十一二岁，按照蒋月侠、张绍卫之说生年约正德十五年（1520）左右，推出薛论道被辟为参谋时约三十二三岁。考虑到他“未冠遭孤，负数弟于襁褓”“逮数弟抚育如林”④ 后，才得以出仕的实情，我们认为薛论道出仕的年龄要大于二十一二岁。但是，也不应是蒋月侠、张绍卫所说的：薛论道被辟为参谋时的年

① 《全明散曲》（增补版），第3209页。

② ［清］张主敬等修，杨晨纂：《定兴县志》卷十一，清光绪十六年（1890）刻本。

③ ［明］张居正：《光禄大夫柱国少师兼太子太师吏部尚书赠太保谥襄毅杨公博墓志铭》，见［明］张居正：《新刻张太岳先生诗文集》卷十三，明万历四十五年（1617）唐国远刻本。

④ 《全明散曲》（增补版），第3245页。

龄不会小于三十五岁，理由是：据薛论道未冠遭孤和抚育尚在“襁褓”的弟弟记载，我们认为他当时的年龄应小于二十岁，但不会小于十五岁，否则他很难担当抚育数位弟弟的任务；我们应把“襁褓”理解为其几位弟弟年龄较小，而不应理解为他们都是婴儿，要不“负数弟于襁褓”能说他的多个弟弟都是婴儿吗？另外，“抚育如林”不是“抚育成林”，应理解为把他的多位弟弟养活长大而已，当然，这里的长大不是都已成年，而是相对长大了，最小的弟弟应在十岁左右。假如其父母去世时，他最小的弟弟一岁，他当时十七八岁的话，那么，等到他最小的弟弟长到十岁时，他已二十七八岁。考虑到在古代十岁的男孩已不算小，那么，此时的薛论道完全可以出去做事了，况且他下面稍大点的弟弟也可以照顾较小的弟弟；至于“竟名幕友”等事，完全可以与薛论道操持家务、抚育幼弟同时进行，无须等到其弟弟都长大了，他才去做那些事情；故此，我们认为蒋月侠、张绍卫先生的说法值得进一步商讨。

5. 薛论道的生年应在 1526 年左右。由上面推断的结论：薛论道“万历庚寅（1590）”时的年龄应在 60 周岁以上；他第一次罢官时（1573）约 48 周岁和生年不会早于 1525 年；他军旅生涯近三十年；被杨博辟为参谋（约嘉靖三十一或三十二年）时，按谢先生之说年龄较小，依蒋月侠、张绍卫之说则年龄相对稍大；以及薛论道未冠而孤，抚育幼弟成人后才得以出仕的实况等，我们综合起来判断薛论道出仕时的年龄应在 27 岁左右，他的生年则应在 1526 年左右。至于他的卒年，如按照其生于 1526 年计，在知他 1590 年仍在世①，可知他当时的年龄至少在 64 周岁以上，考虑到其曲作中“人生百岁七十少”的多次感叹和人生七十古来稀的经验，我们暂把他的卒年定在 1596 左右。

因所据史料太少，以上对曲家薛论道生年的辨析和卒年的推断仅为一说，有待进一步考证，也期待同行专家的指正。

---

① 此时薛论道不仅在世，而且据胡汝钦万历庚寅秋望（1590）所作《林石逸兴序》云：“余聿秦藩，脱政归里。……不图吾邑莲溪薛君走一介持一帙，曰：《林石逸兴》凡十卷千首，从塞上以贻余。余阅数行，不觉心目寥朗，顿足而起舞，抗音而高歌，甚至把卷忘餐，遑无宁处。……而君之是述，盖亦鸟倦知还，故有东山之意耳。虽然方今西北多事，正圣天子拊髀之秋，君藏数万于胸中曾不一展，岂能逸于林石已乎！”（《全明散曲》第 3244—3245 页）可知薛论道此时还在仕途。

二、散曲家李登“选贡时间”应为嘉靖四十四年

关于散曲家李登被选拔贡的时间，史料中有两种说法：一是，《金陵通传》的“嘉靖四十年”；二是，《上元县志》和《金陵诗征》的“嘉靖（乙丑）四十四年”。据传记史料中记载，李登曾受到督学耿定向的嘉许。循此线索，我们查阅了焦竑为耿定向所写的“行状”[①]，得知耿定向“辛酉（嘉靖四十年（1561））奉命安甘肃”，到南京督学的时间应为嘉靖四十一年（1562）冬。据此，可知李登受到耿定向嘉许的事情应在嘉靖四十年以后，至于他被选为拔贡的时间也应晚于嘉靖四十年（1561），所以说他“嘉靖四十年拔贡”的说法是不准确的，李登选拔贡的时间定为嘉靖四十四年较为合适。又据《上元县志》“隆庆初，以选贡充国子监生，授新野令”[②]，以及《金陵通传》中说李登选为拔贡后“旋除新野令”[③] 等记述，我们认为从李登选拔贡后到任新野县令的时间来看，“嘉靖四十四年为拔贡”的说法符合实际。基于史料中多数认为李登选为拔贡的时间为嘉靖四十四年，《金陵通传》出错的原因很可能为漏刻所致。

三、散曲家盛敏耕的“字”考辨

散曲家盛敏耕（1546—1598），字伯年，号壶林，自幼才思敏捷，丰神韶秀，博学多闻，文气横溢，以书、画、文章盛名一时，为明代中后期的一位才子，然而与其父亲盛时泰一样怀高才而不遇，潦倒一生。

对于盛敏耕的“字”，在一些史料中主要有两种表述：一字伯牛，二字伯年。言其字为“伯牛”者：（道光）《上元县志》盛时泰小传中附有对盛敏耕的简介：“子敏耕，字伯牛，亦有隽才。”[④]《金陵通传》盛时泰

① ［明］焦竑：《资德大夫正治上卿总督仓场户部尚书赠太子少保谥恭简天台耿先生行状》，见［明］焦竑著，李剑雄点校：《澹园集》，中华书局 1999 年版，第 525—534 页。

② ［清］陈栻等：《上元县志》卷十六，清道光四年（1824）刊本。

③ ［清］陈作霖：《金陵通传》卷十八，清光绪三十年（1904）刊本。

④ ［清］陈栻等：《上元县志》卷十六，清道光四年（1824）刊本。

小传附盛敏耕传云："子敏耕，字伯牛，自号壶林，夙负异材，丰神韶秀，年十四补诸生。"① 今人彭年德的《明万历〈上元县志〉〈江宁县志〉文笔赏析》一文中②，表述为"盛敏耕，字伯牛，上元人，才气横溢。"把盛敏耕的字记为"伯年"者：《列朝诗集小传》"盛贡士时泰"条："仲交有子敏耕，字伯年，博闻强记，工小令，为诸生，不得志，纵酒博以死。"③《金陵琐事》云："盛秀才敏耕，字伯年。"④ 又《金陵琐事》"双芝轩"条："万历四年丙子，天界寺僧圆慧，号秀峰，庵中忽生二芝，喜为文明之瑞。因以双芝颜其轩，请盛仲交、盛伯年父子，读书其中，以应其瑞。"⑤《客座赘语》"金陵人物志"条："盛仲交贡士家有《陈中丞人物志》抄本，余从其子敏耕伯年文学得之。……嘉靖壬子仲冬十六日题于鷦息馆中。……据此，去今万历乙卯六十四年矣。伯年示余此书在乙未、丙申间，亦二十余年。伯年下世，又复屡易岁华矣。"⑥《全明散曲》记为："盛敏耕，字伯年，号壶林，南直隶上元（今江苏南京）人。"⑦

那么，盛敏耕的"字"到底是"伯牛"？还是"伯年"？经过认真阅读、分析相关史料，我们认为：盛敏耕的"字"应为"伯年"，不是"伯牛"。原因有三：一是，（道光）《上元县志》和《金陵通传》分别为清人陈栻等和陈作霖所纂，而《金陵琐事》和《客座赘语》分别有明人周晖和顾起元所撰，从作者与盛敏耕所处时代的近远而论，后两者的观点较为可信；二是，持盛敏耕的"字"为"伯年"观点的周晖（1546—1627 后，上元人）和顾起元（1565—1628，江宁人）与盛敏耕是生活在同一时期的人，而且是同乡都为南京人，故此他们的观点更为可信，也最有说服力；三是，顾起元与盛敏耕的关系密切，有相互交往的记录，如《客座赘语》"金陵人物志"所记，顾起元曾从盛敏耕处借过《陈中丞人物志》；据史料记载，

① ［清］陈作霖：《金陵通传》卷十四，清光绪三十年（1904）刊本。
② 彭年德：《明万历〈上元县志〉〈江宁县志〉文笔欣赏》，《江苏地方志》2000 年第 4 期，第21 页。
③ ［清］钱谦益：《列朝诗集小传》丁集上，上海古籍出版社 1983 年新 1 版，第 459 页。
④ ［明］周晖：《金陵琐事》卷二，明万历三十八年（1610）刊本。
⑤ ［明］周晖：《金陵琐事》卷一，明万历三十八年（1610）刊本。
⑥ ［明］顾起元：《客座赘语》卷六，明万历四十六年（1618）刻本。
⑦ 《全明散曲》（增补版），第 3718 页。

盛敏耕还曾与顾起元一起受江宁知县石允珍的延聘，与李登一起编修过(万历)《江宁县志》(万历二十六年(1598)版刻)，这进一步增加了持盛敏耕的字为“伯年”观点的可信度。至于出现记述矛盾的原因，我们认为有两点：一是，(道光)《上元县志》和《金陵通志》中出现错记，可能是当时编纂者参考资料的刻板不清晰导致错认，如“年”字，去掉上面的一横，或横笔有所脱落，就很像“牛”字(当然，不排除修史人写错)；二是，后人征引史料时，一般认为“方志”中的史料较为可信，便只依据以前一个版本的说法，没去做全面考察，如陈作霖的《金陵通传》刊行于光绪三十年(1904)，而陈栻等编纂的(道光)《上元县志》刊行于道光四年(1824)，很可能陈作霖照搬了《上元县志》中的相关记述，导致错误；今人彭年德文章中错误的记述，也可能是依据《上元县志》中的记载，而没有翻查其他史料所致。

四、散曲家孙楼的生卒年补正

对于散曲家孙楼的生卒年，有不予著录者，如《常熟县志》[①]、李玉安、陈传艺编《中国藏书家辞典》[②] 等；有言其生平不详者，如侯健主编《新编诗词曲赋辞典》[③] 等；也有标注“1515—1583”者，如《吴中名贤传赞》[④]《中国词学大辞典》[⑤] 等；也有标示“1516—1584”者，如《全明散曲》[⑥]《中国曲学大辞典》[⑦] 等；也有标为“约1520—1595”者，如《中国目录学家辞典》[⑧] 等。那么，为何出现了这么多不同的版本？到底哪一个正确？我们在翻查明人史料时，发现在《国朝献征录》卷八十五中，有瞿

---

① [清]钱陆灿等纂：《常熟县志》，康熙二十六年(1687)刻本。
② 李玉安、陈传艺编：《中国藏书家辞典》，湖北教育出版社1989年版，第136页。
③ 侯健主编：《新编诗词曲赋辞典》，江西人民出版社1989年版，第345页。
④ 邵忠、李瑾编着：《吴中名贤传赞》，江苏古籍出版社1997年版，第464页。
⑤ 马兴荣等主编：《中国词学大辞典》，浙江教育出版社1996年版，第168页。
⑥ 《全明散曲》(增补版)，第2609页。
⑦ 齐森华等：《中国曲学大辞典》，浙江教育出版社1997年版，第116页。
⑧ 申畅、陈方平等：《中国目录学家辞典》，河南人民出版社1988年版，第93页。

汝稷为孙楼撰写的《兴司理百川孙公楼墓志铭》[1]，里面赫然写着“公生正德乙亥年八月十四日，卒万历癸亥年十二月初六日，得年六十九”。“正德乙亥年”即1515年，“万历癸亥年”，即1623年。如果据此推算，孙楼活到了109岁，这里显然有误。据其“得年六十九”推知，这里的“癸亥”应是“癸未”的笔误。“癸未”年，即是万历十一年（1583）。故此，孙楼的生卒年应为“1515—1583”才对。这里虽是孤证，但从撰写墓志铭的惯例，一般是找墓主的生前好友，或乡里名人来撰写死者的墓志铭，而且一般请人撰写墓志铭时，家人会提供墓主一些基本生平史料，而生卒日期当在提供之列。再有，为孙楼撰写墓志铭的瞿汝稷（1548—1610），字符立，常熟人，为稍晚于孙楼的同乡，应该对本地名人有所熟悉，加上家人提供的资料，想必他不会把孙楼的生卒日期录错。就目前所知的史料而言，“墓志铭”中对孙楼生卒年的记述最为可信，当然也有待出现更多的史料来证明这一结论。至于对孙楼的生卒年有多种不同的表述，可能与记述孙楼的史料相对有限难于求证有关，也应与部分作者撰写著述时考证不严有关。

五、散曲家王克笃为山东安丘人，非山东东平人

关于曲家王克笃的籍贯，《全明散曲》（增补版）中说，“王克笃，字菊逸，山东寿里（今东平）人”[2] 有误。笔者在查考曲家史料时，在《安丘新志》中发现王克笃小传：“王克笃，字菊逸，诸生，受山里人。才情藻丽，工于词曲。隐身居廉泉，擅水木竹石之胜。孤介自守，乐而忘饥，有乐府一册，近百阕。”[3] 而且，在王克笃本人的曲作中也有一些记写当地景观的作品，如《春日游沸泉》《元宵会饮雹泉》《中秋会饮寿山》《再游公

---

① 在瞿汝稷的《瞿冏卿集》（四库全书存目丛书本）卷十一存有《文林郎吴兴司理百川孙公楼墓志铭》，与《国朝献征录》中的“墓志铭”内容基本相同，不同的是，在《献征录》中的“墓志铭”后多出了孙楼后代基本情况的介绍。

② 《全明散曲》（增补版），第2920页。

③ ［民国］马世珍等纂：《安丘新志》卷二十一，民国三年（1914）刊本。

冶长书院荒落不复前日怆然赋此》等[①]，这些景观在《万历安丘县志》中均有所记述。故此，我们认为《全明散曲》（增补版）把王克笃籍地标注为“（今东平）”有误，应为“（今安丘）”。

六、《大明会典》中的散曲

在《大明会典》卷四十三和卷七十三中，我们发现了一些散曲作品。经查核，下文辑录的散曲作品与谢伯阳先生编纂的《全明散曲》（增补版）和汪超宏先生《明清曲家考·附编》中所辑陆深的曲作有重录，同时与《全明散曲》中廖道南名下的曲作也多有重录，[②] 考虑到保持《大明会典》中的原貌，便于大家核校、研读，故未作删减，录于此。

卷四十三

万寿圣节百官朝贺仪——朝贺乐——殿内中和韶乐

升殿·奏圣安之曲：

乾坤日月明，八方四海庆天平。龙楼凤阁中，扇开帘卷帝王兴。圣感天地灵，保万寿洪福增，祥光王气生。升宝位，永康宁。

公卿入门·奏治安之曲：

忠良为股肱，昊天之德承主恩。森罗拱北辰，御炉香绕奉天门。江山社稷兴，安天下军与民。龙虎会风云，贺万寿圣明君。

---

① ［明］熊元、马文炜纂：《万历安丘县志》卷三“山水考第二”载：“雹泉，在西南四十里，自石函中迸出，颗颗如联珠，如雨雹，泉汇为池，池中草冬夏常青。”“沸泉，在灰墟里中，泉出如沸，北流入于灵河。”“（西南）四十里，曰受山（作品中所记‘寿山’，可能是‘受山’一种吉利的称谓）。”又云：“八十里曰书院山，曰灯台山。山上多竹木，两山对峙，一山蟠曲南向，曰书院；一山孤峭北向，曰灯台。初不省何山也，上有公冶长书院，故名。”卷五“建置考第四”中云：“公冶长祠，在县南七十里，相传以为公冶读书之处，九月九日邑民具香楮往祀之。成化中，知县陈文伟重建，自为之碑记。”（明万历刻本〈四库全书存目丛书本〉）

② 谢伯阳：《全明散曲》（增补版），第1456—1458页（陆深7首），第1926—1961页（廖道南118首）；汪超宏：《明清曲家考》，中国社会科学出版社2006年版，第470—477页（陆深56首）。

丹陛大乐——百官行礼奏万岁乐朝天子之曲：

【万岁乐】雨顺风调升平世，万万年山河社稷。八方四面干戈息，庆龙虎风云会。

【朝天子】圣德，圣威，洪福齐天地。御阶前文武两班齐，摆列在丹墀内。舞蹈扬尘，山呼万岁。统山河壮帝畿。礼仪，赞稽，庆龙虎风云会。

还宫·奏定安之曲：

九五飞圣龙。千邦万国敬依从。鸣鞭三下同。公卿环珮响玎玲。掌扇护御容。中和乐，音吕浓。翡翠锦绣拥还，华盖赴龙宫。

中宫千秋节命妇朝贺仪——朝贺女乐——天香凤韶：

宝殿光辉晴天映，悬玉钩珎（珍）珠帘栊。瑶觞举时箫韶动，庆大筵来仪凤。昭阳玉帛齐朝贡，赞孝慈贤助仁风。歌谣正在昇平中，谨献上齐天颂。

太皇太后圣旦正旦冬至命妇朝贺仪——皇太后圣旦正旦冬至命妇朝贺仪——天香凤韶：

龙楼凤阁彤云晓，开绣帘天香芬馥。瑶阶春暖千花簇，寿圣母齐颂祝。御筵奏献长生曲，坤道宁品类咸育。和气四时调玉烛，享万万年太平福。

东宫千秋节百官朝贺仪——升殿·还宫·百官行礼奏千秋岁：

【千秋岁】尧年舜日胜禹周，云生缭绕凤楼。风调雨顺五谷收，万民畅歌讴。

卷七十三

大宴乐——殿内侑食乐

一奏炎精开运之曲：

炎精开运，笃生圣皇。大明御极，远绍虞唐。河清海晏，物阜民康。威加夷獠，德被戎羌。八珍有荐，九鼎馨香。钟鼓镗镗，宫徵洋洋。怡神养寿，理阴顺畅。保兹遐福，地久天长。

二奏皇风之曲：

皇风被八表，熙熙声教宣。时和景象明，紫宸开绣筵。龙衮曜朝日，金炉袅祥烟。济济公与侯，被服丽且鲜。列座侍丹扆，磬折在周旋。羔豚升华俎，上馔充方圆。初筵奏南风，继歌赓载篇。瑶觞欣再举，拜俯礼无愆。同乐及斯辰，于皇千万年。

奏平定天下之舞——乐章：

【清海宇】拔剑起淮土，策马定寰区。王气开天统，宝历应乾符。武略文谟，龙虎风云创业初。将军星绕弁，勇士月弯弧。选骑平南楚，结阵下东吴。跨蜀，驱胡，万里山河壮帝居。

三奏眷皇明之曲：

赫赫上帝，眷我皇明。大命既集，本固支荣。厥本伊何，育德春宫。厥支伊何，藩邦以宁。庆延百世，泽被群生。及时为乐，天禄是膺。千秋万岁，永观厥成。

奏抚安四夷之舞——乐章：

【小将军】大明君，定宇寰。圣恩宽，掌江山。东虏西戎，北狄南蛮，手高擎宝贝盘。

【殿前欢】五云官阙连霄汉，金光明照眼。玉沟金水声潺潺，频囟观，趋跄看。仪銮严肃百千般，威人心胆寒。

【庆新年】虎豹关文武班，五彩间庆云朝霞灿。黄金殿喜气增，丹墀内仰圣颜。翠绕红围锦绣班，高楼十二栏。笙箫趁紫檀，仙音韵瑶篆按。拜舞齐，歌谣赞，吾皇万寿安。

【过门子】定宇寰，定宇寰，掌江山。抚百蛮，讴歌拜舞仰祝赞，万万年帝业安。

四奏天道传之曲：

马负图兮天道传，龟载书兮人文宣。义画封兮禹畴叙，皇极建兮合自然。绵绵历数归明主，祥麟在郊威凤舞。九夷入贡康衢谣，圣子神孙继祖武，垂拱无为迈前古。

奏车书会同之舞——乐章：

【泰阶平】乾坤清宁，治功告成。武定祸乱，文致太平。郊则致其礼，庙则尽其诚。卿云在天甘露零，风雨时若百谷登。礼乐雍和，政刑肃清。储嗣既立，封建乃行。谗佞屏四海，贤俊立朝廷。玉帛钟鼓陈两楹，君臣赓歌扬颂声。

五奏振皇纲之曲：

周南咏麟趾，卷阿歌凤凰。蔼蔼称多士，为桢振皇纲。赫赫我大明，德尊踰汉唐。百揆修庶绩，公辅理阴阳。峨冠正襟佩，都俞在高堂。坐令八纮内，熙熙民乐康。气和风雨时，田畴见丰穰。献礼过三爵，欢娱良未央。

六奏金陵之曲：

钟山蟠苍龙，石城踞金虎。千年王气都，于今归圣主。六代繁华经几秋，江流东去无时休。谁言天堑分南北，英雄岂但嗤曹刘。我皇昔往濠梁屋，神游天锡真人服。提兵乘势渡江来，词臣早献金陵曲。歌金陵，进珍馔。谐八音，继三叹。请观汉祖用兵时，为尝冯异滹沱饭。

奏百戏承应——七奏长杨之曲：

长杨曳绿，黄鸟和鸣。菡萏呈鲜，紫燕轻盈。千萼浥露，日丽风清。及时为乐，芳尊在庭。管音嘒嘒，绿韵泠泠。玉振金声，各奏尔能。皤皤国老，载劝载惩。明德惟馨，垂之圣经。唐风示戒，永保嘉名。无已泰康，哲人是听。

奏百戏承应——八奏芳醴之曲：

夏王厌芳醴，商汤远色声。圣人示深戒，千春垂令名。惟皇登九五，玉食保尊荣。日昃不遑餐，布德延群生。天庖具丰膳，鼎鼐事调烹。岂但资肥甘，亦足养遐龄。达人悟兹理，恒令五气平。随时知有节，昭哉天道行。

奏队舞承应——九奏驾六龙之曲：

日丽中天漏下迟，公卿侍燕多令仪。箫韶九奏觞九献，炉烟细逐祥风吹。群臣舞蹈天颜喜，岁熟民康长若此。六龙回驾凤楼深，宝扇齐开扶玉几。景星呈瑞庆云多，雨曜增辉四序和。圣人道大如天地，岁岁年年奈乐何。

奏队舞承应——进膳乐：

【水龙吟】宝殿祥云紫气濛，圣明君龙德宫。氤氲雾霭，桧柏间青松。龙楼凤阁，雕梁画栋，此是蓬莱洞。

太平清乐：

【太清歌】万国来朝进贡，仰贺圣明主，一统华夷。普天下，八方四海，南北东西。讬圣德胜尧王，保护家国，太平天下都归一。将兵器销为农器。旌旗不动酒旗招，仰荷天地。

【上清歌】一愿四时，风调雨顺民心喜。摄外国将宝贝，摄外国将宝贝。见君王来朝宝殿里，珊瑚玛瑙玻璃，进在丹墀。

【开天门】讬长生，日月光天德。万万岁永固皇基，公卿文武来朝会。开玳筵，捧金杯。

永乐间定·殿内侑食乐

一奏上万寿之曲：

龙飞定万方，受天命振纪纲。彝伦攸叙四海康，普天率土尽来王。臣民舞蹈，嵩呼载扬。称觞奉吾皇，圣寿天长。

奏平定天下之舞——乐章：

【四边静】威伏千邦，四夷来宾纳表章。显祯祥，承乾象。皇基永昌，万载山河壮。

【刮地风】圣主过尧胜禹汤，立五常三纲。八蛮进贡朝今上，顿首诚惶。朝中宰相，变理阴阳。五谷收成，万民欢畅。贺吾皇，齐赞扬，万国来降。

二奏仰天恩之曲：

皇天眷圣明，五辰顺四海宁。风调雨顺百谷登，臣民鼓舞乐太平。贤良在位，邦家永祯。吾皇仰洪恩，夙夜存诚。

奏黄童白叟鼓腹讴歌承应——乐章：

【豆叶黄】雨顺风调，五谷收成。仓廪丰盈，大利民生。讬赖著皇恩，四海清。鼓腹讴歌，白叟黄童，共乐咸宁。

奏抚安四夷之舞——乐章：

【小将军】顺天心，圣德成。化番邦，尽朝京。东夷归伏，舞于龙廷。贡皇明，宝贝擎。

【殿前欢】四夷率土归王命，都来仰大明。万邦千国皆归正，现帝庭，朝仁圣。天阶班列众公卿，齐声歌天平。

【庆丰年】和气增，鸾凤鸣。紫雾生，祥云朝霞映。爇金炉香味馨，列丹墀御驾盈。统管箫韶五音应，龙笛间凤笙。

【渤海令】金杯中，酒满盛。御案前，列群英。君德成，皇图庆，嵩呼万岁声。

【过门子】圣主兴，圣主兴。显威灵，蛮夷静。至仁至德至圣明，万万年帝业成。

三奏感地德之曲：

皇心感地灵，顺天时，德厚生。舍弘光大品物亨，钟奇毓秀产俊英。河清海晏，麟来凤鸣。阴阳永和平，相我文明。

奏车书会同之舞——乐章：

【新水令】锦衣花帽设丹墀，具公服百司同会。麟至舞，凤来仪。文武班齐，朝贺圣明帝。

【水仙子】八方四面锦华夷，天下苍生仰圣德。风调雨顺昇平世，遍乾坤皆赞礼，讬君恩民乐雍熙。万万年皇基坚固，万万载江山定体，万万岁洪福天齐。

四奏民乐生之曲：

世间的万民，荷天地，感圣恩。乾坤定位四海春，君臣父子正大伦。皇风浩荡，人心载醇。熙熙乐天真。永戴明君。

奏表正万邦之舞——乐章：

【庆太平】奸邪浊乱朝纲，構祸难煽动戈斨。赫怒吾皇，亲征坝上。指天戈，敌皆降。

【武士欢】白沟战场，旌旗云合迷日光。令严气张，三军踊跃齐奋扬。扫除残甲如风荡，凯歌传四方。仁圣不杀降，望河南，失搀抢。

【滚绣球】肆旅拒，恃力强，一心構殃。筑沧州，百尺城隍。骋蛋毒，恣虎狼，孰能御当。顺天心，有德隆昌。倒戈斂甲齐归降，抚将生还达故乡。自此仁闲愈彰。

【阵阵赢】不数孙吴兵法良，神谋睿算合阴阳。八阵堂堂行天上，虎略龙韬孰敢当。俘囚十万皆疏放，感荷仁恩戴上苍。

【得胜回】两傍四方，展鸟翼风云雁行。出奇兵，敌难量。士强马强，遍百里眠旗卧枪。胜兵回，乐洋洋。

【小梁州】敌兵战败神魂丧，拥貔貅直渡长江。开市门肆不移，宣恩如天旷。纶音须降，普天下，仰吾皇。

五奏感皇恩之曲：

当今四海宁，颂声作，礼乐兴。君臣庆会跻太平，衣冠济济宴彤庭。文臣武将，共荷恩荣。忠心尽征诚，仰答皇明。

奏天命有德之舞——乐章：

【庆宣和】雨顺风调万物熙，一统华夷。四野嘉禾感和气，一干百穗，一干百穗。

【窄甎儿】梯航万国来丹陛，太平年永固洪基。正东西南北来朝会，洽寰宇布春晖，四裔咸宾声教美。自古明王在慎德，不须威武服戎狄。祥瑞集，凤来仪。佳期万万岁，圣明君，主华夷。

六奏庆丰年之曲：

万方仰圣君，大一统抚万民。丰年时序雨露均，穰穰五谷货财殷。酣歌击壤，风清俗淳。四夷悉来宾，正统皇仁。

七奏集祯应之曲：

皇天眷大明，五星聚，兆太平。驺虞出现甘露零，野蚕成茧嘉禾生，醴泉涌地河水清。乾坤万万年，四海永宁。

八奏永皇图之曲：

天心眷圣皇，正天位，抚万邦。仁风宣布礼乐张，戎夷稽首朝明堂。皇图巩固，贤臣赞襄。太平日月光，地久天长。

九奏乐太平之曲：

皇恩被八纮，三光明，四海清。人康物阜岁屡登，含哺鼓腹皆欢声。民歌帝力，唐尧至仁，乾坤永清，共乐太平。

嘉靖间续定庆成宴乐章

升座：

【万岁乐】五百昌期嘉庆会，启圣皇龙飞天位。九州四海重华日，大明朝万万世。

百官行礼：

【朝天子】满前，瑞烟，香绕蓬莱殿。风回韶律鼓渊渊，列陛上旌旗绚。日至朱躔，阳生赤甸。气和融彻上玄。历年万千，长庆天宫宴。

上护衣上花：

【水龙吟】宝殿金炉瑞霭浮，陈玉案，列珍羞。天花炫彩，照耀翠云裘。鸾歌凤舞，虞庭乐奏，万岁君王寿。

一奏上万岁之曲：

圣主垂衣裳，兴礼乐，迈虞唐。箫韶九成仪凤凰，日月中天照八荒。民安物阜，时和岁康。上奉万年觞，胤祚无疆。

奏平定天下之舞——乐章：

【四边静】天启嘉祥，圣主中兴振纪纲。颂洋洋，功荡荡。国运隆昌，万岁皇图壮。

【凤鸾吟】维皇上天，佑圣明景命宣。五云辉，三台润，七纬光悬。协气生，嘉祥见。正万民，用群贤。垂衮御经筵，宵衣勤政殿。礼圜丘大祀精虔。明水洁，苍璧圆。秉周文，承殷荐。眷皇家亿万斯年。

二奏仰天恩之曲：

皇穹启圣神，钦乾运，祇郊禋。一阳初动霭先春，万福来同仰至仁。祥开日月，瑞见星辰。礼乐协神人，宇宙咸新。

迎膳：

【水龙吟】春满雕盘献玉桃，葭管动，日轮高。熏微霁色，遥映滚龙袍。千官舞蹈，钧韶迭奏，曲度昇平调。

进膳：

【水龙吟】紫禁琼筵煖应冬，骖八螭，乘六龙。玉卮琼斝，黼座献重瞳。尧天广运，舜云飞动，喜听赓歌颂。

进汤：

【太清歌】长至日开黄道，喜乾坤佳气，阳长阴消。奏钧韶，音调凤轸，律协鸾箫。仰龙颜天日表，如舜如尧。金炉烟煖御香飘，玉墀晴霁祥光绕。宫梅苑柳迎春好，燕乐蓬莱岛。

【上清歌】云捧宸居，五星光映三台丽。仰日月层霄霁，仰日月层霄霁。中兴重见唐虞际，太和元气自阳回，兆姓欢愉。

【开天门】九重霄，日转皇州晓。燕天家，共歌鱼藻。龙鳞稚尾高。祝圣寿，庆清朝。

奏黄童白叟鼓腹讴歌承应：

【御銮歌】雅奏乐昇平，瞻绛阙，集瑶京。黄童白叟喜气盈，讴歌鼓舞四海宁。金枝结秀，玉树含英。听康衢击壤声，帝力难名。

三奏感昊德之曲：

帝德运光明，一阳动，万物生。升中大报苍璧陈，礼崇乐畅歆太清。星悬紫极，日丽璇庭。乾坤瑞气盈，海宇安宁。

奏抚安四夷之舞——乐章：

【贺圣朝】华夷一统，万国来同。献方物，修庭贡，远慕皇风。自南自北，自西自东。望天宫，佳气郁重重。四灵毕至，麟凤龟龙。

【殿前欢】瑞云晴霭浮宫殿，一脉阳和转。礼成交泰开周宴，凤笙调，龙幄展。天心感格人欢忭，四海讴歌遍。

【庆丰年】赖皇天，锡丰年。勤禹稼，力舜田，喜慰三农愿。嘉禾秀，瑞麦鲜。赋九州，贡八埏。神仓御廪咸充满，养民以养贤。

【新水令】圣德精禋格昊穹，大一统，四夷来贡。玉帛捧，文轨同。世际昌隆，共听舆人颂。

【太平令】诞明禋天监元后，光四表惠泽周流。来四裔趋前拥后，献万宝充庭满囿。稽首顿首，天高地厚，祝圣人多男福寿。

四奏民乐生之曲：

大报礼初成，象乾德，运皇诚。神州赤县永清宁，灵雨和风乐太平。阴阳交畅，品物咸亨。元化自流行，允殖群生。

迎膳：

【水龙吟】五色祥云捧玉皇，开阊阖，坐明光。钧天乐奏，冬日御筵张。文恬武熙，太平气象，人在唐虞上。

进膳：

【水龙吟】玉律阳回景运新，燕镐京，蔼皇仁。光昭云汉，一气沸韶蔌。锦瑟和声，瑶琴清韵，瞻仰天颜近。

进汤：

【太清歌】万方民乐时雍，鼓舞荷天工，雷行风动。喜今逢，南蛮北貊，东夷西戎。来朝贡大明宫，星罗斗拱。九重天上六飞龙，五色云间双彩凤。普天率土效华封，允协河清颂。

奏车书会同之舞——乐章：

【新水令】五云深护九重城，感洪恩，一人有庆。阳初长，礼方行。帝德文明，表率邦家正。

【水仙子】万方安堵乐康宁，九域同仁荷圣明。千年抚运承天命，露垂甘，河献清。见双岐秀麦连茎，喜灵雪随冬，应睹祥云拂曙生。神与化，并运同行。

五奏感皇恩之曲：

双阙五星光，霓旌树，紫盖张。璇台玉历转新阳，钧天广乐谐宫商。恩深露湛，喜溢霞觞。日月焕龙章，地久天长。

奏表正万邦之舞——乐章：

【庆太平】维天眷我圣明，礼圜丘至德精诚。乾元永清，洪膺景命。休征应，泰阶平。

【千秋岁】圣主乘龙御万邦，庆云翔化日重光。群臣拜舞称寿觞，载歌天保章。

【滚绣球】五云车，度九重，利见飞龙。耀衮章，火藻华虫。击虎敔者凫钟，鼍鼓逢逢。八珍列，九鼎丰隆。尧眉扬彩舜重瞳，万国咸熙四海雍。齐歌颂圣德神功。

【殿前欢】万年礼乐中兴日，大化睹熏熙。河清海晏臻祥瑞，五行愿，七政齐。超三迈五贞元会，既醉颂凫鹥。

【天下乐】万灵朝拱接清都，享南郊钦天法祖。愿圣人承乾纳祜，中和位育。龟献范，马陈图。

【醉太平】礼乐万年规，讴歌四海熙。衣冠蹈舞九龙墀，丽正仰南离。紫云高捧唐虞帝，垂衣天下文明治。镐鸟歧凤呈嘉瑞，真个是人在成周世。

六奏庆丰年之曲：

圣人懋承乾，绥万邦，屡丰年。神仓御廪登天田，明粢郁鬯祀孔虔。舆情咸豫，协气用宣。万古帝图传，璧合珠联。

七奏集祯应之曲：

天保泰阶平，宝露降，浑河清。嘉禾秀麦集休祯，遐陬绝域喜气盈。一人有庆，百度惟贞。万国颂咸宁，丽正重明。

八奏永皇图之曲：

镐燕集天京，颂鱼藻，歌鹿鸣。边陲安堵万国宁，重译来庭四海清。咸池日曙，昧谷云征。帝座仰前星，豫大丰亨。

九奏乐太平之曲：

皇极永登祥，乾符启，泰运昌。玉管回春动一阳，金銮锡燕歌九章。虞庭兽舞，岐山凤翔。日丽衮龙裳，主圣臣良。

迎膳：

【水龙吟】香雾氤氲紫阁重，仰天德，瞻帝容。星辉海润，甘雨间和风。乐比鸢鱼，瑞呈麟凤，永献卷阿颂。

进膳：

【水龙吟】万户千门启建章，台阶峻，帝座张。三垣九道，北斗玉衡光。元气调和，雅韵铿锵，昭代庆明良。

【太清歌】万方国尽来庭，稽首歌帝仁，仰荷生成。振乾纲，阴阳顺序，民物乐生。逢明圣，万年春永膺休命。华夷蛮獠咸归正，苍生至老不知兵。鼓腹含哺囿太平，九有享清宁。

奏天命有德之舞——乐章：

【万岁乐】太平天子兴隆日，履初长阳回元吉。醴泉芝草休征集，曾闻道五星聚室。

【贺圣朝】一人元良，百度维新。握赤符，凝玄应，享太清。大礼方行，祀事孔明。感天心，亿载恒承庆。明王慎德，四夷咸宾。

奏缨鞭得胜蛮夷队舞承应：

【醉太平】星华紫殿高，云气彤楼绕。九夷重译梯航到，皇图光八表。玉宇无尘明月皎，银河自转扶桑晓。平平荡荡归王道，百兽舞凤鸣箫韶。

【看花会】普天下都赖吾皇至圣。看玉关频款，天山已定。四夷效顺归王命，天保歌群黎百姓。

【天下乐】九重乐奏万花开，望楼云蒸雾霭。仰天工雍熙帝载，臣民欢戴。溥仁恩，遍九垓。

【清江引】黄钟既奏阳和长，德盛天心贶。人文日月明，国势山河壮，衢室民谣频击壤。

奏致语：

【清江引】钧天毕奏日方中，既醉欢声动。云章傍衮龙，飏势翔威凤，万方安乐兴嘉颂。

【千秋岁】上下交欢燕礼成，一阳奋万汇咸亨。风云会合开明运，紫极转璇衡。

宴毕百官行礼：

【朝天子】文班，武班，欢动承明殿。礼成乐备颂声喧，真咫尺仰天颜。日照龙筵，风回雉扇。翠猊旋，奉仙銮。云间，斗间，五色金章灿。

还宫：

【万岁乐】天回北极云成瑞，望层霄重华日丽。九垓八极乐雍熙，祝圣寿万万岁。

小宴集——侑食乐

一奏本太初之曲：

【朝天子】混兮，沌兮，水土成元气。不分南北与东西，未辨天和地。万象包涌，其中秘密。难穷造化机，是阴阳本体。乃为之太极，两仪因而立。

二奏仰大明之曲：

【归朝歌】太极分，混然方始见仪形，清浮浊偃乾坤定。日月齐兴，照青霄万象明。阳须动，阴须静，阴与阳皆相应。流行二气，万物俱生。

奏百戏承应——三奏民初生之曲：

【沽美酒】乾坤清，宇宙宁。六合净，四维正。万象原来一气生。定三才五行，民与物共成群。

【太平令】为一类不分人品，竟生食岂晓庖烹。避寒暑巢居穴遁，披树叶相寻趁。如何是爱亲，世情治生，虽混然各安其性。

奏百戏承应——四奏品物亨之曲

【醉太平】黎民生世间，万物长尘寰。阴阳交运转循环，久远时庶繁。相传气候应无间，品物交错凭谁鉴。望圣人出世整江山，主万民得安。

奏百戏承应——五奏御六龙之曲：

【清江引】人心久仰生圣君，天使人生圣。圣人受天机，体天居中正，御六龙圣明登九重。

【碧玉箫】君坐神京，海岳共从新。民仰君恩，圣治有人伦。人品分万物增，圣承乾百福臻。垂法明，尊大命，兴后朝皆从正。

奏百戏承应——六奏泰阶平之曲

【十二月】圣乃有言天，天是无言圣。圣人临正，万物亨通。恩威盛社稷安，仁德感江山定。选用英贤兴王政，分善恶赏罚均平。三公九卿，左右股肱，庶事康宁。

奏百戏承应——七奏君德成之曲

【十二月】皇基以兴，圣帝修身，奉天体道，圣德愈明。敬天地勤劳万民，立法度上下咸宁。

【尧民歌】风俗礼乐厚彝伦，爱兴学校进儒经。贤臣良将保朝廷，四野人民颂欢声。用的是贤英，贤英定太平，寰海皆归正。

奏百戏承应——八奏圣道行之曲

【金殿万年欢】三纲既定，九畴复兴。圣道如天，嘉禾齐秀，寒暑和平。圣威无边，皇基稳胜磐石，庆云生景星长现。三光辉耀，百谷收成，万姓安宁。

【得胜令】圣德感皇乾，甘露降山川。万邦来朝贡，奇珍摆布全。玉阶下鸣鞭，仰圣主升金殿。丹墀列英贤，赞吾皇丰稔年。

奏百戏承应——九奏乐清宁之曲

【普天乐】万邦宁，皇图正。父君母后，天下咸钦。君治外永圣明，后治内长安静。御圣从乾皆从正。德相传圣子神孙，天威浩荡，江山永固，洪福无穷。

【沽美酒】和气生，满玉京。祥烟起，映皇宫。明圣开基整万民，风云会帝庭。奏箫韶，九韵成。

【太平令】紫雾隐金銮彩凤，祥光罩良将贤臣。玉案列珍羞美醖，宝鼎爇龙涎香喷。至尊永宁，储嗣守成，贺万万岁一人有庆。

嘉靖间·仁寿宫落成宴乐章

侑食：

一奏本太初之曲：

【朝天子】帝诚，帝明，宝位基昌命。仙苑开筵歌鹿鸣，亭殿天章映。我有嘉宾，鼓瑟吹笙。示周行昭德音。日升，月恒，万载皇图正。

二奏仰大明之曲：

【殿前欢】天保定圣人多寿多男庆，修和礼乐协中兴。丽正重明，如山阜，如冈陵，如川方至莫不增。协气生祯祥应，百神受命，万国来庭。

三奏民初生之曲：

【沽美酒】黄河清，宝露凝。瑞麦呈，灵鹊鸣。储福来同仰圣明，喜万宝告成。占景纬，泰阶平。

【太平令】念农桑衣食之本，仰君德独厚民生。事耕凿群黎百姓，歌鹿鸣神人胥庆。明主燕嘉宾，承筐鼓瑟笙，继自今福增天定。

四奏品物亨之曲：

【醉太平】瑶宫怡圣颜，阆苑隔人寰。吹笙鼓瑟宾，旨酒天开宴，鹿鸣歌舞黄金殿。赖吾皇锡福万民安，醉歌天保欢。

五奏御六龙之曲：

【清江引】圣王有道乐昇平，燕会延休庆。务本轸民生，弘化凝天命。忻落成万载开鸿运。

【碧玉箫】帝重农桑，法驾起明光。鳞游凤翔，宴陈天保章。开玳筵荐瑶觞，既醉颂洋洋。圣德巍，皇恩荡，世际唐虞上。

进膳：

【水龙吟】宝瑟瑶笙鼓吹喧，圣天子御华筵。南山万寿，瑞日正中天。百谷丰年，八方珍膳，人乐昇平宴。

【太清歌】瑞麦嘉瓜臻瑞，仰荷尧舜主，爱育群黎。感天意，五风十雨，秋报春祈。徧尔德，劝农桑日用衣食。嘉宾和乐开筵地，红云捧雕盘珍味。山呼万岁福无疆，日升川至。

【上清歌】仰赖吾皇，参天两地凝和气。四三王六五帝，四三王六五帝。国家兴贤才为上瑞，养万民九域熙，百禄咸宜。

【开天门】宝殿辉，龙虎风云会。瞻丹陛，覩紫微。周诗歌既醉，虫斯麟趾开祥瑞。仰飞龙，在天位。

豳风亭宴讲官乐章

一奏太初之曲：

【朝天子】九重诏传，殿阁开秋宴。授衣时节肃霜天，禾稼登场徧。鼓瑟吹笙，昇平重见。工歌七月篇，春酒当筵献。愿吾皇万年，岁岁临西苑。

二奏仰大明之曲：

【殿前欢】凤苑御筵开，黄花映玉阶。鹿鸣天保歌三代，古调新裁。奉君王万寿杯，日月明乾坤大。看年年秋报赛，太平有象，元首明哉。

三奏民初生之曲：

【沽美酒】熙春阳，化日长。执懿筐，采柔桑。拾茧缫丝有万箱，染红黄孔阳。为公子，制衣裳。

【太平令】勤树艺岁年丰穰，九十月禾黍登场。为春酒甕浮新醸，村田乐齐歌齐唱。飨公堂杀羊举觞，继进著兕觥，祝圣寿万灵扶相。

四奏品物亨之曲：

【醉太平】纳嘉禾满场，醸御酒盈缸。公桑蚕绩制玄黄，服龙衣衮裳。蚊斯蟋蟀皆清唱，水光山色明仙仗。豳风亭殿进霞觞，祝圣寿无疆。

五奏御六龙之曲：

【清江引】九月风光何处有，凤苑在龙池右。农夫稼已登，公子衣方授。万岁君王频进酒。

【碧玉箫】凡我生民，农桑最苦辛。终岁经营，气候变冬春。田畯欣妇子勤，咏豳诗仰化钧。场圃新，风雨顺，宴御墀龙颜近。

进膳：

【水龙吟】养老休农敞御筵，泻春酒介耆年。刲羊剪韭，社鼓正阗阗。香粳米颗，升堂拜献，此乐真堪羡。

【太清歌】九月天开西苑，宸居无逸殿，讲幄张筵。集儒流，云蒸星炫，璧纬珠躔。睹御制焕天章昭回云汉，尧天舜日民安晏。御廪神仓百谷登，金辉玉灿休征见，大有丰年。

【上清歌】凤苑宸居，公桑帝耤今方举。躬耕蚕劝士女，躬耕蚕劝士女。献羊羔升堂奏乐舞，葵菽枣壶上珍厨，万岁山呼。

【开天门】豳风亭，共仰吾皇圣。百谷登，万国咸宁。民康物阜祯祥应。仰乾运，俯坤灵。

皇后亲蚕宴内外命妇乐章

升座：

天香凤韶之曲：

春云缭绕芳郊曙，喜乾坤万象咸舒。兰皋蕙圃迎仙驭，采柔条攀茂树。蚕宫茧馆亲临御，璧月珠星照太虚。开筵还驻翠销旗，万载垂贞誉。

进膳：

【沽美酒】蚕礼成，凤辇停。荐霞觞，列云屏。宫妃世妇仰坤宁，祥云映紫冥。同祝颂，耀前星。

回宫：

【御銮歌】惟天启圣皇，君耕耤，后躬桑。身先田织率万邦，天清地宁民阜康。百谷用成，四夷来王。治化登虞唐，世发祯祥。

东宫宴乐·永乐间定

一奏喜千春之曲：

【贺圣朝】开国承天，圣感极多。总一统封疆闹，百姓快活。万物荣光，共沐恩波。仙音韵合，赞昇平咏歌。齐朝拜千千岁东宫，满国春和。

二奏永南山之曲：

【水仙子】洪基永固海波清，盛世明时礼乐兴。华夷一统江山静，民通和乐太平。赞东宫仁孝贤明，秉钧衡端正。顺乾坤泰亨，坐中华万事昌宁。

奏百戏承应——三奏桂枝香之曲：

【蟾宫曲】晓光融燕享春官，日朗风和，喜气葱葱。镇领台枢，规宏纲宪，礼节至公。事圣上柔声婉容，间安宁勤孝虔恭。果断宽洪，刚健文明，圣德合同。

奏百戏承应——四奏初春晓之曲：

【小梁州】端拱严宸事紫微，秉运璇玑，四时百物总相宜。仰赖明君德，大业胜磐石。皇储仁孝明忠义，美遐方顺化朝仪。孝能欢慈爱心，敬笃上尊卑意。礼上和下睦，民鼓舞乐雍熙。

奏百戏承应——五奏乾坤泰之曲：

【满庭芳】春和玳筵，安邦兴国，钦圣尊贤。文英武烈于民便，礼乐成全。享大业中庸不偏，顺天常节俭为先。达文献，严仪训典，孝敬亿千年。

奏百戏承应——六奏昌运颂之曲：

【喜秋风】文武安军民乐，宴文华会班僚。五云齐动钧天乐，贺春宫赞皇朝。

奏百戏承应——七奏泰道开之曲：

【沽美酒】布春风，满画楼。对嘉景，凤凰洲。高捧金坡碧玉瓯，设威仪左右。分品从，列公侯。

【太平令】效圣上诚心勤厚，主宗器严备春秋。谐律吕仙音齐奏，钦王政皇天保佑。拜舞顿首赞祝进酒，千千岁康宁福寿。

迎膳乐：

【水龙吟】方响笙纂鼓乐喧，排宝器开玳筵。鸾仪旌节，锦绣景相连。簪缨趋进，皆来朝见，春满文华殿。

主要参考文献

著作:

[1] [汉]司马迁撰:《史记》,北京:中华书局1959年版。

[2] [汉]班固撰,[唐]颜师古注:《汉书》,北京:中华书局1962年版。

[3] [南朝梁]刘勰著,陆侃如、牟世金译注:《文心雕龙译注》,济南:齐鲁书社1995年版。

[4] [唐]魏征等撰:《隋书》,文渊阁四库全书本。

[5] [元]陶宗仪撰:《南村辍耕录》,北京:中华书局1958年版。

[6] [元]周德清著:《中原音韵》,《中国古典戏曲论著集成》(一),北京:中国戏剧出版社1959年版。

[7] [明]陈宏绪著:《寒夜录》,北京:中华书局1995年版。

[8] [明]陈继儒撰:《晚香堂集》,四库禁毁书丛刊本。

[9] [明]陈子龙撰:《安雅堂稿》,续修四库全书本。

[10] [明]董其昌撰:《容台集》,四库全书存目丛书本。

[11] [明]范濂著:《云间据目抄》,民国戊辰(1928)奉贤褚氏重刊本。

[12] [明]方岳贡等修:《崇祯松江府志》,北京:书目文献出版社1991年版。

[13] [明]冯惟讷等纂修:《嘉靖青州府志》,天一阁藏明代方志选刊本。

[14] [明]顾起元撰:《蛰庵日录》,四库全书存目丛书本。

[15] [明]过庭训撰:《本朝分省人物考》,四库全书存目丛书本。

[16] [明]何良俊撰:《四友斋丛说》,北京:中华书局1959年版。

[17] [明]胡应麟著:《少室山房笔丛》,北京:中华书局1958年版。

[18] [明]蒋一葵辑:《尧山堂外纪》,续修四库全书本。
[19] [明]焦竑编:《国朝献征录》,明万历四十四年(1616)刻本。
[20] [明]李开先撰:《李中麓闲居集》,四库全书存目丛书本。
[21] [明]李开先撰,卜健笺校:《李开先全集》,北京:文化艺术出版社2004年版。
[22] [明]李开先著:《词谑》,《中国古典戏曲论著集成》(三),北京:中国戏剧出版社1959年版。
[23] [明]刘侗、于奕正著,孙小力校注:《帝京景物略》,上海:上海古籍出版社2001年版。
[24] [明]陆深撰:《俨山集》,文渊阁四库全书本。
[25] [明]吕天成撰,吴书荫校注:《曲品校注》,北京:中华书局2006年第2版。
[26] [明]潘之恒撰:《亘史钞》,四库全书存目丛书本。
[27] [明]沈榜编著:《宛署杂记》,北京:北京古籍出版社1980年版。
[28] [明]沈宠绥著:《弦索辨讹》,《中国古典戏曲论著集成》(五),北京:中国戏剧出版社1959年版。
[29] [明]申时行修,赵用贤等纂:《大明会典》,明万历十五年(1587)内府刻本。
[30] [明]王骥德著:《曲律》,《中国古典戏曲论著集成》(四),北京:中国戏剧出版社1959年版。
[31] [明]王世贞著:《曲藻》,《中国古典戏曲论著集成》(四),北京:中国戏剧出版社1959年版。
[32] [明]王寅撰:《十岳山人诗集》,四库全书存目丛书本。
[33] [明]王兆云撰:《皇明词林人物考》,四库全书存目丛书本。
[34] [明]夏完淳撰:《夏完淳集》,北京:中华书局1959年版。
[35] [明]熊元,马文炜纂修:《万历安丘县志》,明万历刻本。
[36] [明]杨慎著,王仲镛笺证:《升庵诗话笺证》,上海:上海古籍出版社1987年版。
[37] [明]杨慎撰,[明]张士佩编:《升庵集》,文渊阁四库全书本。

[38] [明]余继登撰,顾思点校:《典故纪闻》,北京:中华书局 1981 年版。
[39] [明]于慎思编纂:《万历兖州府志》,万历二十四年(1596)刻本。
[40] [明]袁宏道著,钱伯城校笺:《袁宏道集校笺》,上海:上海古籍出版社 1981 年版。
[41] [明]袁宏道撰:《袁中郎全集》,四库全书存目丛书本。
[42] [明]张琦著:《衡曲麈谈》,《中国古典戏曲论著集成》(四),北京:中国戏剧出版社 1959 年版。
[43] [明]周晖撰:《金陵琐事》,明万历三十八年(1610)刊本。
[44] [明]朱国祯著:《涌幢小品》,北京:中华书局 1959 年版。
[45] [清]曹楙坚纂:《道光章丘县志》,道光十三年(1833)刻本。
[46] [清]陈田撰:《明诗纪事》(1—6),上海:上海古籍出版社 1993 年版。
[47] [清]陈作霖纂:《金陵通传》,清光绪三十年(1904)刊本。
[48] [清]谷应泰撰:《明史纪事本末》,北京:中华书局 1977 年版。
[49] [清]高得贵修,张九征等纂,朱霖等增纂:《镇江府志》,乾隆十五年(1750)增刻本。
[50] [清]路鸿休撰:《帝里明代人文略》,清道光三十年(1850)甘煦津逮楼木活字排印本。
[51] [清]蒲松龄著,张友鹤辑校:《聊斋志异》,上海:上海古籍出版社 1978 年版。
[52] [清]钱谦益著:《列朝诗集小传》,上海:上海古籍出版社 1983 年新1 版。
[53] [清]宋如林等修,孙星衍等纂:《嘉庆松江府志》,清嘉庆二十二年(1817)刊本。
[54] [清]孙承泽纂:《天府广记》,北京:北京出版社 1962 年版。
[55] [清]王赠芳、王镇修,成瓘、冷烜纂:《道光济南府志》,清道光二十年(1840)刻本。
[56] [清]徐沁撰:《明画录》,台北:明文书局 1991 年初版。
[57] [清]杨宜仑修,夏之蓉、沈之本纂:《嘉庆高邮州志》,清道光二十五年(1845)刻本。

[58] [清]姚艳福修,邓嘉缉等纂:《光绪临朐县志》,清光绪十年(1884)刊本。
[59] [清]尹会一等纂:《扬州府志》,清雍正十一年(1733)刊本。
[60] [清]永瑢等撰:《四库全书总目》,北京:中华书局1965年版。
[61] [清]张奉书修,张怀洵纂:《新都县志》,清道光二十四年(1844)木刻本。
[62] [清]张廷玉等撰:《明史》,北京:中华书局1974年版。
[63] [清]张主敬等修,杨晨纂:《定兴县志》,清光绪十六年(1890)刻本。
[64] [清]赵翼著,王树民校正:《二十二史札记》,北京:中华书局1984年版。
[65] [清]钟运泰等纂:《康熙章丘县志》,清康熙三十年(1691)刻本。
[66] [清]朱彝尊著,黄君坦校点:《静志居诗话》,北京:人民文学出版社1990年版。
[67] [清]左辉春纂:《续增高邮州志》,清道光二十三年(1843)刊本。
[68] 臧理臣等修,宗庆煦等纂:《密云县志》,民国三年(1914)铅印本。
[69] 曹立会主编:《冯惟敏年谱》,青岛:青岛出版社2006年版。
[70] 陈宝良著:《明代社会生活》,北京:中国社会科学出版社2003年版。
[71] 陈江著:《明代中后期的江南社会与社会生活》,上海:上海社会科学院出版社2006年版。
[72] 陈未鹏著:《宋词与地域文化》,北京:中国社会科学出版社2016年版。
[73] 戴伟华著:《地域文化与唐代诗歌》,北京:中华书局2006年版。
[74] 杜荣泉等撰:《燕赵文化志》,上海:上海人民出版社1998年版。
[75] 樊树志著:《晚明史》,上海:复旦大学出版社2003年版。
[76] 丰家骅著:《杨慎评传》,南京:南京大学出版社1998年版。
[77] 冯荣昌著:《冯惟敏论稿》,北京:中国戏剧出版社1999年版。
[78] 封锡奎校注:《丁前溪、丁惟恕小令合集校注》,济南:黄河出版社2009年版。
[79] 葛兆光著:《中国思想史》,上海:复旦大学出版社2005年版。
[80] 龚鹏程著:《晚明思潮》(增订版),北京:商务印书馆2008年版。
[81] 郭绍虞主编:《中国历代文论选》,上海:上海古籍出版社1980年版。

[82] 郭英德著:《中国古代文人集团与文学风貌》,北京:北京师范大学出版社1998年版。
[83] 侯外庐、邱汉生、张岂之主编:《宋明理学史》,北京:人民出版社1987年版。
[84] 黄卓越著:《明代中后期文学思想研究》,北京:北京大学出版社2005年版。
[85] 金宁芬著:《明代中叶北曲家年谱》,北京:中国大百科全书出版社2012年版。
[86] 李昌集著:《中国古代散曲史》,上海:华东师范大学出版社1991年版。
[87] 李春青著:《文学价值学引论》,昆明:云南人民出版社1994年版。
[88] 李少群等著:《齐鲁文学演变与地域文化》,北京:人民出版社2009年版。
[89] 李永祥著:《李开先年谱》,济南:黄河出版社2002年版。
[90] 廖可斌著:《明代文学复古运动研究》,北京:商务印书馆2008年版。
[91] 梅新林著:《中国古代文学地理形态与演变》,上海:复旦大学出版社2006年版。
[92] 孟森著:《明史讲义》,上海:上海古籍出版社2006年版。
[93] 牛建强著:《明代中后期社会变迁研究》,台北:文津出版社1997年版。
[94] 齐森华等主编:《中国曲学大辞典》,杭州:浙江教育出版社1997年版。
[95] 饶宗颐初纂,张璋总纂:《全明词》,北京:中华书局2004年版。
[96] 任讷著:《散曲概论》,上海:中华书局1931年版(散曲丛刊本)。
[97] 商传著:《明代文化史》,上海:东方出版社2007年版。
[98] 尚永亮著:《贬谪文化与贬谪文学——以中唐元和五大诗人之贬及其创作为中心》,兰州:兰州大学出版社2004年版。
[99] 隋树森编:《全元散曲》,北京:中华书局1964年版。
[100] 谭其骧主编:《中国历史地图集》,北京:中国地图出版社1982年版。
[101] 唐圭璋编:《词话丛编》,北京:中华书局1986年版。
[102] 唐晓峰著:《文化地理学释义》,北京:学苑出版社2012年版。
[103] 田守真编著:《明散曲纪事》,成都:巴蜀书社1996年版。

[104] 万明主编:《晚明社会变迁问题与研究》,北京:商务印书馆 2005 年版。
[105] 汪超宏著:《明清曲家考》,北京:中国社会科学出版社 2006 年版。
[106] 王文才辑校:《杨慎词曲集》,成都:四川人民出版社 1984 年版。
[107] 巫仁恕著:《品味奢华:晚明的消费社会与士大夫》,北京:中华书局 2008 年版。
[108] 谢伯阳编纂:《全明散曲》(增补版),济南:齐鲁书社 2016 年版。
[109] 谢伯阳编著:《冯惟敏全集》,济南:齐鲁书社 2007 年版。
[110] 谢寿昌等编:《中国古今地名大辞典》,上海:商务印书馆 1931 年版。
[111] 徐朔方著:《晚明曲家年谱》(1—3),杭州:浙江古籍出版社 1993 年版。
[112] 杨栋著:《中国散曲学史》(续篇),济南:山东大学出版社 1998 年版。
[113] 杨延福、杨同甫编:《明人室名别称字号索引》,上海:上海古籍出版社 2002 年版。
[114] 引得编纂处编:《八十九种明代传记综合引得》,北京:中华书局 1987 年版。
[115] 余英时著:《士与中国文化》,上海:上海人民出版社 1987 年版。
[116] 袁家骅等著:《汉语方言概要》,北京:文字改革出版社 1983 年第 2 版。
[117] 张秉国著:《临朐冯氏家族文化研究》,北京:中华书局 2013 年版。
[118] 张法著:《中国文化与悲剧意识》,北京:中国人民大学出版社 1989 年版。
[119] 张慧剑编著:《明清江苏文人年表》,上海:上海古籍出版社 1986 年版。
[120] 张京华著:《燕赵文化》,沈阳:辽宁教育出版社 1995 年版。
[121] 张学智著:《明代哲学史》,北京:北京大学出版社 2000 年版。
[122] 曾大兴著:《文学地理学研究》,北京:商务印书馆 2012 年版。
[123] 赵轶峰著:《明代的变迁》,上海:三联书店 2008 年版。
[124] 赵义山著:《明清散曲史》,北京:人民出版社 2007 年版。
[125] 钟敬文主编:《民俗学概论》,北京:高等教育出版社 2010 年第 2 版。
[126] 中央研究院历史语言研究所:《明神宗实录》,台北:“国立”北平图书馆红格钞本微卷影印本。
[127] 周明初著:《晚明士人心态及文学个案》,北京:东方出版社 1997 年版。

[128] 周振鹤等著:《中国历史文化区域研究》,上海:复旦大学出版社 1997 年版。
[129] 朱光潜著:《诗论》,上海:上海古籍出版社 2001 年版。
[130] 左东岭著:《明代心学与诗学》,北京:学苑出版社 2002 年版。
[131] 左东岭著:《王学与中晚明士人心态》,北京:人民文学出版社 2000 年版。
[132] 〔美〕韦勒克、沃伦著,刘象愚等译:《文学理论》,南京:江苏教育出版社 2005 年版。
[133] 〔美〕凡勃伦著,李华夏译:《有闲阶级论》,北京:中央编译出版社 2012 年版。
[134] 〔美〕爱德华·W·萨义德著,单德兴译:《知识分子论》,上海:三联书店 2002 年版。
[135] 〔英〕阿兰·德波顿著,陈广兴、南治国译:《身份的焦虑》,上海:上海译文出版社 2007 年版。
[136] 〔英〕克莱夫·贝尔著,周金环、马钟元译:《艺术》,北京:中国文联出版社 1984 年版。
[137] 〔英〕迈克·克朗著,杨淑华、宋慧敏译:《文化地理学》,南京:南京大学出版社 2003 年版。
[138] 〔法〕孟德斯鸠著,张雁深译:《论法的精神》,北京:商务印书馆 1995 年版。
[139] 〔荷兰〕高罗佩著,李零、郭晓惠等译:《中国古代房内考》,上海:上海人民出版社 1990 年版。
[140] 〔荷兰〕J. 胡伊青加著,成穷译:《人:游戏者》,贵阳:贵州人民出版社 2007 年第 2 版。

论文:

[1] 白坚:《简略夏完淳的生平及其作品》,《社会科学战线》1987 年第 4 期。
[2] 陈未鹏:《宋词中的山水写作》,《新疆大学学报》(哲学·人文版)2008 年第 1 期。

[3] 陈忠平:《明代南京城市商业贸易的发展》,《南京师大学报》(社科版)1986 年第 4 期。
[4] 丛瑞华:《刘勰“江山之助”说的理论价值》,《社会科学战线》第 2007 年第 5 期。
[5] 邓新跃:《杨慎卒年新考》,《成都大学学报》(社科版)2007 年第 3 期。
[6] 董运来:《杨慎卒年卒地新考》,《图书馆杂志》2006 年第 6 期。
[7] 丰家骅:《杨慎卒年卒地新证》,《南京师范大学文学院学报》2006 年第 2 期。
[8] 丰家骅:《王盘的生卒年、家世和交游》,《文献》1990 年第 2 期。
[9] 郝明工:《区域文学刍议》,《文学评论》2002 年第 4 期。
[10] 何宗美:《明代文人结社现象评判之辨析》,《文艺研究》2010 年第 5 期。
[11] 侯荣川:《明曲家陈所闻生年考补》,《文艺评论》2012 年第 6 期。
[12] 雷磊,陈光明:《论杨慎诗歌创作的师法历程与风格趣向》,《文学遗产》2007 年第 4 期。
[13] 李伯齐:《地域文化与文学小议》,《聊城大学学报》(哲社版)2002 年第 6 期。
[14] 李朝正:《杨慎在川滇文化传播与交流中的作用》,《社会科学研究》1991 年第 4 期。
[15] 李浩:《从人地关系看唐代关中的地域文学》,《西北大学学报》(哲社版)1999 年第 4 期。
[16] 李继凯:《文学与地域文化》,《民族艺术》1998 年第 4 期。
[17] 李慕寒,沈守兵:《试论中国地域文化的地理特征》,《人文地理》1996 年第 1 期。
[18] 李圣华:《论明万历时期山左诗人公鼐的诗歌——兼论晚明万历山左诗风》,《泰安师专学报》(社科版)2000 年第 4 期。
[19] 李舜华:《从诗学到曲学:陈铎与明中期文学复古思潮的滥觞》,《文学遗产》2013 年第 1 期。
[20] 李献芳:《简论李开先思想的变化与文艺观的创新》,《齐鲁学刊》1997 年第 5 期。

[21] 刘水云:《〈全明散曲〉曲家考辨》,《文献》2005 年第 1 期。
[22] 刘益国:《论杨升庵的散曲》,《四川师范大学学报》(社科版)1996 年第 2 期。
[23] 罗时进:《地域群体:明清诗文研究的一个重要维度》,《文学遗产》2011 年第 3 期。
[24] 罗宗强:《从杨慎的文学观看文学思想发展过程中的交错现象》,《首都师范大学学报》(社科版)2009 年第 4 期。
[25] 马晓,周学鹰:《江南水乡地域文化研究》,《福建论坛》(人社版)2007 年第 9 期。
[26] 门岿:《用备省察 足以垂鉴——论明代杰出散曲家薛论道的叹世曲》,《中国韵文学刊》2004 年第 2 期。
[27] 苏子裕:《明代南京地区戏曲声腔述考》,《中华戏曲》2007 年第 2 期。
[28] 谭其骧:《中国文化的时代差异与地区差异》,《复旦学报》(社科版)1986 年第 2 期。
[29] 陶应昌:《杨慎与明代中期的云南文学》,《云南民族学院学报》(哲社版)1998 年第 1 期。
[30] 汪春泓:《关于〈文心雕龙〉"江山之助"的本义》,《文学评论》2003 年第 3 期。
[31] 王恩涌:《关于"人地关系"的发展与认识》,《人文地理》1991 年第 3 期。
[32] 王水照:《北宋洛阳文人集团与地域环境的关系》,《文学遗产》1994 年第 3 期。
[33] 王祥:《试论地域、地域文化与文学》,《社会科学辑刊》2004 年第 4 期。
[34] 巫仁恕:《晚明的旅游活动与消费文化——以江南为讨论中心》,(台湾)《"中央研究院"近代史研究所集刊》第 41 期。
[35] 杨守森:《作家的生命形态与创作个性》,《山东社会科学》1998 年第 6 期。
[36] 叶晔:《论李应策散曲及其散曲史意义》,《文学遗产》2011 年第 1 期。
[37] 张德建:《明代隐逸思想的变迁》,《中国文化研究》2007 年秋之卷。
[38] 章培恒:《经济与文学之关系》,《学术月刊》2006 年第 5 期。

[39] 赵义山:《论词场才子之曲与明中叶散曲之复兴》,《河北师范大学学报》(哲社版)2003 年第 6 期。
[40] 郑骞:《冯惟敏及其著述》,《燕京学报》第 28 期。
[41] 郑树平:《论冯惟敏对散曲题材的拓展与开掘》,《昌潍师专学报》(社科版)1998 年第 3 期。
[42] 钟林斌:《散曲家冯惟敏的家世与生平》,《辽宁大学学报》(哲社版)1995 年第 4 期。
[43] 周潇:《明代诸城丁氏文学成就述要》,《东方论坛》2012 年第 3 期。
[44] 周晓风:《区域文学——文学研究的新视野》,《中国文学研究》2002 年第 4 期。
[45] 朱万曙:《薛论道与明代散曲的新走向》,《古典文学知识》2001 年第 1 期。
[46] 朱亚非:《明清山东仕宦家族与家族文化》,《山东师范大学学报》(人社版)2009 年第 6 期。
[47] 崔志伟:《元末明初松江文人群体研究》,上海大学 2011 年度博士学位论文。
[48] 戴健:《明下叶吴越城市娱乐文化与市民文学》,扬州大学 2004 年度博士学位论文。
[49] 刘廷乾:《江苏明代作家研究》,上海师范大学 2008 年度博士学位论文。
[50] 张英:《明代南京剧坛研究》,南京师范大学 2008 年度博士学位论文。
[51] 冯艳:《施绍莘研究》,南京师范大学 2006 年度硕士学位论文。
[52] 黄艳:《黄娥及其散曲研究》,重庆师范大学 2010 年度硕士学位论文。
[53] 李铁晓:《陈铎散曲作品研究》,兰州大学 2007 年度硕士学位论文。
[54] 王莉芳:《明代女曲家研究》,华南师范大学 2005 年度硕士学位论文。
[55] 王黎芳:《陈铎散曲研究》,湖南师范大学 2011 年度硕士学位论文。
[56] 张笑雷:《杨慎词曲研究》,黑龙江大学 2010 年度硕士学位论文。